陆医生的甜智齿

景戈 著

· 上 册 ·

青岛出版集团 | 青岛出版社

图书在版编目（CIP）数据

陆医生的甜智齿 / 景戈著. -- 青岛 : 青岛出版社,
2024. -- ISBN 978-7-5736-2547-2
Ⅰ．I247.5
中国国家版本馆CIP数据核字第2024UE0468号

LU YISHENG DE TIAN ZHICHI

书　　名	陆医生的甜智齿
作　　者	景　戈
出版发行	青岛出版社（青岛市崂山区海尔路182号）
本社网址	http://www.qdpub.com
邮购电话	18613853563
责任编辑	郭红霞
特约编辑	程钰云
校　　对	王子璠
装帧设计	蒋　晴
照　　排	梁　霞
印　　刷	三河市良远印务有限公司
出版日期	2024年8月第1版　2024年8月第1次印刷
开　　本	16开（640mm×920mm）
印　　张	36
字　　数	650千
书　　号	ISBN 978-7-5736-2547-2
定　　价	69.80元（全2册）

编校印装质量、盗版监督服务电话　4006532017　0532-68068050

目录

上册

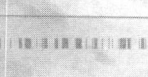

第一章　太阳雨　　　　　　　1

第二章　看　牙　　　　　　　24

第三章　醋　意　　　　　　　59

第四章　初　晴　　　　　　　88

第五章　蝴蝶结　　　　　　　118

第六章　作　茧　　　　　　　144

第七章　怀爱若窃贼　　　　　182

第八章　她的狐狸　　　　　　217

第九章　亲　吻　　　　　　　242

目录 下册

第十章　烟　火　　　　　　　　　277

第十一章　回　忆　　　　　　　311

第十二章　诺亚方舟　　　　　　343

第十三章　失去了天使他就丧生　382

番外一　贪　图　　　　　　　　422

番外二　今晚月色真美　　　　　450

番外三　胆小鬼　　　　　　　　483

番外四　深　爱　　　　　　　　522

番外五　哼哼日记　　　　　　　541

番外六　青　梅　　　　　　　　545

番外七　最后一颗甜智齿　　　　566

第一章

太阳雨

　　气温骤降，大雨如注。整座南临市都被裹在氤氲的水汽之中。道路两旁梧桐成列，路上铺满被雨滴打落的黄叶。它们仿佛是在和晚秋做最后的告别。

　　简卿到达周老师用短信发给她的地址时，已经迟到了十五分钟。她将贴在脸侧的湿漉漉的碎发别在耳后，深吸一口气，按响了门铃。

　　门铃的声音不疾不徐。

　　隔着门传来的脚步声渐近，也不疾不徐。

　　"咔嗒——"

　　门被缓缓打开。

　　一道阴影蓦然挡在她的面前。男人站在玄关处，身高超过一米八五，被一身裁剪得体的高定西装衬得身形挺拔，肩宽腰窄。细看之下，他的五官立体，眉骨精致。一副银色细边的眼镜架在他高挺的鼻梁上。隐在镜片后的那一双眼眸漆黑如墨，使他的周身透出一股清冷与疏离的气息。

　　他的目光微垂，落在她的脸上。

　　简卿直勾勾地盯着他，攥了攥发痒的右手，忍住了想立刻把男人画下来的冲动。

　　头顶传来低沉但很有磁性的声音："家教？"

　　这人就连嗓音也是完美的。

　　她连忙收回视线，低头道歉："不好意思，我迟到了。"

· 1 ·

"没事。"男人语气淡然,边说边后退一步让出位置,示意她进来。

玄关处已经摆好了干净的拖鞋。简卿换好鞋,跟着他走进了客厅。

房子是开阔的大平层,装修是以高级灰为主色调的极简风格。

"简卿对吗?时间、价钱、要求,周教授应该都和你确认过了吧?"

陆淮予找出一条干净的白毛巾递给她。他骨节分明、白皙修长的手指也随之映入了简卿的眼帘。

简卿有些拘束地坐在沙发上,接过毛巾。毛巾触感柔软,令人舒适。

"嗯,周老师都和我说了。周一到周五,下午三点到六点,教小朋友画画。"

小朋友的家长出手很大方,但要求不少——必须是南大美院油画系的学生,不能染发、文身,不能抽烟、喝酒。

简卿为了得到这份工作,硬生生把一头漂亮的酒红色头发染回了黑色。为了省染发剂的钱,她还把原本长及后腰的头发剪成了刚刚过耳的短发。

她把毛巾按在头上反复揉搓,很快就擦干了发间的水,然后把毛巾挂在了脖子上。

这时,不知从哪里冒出来一个粉雕玉琢的小女孩。她"嗒嗒嗒"地迈着小步子走过来,一把抱住了男人的腿,像个小树袋熊一样。

小女孩大概三岁的年纪,还不及男人的腰高。她穿着粉色的公主裙,圆溜溜的大眼睛眨啊眨,小扇子似的睫毛又长又翘,粉嘟嘟的小脸细腻软嫩,可爱得不像话。

陆淮予弯下腰把小女孩抱了起来,动作熟练。他的黑色西装的袖子微微上收,露出了精致的袖扣。整个人举手投足间处处透着贵气和优雅。

"眠眠,叫人。"他的声音变得温柔亲昵,与刚才冷漠的语气截然不同。

小家伙盯着简卿看了许久,始终抿着唇一言不发,最后扭头把脸埋进了男人的肩窝里,表现得很是抗拒。

简卿有些尴尬地揉了揉鼻尖。

"眠眠有些怕生。有困难的时候,你可以找秦阿姨。"陆淮予柔声解释说。

正在厨房忙活的秦阿姨被点到名,探出头来,双手在围裙上擦了擦,问道:"陆先生,这就是教眠眠画画的家教老师?"

"小姑娘长得真标致,高几了啊?"

"大三。"

"都大三了啊?真看不出来。你怎么这么显小呢?"秦阿姨惊讶地说道。

陆淮予闻言，眼眸微抬，不动声色地打量起眼前的小姑娘。

这姑娘的身高不及他的肩膀，眉眼干净。因为淋了雨，她脸侧湿漉漉的发丝乖乖地别在耳后。上身的白色卫衣款式简单，正面手绘了一只粉色的兔子。下身的灰色牛仔裤洗得泛白。这个时候，她正局促不安地摆弄着自己的双手。

她确实显小。

他看了一眼手表，疏离而客气地说道："我还有事要出门。客房有干净的衣服。你不介意的话可以挑一件换上。"

简卿乖巧地应了一声"好"，礼貌地站起身来说道："陆叔叔慢走。"

这是她第一次接做家教的活儿，所以来之前她还特意查了一下该怎么称呼小朋友的家长，大部分人说的是叫叔叔、阿姨。

虽然眼前的男人比她想象中年轻，但总归辈分比她要大，所以她叫他叔叔应该也还好。

女孩子用又软又甜的声音喊他叔叔，这让陆淮予的脚步一顿。不过他没说话，直接把大衣外套搭在手臂上，就这么开门走了。

穿堂风吹了进来，有点儿冷。简卿打了一个小小的喷嚏。

晚饭她们要吃筒骨汤。秦阿姨把筒骨处理好，放在砂锅里慢慢地炖，然后从厨房出来，带简卿到了客房。秦阿姨轻轻关上门，留她一个人在里面。

说是客房，房间依然很宽敞。整个房间纤尘不染。化妆台上摆满了昂贵的护肤品，其中大部分没有拆封。

简卿拉开厚重的衣柜门，里面的衣服着实吓了她一跳。她放眼望去，衣柜里全是闪闪发光的高定礼裙。其中好几件她在微博的明星红毯时装照上看到过，每一件都价值不菲。

简卿挑了很久，勉勉强强地选出了一套看起来比较日常的——淡紫色吊带长裙搭配米色罩衫。

这些衣服都是成熟性感风，穿在她的身上虽然也很美，但怎么看都会让人有种不和谐的感觉。

眠眠正一个人坐在客厅的白色地毯上玩积木。当瞥见从客房里出来的身影时，她一溜烟儿地跑过去抱住了那身影的腿，怯生生地说道："妈妈，眠眠好想你。"

她的声音像是在撒娇，又像是觉得委屈，仿佛下一秒她就要哭出来了。

简卿猜测小家伙是因为她穿的衣服认错了人，于是蹲下身，揉了揉小家伙的小脑袋，用哄小孩的语气轻声说道："对不起，我不是你的妈妈呢。眠眠想妈妈了吗？"

眠眠仰着头看清她的脸之后，抿着唇露出了失望的表情，圆溜溜的大眼睛变得有些红。

不过小家伙被教养得很好，并没有哭闹。她只是乖乖地松开手，点了点头。

"妈妈出门工作去了，很快就回来。姐姐教眠眠把妈妈画下来，好不好？"简卿安慰道。她可没忘记她是来教小朋友画画的。

客厅的阳台上支起了两个画架，一大一小，一高一矮，正对着落地窗。此时，雨已经停了，乌云散去，阳光明媚，光线斜斜地从窗户照射进来。

简卿很有耐心地教眠眠怎么握画笔，怎么画直线，怎么画圆，怎么画小人儿。

她的头发已经完全干了，有一缕碎发总是不乖地垂落下来。

她索性用小小的画夹把碎发固定在耳后，露出雪白修长的后颈。后颈之上，发尾轻扫。

傍晚，陆淮予查完病房，斜靠在医院走廊的墙上，右手从兜里掏出手机，习惯性地打开了远程监控软件。

家里的小朋友年纪小，大人不注意的时候，很多危险的情况都有可能发生，比如磕了、碰了，大人都不一定知道，所以他在客厅和眠眠的房间里各装了一个家用的监控摄像头。

手机屏幕上显示出家里客厅的全貌，只见一大一小两个人正乖乖地坐在画架前，各画各的。

简卿身子微微向后仰，捏着铅笔，对着窗外的景物上下比画，丈量比例，琢磨构图。手臂动作间，柔软的针织开衫从她的肩头滑落，露出吊带裙纤细的系带。

系带被打成了漂亮的结，挂在单薄圆润的肩头上，使她后背的蝴蝶骨线条更加明晰。

眠眠画到一半，伸出小手扯了扯旁边的人，用眼神问询。

简卿笑着倾身凑过去。这个姿势使她的衣领微微散开，精致的锁骨若隐若现，隐约露出锁骨凹处浅浅的窝，令人炫目。

手机的机身有些发烫，屏幕倏地黑了下来。

陆淮予锁上手机屏，再也没看。

这时，护士长神色焦急地在走廊里张望，一眼便看见了要找的人。

男人穿着一件干净整洁的白大褂，衬衣系到最上面的一颗扣子，搭配深色领带，浑身上下一丝不苟。由于外表过于出众，他只是那么站着，就引得旁人频频侧目。

护士长步履匆匆地走过来说道："陆医生，实验小学放学的时候，有个孩子出了车祸，颌骨骨折，上下唇挫裂贯通伤，需要立刻手术。"

陆淮予闻言眉头一皱，话也没说，直接大步往手术室的方向走去。

秦阿姨抬头看了一眼墙上的挂钟，发现已经六点了。她刚刚接到家里的电话，有急事要走。

偏偏这个时候陆淮予的电话怎么都打不通。秦阿姨只好打电话到医院，才知道陆淮予在做手术，一时半会儿下不了手术台。

以往有手术他都会提前通知秦阿姨，这次不知怎么给忘记了。

秦阿姨把收拾画材准备离开的简卿叫进了厨房，面露难色地说道："小简啊，阿姨能不能麻烦你一件事？我家孩子得了急性肺炎，我得赶回去。你能帮我照顾眠眠一晚上吗？饭菜我已经做好了，你们可以一起吃。"

对刚认识的小姑娘提出这样的请求，秦阿姨也很不好意思，所以搓着手，表现得极为不安。

简卿扫了一眼在客厅埋头画画的小朋友，轻声问道："眠眠的爸爸妈妈呢？"

"陆先生还在工作，明天早上才能回来。眠眠的妈妈——"秦阿姨忍不住摇着头叹了一口气，说道，"反正我在家的时候是没见过。"

秦阿姨在这家做保姆一年多了，连女主人长什么样都不知道。

家里没大人，留一个三岁的小朋友单独在家确实不安全。简卿沉默了半响，最终还是说道："阿姨您快去吧。我帮您看着眠眠。"

秦阿姨松了一口气，说道："太谢谢你了。"

一下午的相处使眠眠和简卿已经很熟悉了，小家伙又乖又听话，所以简卿也乐意帮这个忙，陪眠眠待一晚。

"眠眠乖乖的，不要给姐姐添麻烦哟。"秦阿姨拿上厨房的垃圾，交代了两句，就匆匆地出门离开了。

眠眠坐在餐桌边的儿童椅上，慢悠悠地晃着两条小短腿，软软地跟秦阿姨道别："秦阿姨再见。"

炖了一下午的筒骨汤散发出诱人的香味。小家伙用带有卡通图案的碗和小筷子自己吃饭，细嚼慢咽，没掉出一粒米，饭碗周围的桌面干干净净的。

吃过晚饭，眠眠又跑到画架前，一笔一笔地认真画画。

画完之后，她把晚上要做的事情一项一项地告诉了简卿：七点洗澡，七点半看电视，八点喝热牛奶，然后上床睡觉。

别看简卿年纪轻轻，照顾孩子的工作她却做得出乎意料地好。

八点多，小家伙躲在被子里，闭上眼睛之前还不忘说："谢谢姐姐，姐姐晚安。"她声音软软糯糯的，就像个天使，让人想把世界上最美好的东西都捧到她的面前。

能把孩子教得这么乖巧有礼貌，家长功不可没。简卿不由得想起白天见到的那个男人。

客厅开了一盏落地灯，光线昏黄。

简卿坐在灯下，缩在沙发上，披着一条薄毯，拿着手绘本随意地练习着速写。

夜里雨又下了起来，淅淅沥沥的。

伴着雨声，她不知不觉睡了过去。因为在沙发上睡得并不舒服，所以设好的闹钟还没响，简卿自己就醒来了。她揉了揉惺忪的睡眼，打着赤脚走到阳台上，伸手去摸晾衣架上自己的卫衣。卫衣已经干透了。

她踮着脚把衣服和裤子取下来，搭在胳膊上，站在窗前伸了一个大大的懒腰。

简卿打着哈欠回到客厅，瞥了一眼挂钟，发现时间还早。

于是她抱着衣服走进了小朋友的房间。眠眠缩成小小的一团，发出浅浅的呼吸声，睡得很香。

简卿轻手轻脚地帮她掖了一下被子，然后把门关好。她想着就在眠眠的房间把衣服换了，免得一会儿这家的主人回来碰到了尴尬。

长裙被她的双手从下往上撩起，露出修长雪白的双腿、紧窄有致的臀胯。

她还带着困意，动作迟缓，慢慢地将裙子撩到了腰间。

纤细的双臂交叉至胸前，双手握住堆积在腰部的裙摆，简卿抬起胳膊就要向上脱掉整条裙子。

"简卿,别脱了。"

沉沉的声音突然响起,带着三分仓促感。

周遭一片静谧,因此这声音在安静的房间里显得格外清晰和诡异。

啊?!

简卿吓得打了一个激灵,惊恐地瞪大了眼睛,神志顿时清明起来。

一场手术连续进行了近十个小时。

陆淮予回到办公室,解开领口的扣子,扯松了领带透气,领口微微敞着,露出有些性感的锁骨。

他打开手机才发现秦阿姨打来的三个电话,顿时微微皱起眉心,担心是眠眠的事情,于是赶紧回拨电话过去。

弄清楚事情的原委之后,陆淮予挂了电话,点开视频监控软件,想看看眠眠的情况。

手机的监控画面里,粉色的公主床上拱起一座小山。眠眠睡觉不老实,所以只要她睡着了,被子总是盖不好。不过这会儿她的被子倒是盖得好好的。

手机里传来微弱的关门声,陆淮予眼眸微抬,发现画面里突然出现了另一个身影。

简卿站在屏幕中央,半眯着惺忪的睡眼,眼神疲倦又迷离,睡乱的头发翘起一缕。

吊带长裙的系带不知什么时候滑落,露出她胸口大片雪白的肌肤,锁骨精致漂亮。

层层叠叠的裙摆被她撩到腰间。她双手抓住裙摆,双臂交叉作势往上抬,下一秒,柔软的胸部就要暴露在空气中。

智能家居摄像头拍摄到的画面中,女孩的肌肤白皙,身段玲珑有致。

看到这样的画面,饶是一向淡定从容的陆医生也是脸色一变。

他迅速地按下了软件里的语音功能键,出声阻止。

陆淮予又别过脸,移开视线,继续说道:"眠眠的房间里有摄像头。你要换衣服去客房换。"

男人的嗓音低沉且很有磁性,语气听起来似乎云淡风轻。

只有上下滚动的喉结暴露了他的慌张。

简卿没有说话,顺着声音的方向抬眼一看,才注意到房间的天花板上不太显眼的摄像头。

她的脑子"嗡"的一下炸开，脸蛋儿瞬间染上绯色，同时她慌忙地把裙摆放下，然后抱起卫衣捂住脸，跑出了摄像头的监控范围。

黑漆漆的镜头静静地戳在那里，让她想起了男人那双漆黑如墨的眼眸。

想起刚才尴尬至极的场面，简卿的脸一路红到耳根，连脖子都红得仿佛要滴血。

内心情绪翻涌，她恨不得现在就收拾东西走人，再也不出现在这里。

像是猜出了她的心思，男人好听的声音从摄像头那里再次传来："你在家等一下，我马上回去。"

简卿浑身不自在地坐在客厅的沙发上，烦躁地抓了抓头发。

她之所以没走，倒不是因为真的听话，而是不放心小朋友一个人在家。

一会儿，门外响起了密码锁按键的声音，尴尬的感觉顿时变得更强烈，几乎令她窒息。

男人走进玄关，发出细微的声响。

简卿手脚都不知道往哪儿放，感觉站也不是，坐也不是，更不敢扭头去看男人。

"来帮我拿一下东西，好吗？"陆淮予出声说道，声音喑哑，有明显的疲惫感。

简卿乖乖地跳下沙发，走过去接过他手里装着早餐的纸袋。

她低着头，像做错事后心虚想溜的小孩，结结巴巴地说道："陆……陆叔叔，没什么事，我就先回去了。"

陆淮予淡淡地看了她一眼，认真地问道："我很老吗？"

简卿愣了愣，继而盯着男人的脸看了起来。

男人面容英俊，五官立体，黑色的短发凌乱微湿，银色的细边眼镜不知什么时候已经被他摘掉。此时没了镜片的遮挡，那双漆黑的眸子完全显露了出来，眼底微微泛红，为他敛去了三分冷漠感。

他一点儿也不老，相反还很年轻，很好看。

简卿摇了摇头，小声地说道："不老。"

"那你还叫我叔叔？"陆淮予挑眉说道。

他只不过比小姑娘大了九岁而已。这还没差辈分呢，他怎么就沦落到被叫叔叔的地步了呢？

简卿疑惑地眨了眨眼，脑袋微微偏向一边，脸上露出试探的表情，小心翼翼地问道:"那我叫您眠眠爸爸?"

这还不如"叔叔"呢。

陆淮予沉默了半晌,说道:"叫我名字就可以。你先吃饭吧,我去叫眠眠起床。"

"不用了,不用了。我回学校吃就行。"简卿连忙摆手说道。说完,她拿起画板就要走。还吃什么饭?她怕会尴尬死。

看出小姑娘是真的脸皮薄,陆淮予薄唇轻抿,没有强留。接着,他从裤袋里摸出手机递到她的面前。

"家里一共装了两个摄像头,一个在眠眠的房间,另一个在客厅。之前忘记提醒你,是我的失误。"男人的声音低沉徐缓,他斯文有礼地解释道,"手机里会自动存储监控视频,你自己来删也会放心一些。"

陆淮予顿了顿,将目光落到她的脸上,说道:"视频我没看。"

简卿面前的手机屏幕漆黑反光,衬着他那只骨节分明、白皙修长的手。

简卿怔怔地盯着他漆黑如墨的眼眸。那双眼像无波的古井,天然让人信任。

简卿原本以为陆淮予会若无其事地把这一茬揭过去,却没想到他会一本正经地认真解释和道歉。

她心底萦绕不去的尴尬情绪被摆到明面上以后,在男人低缓又如清泉般微凉的声音里渐渐消散了。

简卿走了以后,客厅重回清冷和安静,但空气中仿佛还残留着她身上极淡的橘子味。

陆淮予合上有些酸涩的眼睛,揉了揉眉心。

过了一会儿,他踱到落地窗前。两个画架安安静静地摆在那里,矮一点儿的画架上夹着一幅儿童画。

这幅画虽然线条简单稚嫩,却很生动传神,画的是一家三口——小女孩的左右手分别牵着穿红裙的女人和西装革履的男人。

陆淮予眸色渐沉,心中生出一股烦躁感,于是点了一根烟。但他还没抽两口,又想起家里还有个孩子,于是又熄了烟,起身打开了门窗。

过了一会儿,他拿起茶几上的手机拨出一个电话。

简卿从楼里走出去,看到地上的积水,才想起自己的雨伞没拿,于是又折返回来。

公寓是一梯一户式,她刚出电梯没走几步,便闻到了过道里飘来浓浓的烟的味道。

大门敞开着,从里面传来男人低沉而磁性的声音。

"眠眠想你了。你什么时候回来看她?"

简卿看见自己放在门口置物架上的伞,不想打扰里面的人,于是屏住呼吸,弓着背,蹑手蹑脚地挪到玄关处。

这时,客厅里的男人好像没了耐心,出声提醒道:"你已经一个星期没回来了。眠眠快三岁了,需要在一个健康完整的家庭里长大。"

就连愠怒的时候,他的嗓音也是清冷好听的。

夫妻争执的场面她看多了,而且说实话,这样已经算是很温和的了。但她还是忍不住觉得难受,想要赶紧远离这样的氛围。

简卿拿起架子上的伞,转身就走,却没注意到画板的背带钩住了摆在鞋柜上的花瓶。

"哐当——"

木质花瓶倒地,在安静的空间里发出突兀的响声。

简卿的一颗心瞬间提到了嗓子眼儿,于是她撒腿就跑,直接蹿进了电梯,仿佛身后有洪水猛兽一般。

只要电梯门关得够快,尴尬就追不上她。

岑虞蹙起眉心,推开化妆师伸过来的手,问道:"你那边是什么声音?"

陆淮予向门外瞥了一眼,只看见一晃而过的白色背影,还有玄关处在地上来回滚动的花瓶,于是说道:"没事,不小心撞倒了花瓶。"

岑虞从助理的手里接过平板电脑,对着满满当当的行程表看了许久。

"这周六我回去一趟。"她最后说道。

陆淮予应了一声,表示知道了,然后又缓缓说道:"我刚才说的意思,你明白吗?"

岑虞沉默地轻咬着下唇,随后答道:"我知道的。"

陆淮予的意思是什么,她再清楚不过。眠眠现在年纪小不记事,可是等她越长越大,父亲缺位造成的情感缺失是难以弥补的。

"对不起啊。"岑虞低声说,"我可能还需要一点儿时间。"

以她现在的状态,她没有办法往前走,因为她好像失去了爱和被爱的能力。

陆淮予踱至客厅阳台的落地窗前，盯着楼下的一个小点儿，没有再说什么。

做家教的地点和南大虽然在同一座城市，却是一个在东边，一个在西边，相距很远。

简卿坐了一个小时的地铁加上半个小时的公交车才回到学校。刚进校门，她就收到了好朋友林亿发来的微信消息。

林亿："我又在工作室赶了一晚上作业，好困，先回去睡了。你晚上记得来消失酒吧。"

今天是简卿的生日，林亿早就和她约好在酒吧替她庆生。

天刚擦黑，简卿就赶到了酒吧街。夜晚的酒吧街灯红酒绿，到处都游荡着不甘寂寞的灵魂。消失酒吧隐匿在极不显眼的角落里，和它的名字倒是极为相符。

酒吧的招牌是纯黑色的底，连字也是黑色的，好像生怕别人看出来上面写的是什么字。

然而，这样一间不起眼儿的酒吧在这条街上却颇为有名。不少在这间酒吧驻唱的乐队红了，所以很多玩音乐的人挤破头也想在消失酒吧驻唱。

所在的乐队得到驻唱机会的时候，林亿不知道有多激动，说什么都要简卿来看她的首秀。

她们在酒吧门口碰了头。

"你之前来过这儿吗？"林亿一边说，一边熟门熟路地推开做旧的红色门，带简卿沿着水泥楼梯往地下走去。

她嚼着口香糖，胳膊懒懒散散地搭在简卿的肩膀上，好像没骨头似的。

酒吧的通道还是和三年前一样。狭长的通道只勉强容得下两个人并肩而行。通道黑暗逼仄，两侧脏兮兮的墙上挂满了泛黄的黑白老照片。

简卿心情复杂，有些提不起劲来，于是只淡淡地说道："来过一次。"

林亿满脑子都是接下来的表演，所以没看出她的异样。

狭窄的通道尽头出现了一个年轻男人。这人胡子拉碴的，扎着小脏辫儿，背着一把吉他，冲林亿喊道："林子，快过来，就等你了。"

"来了——"林亿朝他点了点头，又转身对简卿交代道："我让朋友在舞台附近给你留了个位子。你坐好，等哥哥燃炸全场。"

简卿笑道："不炸都对不起你这头发。"

为了这次演出，林亿特意将一头短发染成了绿色，让她在人群里显得非常扎眼。她今天穿着银钉重工马甲，外搭黑色皮革外套，耳骨上还戴着两三个银色耳钉。她的身高在一米七五上下，眉目英气，让人乍一看还以为她是个帅气的小哥。

走到通道的尽头，酒吧里头的光线更暗。此时店里已坐满了人。

舞台上的驻场歌手是个清秀俊朗的男生，他穿着干净的白衬衫和蓝色牛仔裤，抱着吉他坐在高脚椅上，温温柔柔地唱着歌。

侍者将简卿带到吧台预留的位子坐下。

调酒师抛起调酒壶又稳稳地接住，随口问道："喝点儿什么？"

简卿不喝酒，但又不好意思干坐着，索性就给林亿点了一杯调酒，等她表演完下来喝。

旁边来了一位穿红色吊带短裙的女人。她留着一头酒红色的披肩长发，妆化得很浓，身上的香水味浓烈扑鼻。

落座之后，她晃着一杯蓝色的鸡尾酒侧头问简卿道："妹妹，一个人出来玩？"

简卿摇了摇头，答道："等人。"

"等男人吧？"红裙女人边说边露出一副了然的表情，纤长的双腿交叉，使本来就短的裙子向上滑动，露出大片的肌肤。

简卿耸了耸肩，不置可否，懒得多做解释。

"看你年纪还很小，姐姐教你怎么找。你看那儿。"红裙女人一边说着，一边肩膀朝一个方向轻点。

顺着她的肩膀指的方向，简卿抬眸望去，一眼就看见了陷在卡座里的男人。

男人的侧脸隐在暗影中，目光微垂，他慵懒地斜靠在沙发上。

白色的衬衫被解开了最上面的两颗扣子，微微露出锁骨；袖口被随意地挽起，显得手臂的线条更加紧致性感。

旁边的人讲话时，他时而颔首，时而回应两句。骨节分明的食指有一下没一下地敲着桌面，透露出他游离的状态。

"怎么样？极品吧？今天我要是能约到他，就不算白来。"女人掏出小皮包里的化妆镜，急不可待地补了一下口红。

简卿沉默地盯着被女人看上的目标，过了一会儿才问道："万一人家结婚了呢？"

虽然在她看来，他的婚姻可能已经摇摇欲坠。

"那又怎么样？他来这儿不就是为了玩吗？"红裙女人一边说，一边轻蔑地笑了笑，然后撩了一把头发，袅袅婷婷地朝男人的卡座走了过去。

很快，女人便在男人的身边坐下了。男人没有拒绝，女人酒红色的长发搭在了他的手臂上。

简卿望了一会儿他们的身影，然后收回视线，低下头打开了手机。

她算了算最近的收入，留下这个月的生活费，把剩下的钱通过银行转账转给了一个匿名账户。

转账金额那一栏，她填的是10000元。

手机屏幕的光打在她的脸上，映出她漂亮的容颜。

她将视线落在"转账附言"上，指腹缓缓摩挲着粗糙的手机壳。

想着女人刚才说的话，过了许久，她一下一下地敲出一行字——

"你和我睡的时候，结婚了吗？"

简卿盯着屏幕上冰冷的文字，深深地吸了一口气，然后按下返回键，清空了打好的信息。

她重新打出了一行字——"12月还款。"

有些事情，她没必要知道。

更何况那个她连脸都不记得的男人和她之间，不过是施舍与被施舍的关系。

舞台上的驻场小哥用手指拨动最后一次弦，结束了表演，然后不紧不慢地合上曲谱，走下台。

简卿将手机锁屏，抬起头，将目光转回舞台上。

林亿似乎是和刚结束表演的小哥认识，上场前还冲他弹舌打了个招呼，故意挑衅似的说道："哥们儿，你的歌唱得也太消沉了。这儿又不是清吧。"

她嚼着口香糖，吐出个泡泡，继续说道："不如你来我们乐队吧。正好我们还缺个副吉他手。"她看着真是够欠的，简直像个小混混儿。

许述没生气，也没和她计较。他把吉他装进包里，背在肩上，临走前看向她头顶的绿毛，笑了笑，说道："染给我看的？"

"滚。"林亿刚刚还得意扬扬，听到这话立马翻脸，骂了一句。

看到她恼羞成怒的样子，许述眼里的笑意更深了。他伸手揉了揉她那一头绿毛，说道："走了。"

"别碰我的头！"林亿一边吼，一边像避瘟神似的躲开他的手。

"林子,磨叽什么呢?上台了。"扎着脏辫儿的男人边说边朝她招了招手。

简卿用手撑着脸,将他们的互动看在眼里。远远地,她听不到声音,所以看不出气氛的剑拔弩张,倒是看出了他们举止之间的亲密暧昧。

许述经过吧台时,她忍不住多看了两眼,眼神充满了探究和好奇。她以前从来没听林亿提起过这么一号人。

也许是因为她的目光过于直接,许述也侧过脸看向她。

"是你?"

简卿愣了愣,问道:"你认识我?"

许述耸了耸肩,又摇了摇头,朝她友好地笑了笑,就转身离开了。

他只是想起,她上一次来酒吧也是坐在这个位置。她点了很多酒,哭得很伤心。

那时候,她还染着很漂亮的酒红色头发,不像现在这样看起来乖乖的。

简卿没有在意刚才的小插曲,转而将注意力全部放在了舞台上。

酒吧的灯光从白色变成了热烈的深红色。这也预示着接下来是摇滚时间。

林亿站在舞台正中,渐变的墨绿色头发十分惹眼。她上身还是那件满是银色铆钉的皮夹克,脚踩黑色马丁靴打着拍子,手里握着黑色的话筒,指尖在话筒上轻点,仿佛舞台上天生的王者。

前奏响起时,林亿朝简卿所在的方向轻佻地吹了声口哨。

简卿勾唇笑了笑,举起杯子和她隔空对视。

原本平静的酒吧,空气像是被点燃了,一切都躁动了起来——鼓点、和弦、低哑又迷人的烟嗓。

陆淮予将目光移到舞台上,又顺着主唱的视线将目光落在了吧台边的简卿身上。

她穿着一件烟灰色的宽松毛衣,深色的外套随意地搭在椅背上,柔软的黑色短发乖乖地别在耳后。她微微仰着头,露出雪白纤细的颈项,脸上化了淡妆,干净的眸子明亮得宛如盈满春水。

此时她正对着台上的主唱笑得又娇又美。

陆淮予将指腹按在玻璃杯上摩挲,湿漉漉的玻璃杯触感冰凉。陆淮予抿了一口酒。

"所以你是做什么职业的，嗯？"红裙女人边说边侧过头，使腰身展现出诱人的曲线。

过了半晌，见他没有反应，坐在一边的裴浩帮忙搭腔道："陆医生，美女问你话呢。"

女人挑眉笑道："你是医生？什么科室的？"

陆淮予收回视线，发现自己的手臂上搭着一缕粗糙偏硬的酒红色长发。

"颌面外科。"说完，他不动声色地换了个姿势，让女人的头发随之落了下去。

"牙医现在很赚钱吧？不如你帮我检查一下牙齿——"她将身体微微前倾，露出姣好的"事业线"，朱唇半启，声音拖得又慢又长，使其包含着明显的暗示意味。

陆淮予淡淡地说道："可以。不过我建议你看牙之前先约一个洗牙。"

女人愣了愣，显然不明白他是什么意思。

他将视线移至她的唇齿上，而后又很快移开，接着说道："牙结石二度，牙龈红肿出血，伴有口腔异味儿。"

他的声音冷漠，不带感情。

女人闻言，表情肉眼可见地变得僵硬，下意识地闭上了嘴。

"洗牙之前，记得提前验一下血，排除乙肝等传染病存在的可能。"他顿了顿，继续说道，"你如果嫌麻烦，可以去协和医院挂牙周科。那里不用验血，就是挂号比较难。"

乐队的第一首歌结束以后，周围响起了口哨声和欢呼声。整个场子都躁动了起来。

一个红发女人从卡座区走出来，把高跟鞋踩得"嗒嗒"响。她一脸的狼狈，眼神愤愤的。

裴浩没挽留住要走的女人，只在她临走前摸了一把她的手。

接着，他整个人又扫兴地倒回沙发上，翻了个白眼，说道："陆淮予，你可真行。老子喊你出来是图你这张脸能帮哥们儿把妹的。你倒好——两句话就把人气走了。你是故意的吧？"

裴浩还在回味刚才那女人惹火的身材，心里觉得着实可惜，于是一口闷掉杯子里的酒，说道："刚才那美女，你就一点儿都没看上？"

陆淮予想了想，似乎随口说道："头发的颜色挺好看的。"

他将视线重新投向吧台那边，看到简卿从包里翻出一束包装精美的鲜花藏在身后。

那束花像是给谁准备的小惊喜。

红色的月季绽放得热烈,像是一场狂欢。

当第二首歌欢快的前奏响起时,她抬手将花束朝舞台抛去。

林亿正跟着节奏摇头晃脑,看到她的动作,挑了挑眉,轻松地接住了她抛来的花,好听的烟嗓声音低柔,辨不清是男声还是女声:"谢谢我的小粉丝。"

两个人的互动十分短暂,所以大部分人只看到了帅气野性的主唱接花的瞬间。等他们再顺着花束抛来的方向看过去时,简卿已经重新端端正正地坐好了。

卡座区的人倒是看到了全过程。

裴浩愤愤地撇嘴说道:"连驻唱的小哥都有女朋友陪着,还收到了花。我好酸。"

他又盯着吧台边的简卿打量了一下,接着说道:"你别说,小女朋友长得还挺漂亮,但看着也太嫩了吧!她成年了吗?"

裴浩似乎想到了什么,转了转眼珠子,开玩笑地问道:"陆医生,这一款的女人你喜欢吗?"

桌面上的手机适时地亮起,弹出一则短信通知,打断了对话。

陆淮予探身拿过手机。

南临银行
到账通知:他人转入您尾号 1456 的账户人民币 10000.00 元。
转账附言:12 月还款。

他低着头,黑色的碎发垂落至额前,让人看不清他的表情。过了半晌,他才说道:"挺喜欢的。"

他的语气淡淡的,和刚才说喜欢那个女人头发的颜色一样,漫不经心得像是在敷衍。

裴浩也没把他的话当真,轻嗤了一声,嘲讽道:"那你可能没机会了。"

凌晨的钟声响起,林亿精准到秒地打了个响指,让进行到一半的摇滚乐骤停。

"接下来这首歌,我要送给我的小粉丝。"

随着她将手指按在键盘上,温柔的音符一个个地跳了出来。
她唱的是李雪莱的《生日快乐》——

  祝你生日快乐
  祝你天天快乐
  祝你从早上起床快乐到晚上进被窝

她的声音低低哑哑的。此时,射灯的光也被切换成白色。灯光打在她的脸上,使她敛去了平日里的张扬,多了三分柔和感。

简卿抿着唇,认认真真地听着林亿在台上唱歌。

她目不转睛,眉眼含笑,心里泛着暖意。

然而这样的氛围只持续了短短两分钟。生日歌一结束,林亿立刻被打回原形。

乐队成员们重新摇头晃脑地躁动起来,比先前更兴奋。

场子越来越热,所以林亿也越唱越兴奋。她伸出手指向上方,跟着节奏跳了起来。

突然,"扑通"一声——

林亿一脚踩空,翻身掉下了舞台。

她的下巴狠狠地撞在了音响设备上。还在她嘴边的话筒收到了她发出的号叫声。

刺耳的噪声直击众人的耳膜。

林亿下意识地想张嘴骂人,结果先吐出一口血水,还有一颗门牙。

伴随着座椅摩擦地面的"刺啦"声,简卿慌慌张张地跑了过去。

整个酒吧顿时陷入一片混乱之中——众人吵吵闹闹,毫无秩序。

陆淮予望着舞台边的混乱场景,挑了挑眉,散漫地晃着手里的玻璃杯。杯中的冰块相互碰撞,发出清脆悦耳的声音。

随后,他将杯子搁在桌上,不疾不徐地朝舞台的方向走去。

"天哪——林子,你蹦那么疯干什么?没事吧?"

林亿捂着嘴不敢张开,疼得眼里泛出泪花,只能发出呜咽声。

这能没事吗?!

简卿把林亿扶起来,担忧地问道:"伤到哪儿了?"

林亿仿佛见到亲人一般,哭得更狠了。她哼哼唧唧地摊开手,把血糊糊的牙齿给她看。

简卿一瞬间感觉有些心疼，又觉得有些好笑，于是嗔怪道："真把你能的。"

"咋样啊林子，还能唱不？这才几首歌啊。"绑着脏辫儿的吉他手一副唯恐天下不乱的模样逗她道。

林亿骂不出声，只能张牙舞爪地要冲过去揍他。

简卿赶紧拦着她。奈何林亿比她高出半个头，即使刚才被摔得那么狠，力气也不小。

混乱间，林亿的手肘向后一杵，撞上了简卿的肩膀。

简卿重心不稳，踉跄着倒退了几步，差点儿摔倒。好在这时她的身后出现了一只手，刚好扶住了她的腰。

隔着毛衣，简卿能感觉到那只手掌宽厚微凉，扶住人以后很快就收回去了。

空气中飘来一股淡淡的薄荷香味。

她回过头去说谢谢，正对上了男人清冷疏离的眸子。

时间仿佛停滞了一瞬。

陆淮予淡淡地开口道："让你的朋友把牙齿含进嘴里。在两个小时内处理的话，牙医还能把牙种回去。"

林亿还和人扭打在一起，场面一片混乱。简卿听他这么说，不知道为何没有丝毫质疑，下意识地就照着他说的话去做了。

好不容易把打架的两个人分开，她跟哄小孩似的对林亿安慰道："听话，我们去医院。"

"痛、痛。"林亿嗳嚅着说道。她一边说，一边没骨头似的把胳膊搭在简卿的肩膀上，一副委屈巴巴的模样。

林亿这人吧，是典型的纸老虎——表面上看起来帅气利落，跟个爷们儿似的，实际上一戳就破，撒起娇来谁都比不过她。

换作平时，林亿要是敢这么黏糊糊地跟她说话，简卿早就一个巴掌甩过去了。现在简卿看着她可怜兮兮的模样，难得耐着性子配合她说道："呼呼。"

陆淮予眉心微蹙，盯着这个没骨头似的、整个人都靠在简卿身上的小子。

小姑娘这是什么眼光，找了个只会撒娇的小崽子？

"会开车吗？"陆淮予冷不丁地问道。

简卿愣了愣，点了点头，答道："会。"

他从裤兜里摸出车钥匙丢给她，然后说道："那你来开，我喝酒了。"

手里的车钥匙微沉，金属的质感冰凉。

简卿看了一眼保时捷的车标，沉默了片刻，才又说道："要不我还是打车吧。"万一剐蹭到哪儿，她可赔不起。

陆淮予挑眉问道："你确定？"

凌晨的酒吧街特别难打车。简卿看着打车软件上的排队数字，心里明白，等排到她们，林亿的牙估计也没救了。

陆淮予一言不发地坐在副驾驶座上，左手有意无意地在手刹上轻敲，偶尔还会出声提醒简卿提前并道，打转向灯，像极了驾校的教练。

林亿则坐在后座上，嘴里的血不断往外冒，已经浸透了半包纸巾。就算这样，她还不忘抱着简卿送的月季，看上去又好笑又可怜。

好在半夜里路上的车辆不多，简卿还算顺利地将车开到了医院，只是停车时犯了难。

她用手比画了半天，皱着眉思考方向盘左打还是右打，最终决定放弃。于是她踩了刹车，然后看向旁边的人，说道："我不会侧方停车。"

陆淮予看了一眼手表，说道："我找人来停吧。你们先去急诊室，和护士说一下，牙齿离体四十五分钟。"

协和医院的口腔急诊室里秩序井然。

候诊室里有个孩子因为牙疼哭得格外大声。林亿也比他好不到哪里去，此时正蹭着简卿的肩膀哭哭啼啼的。

前台的护士见怪不怪，低着头，边写病历边例行公事地询问了几个问题。

林亿闭着嘴，一个字也说不出来，所以回答问题全部由简卿代劳。

"你们还挺聪明，知道牙齿掉了要往嘴里含。行了，去那边等着叫号吧。"

护士将挂号单递给简卿时，抬头正好看见走进来的陆淮予。她吃了一惊，笑着招呼道："陆医生，你怎么来了？"

陆淮予淡淡地应了一声，又瞥了一眼就诊室，问道："里面还有患者？"

"嗯，有一个颌骨骨折的。"

护士又看向林亿，开玩笑地说道："这儿有个紧急的患者，要不您亲自上？"

简卿站在旁边，默默地听着他们的对话，到了这时才知道，原来他是个牙科医生。难怪他刚才处理林亿的紧急情况时那么镇定从容。

"林亿——"没等陆淮予回答，就诊室的助手护士已经走到门口喊人。

听到自己的名字，林亿打了个激灵，揪着简卿的衣角说道："妈妈，怕怕。"

简卿的耐心告罄，于是她甩开林亿的手说道："行了，哼哼唧唧的，没完了？赶紧滚去种牙。"

没得到想要的安慰，林亿撇着嘴悻悻地进了诊室。

等她一走，紧张的气氛就缓和了下来。简卿看向站在护士台旁边的陆淮予。

值班护士似乎遇到了什么棘手的问题，正在询问他。

简卿不好打扰他们，就自己找了个稍远点儿的座位坐下。

陆淮予低着头，黑色的碎发落至额前。医院的光线昏暗，让人看不清他的表情。

他的手里拿着病历本，一页一页地认真翻看，看完之后递回给值班护士，又嘱咐了几句。随后，他在候诊室环视一圈，朝简卿的方向走来。

简卿站起身，有些不好意思地说："对不起啊，这么晚了还麻烦你帮忙。"

"没事，我本来就要回医院一趟。"他从饮水机处接了一杯水递给她。

她接过纸杯后小声地道谢。水温正好，纸杯捧在手里令人感觉温暖舒适。

男人在她的身边坐下，仰起头，抬手拧了拧眉心。

手机的振动声响起。简卿抱着自己还有林亿的衣服，来回翻找起来。

"我的。"陆淮予拿起手机示意。

电话一接通，裴浩咋咋呼呼的声音便传了出来："我上个厕所的工夫，你人就没了？要不是吧台调酒师和我说，你是带着妹妹走的，我还以为你又回家带娃了。"

伴随着满含揶揄又十分猥琐的笑声，他又口无遮拦地说道："哥们儿可以啊！千年铁树开花——"

陆淮予面无表情地挂断了电话。

候诊室里很安静,而且两个人又离得很近,所以简卿把这通电话的内容听得清清楚楚。

气氛有些尴尬。

"抱歉,我朋友的脑子不太好。"他解释道。

简卿缩在椅子里,心里憋着话想说,又因为觉得不关自己的事,把话咽了回去,最后只是摇了摇头:"没事。"

她对陆淮予的私生活虽然不认可,但也不会妄加评论。每个人都有自己的选择,也都应该为自己的选择负责。

陆淮予看了一眼挂钟的时间,问道:"你之后准备去哪儿?"这个时间,南大的宿舍应该已经关门了。

"我们在学校附近的酒店预订了一间房。"简卿恹恹地打了个哈欠,漫不经心地说。

她半眯着眼,懒懒散散地歪着脑袋靠在椅背上。

闻言,陆淮予扭过头,盯着一脸困意、眼角泛泪的小姑娘,眉心微微蹙起。

简卿捧着水杯,感受着杯中的水温度渐凉。医院白墙上的挂钟的分针又走了半圈。

陆淮予自坐下开始没多久,就不停地被叫走。等简卿再在护士台边看见他时,他已经穿上了白大褂。他今晚好像真的是要值班。简卿心里的愧疚感被消去了不少。

他身形挺拔,两条腿笔直修长——活脱脱一个衣架子。

他的白大褂干净整洁,扣子扣到了最上面的一颗,露出衬衫的衣领,一丝不苟的着装使他比平时更添了三分清冷感。

一副金丝细边的眼镜架在他高挺的鼻梁上,衬得他的双眸更加漆黑。他低头想事情时还喜欢有一下没一下地敲着桌面。

"斯文败类"——她想到了这么一个词。现在的他和她在酒吧里看到的慵懒随意的他简直判若两人。

又三十分钟过去了,肿着脸的林亿终于捂着冰袋从就诊室里走了出来。

林亿怎么想都觉得自己这一天过得实在是憋屈。她看见简卿以后更来劲了,扑过来像个小奶狗似的蹭着简卿的颈窝撒娇:"好痛好痛。"

简卿不是很想再配合她的幼稚行为,于是一边摁着她的脑门儿把人推开,一边翻了个白眼,说道:"这能赖谁?"

林亿耷拉着脑袋,吸了吸鼻子:"我们快回去吧。"

简卿想和陆淮予打声招呼、道个谢再离开,但环顾四周,没看到人,最后只能作罢。

陆淮予查完房回来的时候,候诊室里已经没人了。他的微信收到了小姑娘道谢的消息,还有一个比心的表情。

值班医生拿着一张单子从诊室里出来,问护士:"刚才摔掉牙的患者还在吗?"

"好像刚走。"

值班医生皱着眉嘀咕道:"怎么跑那么快呢?我的病历还没写完呢。"

"陆主任,您怎么来了?"他看见经过的陆淮予,有些吃惊地问道。

口腔急诊夜班的值班医生都是住院医师和主治医师。除非有非常紧急的手术,主任医师才会被半夜叫回来,否则他们通常是不会出急诊夜班的。

陆淮予的脸上表情漠然:"闲得来做义务劳动。"他的语气冷冷淡淡的,让人辨不明情绪。

"刚才那患者的病历怎么了?"他看向值班医生手里拿的病历单,似乎是随口一问。

值班医生一边将病历单递给他看,一边说:"没什么大事,就是我给她种牙的时候,发现她的左下第七颗牙有龋坏。没等我和她说呢,人就跑了。"

陆淮予接过病历单,视线停在患者信息栏上,眼皮微抬。

> 记录日期:20××-12-01 00:45
> 姓名:林亿
> 性别:女

"哎,不过刚才那个妹子长得可真够帅气的。要不是看病历,我都差点儿没认出来那是个女孩。"这会儿没有病人,值班医生闲闲地靠在护士台上,和几个护士聊起天来。

陆淮予挑了挑眉,将病历单递回给他,然后慢条斯理地整理着衬衣的袖口,同时神情也放松了下来。

前台护士提起了劲,有些兴奋地说:"我刚才录入信息的时候也吃了一惊。不过她真的很帅啊，很特别的感觉！看她和另一个妹子撒娇的样子，真是乖得像个弟弟。"

"陪她一起来的妹子也很好看哪。我老忍不住往她那边瞥。"说话的护士偷偷瞄了一眼低着头站在旁边一言不发的陆淮予。

虽然她偷看的最多的还是陆医生。陆医生才是协和医院最帅的人！

第二章
看　牙

　　油画系的工作室有百余平方米，室内的墙面沾着五颜六色的漆料。静物桌上摆满了各种西式雕塑。
　　十几张画架围在一处。站在中间的男模特的肌肤呈健康的小麦色。此时，他正摆着姿势，展现健美的身材。
　　简卿面无表情地盯着男模特的身体，对此已习以为常，看男模特就仿佛在看菜市场里案板上的肉一般。
　　简卿手里的笔勾勾画画，走线迅速果断。
　　坐在她旁边的林亿的注意力已经开始涣散，毕竟他们已经画了四个小时了。
　　林亿用余光瞥见指导老师一走，马上掉转手里的笔，戳了戳简卿："去食堂吗？晚了人就多了。"
　　协和医院的口腔科名不虚传。这才没过几天，林亿的牙已经好得差不多了。她现在吃饭特香，嘴皮子特厉害。
　　简卿看了一眼时间，点了点头，开始收拾画材。

　　食堂里的人不算多。
　　林亿咽下一大口炒米粉，说道："对了，之前我都忘记问了，你的家教做得怎么样？"
　　简卿轻描淡写地说道："还可以。"

"那就好。"林亿用食指漫不经心地转着摆在桌上的手机说,"你爸也真是绝了,女儿上大学一分钱都不肯出。"

简卿不太在意地说:"我都成年了。他确实没什么义务继续养我。"

"这也就是你的心态好。你这明年的学费都没着落吧?"林亿按住还在转圈的手机,又抓了抓头发。

美院的学费是出了名的贵。虽然简卿所在的油画系不像摄影、首饰这些烧钱的专业一样,但每个月的画材消耗也是一笔不小的开支。

简卿用勺子捣碎餐盘里的鸡蛋羹,反倒安慰起林亿来:"要是家教一直做着,平时再找找活儿,我感觉也没什么问题。"

林亿皱眉,问道:"那你不做作业了?"

随即她想了想,眉头又舒展开来:"也是,每次你交的作业就没见被老周打回来过。我好气。"

天赋这玩意儿就真是让人羡慕。

林亿自己费尽心力花一周时间画的作业,常常不及简卿一个通宵赶出来的画。

"我这儿有个墙绘的活儿:2米×25米的墙面,报价一万,要求一周完工。我一个人画不完,你和我一起?"林亿问。

简卿听说有活儿干,也不客气:"好啊,不过我只能做完家教再画墙绘。"

"没事。我下午,你晚上。正好我还能回工作室继续赶作业。"林亿打开手机看了一眼,"地址就在协和医院,离你做家教的地方不远。"

协和医院的儿科住院部安静而有秩序,空气中飘着消毒水的味道。

陆淮予被值班护士叫回来出急诊。之前被车撞伤脸的孩子刚从重症监护室里出来。孩子的情况不太好,所以等到救治结束,已经是晚上十点半了。

因为担心还会发生意外状况,陆淮予没有直接离开。他和护士站的值班护士简单交代了几句,就搭电梯去了六楼的天台透气。

天台上还有两名护士半趴在围栏边。两个人都探出半个身子,小声地聊着天。

"你别说,宣传科请人给儿科楼画的墙绘还挺好看的。你看那只在沙发上睡觉的小兔子,太可爱了,看得我也想睡觉。"

"可不得好看吗?林科长专门找南大美院的学生画的。"

"难怪画得这么好。我有个同学考了四年南大美院都没考上。他现在还在备考,非说南大美院油画系是他心目中的'白月光'。"

"林科长找的就是那个小姑娘吧?这么晚了还在画呢,也真是辛苦。"

陆淮予斜靠在栏杆一角,漫不经心地顺着她们的目光望去。

昏黄的灯光打在白色的院墙上。简卿左手托着调色盘,右手执着画笔,正踮着脚,伸手一笔一画地勾勒着小狐狸的轮廓。

她仰着头,侧脸隐在黑暗中。别人只能看到她明晰又柔和的下颌线。

一缕碎发垂落至额前,挡住了她的视线。因为腾不出手,所以她只能晃着脑袋把碎发甩到一边。

她的神色极为认真,像极了黑夜里熠熠生辉的星星,让人移不开眼。

陆淮予望着那一处昏暗的地方看了许久。

简卿原计划周五通宵不眠,把墙绘的收尾工作做完。可她画到凌晨四五点的时候实在太困了,就坐在地上靠着墙眯了那么一会儿。

没想到,她一眯就眯到了林亿早上来接班。

"不是吧,姐姐。你就在这儿睡了一晚上吗?"

感觉到有人在推她的肩膀,简卿睁开惺忪的睡眼,发现天色已经大亮。

"你可真是乞丐不挑床,在哪儿都能睡。"林亿叼着一根油条在她的旁边坐下,又侧过头瞥了她一眼,"你还算聪明,知道带一条毯子,没把自己冻着。"

简卿揉了揉发僵的脸颊。此时她整个人还处在迷茫状态,低下头才发现自己的身上盖着一条灰色的羊绒毯。

毯子的材质柔软舒适,生出融融暖意。

"这好像不是我的。"

"那是谁的?"林亿环顾四周,发现到处是匆忙走过的医生、护士和病人家属。

林亿转回头来再看,发现简卿的脸上沾了好多颜料,黑色的卫衣也脏兮兮的,于是沉默了片刻,说道:"估计是有人真把你当乞丐了吧。好人一生平安。"

简卿盯着毛毯看了一会儿,起身拍掉毯子上的灰尘,又把毯子叠好交给林亿:"你先收着。万一有人来要,你就替我还给人家吧,记得帮我说声谢谢。"

简卿背上画袋,又扯走林亿的半根油条:"我走了啊,一会儿游乐场的门口要没位置了。"

林亿打开工具箱，用食指拨了两下，从里面挑出画笔和颜料。听到这话，她翻了个白眼："去吧。真累不坏你。"

周六的游乐场人声鼎沸，里面全是带着孩子出来玩的人。

简卿背着画板到游乐场的门口摆摊子，给小朋友和家长画卡通画。

门口卖棉花糖的大叔招呼她："来了？给你留了位置。"显然两个人已经颇为熟悉了。

小朋友很喜欢简卿的画。很多小朋友就算自己不画，也要凑在她的身边看，因此周围的摊子也被带得热闹了起来。

游乐园里传来孩子们的欢笑声。时不时有任性的孩子哭哭啼啼地和家长闹脾气，不同的父母用不同的处理方式应付着。

简卿很喜欢这样的氛围，感觉幸福又温馨。

临近傍晚，萧萧轻风阵阵寒，人群逐渐散去。原本喧闹的游乐场安静下来，卖棉花糖的大叔也和简卿道别收摊儿了。

简卿终于有了空闲，于是坐在小凳子上，打开手机计算一天的收入。

突然一只小手伸过来，扯了扯她的衣角："姐姐——"

简卿抬起头，映入眼帘的是小女孩粉雕玉琢的脸。

"眠眠，你认识这个姐姐呀？"一个清脆的声音从头顶上方传来。

眠眠点了点头，指着简卿夹在画板上的卡通样图，仰着脑袋说："妈妈，眠眠想画画。"

简卿顺着眠眠的视线，看到了牵着眠眠的女人。

这位女士身材高挑，亭亭玉立，身着一袭后背镂空的红色长裙。她雪白的后颈系着细细的吊带，及腰长发披散开来，使她的蝴蝶骨若隐若现。

墨镜遮住了她的半张脸，让人只能看到她性感的红唇和线条明晰的下颌。

"人间富贵花"——简卿想到这么个词。眠眠的妈妈比她之前想象中的还要美艳动人。

女人看了一眼时间，问道："画一幅画要花多长时间呢？"

"快的话要半个小时。"

闻言，女人的眉心微蹙，她有些为难地蹲下身来，带着歉意对眠眠说："妈妈晚上还有一项很重要的工作。我们下次再画，好吗？"

眠眠耷拉下脑袋，难得地摇了摇头，小脸儿上满是倔强。

岑虞沉默了半响，走到远处的树下打了两个电话，又走回来，抱着眠眠坐在了椅子上。她熟练地摆出了一个漂亮的姿势："麻烦你把我们画得好看一点儿哟。"她的一颦一笑、一举一动都尽显风情。

简卿抽出画笔和纸，笑着应了声"好"。

岑虞和简卿有一下没一下地闲聊着。简卿的话少，因此大多是岑虞在问。

"原来你就是陆淮予给眠眠请的家教啊。前两天他拍了一张眠眠的画给我，那就是你教眠眠画的吧？"

"嗯。"简卿回答得很简略，尾音拖得长长的，显得有些心不在焉。

她抬眼看一眼岑虞，再低头看画纸，一点点地描摹着。

一旦开始专心画画，无论别人和她说什么，她就只会简单地附和。

她的大脑像是被关上了某个开关，让她的眼里只剩下白纸上的世界。

岑虞也发现小姑娘在全神贯注地画画，便不再打扰她，转而自己低下头逗怀里的小家伙玩。

两个人都没有听到隐匿在拐角处的照相机拍照时的快门儿声。

时间正好过去了半个小时，简卿画下最后一笔，盯着画纸露出了满意的笑容。

一道阴影突然遮住了光线，将她整个罩住。

简卿抬起头，视线恰好和陆淮予的目光撞上。

陆淮予的目光在简卿的脸上停留了一瞬，很快便移开了，转而落在那对母女的身上。

岑虞有些心虚地朝他招了招手："你来得正好。我的助理已经打了七八个电话来催了。再不回去，我怕她杀了我。"

陆淮予只是淡淡地扫了她一眼，没有搭理她。他的神情冷淡，嘴角紧抿。

时间一度仿佛凝滞。

简卿觉得她正置身于家庭冷暴力的现场，于是下意识地搓了搓手臂。

看出陆淮予果然在生气，岑虞不敢再说什么。

本来约好的，她会和小家伙待一整天。为了挤出时间，她这两天飞了三座城市，加起来只睡了不到六个小时，但计划赶不上变化，原本别人要上的一档综艺节目临时换成了她上。

岑虞看着怀里的小家伙，心里酸涩不已，面上却没表现出分毫。她不是没心没肺，而是觉得自己没资格难过。她确实是个不称职的母亲。

她在眠眠的小脸儿上亲了一下。

眠眠好像早就知道妈妈会走，没有哭闹，只是乖乖地挥手说："妈妈再见。"

直到岑虞的身影渐渐远去，最后上了一辆黑色的保姆车，小家伙脸上的神情才肉眼可见地低落了下来。

小家伙真是委屈兮兮、可怜见的。

简卿默不作声地把画从画板上取下来递给男人："您看这幅画还满意吗？您如果觉得满意的话，请缴费五十元。"

陆淮予接过画，将眠眠抱起来，轻声细语地问道："眠眠喜欢吗？"

眠眠提起了些精神，爱不释手地捧着画，软软地回答道："喜欢。"

这人还真是一秒从冷暴力丈夫切换成温柔好爸爸。简卿忍不住在心里啧啧赞叹。

微信弹出了转账提示。之前简卿加过陆淮予的微信。

看到数额时，简卿愣了愣，随后疑惑地抬头看向他。

"这个月的家教费用，那天忘记给你了。你介意月结吗？"陆淮予的语气疏离又不失礼貌。

简卿摇了摇头："不介意，月结比较方便。"

她背起画袋，和他们道别："那我先回学校了。"

陆淮予沉默了一瞬，突然抬起眼皮叫住她，冷不丁地问道："简卿，你很缺钱吗？"

任何人被问到这样的问题，都会觉得受到了冒犯。

一贫如洗的人可以什么都没有，唯有自尊不容侵犯。

偏偏这样的话被他说出来，简卿却没有这种感觉。她的心里就像是被询问今天的天气一样平静无波。

大概因为他的话中不带一点儿怜悯、好奇和轻蔑之意。

"是挺缺的。"简卿笑了笑，很坦荡的样子。

陆淮予点了点头："秦阿姨的儿子生病了，所以她这个月晚上都要去医院，照顾不了眠眠。你愿意做完家教以后再做一份工作吗？"

简卿微微挑眉，有些惊讶。送上门的活儿，她当然没有直接拒绝的道理。

她掏出手机，打开备忘录，认认真真地问道："时间？价钱？我要做什么事情？我看看合不合适。"

天色渐黑。轻风吹过，带来丝丝寒意，简卿打了个哆嗦。

"我们换个地方说吧。"陆淮予把手伸进眠眠后背的衣服里，摸出一手的汗，"这里风太大了，小朋友容易感冒。"

简卿看了看恹恹地趴在他的怀里的眠眠。眠眠的小脸儿红扑扑的，额头上都是汗。小家伙不知道什么时候已经睡着了。

陆淮予的车就停在不远处。他打开车后门将眠眠放在儿童安全座椅上安置好，又回过头对站在一旁的简卿说："东西给我。你坐副驾驶座。"

简卿乖乖应声，然后摘下背上的画袋和工具箱递给他。

车内开了暖气，玻璃窗上渐渐凝了雾。窗外是万家灯火。

一股淡淡的薄荷香在空气中扩散。

"回学校？"陆淮予问。

"先不回。我要去一趟协和医院。你顺路吗？不顺路的话，你找一个地铁站把我放下就行。"

"你不舒服？"他扭头看向她。

"没有。我接了一个医院墙绘的活儿，现在还差一点儿就画完了。"

车里很暖和。简卿缩着脖子打了个小小的哈欠，整个人懒懒的，像一只软乎乎的小猫。

陆淮予盯着她，轻扯了一下嘴角："你还挺努力的。"

接着，他言归正传："我这边的需求时间是周一到周五，晚上六点到第二天早上八点。这个时间段你帮忙照顾眠眠，要做的事情和你那天晚上做的事情差不多。"

"晚上你不在家吗？"简卿有些困惑。

他直视前方，打了转向灯转弯："不常在。留眠眠一个人在家，我不太放心，但临时又很难找到人帮忙。薪酬是一万，你觉得少了可以说。"

在听到要做的事情和价钱以后，简卿有些心动。但她想到晚上不能回宿舍，还要住在陌生人的家里，又觉得不妥。

陆淮予将她迟疑的神色看在眼里，于是对她说道："你可以考虑一下，想好了再给我答复。"

车子缓缓停下。

简卿抬起头看向窗外，发现不知不觉已经到了医院，车子还正好停在了儿科住院部的门口。

协和医院大得惊人，所以她经常在医院里开着导航绕半天路找儿科住院部。这下倒是省得她再找地方了。

她拿上画具，乖巧地道谢。

陆淮予语气淡淡地说道："不客气。"

车内和车外明显温度不同，简卿下车以后冷得赶紧把兜帽戴上了，刚好一眼就看到了在路灯下画画的林亿。

尽管简卿的手里拎着一堆东西，她还是一路小跑过去，那轻松的感觉就像她在长辈面前压抑了很久，终于获得了解放一样。

穿着黑色卫衣的林亿踩在矮凳上仰头画画。简卿悄无声息地走近，踹了一下矮凳，把林亿吓了一跳。

林亿也不甘示弱，用胳膊锁住简卿的脖子，笑嘻嘻地用笔往她的脸上涂颜料。

简卿把脸皱成一团，一边挣扎一边求饶。

昏黄的灯光将她们的影子拉得很长。

陆淮予没有立刻离开，而是靠在椅背上，望着远处有说有笑地打闹在一起的两个年轻人。

陆淮予的侧脸隐在暗处，令人看不出情绪。他修长白皙的食指有一下没一下地敲打在方向盘上。

过了半晌，他才发动车子，驶离医院。

南大美院的宿舍布置是四套上床下桌，整个宿舍摆满了各种画具和五颜六色的颜料。

周一上午难得没课。简卿伏在桌子上，目不转睛地盯着电脑屏幕，手里握着的笔在手绘板上快速地移动着。

她最近接了个外包的活儿——为一家小游戏公司画场景氛围稿。

林亿翘着脚躺在床上，百无聊赖地上下滑动着手里的平板电脑的屏幕。

"哇！"原本懒懒散散地躺着的林亿突然从床上惊坐而起。

简卿顿了顿，把颜色涂到了线外："怎么了？你这一惊一乍的。"

和林亿对床的周琳琳还在睡觉，这时也被林亿惊醒，于是抄起一个枕头丢向林亿。

林亿抱着枕头,安抚地摸了摸对床拱起的被子,小声说道:"不好意思,不好意思。姐姐您继续睡。"

她"哧溜"一下顺着栏杆跳下床,把平板电脑递到简卿的面前:"你快看微博热搜。这张照片里的背影是不是你啊?"

简卿的目光落在平板电脑上。从拍摄的角度看,照片明显是偷拍的,有些模糊,镜头对准的是坐在椅子上的女人。

女人身穿高定裙装,纤细白皙的双腿交叉着,海藻般的鬈发披散开来。墨镜遮住了她的半张脸,使她只露出漂亮的下颌。

女人的怀里抱着一个三岁左右的孩子。孩子的脸被打了马赛克。

照片的右下角是简卿画画的背影。这是上周六简卿在游乐场门口画画的一幕场景。

"你再看下一张。"林亿的手指在平板电脑的屏幕上滑过。

第二张照片和第一张差不多,只是女人的身边出现了一个男人的身影。

男人的身形挺拔修长,他的腰背挺得笔直。照片虽然只拍到了他模糊的侧脸,但依然让人不难看出此人面容英俊,气质不凡。

简卿放下手里的笔,退出了电脑上的图片模式,皱着眉浏览起了微博的话题内容——

#岑虞隐婚生子# 岑虞被拍到抱着一个小女孩出现在游乐场门口,且与小女孩举止亲昵。随后一个男人出现,将小女孩接走。岑虞则搭乘黑色保姆车离开。

微博配图的第三张小图是女人的一张写真照。照片中的女人姿容姣好,美艳动人。

"是你吧?是你吧?你那天看出什么了吗?那个小女孩真的是岑虞的女儿吗?"林亿好奇地问道。

简卿犹豫了片刻,决定什么也不透露。她摇了摇头,装傻充愣地说道:"不知道啊。她们让我画了一幅手绘就走了。"

她边说边打开搜索网页,输入关键词"岑虞"。记忆里,她好像从来没听说过这个名字。

林亿盯着她的操作说道:"不是吧?你连岑虞都不认识?她可是我曾经的女神。她一出道就演了陈导的《告别》,而且直接凭借这部电影包揽了几

· 32 ·

大电影节的最佳女主角奖项。她简直是出道即巅峰。"

"《告别》这部电影我真是看一遍哭一遍。"周琳琳被吵醒以后隐隐约约听见她们的谈话内容，索性也不睡了，从床上爬起来加入群聊。

"不过她演完这部电影以后就在娱乐圈销声匿迹了，直到最近才复出。但她现在被嘲笑得很厉害。别人都说她高开低走，全靠炒作给自己立人设，拿不出什么新作品。"

周琳琳从床头的置物架上摸过手机，也看起了微博。她看着照片，啧啧赞叹道："这男人的侧脸好帅啊。我说岑虞当年怎么舍得突然息影，原来是为爱生孩子去了。"

"难不成两个人现在婚变了？所以岑虞才重新出来混演艺圈？"周琳琳一拍脑门儿，展开了丰富的想象。

简卿选择保持沉默。广大网友的直觉真是敏锐得很。

"哇，不是吧？那这男的眼神也太差了吧？他上哪儿还能找到这么漂亮的姐姐？"林亿顿了顿，盯着简卿的侧脸说道，"嗯，我们寝室还有一个。"

简卿也不客气，坦然地接受夸赞，同时挑眉笑道："谢谢你呀。"

她瞥了一眼时间，接着说道："行了，我要出门去做家教了。"

周琳琳还盯着手机，于是漫不经心地提醒道："记得带伞。据说今天有阵雨。"

说完她又想起了什么似的，对着床下的林亿扔了个布玩偶，有些兴奋地问道："咱俩一起再刷一遍《告别》，怎么样？"

"可以。"林亿立刻行动起来，打开了电脑。

伴随着电影的开场音乐，简卿收拾完画材出了门。

到了做家教的地点，她轻轻叩响实木的防盗门。过了很久，才有人过来开门。

男人站在玄关处，身形挺拔。他穿着一身宽松休闲的家居服，黑色的碎发垂落至额前，眼睛里透着迷蒙困倦之色，像是还没有睡醒。

简卿有些吃惊。因为这个时间陆淮予一般不会在家。

除了第一天来做家教的时候简卿和他对接过以外，这是她第二次碰上陆淮予在家。这样的情况实属罕见。

"来了。"他低头看向简卿，声音淡淡的，略带鼻音。

陆淮予让出玄关的位置，转身走到客厅的沙发上坐下，整个人陷进沙发里，笔直修长的双腿懒散地搭在茶几上。

眠眠听见开门声，"噔噔噔"地从房间里跑出来，笑眯眯地叫人："姐姐。"小家伙的声音又甜又软，整个人就像一颗小太阳让人觉得温暖。

简卿蹲下身来，捏了捏她的小脸儿，问道："眠眠今天想画什么呀？我们画静物写生，好不好？"

小家伙转了转圆溜溜的大眼睛，盯着沙发上躺着的人，兴奋地拍手道："画爸爸！"

陆淮予连着做了两场手术，今天调休在家。因为秦阿姨临时有事要回家，他睡到一半就被叫醒了。等秦阿姨走了，他好不容易刚睡着，又被敲门声弄醒。

他的教养很好，所以即使是这样，他也没有什么起床气，只是整个人看起来恹恹的，没有精神。

"你很困吗？要不你先回去睡觉。我带眠眠画别的。"简卿看出了他的疲惫之色。

陆淮予低着头淡淡地"嗯"了一声，却没有起身，身体往沙发里陷得更深，声音低哑地问道："眠眠画睡觉的爸爸，好吗？"

眠眠听不出两者的区别，于是满心欢喜地答应道："好。"

"那你听姐姐的话，安静一些，不要吵到爸爸睡觉，不然你就画不到睡觉的爸爸了。"陆淮予的声音渐弱。话音刚落，他就慢慢地闭上了眼睛。

眠眠觉得爸爸说得很有道理，于是郑重其事地点了点头，还用两只手捂住了自己的小嘴。

简卿在旁边看着陆淮予哄眠眠，顿时对他佩服得五体投地。

陆淮予忽悠起小朋友来真有一套。这简直比"我们来玩一个名叫睡觉的游戏"还厉害。

果然，真正高明的家长就是能做到一边睡觉，一边陪孩子玩。

初冬的下午，温暖的阳光透过巨大的落地窗照进客厅。

小家伙坐在画架前，认认真真地画着画。颜料不知什么时候沾上了她的小脸儿，让她成了"小花猫"。

躺在沙发上的男人睡得很沉，浅浅的呼吸使他的身体有节奏地微微起伏着。

他黑色的短发垂落至额前，浓密的眼睫低垂，洒下一小片阴影。落日的余晖斜斜地笼罩在他的侧脸上，勾勒出他立体的五官和线条明晰的下颌。

简卿想起早上寝室里讨论的话题。网友在微博上闹得沸沸扬扬，满世界地调查岑虞背后的男人，陆淮予倒像没事人似的置身事外。

她一边发散思维，一边不停地在白色的素描纸上打点、描线、勾画。

不得不承认，陆淮予的长相和身材，没有一样不完美，就像天神精雕细琢的作品。

从见到他的第一面起，简卿就有一种想把他画下来的冲动。现在好不容易有这个机会了，她索性跟着眠眠一起画起了"睡觉的爸爸"。

三个人都安安静静的。客厅里只有铅笔滑过纸张的声音，时间悄无声息地流逝。

傍晚时分，天色突然阴沉下来。黑云压城，使室内的光线变得很暗。

简卿怕小家伙看坏了眼睛，又不想开灯打扰陆淮予睡觉，于是倾身靠近眠眠，压低声音说道："眠眠，我们休息一下吧。"

她的话音刚落，陷在沙发里的男人就动了动，缓缓睁开眼睛。他漆黑如墨的眼眸还带着倦意和迷离。

陆淮予从沙发上起身坐直，骨节分明的手指在太阳穴处轻按。他轻轻皱起眉头，抬眸看了一眼挂钟，已经下午六点了。

屋外下起了大雨。豆大的雨点打在窗户上，发出"噼里啪啦"的响声。

看到他醒了，简卿低着头摸黑收拾起画材，准备离开。

陆淮予站起来打开了客厅的灯，使室内重新恢复亮堂，接着对她说道："留下来吃个饭，等雨停了再走吧。"他的声音带着还未睡醒的低哑。

简卿瞧了一眼窗外的倾盆大雨，因为着实不想弄湿画材，所以点了点头，没有拒绝。

窗外的雨越下越大。整座城市都笼罩在氤氲的水汽里，令人看不真切。

玻璃窗上的水珠汇成一股一股的水流，空气也变得湿润起来。

轰隆的雷鸣声响彻天际，眠眠被吓了一跳，埋头扑进简卿的怀里。

简卿赶紧把小家伙搂紧，轻声细语地问道："眠眠听见雷声害怕了吗？"

怀里的眠眠像小鸡啄米似的点着头，小肩膀也瑟瑟发抖。

简卿让眠眠坐在她的腿上，慢慢地哄着她："其实啊，眠眠听到的雷声，是雷公爷爷在帮妈妈传话呢。她让雷声告诉眠眠——妈妈想眠眠了。"

"姐姐就很喜欢下雨打雷，因为姐姐的妈妈也在用雷声说，她想我了。"

简卿盯着偌大的落地窗，呢喃着。窗外蜿蜒的闪电劈下，将她白皙的脸颊照亮，映出了她眼里的泪光。

小时候的简卿也和眠眠一样，很害怕打雷下雨，每次简卿的妈妈就是这样安慰她的。

陆淮予站在双开门的冰箱前面，从上至下扫视着里面的食材。

客厅里传来简卿的呢喃细语。陆淮予目光沉沉，若有所思。

眠眠眨了眨圆溜溜的眼睛，歪着脑袋问道："那眠眠可不可以也让雷公爷爷告诉妈妈，眠眠也想妈妈了？"

"可以啊。"简卿牵着小家伙凑近窗边。

又一道轰隆的雷声落下。这一次，眠眠没有了刚才惊慌害怕的样子，脸上多了几分好奇的试探之色。她伸出小手按在玻璃上，喊道："妈妈，我好想你呀。"

童音软软糯糯的，让人忍不住心疼。

玻璃上雾蒙蒙的，水汽氤氲，裹着丝丝凉意。窗外的万家灯火在雨水汇聚成的帘幕中变得模糊而又遥远。

简卿的视线透过玻璃投向远方漆黑的夜空，那里仿佛有两个若隐若现的身影和她遥遥相望。

开放式的厨房里响起燃气灶打火的声音，一次、两次、三次……反反复复地开火，又打空。

简卿听见动静，回过神儿来。眠眠现在已经不害怕打雷了，于是简卿打开电视让小家伙看，自己则去了厨房。

陆淮予站在料理台前，薄唇轻抿，正低着头和面前的燃气灶较劲。

他很有耐心地一遍一遍尝试着，不恼不怒。

简卿走到他的旁边，用另外一边的燃气灶开关轻轻松松地打出火来："你要摁着旋钮打火，按几秒钟以后再松手。"

陆淮予看着另一边跃动的蓝色火苗，眉头皱了起来。他照着她教的方法去做，终于成功打着了火。

"原来要这样啊。"

简卿沉默地看着男人那一脸顿悟的表情，他周身清冷的气质和厨房极不搭调。这人俨然是个养尊处优的贵公子，不食人间烟火。

"你要做饭？"

"嗯，但我不太会。"陆淮予非常坦白。

"要不我来？"

陆淮予挑了挑眉，也不和她客气，侧身让出灶台的位置，说道："那就麻烦你了。我可以帮忙备菜。"

简卿扫了一眼他从冰箱里拿出来的食材，在脑子里过了一遍菜式，很快便开始有条不紊地起锅热油。

她一边快速打着碗里的鸡蛋，一边说："那你把西红柿切成块儿吧。"

陆淮予应了声"好"，骨节分明、白皙修长的五指压在圆滚滚的西红柿上。

他拿起菜刀切向西红柿的边缘。西红柿的皮比较滑，导致边缘受力不稳，于是菜刀擦着皮滑下去，使他一刀切在了案板上，差点儿伤到手。

西红柿则骨碌碌地滚落在地上。

简卿看得心惊胆战，想起陆淮予的这双手可是要用来救死扶伤做手术的，金贵得不行。

这手万一伤了，她可赔不起。于是，简卿再也不敢让他动手，赶忙叫停："行，行，行，您别切了。"

陆淮予眨了眨漂亮的眼睛，低头看着她，无辜地问道："那我做什么？"

真不知道这位十指不沾阳春水的少爷是怎么把眠眠拉扯大的。秦阿姨大概功不可没。

"你出去和眠眠一起看电视吧。"

陆淮予感受到了来自小姑娘的嫌弃，也没在意。他弯腰捡起地上的西红柿，重新洗净放回案板上，才说道："那好吧。你有需要随时叫我。"

"嗯。"简卿抿着唇应付道，很快接过他的活儿，刀工利落地认真切起了西红柿。

她低着头，白皙的颈项弯出好看的弧度。一缕碎发垂落在她的侧脸旁，轻轻晃荡，仿佛垂柳激起春水的涟漪。

陆淮予的目光在她的身上停留了片刻，才缓缓收回。

他看简卿确实没有想要自己帮忙的意思，于是真就乖乖地去了客厅，懒懒散散地坐在沙发上，陪眠眠一起看起了动画片。

简卿端着第一道菜放到餐桌上时，陆淮予像背后长了眼睛似的，自觉地站起来去厨房帮忙。

她做饭的速度很快,只是两集动画片播完的工夫,简简单单的家常菜就做好了,一荤一素一汤。

"我看时间有点儿晚了,怕眠眠饿,就做得比较简单。"

陆淮予看向她。因为开着灶火,厨房里的温度偏高,熏得她的脸蛋儿红扑扑的。她的眼眸干净明亮,整个人乖乖巧巧的,腰间系着一条粉色的围裙,像个田螺姑娘。

陆淮予端起料理台上的西红柿蛋汤,说道:"这样就很好。"

扑鼻的香味溢满整个房间,眠眠原本一门心思地盯着电视上的动画片,这时候也踩着小拖鞋"噔噔噔"地跑进餐厅,伸着手臂让陆淮予把自己抱进儿童椅。

长方形的餐桌两旁,简卿和陆淮予对坐,眠眠坐在另一侧的中间。

"味道淡吗?"简卿尝了一口笋尖炒肉。

她是南方人,口味偏清淡,再加上家里还有小朋友,所以调料就放得比较少。

陆淮予也夹了一筷子菜,慢条斯理地咀嚼着,仿佛在认真品鉴。直到将菜全部咽下,他才给出了非常中肯的评价:"不淡,很好吃。"

他的吃相很好,动作不疾不徐。他还时不时地给眠眠夹菜。

小家伙似乎很喜欢简卿做的饭,今天胃口大开,用小勺子挖着饭菜,大口大口地往嘴里送。

吃着吃着,陆淮予皱起眉看向吃得很香的小家伙,轻声提醒道:"眠眠,吃饭不要吧唧嘴。"

简卿愣了愣。虽然陆淮予是对着眠眠说的,但简卿还是忍不住回忆了一下自己刚才有没有吧唧嘴。确定没有之后,简卿才继续小口小口地吃饭。

果然,眠眠平时的好习惯都是被陆淮予一点点地认真教养出来的。

眠眠歪着脑袋"哦"了一声,乖乖地闭上嘴巴咀嚼。等把这一口饭咽下去,她才小心翼翼地继续说话:"爸爸,我想喝可乐。"

"不行,家里没有可乐。"

陆淮予一向不允许眠眠喝这类碳酸饮料,因为碳酸饮料喝多了,容易对牙齿造成腐蚀性损伤。

小朋友不懂节制。大人一旦开了可以商量的口子,以后对着小朋友就很难再做到立场坚定了。

"我明明看见冰箱里有可乐。爸爸骗人。"眠眠噘着小嘴,耷拉着脑袋。

冰箱里的可乐是秦阿姨早上在超市买菜时获得的赠品。秦阿姨本来打算回家的时候带走处理掉，结果因为出门急就忘了。

小家伙眼尖就发现了。

陆淮予无奈地放下筷子，起身去拿可乐。他找了一个玻璃杯，把易拉罐装的可乐倒了三分之一到玻璃杯里，然后插上吸管。用吸管喝可乐可以尽量避免碳酸饮料和牙齿直接接触。

"只能喝一点点，而且喝完以后要让我检查牙齿，可以吗？"他将玻璃杯拿得远了一点儿说道，这个时候还不忘和眠眠讲条件。

"那好吧。"眠眠不喜欢被检查牙齿，但是有可乐作为交换，还是勉勉强强地点头答应了。

简卿一边埋着头安安静静地吃饭，一边听着陆淮予和眠眠之间的对话。

她有些恍惚。两个人的互动对她来说竟然那么陌生。

她瞬间恍然大悟，正常的父亲和女儿之间的相处应该就是这样的吧。

父亲对女儿以爱去教养、约束和保护。

而这些寻常而普通的互动场景是她从来没有体验过的。

这时，另一个玻璃杯落在了她的面前，杯里的可乐"咝咝"地冒着气泡。

三个人就这么分了一罐可乐。

简卿没有抬头，低垂着眼睫道了声谢。

她的声音闷闷的，一滴滚烫的泪悄无声息地落进了碗里。

简卿像鸵鸟一样把头埋进碗里吃着饭，一声不吭。

在她停下筷子以后，陆淮予也放下了筷子，主动说："我来洗碗吧。"

眠眠跳下儿童椅就想跑，结果被陆淮予提溜起来："你过半个小时去刷牙。"

小家伙粉雕玉琢的小脸儿皱成一团。她知道刷完牙就要被检查牙齿了，于是嘟着嘴撒娇："我不想检查牙齿，我的牙齿很好。"

"不行。你忘了你答应我的事了？你喝完可乐就要检查牙齿。"陆淮予皱起眉头，低头看着她，语调虽然温和，却充满不容商量的坚决。

"那姐姐也喝了可乐，为什么不用检查牙齿？"眠眠聪明地找到了漏洞来辩驳。

陆淮予看了一眼乖乖巧巧地坐在椅子上的小姑娘，轻抿了一下嘴唇，说道："那你带姐姐一起去刷牙。两个人的牙齿都要检查。"

· 39 ·

咬着吸管喝下最后一口冰可乐的简卿眨了眨眼睛，心里冒出一个大大的问号。

对上陆淮予满含威压的眼神，眠眠反抗无效，只能拖着软软的尾音识趣地屈服："好吧。"

小家伙扯了扯简卿的衣角："姐姐，你跟我来。"

于是简卿就这么表情迷惑地被拉去了卫生间。

陆淮予替简卿找来了新的洗漱用品，还趁着小家伙刷牙的工夫和她解释道："抱歉，眠眠的乳牙有些龋坏，需要定期检查龋坏程度。但她总是不肯老实地让我检查，所以麻烦你配合我一起哄孩子了。"

他说起话来声音低哑，节奏徐缓，态度谦和有礼。

"没关系。"简卿摇头表示自己并不介意。

等她们刷完牙，陆淮予也收拾好了餐桌，从厨房里走出来。他卷起衬衣的袖口，露出修长的小臂。小臂上的肌肉紧致结实，沾着水珠。

陆淮予从玄关的柜子里取出银色的金属药箱，药箱的正面贴着红色十字标志。

他低下头，在药箱里挑拣，最后取出一个小小的手电筒、两盒一次性口腔器械和一双蓝色的术用手套。

眠眠缩在沙发的角落里，仿佛等待受刑一般盯着陆淮予的一举一动。

随着男人越走越近，她越来越害怕，最后撅着小屁股，直接把整个脑袋都藏进了靠枕里，好像这样陆淮予就看不见她了。

简卿坐在一旁看着小家伙的反应，忍不住被她逗乐了。她拽着眠眠的小短腿，把人拖出来，问道："有这么吓人吗？"

"你们谁先来？"陆淮予淡淡地问道。

眠眠赶紧蹬着腿说道："姐姐先，姐姐先。"

陆淮予挑眉看向简卿，用眼神询问她的意见。

简卿看小家伙实在是害怕，决定让她再躲一时，于是说道："要怎么做？"

"躺到沙发上，头枕在这里。"陆淮予扯过盖住眠眠的靠枕，把它搭在沙发的扶手处。

简卿听话地照做。躺着的姿势让她感觉有些拘束和不适应。

一次性口腔器械盒的包装纸被缓缓撕开，发出"刺啦"的声响。

眠眠浑身一抖，跳下沙发，一溜烟儿地跑回了房间，最后只留下一句："姐姐看完再叫我。"

然后门就"砰"的一声被关上了。

躺在沙发上的简卿有些后悔帮了这个没良心的小家伙。

她双手交叠，不安地揉捏着手指。

"紧张什么？你也和眠眠一样害怕被看牙？"男人低低凉凉的声音传入耳中，带着三分揶揄之意。

简卿扭过头朝他看去，发现陆淮予不知什么时候戴上了医用口罩。

口罩遮住了他的半张脸，黑色的碎发垂落至额前，只露出一双漆黑如墨的眼眸。这双眼比窗外沉沉的夜色还要平静。

简卿的心脏倏地漏跳了一拍。

"有一点儿。"她老老实实地回答。

学校每学年都会组织学生去医学院的口腔科免费洗牙，简卿每次都拖到最后一天才去。她确实不太喜欢冰凉的器械在嘴里搅弄的感觉。

"眠眠现在看不见，我可不可以不看了？"她小声地跟陆淮予商量道。

"不可以骗小朋友的。"陆淮予低垂着眼眸，食指漫不经心地在一次性口腔器械盒里挑出探针和口腔镜，接着说道，"放松一点儿，我不会让你难受的。"

陆淮予倾身靠近，使两个人的距离一下子拉得很近。

简卿的脸几乎挨到了他的衬衫，仿佛她已经把头埋进了陆淮予的胸口。

陆淮予以一种搂着她的姿势将手臂伸了过来，动作间，两个人触碰到了彼此的肌肤。

男人身上浅浅的薄荷香弥漫在她的身边。这味道很好闻。简卿突然觉得房间里的暖气有些热。

"张嘴。"他语气淡淡的，没什么情绪，仿佛正在例行公事。

简卿眼看着事情已经到这个份儿上了，自己躲也躲不掉，于是只好认命地乖乖张嘴。

不知什么时候，窗外的雨已经停了，客厅里异常安静。

冷冰冰的金属器械探入口中触碰牙齿的声音显得格外清晰。

简卿睁大眼睛看向天花板和暖黄色的水晶灯，因为不敢看陆淮予的眼睛。

好在陆淮予也没有和她对视，只是认真地检查她的牙齿。由于看得不是很清楚，陆淮予慢条斯理地说道："嘴再张大一点儿，别乱动。"

简卿配合地张大嘴，像个任人摆布的洋娃娃。

口腔镜在她的后槽牙处停留了许久，探针反复钩着牙齿的窝沟。

时间仿佛停滞了。短短的几分钟让她觉得十分难熬。周遭的一切似乎都折磨着她的神经。

　　好不容易等到男人将口腔镜撤出，简卿刚刚松了一口气，正要起身，就听陆淮予说道："等一下，还没好。你有四颗龋齿，我要给你做一下冷测。"

　　简卿一听四颗龋齿，心里"咯噔"了一下。

　　她从前不怎么关注口腔的健康状态，也一直认为自己的牙齿没什么问题，怎么也没想到自己会有那么多颗蛀牙。

　　陆淮予从厨房的冰箱里找出一小块儿方冰块，装在玻璃杯里拿了过来。

　　"找不到更小的冰了，所以可能会有点儿不舒服。如果难受你就举手。"他重新在沙发边坐下，戴上薄薄的蓝色术用手套，手套下透出他骨节分明的指掌轮廓。

　　他语调平缓，检查牙齿时不但操作专业，而且举止优雅。

　　简卿一瞬间有种错觉，以为自己正躺在南大医学院口腔科的操作台上。

　　唯一不同的是，比起医学生的生疏和动作粗糙，陆淮予做的每一步检查都熟练而又温和，令人十分舒适。

　　冒着白汽的冰块被放进嘴里，冰块每挨过一颗牙齿，陆淮予都会极有耐心地问一句："感觉得到痛吗？"

　　简卿皱着眉努力感受，最后摇了摇头。

　　"这里呢？"

　　冰块渐渐往口腔深处移动，朝右下第七颗牙齿贴去。因为冰块不算小，又陷得太深，所以简卿从嗓子里"哼"了一声出来。

　　察觉到她的不适，陆淮予立刻将冰块夹出来，说道："有口水可以咽下去，都是干净的。"

　　简卿乖乖地闭上嘴咽了咽口水，清了清被自己的口水呛到的嗓子。

　　陆淮予左手拿着手电筒和口腔镜，右手用镊子夹着冰块，也不催促，就在旁边静静地等着她重新把嘴张开，好继续进行冷测。

　　直到每一颗牙都被检测过遇冰是否有痛感，他终于将所有的器械放回托盘里，摘下手套和口罩，推着她的背帮助她起身，然后给她递过去一杯水。

　　简卿接过水杯小声道谢，感觉耳根泛红，有些发烫。于是她假装若无其事地将手指插入发间，拨出碎发遮住耳朵。

　　她小口地抿着水，不安地询问道："我的牙怎么样呀？"

陆淮予看着小姑娘紧张兮兮的表情，忍不住轻笑着逗她道："现在知道担心了？刚刚你不是还不想让我检查吗？"

他走到客厅的一角，在眠眠的玩具堆里翻出一面粉色带柄的镜子递给简卿，然后说道："躺回去，我指给你看。"

简卿拿着镜子，乖巧地重新躺平。她全程话很少，毕竟被摆弄着牙齿也说不了话。反倒是平时看起来清冷的陆淮予话多了起来。

两个人之间好像完全演变成了患者和医生的关系。

她手里举着镜子，依靠口腔镜的反射，看到牙齿侧面一个小小的洞以及窝沟处明显的黑点儿。

通过镜子，简卿清晰地看见陆淮予用探针在小洞和窝沟里钩弄了两下。

陆淮予低沉微凉的声音在她的耳边响起，似徐徐清风："你看右下第七颗牙，虽然表面龋坏了，但是我用探针去钩，没有卡住，龋坏的部分色黑质地硬，而且冷测也没有问题，说明这颗牙还是浅龋坏。"

他说着把口腔镜倒转方向，对准上牙，又说道："你的右上牙也是一样。上下左右第七颗牙都是相同的问题，这是明显的对称龋。"

陆淮予低头对上简卿的眼睛，耐心地询问道："看清楚了吗？"

他刚刚摘了口罩，整张脸无遮无挡地映入简卿的眼帘，高挺的鼻梁几乎要贴上她的，浓密的睫毛根根分明。

即使从这样倒着的角度看，陆淮予也眉骨精致，脸上每一处线条都十分完美。

两个人的距离很近，甚至能听见彼此的呼吸声。男人温热的气息喷洒在简卿的脸上。

简卿的呼吸有些乱，她说不出话来，只能慌张地点头。

陆淮予再次将口腔镜从她的嘴里撤出，口腔镜上不可避免地沾了些口水。陆淮予的动作导致口水拉着丝滴落在她的唇边，晶莹剔透。

他顺手抽出一张纸巾，帮她擦拭嘴唇。

简卿的唇瓣柔软，隔着纸巾，她能感觉到陆淮予指腹的温热，力道很轻，又很快离开。

简卿藏在头发里的耳垂又热又红。她抿了抿唇，坐起身问道："我这四颗牙需要补吗？"

"可以补，也可以不补。"陆淮予慢条斯理地收拾着一次性口腔器械，器械相碰发出轻微的金属碰撞声。

"你牙齿的龋坏程度不是很严重。如果你好好刷牙，可能牙齿也不会再龋深。但你还是需要每隔半年进行一次复查，定期观察龋齿的情况。"

听他这么说，简卿皱着眉小声嘟囔："我觉得我平时刷牙挺认真的，怎么就蛀牙了呢？"

陆淮予低着头，将用过的口罩和术用手套卷起，丢进垃圾桶里："应该是你的后牙床空余的位置比较少，导致牙刷不容易刷到。你可以换成小头的牙刷刷牙试试。"

"对了。"他想起什么似的又抬起头问道，"你多大了？"

简卿愣了愣，像患者面对医生一样下意识地回答："二十一岁。"

陆淮予闻言眼皮微抬，沉吟了片刻后说道："我刚才检查的时候没有看到你的智齿。智齿很可能因为牙床位置不够形成了埋伏牙，你有时间最好去医院拍个牙片看看。"

"可是我都没感觉长了智齿呢，没有不舒服也要去检查吗？"简卿舔了舔口腔最深处的牙齿。

"埋伏齿长在牙床里面，所以肉眼看不出牙齿的位置，而智齿如果位置不正，会压迫临牙，使临牙损坏，所以必要的时候智齿还是需要拔除的。"陆淮予耐心地解释着，声音低沉清冷，说话的节奏不疾不徐。

简卿睁着明亮又懵懂的眸子，一愣一愣地听他给自己科普口腔知识，只抓住了一个重点——要拔牙。

她点了点头，好像听明白了的样子："嗯。那我有时间去医院拍一下片子。"

不过，她当然不会有时间的。谁没事会去拔牙啊？

陆淮予见她一副郑重其事的表情，便没发现小姑娘心里的敷衍和抗拒之意："那就周五上午吧。"

他打开茶几上的钢笔，在便笺上写下了一串数字："那天我正好出门诊。你到医院口腔外科，向服务台报我的名字加号就行。有问题你就打上面的电话。"

简卿一阵沉默，而后推辞道："那太麻烦你了吧，还要加号。我自己随便挂个号就行。"

陆淮予轻抿薄唇，漆黑如墨的眼眸看向简卿："可是你现在不是我的患者吗？"

他语气淡淡的，好像有一丝丝不高兴，仿佛在埋怨：你明明已经被我看过牙了，怎么可以再去找别的医生？

· 44 ·

话都说到这个份儿上了,简卿再推辞反而显得很不识相。于是她只能接过便笺,乖巧地道谢,又忍不住在心里嘀咕道:看来口腔医生的竞争很激烈啊,还得这么抢患者。

简卿的目光落在便笺上,看到男人用漂亮的硬笔字写了他的名字,字体笔走龙蛇,苍劲有力,字如其人,透着一股贵气。

陆淮予处理完用过的一次性口腔器械,似乎随口问道:"之前和你提的工作,你考虑得怎么样了?"

简卿收拾画材的动作顿了顿。她低着头,使碎发从耳后垂落,遮住了半张侧脸,令人看不清她脸上的表情。

照顾眠眠这份工作很轻松,她只需要陪着眠眠睡觉,一点儿也不会占用白天的时间。

而且说实话,她确实很需要钱。于是她犹豫了片刻,接下了这份活儿。

陆淮予听她答应以后,没什么特别的表情,只是一副公事公办的样子。和家教工作一样,他预付了一个月的钱。

等简卿离开以后,陆淮予起身走到眠眠的房间门口,叩了叩门,叫道:"出来吧。"

过了许久,小家伙才磨磨叽叽地开了条门缝,探出脑袋。她耷拉着眉眼,做着最后无谓的挣扎:"我不想检查牙齿。"

陆淮予勾唇笑了笑,仿佛心情很好的样子,突然变得好说话起来:"可以,那今天就不检查了吧。"

"真的吗?太好了,嘻嘻嘻。"眠眠的表情立刻多云转晴。她打开门,一蹦一跳地重新回到了客厅。

"咦?姐姐走了吗?"她在客厅没有看到简卿,于是回过头问跟在身后的陆淮予。

陆淮予淡淡地"嗯"了一声,右手插兜,漫不经心地走到客厅的落地窗前。

落地窗前是一大一小两块画板。简卿离开时忘记把画纸带走,画纸就这么夹在画板上。

白纸上干净简单的线条没有一处多余,勾勒出男人极好看的睡颜。

反观眠眠的画,她画得歪歪扭扭,除了两只眼睛和一张嘴,画上的人看不出一点儿陆淮予的样子。

眠眠坐在白色的羊绒地毯上，手里玩着兔子妈妈和兔子女儿，地上摆着迷你小厨房。

她拿着不及巴掌大的小锅，往里面丢入等比例缩小的青笋，咂着小嘴，想到了晚上刚吃过的笋尖炒肉："爸爸，我觉得姐姐做的菜比秦阿姨做的好吃。以后我们可不可以让姐姐每天都来做饭呀？"

陆淮予的视线还停留在素描纸上。他轻描淡写地回道："不可以呢。姐姐的手是用来画画的，不是用来给你做饭的。"

他把小家伙抱进怀里，用商量的语气问道："眠眠，以后能不能听话，喊我舅舅？"

眠眠歪着脑袋，"咯咯"地笑，然后摇了摇头，说道："可是我喜欢'爸爸'这两个字。"

三岁的小朋友不懂事，不明白"爸爸"和"舅舅"两个称呼分别代表什么，只是觉得"爸爸"的发音好听又方便，于是别人怎么纠正也纠正不过来。

眠眠眨了眨圆溜溜的大眼睛，一脸天真懵懂的样子。

陆淮予无奈地伸出手，惩罚似的捏了捏她的小鼻尖："你这孩子，真是的。"

小区外的公交车站台上空无一人。

这时简卿的手机里来了一通电话，来电显示的是一串外地号码。

简卿皱了皱眉，指尖在接听按钮外圈摩挲。不知过了多久，她才按下接听键。

"女儿啊，我是爸爸。"简宏哲的声音从听筒里传来，沙哑而低沉的老烟嗓，话里刻意套着近乎。

简卿一声没吭。

简宏哲一年到头也想不起来给她打个电话，这次打来肯定也不是什么好事。

果然，见她没反应，简宏哲呵呵干笑着，自顾自地说道："我最近手头有些紧。"

"我没钱。"不等他说完，简卿便言简意赅地回道，声音里透着明显的不耐烦。

简宏哲无奈地轻叹了一声，继续说道："阿卿，我也是没办法。你还有个弟弟要念书。"

· 46 ·

听到"弟弟"这两个字的时候，简卿的心里有一股子火直往上冲。她一字一顿地提醒道："你搞错了吧？我只有一个妹妹，没有弟弟。"

简宏哲沉默片刻，又说道："我知道你因为阿阡的事情还在埋怨我，但后来你不是也搞到钱了吗？爸爸没你有本事。你就当帮帮爸爸吧。"

男人轻描淡写的几句话让简卿觉得声声刺耳。

简卿一句话都不想和他多说，压着心里的难受，声音没什么温度地重复道："我没钱给你。你不要再给我打电话了。"

简宏哲被她冷冰冰的态度搞得有些恼火，面子上挂不住，于是也没了好好说话的心情。

"你对我这是什么态度？人家都说你考的是全国最好的美院。你随便找个画室教画画，一天就能有千把块钱。你怎么会没钱？"

过了半晌，他又轻描淡写地说道："你要是没钱，那我只能把老家的破房子卖了。"

简卿没想到他会提起这茬儿，顿时被他这句话拿住了七寸。

简宏哲嘴里的老房子对她来说非常重要。

她已经没有家了，绝对不能连承载了过去的记忆的地方也失去。

简卿没办法眼睁睁地看着简宏哲把房子卖掉，然后让其他人像清理垃圾一样把房子里的东西清空。

她攥住手机的指尖有些泛白，最终她深吸了一口气，说道："你要多少？"

"四十万。"简宏哲想也不想地狮子大开口。

四十万——简宏哲想得很轻松，但她根本没办法弄到这么多钱。

简卿镇定下来，和他讨价还价。她哪里能真的直接把钱给他，至少要以钱换物，免得日后简宏哲没完没了地拿老房子说事。

"不行。我只能给你二十万。而且我有一个条件——我要买老家的房子，不行就算了。"

老房子是县里四五十平方米的小平房，简卿要买下来的话，二十万绰绰有余。

简宏哲应承下来："可以。那你要快一点儿，我可等不了多久。"话都说到这个份儿上了，他索性没脸没皮起来。

公交车站台无遮挡不避风，冷风就这样灌进了简卿的五脏六腑里。

简卿讥讽地扯了扯嘴角，被风吹得红了眼，脑子里想的全是怎么搞这二十万块钱。

"去偷？去抢？去用别的什么办法？反正我也不是没做过。"她低低地轻笑出声。

晚上九点的公交车上没什么人，所以司机开得很快。从经停的每一站司机开门关门的速度就能看出，他急切地想要下班。

简卿坐在最后一排的座位上盯着手机，屏幕发出的蓝光映出了她线条柔和的脸部轮廓。

账户里的余额少得可怜——只有一万多块。其中大部分还是刚才陆淮予转过来的。

她抿着唇点开转账记录。以往每个月的月初，她都会给一个空账户转一万块钱，已经连续转了二十四个月。

还差十六个月，钱就够了——够她一点点地捡回自己丢掉的自尊。

简卿花了两年多时间才攒出二十万，简宏哲敢这么找她要钱，摆明了就是在逼她。

他想逼她像之前那样，一夜之间拿出这么多钱。

他不在乎她的钱是从哪里来的，即使他知道天下没有免费的午餐。

想到这里，简卿深吸一口气，打开窗户。风"呼呼"地往车里灌，冰水浇头般地凉。

她侧过脸将视线投向窗外。下过雨的城市氤氲着水汽，公交车站的广告牌因为发出光亮而在黑夜里格外醒目。

广告牌上的女人一袭高定黑色裙装，裙边镶满碎钻，像是银河里的星星。

她的黑发像瀑布一样垂落，漂亮的桃花眼宛如盈满春水，朱唇皓齿，笑容甜美。

那是岑虞。

简卿突然有些羡慕她。

因为岑虞活得肆意洒脱，不曾为了谁回头和停留。

即使那样贵气优秀的男人和那样伶俐懂事的孩子也没能绊住她向前的脚步。

寂静的公交车里，手机振动的声音突然又响起。

简卿看向来电显示，抿了抿唇，接起电话。

"阿卿，我是小姨。"中年女人有些尖锐又有些苦涩的声音传来。

简卿淡淡地"嗯"了一声，轻轻地问道："有什么事吗？"

陈梅唉声叹气地说道:"也没什么大事,就是我下午在麻将馆打麻将,听说你爸爸正在卖老房子。"

"有小道消息说,那个片区以后要拆迁。到时候老房子的拆迁款少说也有二三十万。简宏哲最近缺钱周转,找他买房的人还不少呢,有人都开价开到十五万了。"

简卿沉默地听着。她没想到原来简宏哲在给她打电话之前,就已经准备卖房子了。

"小姨在家里帮你盯着。虽然你妈妈不在了,但他要是卖了房子,钱也不能少了你的一份啊。毕竟那房子买的时候,你妈妈也出了不少钱呢。"

陈梅半天没听见回应,顿了顿又问道:"喂,阿卿,你在听吗?"

"嗯,在听。"

"行。我就是告诉你一声。你在外面要照顾好自己,钱不够了就来找小姨。"陈梅絮絮叨叨地说道。

简卿抿了抿唇,又张了张口,想说些什么,最后又闭上嘴,什么也没说。

陈梅和老公在老家开了一家烟花店,家里的生活过得勉勉强强,也不算宽裕。简卿实在是开不了口。更何况除了她自己以外,恐怕没有人会觉得那间破破烂烂的房子有什么值得留恋的地方。

话还没讲两句,电话那头传来一阵玻璃碎裂的声音,小孩的哭声同时传来。陈梅的语调变得急躁起来:"哎呀,行了,我不和你说了。你小表弟又欠收拾了。"她匆匆忙忙地挂断了电话,隔绝了那头繁杂的声音。

"姑娘,终点站到了。"司机敲着方向盘催促道。

简卿这才回过神儿。她没注意到公交车已经停下很久了,于是匆忙说了声抱歉,跳下了车。

夜晚的南大运动场上,露天篮球场的大灯灯光从远处射来,使四周不至于太昏暗。

操场中间是一个足球场,草地已经枯黄,露出斑驳的地皮。

简卿找了个位置席地而坐,发着呆。她情绪不太好,所以不想回宿舍影响林亿她们。

她重新打开南临银行的 App(应用程序),盯着历史转账记录看。她要是这时候找人家把还了的钱再要回来,会不会太厚颜无耻了?

简卿点开转账入口,输入转账金额:1元。

她在"转账附言"那一栏里"噼里啪啦"地打出了一行字,然后拇指悬在"确认转账"的按钮上迟迟没有按下。

不知道她想了多久,她的指腹一直在屏幕上反复摩挲着。

她好不容易鼓起勇气,又泄掉,又鼓起,又泄掉。

时间越来越晚,露天篮球场的照明大灯也被关掉,操场陷入一片黑暗之中。

最后,简卿紧咬牙关,闭上眼睛,按下了"确认转账"的按钮。

界面弹出转账成功的提示,简卿看也不看,锁上了手机屏。

她仿佛在刻意逃避,鼓起勇气发送了消息,却失去了等待对方回应的勇气。

这是她第一次除了转账还款以外,通过这样的方式和那个人联系。

简卿无法想象对方看到她的信息时会是什么反应——也许是鄙夷,也许是玩味。

她越想越觉得自己低到了尘埃里。

接着,她烦躁地抓乱了头发,站起身,拍掉衣服上沾着的尘土和草屑,慢慢往宿舍走去。

寝室里漆黑一片,只有林亿桌上的电脑发出幽蓝色的光。

林亿和周琳琳并排坐在电脑前,目不转睛地盯着屏幕。

简卿摸黑前行,突然绊到了门口的画材,发出声响。

林亿被这动静吓了一跳,打了个激灵,看向门口:"回来了啊。"她冲简卿打了声招呼。

"嗯,开灯?"

"开吧。"周琳琳将怀里抱着的枕头丢到桌上,不满地说道:"这电影太没劲了。这是什么国产恐怖片?好难看啊。"

"烂是有点儿烂,但我女神的颜值还是很高啊!这么丑的服装、化妆也难掩她的美丽。"林亿伸手按下键盘的空格键,暂停了电影,画面定格在一个白衣黑发且惨白着脸的女人身上。

简卿放下包,拉上寝室阳台的窗帘,一边换衣服一边问道:"你们看什么呢?"

"岑虞最近新参演的一部恐怖片,叫《夜半有人叫你》。你千万别看。"周琳琳一肚子怨气,觉得自己浪费了一个宝贵的夜晚。

"难怪现在网友们都在嘲讽她高开低走,果然一切都是有原因的。我简直不敢相信,这部电影和下午我看的《告别》是一个人演的。"

林亿抬手制止她道:"别提《告别》,我想起来又要哭了。"

周琳琳翻了个白眼,嫌弃地说道:"你能不能不要这么多愁善感?简卿,你不知道她下午哭得多惨,搞得我一滴眼泪都挤不出来,反而只想笑。"

简卿瞥见垃圾桶里已经溢出来的纸巾,想象到了当时的情景。

"《告别》这么好看吗?我还没看过呢。"这部电影上映的时候,她休学一年回了老家,几乎断了和外界的联系,所以岑虞大红大紫那会儿,她压根儿不知道。

"很好看!神作!"林亿的眼睛里像闪着星星,"你一定要看!不看你就不是我的好兄弟。"

简卿踮起脚,拿下挂在高处的毛巾,漫不经心地敷衍道:"好,好,好。"

周琳琳低头刷着手机:"哎,岑虞的工作室回应隐婚生子的事了。"

"说什么了?"林亿好奇地凑过去。

周琳琳皱起眉,读着白底黑字文绉绉的律师声明。她抓了半天重点,最后轻嗤一声,说道:"她说是家里亲戚的女儿。谁信哪?她当网友是傻子呢?"

周琳琳抬头正巧看见简卿换下衣服又抱着洗漱用品要去卫生间,像忍了很久似的说道:"你可不可以不要在外面换衣服?"

简卿不明所以地问道:"怎么了?你们不都在外面换吗?"

周琳琳盯着简卿,只见她只穿了一件及臀的衬衣,晃着修长的双腿,衬衣的袖口卷起,露出藕节一样白皙的胳膊。

周琳琳的目光从下至上又移到那张脸上——五官精致,过耳的发丝轻飘飘地掠过瓷白的后颈,尤其是她那一双黑白分明的杏眼,干净明亮,真是人间尤物。

"我忌妒。"周琳琳直白地吐出三个字。

说完,她又从椅子上转过身来,用手肘撑着靠背,挑着眉问道:"问你个问题啊,你做过吗?"

"周琳琳,你有病吧?"没等简卿回应,林亿已经先护起犊子骂了过去。

"问一问怎么了?大家都是成年人。"周琳琳无所谓地耸了耸肩。

说完,她又意味深长地看了简卿一眼,继续说道:"我只是觉得,像你这样的款，男人做过一次以后肯定忘不掉。"

简卿皱着眉，觉得受到了冒犯。

周琳琳的家境富裕，她是家里的独生女，从小泡在蜜罐子里养大，所以活脱脱就是一个骄纵任性的大小姐——说话直来直去，也不会考虑别人的感受。但她本质上其实没什么坏心眼儿。

简卿懒得和她计较，只是淡淡地瞥了她一眼，没有说话，转身进入卫生间，关上了门。

简卿靠在门后，低垂着眼睫，不知在想什么，仿佛被周琳琳的话影响了。

过了一会儿，简卿解锁了手机屏幕，发现并没有新的消息通知。

此时，简卿内心深处有点儿厌烦抱着不正常期待的自己，于是长按右侧的锁屏键，关掉了手机。

卫生间外，林亿没那么好的脾气，所以直接给周琳琳甩了脸色，伸出脚踹了踹周琳琳的椅子，说道："回你的座位去，别在我这儿坐着。"

周琳琳看出简卿不开心，无辜地眨了眨眼睛，说道："干吗啊？我这不是在夸她吗？"

"有你这么夸人的吗？人家没你放得那么开，别带坏小朋友好不好？"林亿清理完桌面上擤过鼻涕的卫生纸以后，拿下架子上的尤克里里把玩，不再搭理周琳琳。

周琳琳盯着紧闭的浴室门，"啧"了一声，心道：装什么乖。

很快浴室里便传来"哗啦啦"的水声。周琳琳觉得没劲，于是爬回床上，拉起了帘子。

她把帘子拉得又快又急，好像在发泄不满。没过一会儿，她就和男朋友打起了视频电话，笑得花枝乱颤。

简卿洗完澡出来，发现寝室里的气氛有些沉闷。她没开口说话，抱着换下来的衣服去了宿舍楼下的洗衣房。

好几台洗衣机正在同时运行，发出水流搅动的声音。

她找了一台空着的洗衣机，把衣服塞进去以后设置好模式，便坐在长木椅上等待。湿漉漉的黑发垂在她的肩上，昏黄的灯光映着她白到近乎透明的皮肤。

墙上挂钟的指针走动的"嗒嗒"声着实让人烦躁。简卿第一次觉得等待洗衣机洗衣服的时间可以过得这么慢。

她将双手插在卫衣的兜里，攥着被焐热的手机，来来回回地打转。

终于，她忍不住掏出手机，然后开了机。

手机振动了几下，她眼皮微抬，又很快垂下。

周琳琳给她发了几条微信。

周琳琳："刚才对不起啊。"

周琳琳："@微博分享：《风华录》游戏美术原画设计大赛。"

周琳琳："这是我男朋友的公司最近办的一个赛事。我问了一下，奖金挺高的——一等奖有十五万。你可以看看。"

简卿低着头打字回了"谢谢"，然后点开了周琳琳发的微博链接。

这条微博的热度很高，已经被转发了几万条，还有十几万个点赞。

简卿平时虽然不怎么玩游戏，但是也有不少她喜欢的画师在这个圈子里，所以耳濡目染下她对这个圈子也了解一些。

简卿翻着微博上关于《风华录》的话题，对这款游戏逐渐有了一些了解。

《风华录》是这两年非常受欢迎的一款国风题材 MMORPG[①] 电脑客户端游戏，就连海外游戏市场也被它分了一块不小的蛋糕。

这款游戏主打的是沉浸式剧情体验，塑造了很多经典的角色形象，还衍生出了无数的同人作品。

原画设计大赛分为两组——游戏场景原画和游戏角色原画。因为比赛是现场画完直接出结果，所以一位画师只能选择其中一组参加。

报名截止时间正好是今天晚上十二点。比赛时间则是这周五的早上九点到下午五点，八个小时的绘图时间并不算充裕。

说实话，简卿有些没信心。尤其是她发现转发和评论的人中，有不少她眼熟的画师，好像他们都跃跃欲试地准备参赛。

指腹在手机壳的背面反复摩挲，但她已经想不到别的办法了，只能去尝试一下。

"嘀——"

[①] Massive/Massively Multiplayer Online Role-Playing Game 的缩写，MMORPG 的正式中文译名尚未确定，在中国比较常见的译法是"大型多人在线角色扮演游戏"，是网络游戏的一种。

洗衣机完成工作后发出结束的提示声。简卿卡着报名截止的时间点在游戏官网上提交了报名申请。

她重新打开南临银行 App，发现依然没有新的消息，突然有些后悔自己刚才在操场上把那条转账信息发出去了。

简卿抿着唇思索了片刻，再次点开了转账入口，输入转账金额：1元。

她在"转账附言"里写下了一句话，然后重新发送了出去。

夜幕沉沉。陆淮予把眠眠哄睡着以后，在书房里看了很久国际最新的口腔医学文献，时间不知不觉就到了凌晨。

他伸手将架在鼻梁上的银色细边眼镜摘下，拧了拧眉心，他的眼皮低垂，透着懒懒散散的倦意。

手机调成了静音，他解锁屏幕看时间时才发现收到了两条短信消息。

> 南临银行
> 到账通知：他人转入您尾号1456的账户人民币1.00元。
> 转账附言：你还记得我吗？

> 南临银行
> 到账通知：他人转入您尾号1456的账户人民币1.00元。
> 转账附言：不好意思，我发错人了。你可不可以还我两块钱？

手机屏幕的光映在男人的脸上，勾勒出他线条明晰的下颌。

两条转账通知简洁明了。发送的时间一前一后隔了将近两个小时，但是两条信息被放到一起就显得格外滑稽。

陆淮予看过短信的内容以后，轻抿薄唇，渐渐沉下了神色，漆黑的眼眸让人看不透他在想些什么。

白皙修长的食指骨节分明，此时正有一下没一下地在实木桌面上轻敲。

过了半晌，他点开短信下方提供的链接，屏幕跳转到了南临银行 App 的页面。

简卿晚上临时抱佛脚地下载了游戏《风华录》，然后随便找了个服务器建立新号。

从进入游戏开始，她就觉得眼前一亮。游戏里的大世界十分真实地还原了明朝时期的风土人情和山川风貌。

简卿扮演的角色是一个明末的朝廷官员，在宦海里沉浮，经历着朝代由兴盛转向没落的过程，游戏剧情很有深度却不晦涩。不知不觉中，时间就这么溜走了。等简卿意识到时，她才发现天已经快亮了。

简卿还是第一次玩一款游戏这么入迷。以前她也偶尔会被林亿拉着去玩一些热门的游戏，不过她对那些游戏大多是三分钟热度，提不起太大的兴致。

这一晚上的工夫，她在玩游戏的过程中还没忘记分析它的美术风格——每一处的场景氛围、陈设布局，每一个游戏角色的妆容、造型，以及如何通过服装和发型来表现角色的人设和性格。

直到摸索出游戏制作团队喜好的风格以后，简卿心里才有了些底。她轻手轻脚地关上电脑，爬上床，倒头就睡。等她醒来的时候，寝室里就她一个人了。

简卿把头埋在被子里，迷迷糊糊地去摸置物架上的手机看时间，已经是下午一点了。

虽然她十分不想从暖乎乎的被窝里离开，但是再不起床，做家教恐怕就要迟到了。

秦阿姨开门见到简卿，满面笑容地热情招呼道："小简，来啦。"

"我听陆先生说了，你晚上会帮忙照看眠眠。哎呀，真是多亏了你，不然我真不放心眠眠。"秦阿姨絮絮叨叨地说着，"你放心，等我儿子的病好了，就不用辛苦你了。"

秦阿姨在围裙上擦了擦手上沾着的水，又从鞋柜里拿出一双新的女式拖鞋，淡粉色带细绒的鞋面上是小兔子的图案，很可爱。

简卿之前穿的都是秦阿姨多出来的那双凉拖鞋。

陆淮予把"断舍离"做到了极致。除了小朋友用的物件，家里没有一件多余的东西，就连拖鞋也只有一人两双——一双夏天的凉拖鞋，一双冬天的棉拖鞋。

"天气冷了。你穿这双吧。"秦阿姨弯下腰把拖鞋放到了她的脚边。

简卿愣了愣，有些不好意思地说道："不用了，开着暖气，不是很冷。这双是眠眠妈妈的拖鞋吧？我穿不太好。"

秦阿姨连忙摆手说道："不是，不是，这双就是买给你的。"

厨房锅里烧着的水沸腾起来，溢出的水滴到滚烫的炉火上，发出"吱吱"的声音。秦阿姨没再多说，快步回厨房关火。

秦阿姨特意去店里买的这双拖鞋。要不是早上陆先生出门时提醒，她都忘了要给小姑娘准备一双棉拖鞋。

她倒也不是故意忘记，而是真的没有这个意识。之前家里来来去去就眠眠和陆先生两个人，加上她自己也才三个人。

陆淮予很少往家里带客人。很早之前秦阿姨问过，要不要给眠眠的妈妈准备一双拖鞋，他轻描淡写地用一句"她一年到头也来不了几次"就回绝了。

有时候秦阿姨也忍不住在心里嘀咕：这对夫妻看着真不像夫妻。

听秦阿姨说这双拖鞋是买给她的，简卿也就没那么多顾虑了，换上鞋走进了客厅。

眠眠早就端端正正地坐在画板前等着她了。

教小朋友画画的时间总是过得很快。秦阿姨在厨房忙活了一下午，六点的时候拎着垃圾出来，说道："小简，那我就走了。晚饭已经做好了，你们一起吃。"

"好的。"简卿站起来，送秦阿姨离开。

"秦阿姨再见。"小家伙语气软软地道别。她把问好和告别都说得自然而主动，不用大人提醒。

等关上门以后，简卿才想起自己忘了问秦阿姨，要不要等陆淮予回来一起吃饭。

"眠眠，爸爸晚上一般会回来吃饭吗？"

小家伙摇了摇头："我也不知道呢。爸爸有时候回来，有时候不回来。"

简卿沉默了片刻，决定还是给陆淮予发信息问一下。毕竟陆淮予花钱请的阿姨做的饭，要是她们不等人回来就吃饭，总让人觉得有点儿不好。

她点开微信，发现他们之间的对话框干干净净——只有两条陆淮予的转账记录。

简卿："晚上回来吃饭吗？"

问完以后，她在等消息的时候百无聊赖地点开了他的朋友圈。

他的朋友圈一样干干净净——一条状态也没有。不知道的人还以为被他屏蔽了呢。就连朋友圈的封面也是纯白的底，让人一点儿也摸不出主人的性子。

过了半天，也不见他回复消息，简卿估计陆淮予是在忙，于是锁上手机屏，问道："眠眠饿了吗？我们等爸爸半个小时，好不好？"

小家伙懂事地点了点头。

于是一大一小两个人就这样乖乖地坐在沙发上等了半个小时。微信那头还是没有回复，简卿只好补了一条信息告诉他，她和眠眠先吃饭了。

等到晚上八点，简卿才收到他的微信消息。

陆淮予："抱歉，刚才在做手术，没有看到。以后我如果不回去吃饭，会提前和你说。"

看着黑色方块字拼凑出的两句话，她却仿佛听到了他不疾不徐的声音，也感受到他沉静似水的性格和刻在骨子里的教养。

简卿收拾完餐厅和厨房，懒懒散散地靠在沙发上，跟小女孩比了一个"OK（好的）"的手势。

窗外夜幕沉沉，亮着万家灯火。

眠眠吃饱喝足，有些兴奋起来，拉着简卿陪她一起玩过家家。

眠眠的小手有些笨拙但力道轻柔地为芭比娃娃梳着头发、换着衣服。

"这些都是妈妈给我买的！"小家伙有些得意地炫耀着排成一排的芭比公主。

她们全都衣着华丽，妆容精致，拥有海藻一样浓密柔顺的头发，可以替换的服装和配饰琳琅满目。如果认真数起来，她们的衣服恐怕比简卿的还多。

简卿看着眠眠认真地把玩着这些娃娃，脑海里突然闪过另一个小女孩的样子。

那个小女孩的手里攥着一个廉价的盗版芭比娃娃。虽然娃娃是假的，但那个小女孩依然和眠眠现在一样玩得很开心，认真地为娃娃梳妆打扮。

简卿的心里涌起一阵酸涩又温暖的感觉，她眨了眨有些湿润的眼睛，附和着小家伙的话："这个芭比娃娃好像眠眠的妈妈呀。"

小家伙也点了点头，笑眯眯地说道："我最喜欢多萝西了。"多萝西是这个芭比娃娃的名字。

眠眠提起了兴致，拉着简卿的手往那间客房走去："姐姐，我想看妈妈的照片，你可不可以帮我拿？妈妈比多萝西还漂亮。"

简卿被眠眠牵着手，看了一眼挂钟上的时间，说道："可以，不过看完照片，你就要刷牙睡觉了，好吗？"

"好。"小家伙又乖又软地答应道。

接着,小家伙又仰头指着客房里高高的八斗柜,说道:"相册就在最上面一层。我拿不到。"

简卿顺着眠眠指的位置,拉开实木抽屉,发现里面果然放着一本厚厚的相册。她单手拿出相册,感觉这本相册有些沉。

简卿用余光瞥见相册下面压着用透明文件袋装着的一沓文件,A4纸上赫然是五个醒目的黑字——离婚协议书。

简简单单的几个字却包含着沉重的意义,象征着一段错付的感情和一个破裂的家庭。

简卿的瞳孔微微放大,一瞬间,她的呼吸都停滞了。

仿佛一切都有迹可循,冷淡疏离背后的原因原来是两个人离婚了呀。

简卿来不及多想,怕离婚文件被眠眠看见,于是赶忙关上抽屉。

眠眠高兴地拍着手要相册,圆溜溜的大眼睛干净明亮。她是如此天真无邪,因为她什么也不知道。

第三章
醋 意

简卿陷在软软的沙发里，腿上放着又厚又沉的相册。

眠眠跪坐在她的旁边，一页一页地翻着相册，时不时还指向某张照片让简卿看。

相册里大部分是岑虞的单人照。简卿不得不承认，岑虞真的是从小漂亮到大的典型代表，而且还是那种很张扬的美。

偶尔眠眠翻到一页，上面会出现陆淮予的脸——或是少年稚嫩，或是青年沉稳。

陆淮予在照片里总是很好认。好像他在哪里，哪里就是焦点。即使在泛黄的老照片里，他也总是熠熠生辉，让人难以忽视。

大概是不爱拍照的缘故，有他的照片不多。很多张有他的照片，看起来都是岑虞硬拉着他拍的。岑虞旁边的他总是一脸淡漠的表情，不耐烦地插着兜，表现得懒懒散散的，眼里还透露出对拍照的抵触之色。

简卿还在想着刚才看到的《离婚协议书》。与其说她有多吃惊，不如说她有些替他们感到可惜。

从上一次在游乐场和岑虞简单相处的情况来看，简卿觉得岑虞是一个很有魅力的女人——热情洋溢，似骄阳烈火。

她不禁在心中感慨道：就是这样一团火也融化不了陆淮予周身的坚冰。

简卿一直觉得陆淮予是一个冷漠的人，他的教养背后透着对他人的疏离感。

相册被翻到了最后一页，简卿合上相册说道："好啦，眠眠该去洗漱睡觉了。"

小家伙看完照片，脸上还挂着意犹未尽的表情。但她说话算话，也不耍赖皮，乖乖地点头，爬下沙发去洗漱了。

简卿把眠眠哄睡着以后，抱着相册放回八斗柜。这时，相册里滑出一张照片，照片轻飘飘地落在了地上。

这是一张岑虞毕业时拍的照片，但拍照的地点不是学校。

照片的背景像是在一个露天的阳台，岑虞的背后是湛蓝如洗的天空和高楼。

照片里的岑虞穿着干净整洁的学士服，露出一截莲藕般白皙的小腿。她的脸上挂着甜美的微笑，双手亲昵地挽着一个男人。

男人的身形挺拔高大，他穿着一件白衬衫，衬衫的袖口随意地挽到了小臂上。只是这张照片上，他的脸已经被挖去，只剩下一个洞。

简卿下意识地以为照片里的男人是陆淮予，于是又默默地把照片塞回相册里藏好，当作自己什么也没看到。

突然，门外传来了急促的敲门声，仿佛有人在拿拳头砸门。

简卿的心里"咯噔"一声，她先去眠眠的房间把门关上，然后才去应门。

简卿打开玄关处的监控器，看到屏幕里出现了一个男人的背影。

男人的个子很高，肩膀宽厚，穿着一身黑色的皮衣，低着头将整张脸隐在黑暗处。简卿只能看见他棱角分明的下颌。

男人宛若一只暴怒的猛兽，右手高高举起又重重落下，一下一下地砸着门。厚重结实的防盗门被砸得"嗡嗡"响。他好像随时准备破门而入。

监控器下方的对讲机里传来男人低沉而冷冰冰的声音："陆淮予，你给我出来。"

简卿被他身上逼人的气势吓到大气都不敢出，同时又怕外面砸门的声音把眠眠吵醒。这时，她突然想起画板里还夹着陆淮予给她的便笺，于是照着上面写的电话号码打了过去。

所幸电话接通得很快。

"陆淮予吗？"简卿缩在沙发上，像一只受惊的小兽似的小声问道。

过了半晌，陆淮予低沉的声音徐徐传入耳中："简卿？"

"家门口来了一个很凶的男人在砸门。他还在喊你的名字。你要不先别回来了吧？我感觉他想打你。"

没等对面的人给出回应，简卿想了想又问道："你知道小区物业的电话是多少吗？我让物业的人来把他带走吧。"

黑色的保时捷 SUV 在两旁梧桐成列的道路上稳稳地行驶着。

陆淮予刚做完一台颌骨鳞癌的手术。这台手术从早上六点做到了晚上八点。陆淮予写完手术记录时，天已经很晚了。一整天的手术使他现在整个人处于一种迷蒙的状态。

车内很安静，他开着车腾不出手，所以左耳戴着无线耳机。耳机里传来小姑娘怯怯的声音，隐隐约约夹杂着嘈杂混乱的背景音。

小姑娘的语气里透着明显的惊慌无措，她却还让他别回去，想着办法自己解决问题。

"陆淮予，你在听吗？我怕他把眠眠吵醒了，一会儿吓着眠眠。"简卿有些着急地催促道，"你能把物业的电话用微信发给我吗？"

陆淮予蹙起眉心，眼眸漆黑如墨，目视着前方的道路，缓缓踩下油门提速："简卿——"

他出声打断了小姑娘的低语："你别害怕，也别开门，等我回去。"

简卿虽然嘴上说着可以叫物业的人解决问题，但心里还是很慌，生怕门外疯子一样的男人做出什么出格的事情。

陆淮予低沉的声音通过手机传来，依旧淡淡的语调宛如清冽的醴泉缓缓流过她的神经，安抚着她。

简卿紧张警惕的情绪放松下来，就连隔着门的敲打声她听起来也觉得似乎渐渐变弱了。

"好。"

简卿挂了电话，小心翼翼地踱到监控器旁边，鼓起勇气按下了对讲键："那个，陆淮予马上就回来。"

沈镌白站在门外宣泄似的撒着气，蓦地听见响起的软软的女声，明显不是岑虞的声音。

他的动作一顿，整个人僵在原地，像受到了十足的惊吓。他甚至怀疑这声音是因为自己两天没睡而出现的幻听。

陆淮予这个"老光棍"家里怎么会有其他女人？

简卿看他停了动作，紧接着说："你稍微等一下，好吗？能不能不要敲门?家里还有小朋友在睡觉。"

她的语调轻柔,生怕刺激到外面的人。

一阵静默。在听到她说家里的小朋友在睡觉时,沈镌白漆黑的瞳孔微微放大,他收敛起身上的戾气,按在门上的手也缓缓落下。他背靠着墙,点起一根烟,无声无息地抽了起来。

监控器里烟雾缭绕。简卿站在玄关处并没有放松下来,盯着显示屏里男人的一举一动。

不知过了多久,"叮——"一声,电梯停在了这一层。

陆淮予迈出电梯,一眼就看见了倚在墙上低着头的沈镌白。沈镌白的表情颓丧,眼神阴沉。此时的他跟上门要债的地痞流氓似的,也怪不得把小姑娘吓成那样。

"沈镌白,你来我家有什么事?"陆淮予也神色阴沉,用透着冷意的声音问道。

听见对讲机里传来陆淮予的声音,简卿眨了眨眼睛,忽然放松了紧绷的背,第一反应是给他开门。

她刚打开一条门缝,探出个小脑袋,视线正对上陆淮予漆黑如墨的眼眸,还没来得及说话就被人推着头按了回去。

"别出来,外头有疯狗。"他漫不经心地开口,"啪"的一声重新把门给她关上了。

沈镌白对他的讽刺毫无反应,从大衣口袋里掏出几张照片甩给他。

"孩子是谁的?"沈镌白猩红着眼一字一顿地问道。

沈镌白的胸口上下起伏着,他迫切地想知道答案,心里怀着一丝微弱的希冀。

陆淮予皱着眉将目光落在照片上。照片上是岑虞带着眠眠在游乐场游玩的画面。

过了半晌,陆淮予才轻描淡写地说道:"我的。"

沈镌白的脸上露出质疑的表情,如鹰隼般锐利的眸子紧盯着他,想要看出他神情里的漏洞。

陆淮予坦然自若地和他对视,懒懒散散地将手插在兜里,又瞥了一眼紧闭的门扉,像是在暗示什么,问:"你刚刚不都看见了吗?"

他家里的小姑娘。

沈镌白紧抿薄唇,还是一言未发,不肯相信。

"再说，你不会脸这么大，以为岑虞会为你生孩子吧？"陆淮予轻轻地嗤笑了一声，讥讽地扯了扯嘴角。

因为他的这句话，沈镌白脸上的表情彻底崩坏。

隔着一道门，简卿通过监控器将他们的对话全听了进去，脑袋里冒出几个大大的问号。

这家人的关系好复杂。她怎么什么都听不懂呢？

之前她只觉得陆淮予一直谦和有礼，优雅贵气，将所有的情绪都隐藏在心里。

她还以为陆淮予对谁都是一副很有教养的样子，没想到他也会对人冷嘲热讽，表露出敌意和不满。

简卿忍不住推测，眼前这个五官立体、面容冷峻的男人，可能是插足这个家庭的第三者？

陆淮予虽然已经是前夫了，但在情敌面前自然不能输了气势。

她双手抱臂，看戏看得起劲。

"姐姐——"眠眠揉着眼睛，半梦半醒地站在走廊处喊她。

简卿打了一个激灵，怕外面的对话被小朋友听了去，于是赶忙将监控器关掉，回过头去，问道："眠眠怎么了？"

"我想上卫生间，里面黑黑，怕。"

简卿见门外的两个人没有要打起来的苗头，也就不再管他们，转身陪着小家伙去上卫生间了。

等她重新哄小朋友睡着，轻手轻脚地从房间里出来时，她发现陆淮予已经进到屋里，慵懒随意地靠在沙发上了。

陆淮予低垂着头，看上去累极了，又浓又黑的眼睫带着倦意，一缕黑发随意地散落至额前，白色衬衣最上面的两颗扣子已经解开，领带也被扯松，露出精致的锁骨。

陆淮予听见动静，微抬眼皮，撞上了她的目光。

场面一瞬间静止——

"刷牙了吗？"他突然问道。

简卿被他给问蒙了。他这是在转移话题，想直接翻篇儿吗？不过想想她也能明白，谁也不想让外人窥探自己的家庭隐私，尤其岑虞现在还是风口浪尖上的公众人物，无关之人知道的情况越少越好。

她摇了摇头，回道："还没有。"

闻言，陆淮予站起身，挑了挑眉："来吧，我看看你平时是怎么认真刷牙的。"

"啊？"简卿没听明白。

"咔嗒——"

陆淮予打开卫生间的灯，说道："昨天你不是纳闷儿自己为什么长蛀牙吗？我看看你的刷牙方法对不对。"

他说得一本正经，表情认真。即使他现在身上没有穿白大褂，医者从容淡定的气质也像被刻在骨子里一样。

简卿竟然找不到可以反驳的理由，只好乖乖地跟着他进了卫生间。

卫生间明亮宽敞，黑白灰的色调搭配简单的陈设，优雅而整洁。一米长的洗漱台上方有一面很大的镜子，镜面干净光滑，照出两个人的身影。

陆淮予斜斜地靠在洗漱台的一角，双臂环胸。

顶灯打下的暖光映出他立体的五官，他漆黑如墨的眼眸直直地盯着她，脸上倒没什么表情，像医生审视患者一样冷淡。

简卿站在镜子前面，略显拘束，像等待被检查作业的小学生。

她忍不住在心里嘀咕道：陆淮予可真是个敬业的口腔医生，连刷牙的方法都要亲自指导。

她慢吞吞地拿起牙刷，打开水龙头，让牙刷沾了些水，然后挤上牙膏开始刷牙。

陆淮予漫不经心地扫了一眼腕上的手表，微抬眼皮，将目光落在她的唇畔。

小姑娘紧闭着嘴，用牙刷慢吞吞地来回鼓捣。

他直起身，走到她的面前，淡淡开口道："张嘴，我看不见。"

为了看清她刷牙的动作，两个人的距离很近。男人挺拔的身形挡住了顶灯的光线，将她整个人罩住了。

简卿只能看见他胸前白色衬衫的扣子，下意识地抬头看向他。

陆淮予低垂着头，侧脸隐在阴影里，光线勾勒出他线条明晰的下颌。浓密的眼睫洒下一片阴影，盖住了他眼里的情绪，使他周身的气质更显清冷和疏离。

简卿眨了眨明亮又懵懂的眼睛，不敢拒绝，于是听话地张开嘴，只是有些不自在地微微扭过头，躲开了陆淮予的视线。

她微微张开嘴，唇瓣柔软粉嫩，排列整齐的贝齿精致洁白。

陆淮予的视线停留在她的唇齿上，表情严肃认真。

卫生间里静得不像话，只有牙刷刷过牙齿的摩擦声。气氛有些古怪，却又让人摸不清问题出在哪里。

简卿知道自己有四颗龋齿以后，每次刷牙都特意在后槽牙处刷很久。

牙膏在口腔里溶解，泡沫越来越多。她含不住泡沫，于是重新闭上嘴，看了陆淮予一眼。

"吐吧。"陆淮予让出洗漱台。

简卿低下头，吐掉嘴里的泡沫，然后把泡沫用水龙头冲走。接着，她含含糊糊地说道："我刷完了。"

陆淮予收回视线，看了一眼表，然后说道："刚才刷牙，你只用了两分钟，对牙齿内侧面刷的时间不够，对咬合面刷的力度太轻。"

他皱起眉看向她，继续说道："而且你刷牙为什么要东刷一下、西刷一下？你记得住哪里刷过，刷了多久吗？"

简卿闻言，准备漱口的动作一顿，无辜地摇了摇头——她确实不怎么记得。

她觉得自己已经很认真地在刷牙了。结果被他这么一说，她面露羞赧地说道："那要怎么刷呀？"

她的语气含有一些恼羞成怒的意味，只不过小姑娘的声音软软的，听起来倒像娇嗔。

陆淮予皱着眉，不满地盯着她嘴角的白色泡沫，无奈地轻笑起来。

"牙刷给我，我教你怎么刷牙。"他慢条斯理地解开袖扣，卷起袖子，露出肌肉紧致的手臂。

简卿感觉自己的背后像是多了一堵宽厚的墙壁。隔着空气，她也能感受到陆淮予身上传来的温热气息。

空气中飘着一股淡淡的薄荷香。

陆淮予低下头，伸长手臂从身后绕到她的面前。

白皙修长又骨节分明的手指搭在牙刷柄上，使刷头悬在她的唇边。陆淮予淡淡地命令道："张嘴。"

他的嗓音低哑，语调徐徐，携着撩人的磁性，轻描淡写的两个字却带着一股让人难以拒绝的压迫感。

简卿的呼吸一窒，她不敢动弹了。

她的耳根渐渐变得又红又热。好在耳朵被头发遮着，让人看不出来。

纤长的眼睫微颤，她犹犹豫豫地半张开嘴，手脚也不知道往哪儿放，只能浑身僵硬地站在原地。

小头软毛的粉色牙刷探进她的口腔，往左上的后槽牙刷去。简卿的脸很小，导致口腔空间不足，牙刷越往里，口腔的空间越小，使刷头受到了阻碍。

陆淮予用食指轻点刷柄，同时说道："嘴张大一点儿，看镜子。"

耳畔传来男人低沉的声音，离得很近，简卿甚至能感觉到他沉稳轻缓的呼吸起伏。

简卿的目光随着他的指示落到面前的镜子上，明亮的镜子里清晰地照出了两个人的身影。

陆淮予眼眸低垂，黑色的碎发垂落至额前，遮住了他的半张脸，让人只能看见他高挺的鼻梁。

而此时简卿微微仰着头，以便让他看清口腔里牙的位置。整个场面像极了小朋友正在被大人手把手地教刷牙。

只是在暖黄色的灯光照射下，一切都蒙上了一层隐晦的暧昧气息。

简卿不知道事情怎么会演变成现在的样子。她只想尽快结束这一切，于是索性破罐子破摔地配合着张大了嘴。

她感觉到牙刷在后槽牙处小幅颤动，然后刷过牙面。这样的刷牙方式和她之前简单地上下刷在细节上完全不同。

细微的震颤感沿着牙齿一路蔓延至口腔内里，让她感觉麻麻的。

陆淮予一边动作，一边认真地解释道："刷牙的时候，刷毛要和牙面呈四十五度角。要先小幅度水平颤动，然后转动刷头，让刷毛拂过侧牙面——"

陆淮予的声音低沉而富有磁性，跟牙刷一并震颤着简卿的耳膜。简卿的牙齿就像教具一样被他拿来做演示。

牙刷从左上的后牙外侧刷到内侧，然后又刷到后牙的咬合面，再到前牙，转至右上，然后右下，再到前牙，最后绕了一圈回到左下。

陆淮予很有耐心地依照顺序，掐着表似的每一颗牙都准确地刷了三十秒。

"上牙要往下刷，下牙要往上刷，这样才能有效地把牙龈沟里的脏东西刷出来。像你刚才那样来回横向拉锯似的刷，很容易损伤牙釉质。"

男人说话时嗓音低沉，节奏不疾不徐。

时间仿佛格外漫长。

"看明白了吗?"不知过了多久,他终于停下来,看着镜子里的简卿问道。

简卿的脸被他抬起。他的指腹抵着简卿的下巴,微凉,有薄茧。

陆淮予用一种半搂着简卿的姿势做着这个动作,以便让她在镜子里看得更清楚。

空气中飘散的薄荷香比刚才更加浓郁,味道清洌好闻。

简卿的大脑一片空白,她什么也没看明白,只知道愣愣地点头。

所幸在她点头以后,陆淮予很快就松开手,将牙刷从她的嘴里撤出,接着淡淡地说道:"漱口吧。"

听到这句话,简卿长长地松了一口气,赶紧埋头在洗漱台,大口地往嘴里灌水。冰凉的水盈满口腔,冲掉了牙齿上刚才被洗刷留下的痕迹。

简卿的耳根处红得滴血。这红色一直蔓延到脸颊,她感觉脸又热又烫。

她从来不知道,口腔医生原来是这么磨人的存在。

陆淮予等她用完洗漱台后也洗了手,洗掉了不知什么时候在她嘴边沾到的泡沫。

简卿感觉有点儿尴尬。

但她选择默默地无视这种尴尬的情绪。看医生的人嘛,就是要没皮没脸。

口腔里弥漫着薄荷味儿牙膏的味道,清凉舒爽,简卿忍不住用舌头舔了舔牙齿。牙齿现在光滑干净的感觉确实和她第一次自己刷完之后的感觉完全不一样。

她惊奇地说道:"这样刷好像真的更干净了呢。"

陆淮予用置物架上挂着的毛巾擦了擦手,将目光落在她的脸上。顶灯的光照着她的脸,显得她的肤色白到几乎透明。

简卿的脸颊上泛起浅浅的红晕,一双眼眸明亮懵懂中带着惊奇之色,唇瓣粉粉嫩嫩的,上面还沾着润泽的水渍,好像诱人的樱桃。

陆淮予的喉结缓慢地上下滚动了一下。

他垂下眼皮,抬腕看了一眼时间,漫不经心地说道:"不早了。客房里的床秦阿姨已经换过干净的床单和被套,你以后就睡那儿吧。"

说完,他转身回了走廊尽头的主卧,轻轻地关上了门。

简卿眨了眨眼,望着男人清冷和疏离的背影消失在门后。

空气中还残留着淡淡的薄荷香,他这一晚上好像就是为了教她刷牙似的。

简卿裹着被子躺在柔软的大床上,翻来覆去地睡不着。也不知道是不是暖气太足的缘故,她总觉得又热又闷。
口腔里清凉的薄荷味儿还没散去,像极了陆淮予身上的味道。
即使简卿漱口漱了很久,但是感觉陆淮予拿着牙刷教自己一颗一颗刷牙时留下的痕迹还是格外清晰。
简卿抿了抿唇,把脸埋进被子里,发出了一声微弱的叹息。

直到《风华录》游戏原画设计大赛的前一天,赛事举办方才发来短信,通知了比赛的地点、时间和注意事项。
林亿和周琳琳也凑热闹报了名。
简卿收到短信以后,在寝室的微信群里问了一句。
她们三个人此时正围着断臂维纳斯在静物写生。静物课老师就在她们的身后慢悠悠地晃荡着。
因为教室里总共只有十几个学生,谁做什么事都一览无余,所以没人敢交头接耳。
为了不被发现,她们选择用微信聊天。

简卿:"你们收到《风华录》发的比赛通知了吗?"
简卿:"这通知发得也是够晚的。"
林亿:"没啊,不是一批发的?"
周琳琳:"我也没。"
过了一会儿,林亿发来一张短信截图。
简卿点开图片,看到短信的内容措辞十分正式——
"感谢您报名参加《风华录》游戏原画设计大赛。我们在此很遗憾地通知您未获得比赛资格。期待您的下次参与!"
林亿:"这种现场比赛为什么还会刷人哪?"
林亿:"早知道,我报名的时候就不在'往期作品栏'上传周琳琳的身份证照片了。"
周琳琳:"你干吗了?"
周琳琳:"你就算上传最厉害的作品,说不定照样被刷。我就是。"

紧接着周琳琳又在群里分享了一条微博链接。

简卿瞄了一眼老师，点开了微博。这条微博是一个颇有名气的画师发的。

@haru春："#《风华录》游戏原画设计大赛# 你们被刷了吗？"

短短几分钟，这条微博底下就已经有了几百条评论。

@haru酱甜甜的："太太都被刷了吗？这筛选是有多严格呀？"

@梦回大明："我就想问有人没被刷吗？"

简卿沉默地扫完微博评论，回到微信页面。

简卿："没想到我这么厉害呀。"

林亿："你终于意识到了。"

比赛通知的短信倒是提醒了简卿，她需要和陆淮予请个假。

下午，她照常去做家教。她本来想当面和陆淮予请假，结果五点多的时候就收到了他的微信。

陆淮予："今晚不回，不用留饭。记得锁门。"

等简卿再发消息，告诉他自己明天不能来做家教的时候，对面的人却仿佛彻底消失了一样，再也没有回复消息。

秦阿姨对此倒是习以为常，摆了摆手，笑道："正常，正常。陆先生一场手术经常做七八个小时。等他看到消息，啥事也没了。"

"啊？牙科医生也要上手术台的吗？"简卿正靠在料理台边，帮秦阿姨一起做晚饭。她有些吃惊，没想到陆淮予一台手术要做那么久。

她对口腔医生的印象还停留在洗牙、补牙上，还有昨天他手把手教她的刷牙上……

秦阿姨低着头边剥蒜边说道："像正畸、修复这些工作会比较轻松，所以医生上班时间是朝九晚五，但是口腔外科就和其他外科医生没什么两样，累得很。"

"而且协和医院的口腔科在全国都是数一数二的，一般收治的是得了大病的患者。陆先生是颌外科的主任医师，做的都是其他医生做不了的大手术。"秦阿姨剥完最后一颗蒜以后，起锅热油，用蒜炝锅。

简卿就着细细的水流，在水池里仔细地冲洗着菜叶上的泥土。

她低着头，别在耳后的碎发轻轻垂落，宛若羽毛般在侧脸上轻扫。

她想起陆淮予给她检查牙齿，教她刷牙，对比他动辄七八个小时的手术，这些事突然显得格外微不足道、大材小用。

秦阿姨打开话匣子就有些收不住,和简卿絮絮叨叨地闲聊起她的雇主来。

她压低声音问道:"你看得出来眠眠曾经有过唇裂吗?"

简卿愣了愣,摇了摇头。她完全看不出来。

"眠眠小时候,唇裂可严重了。上半年的时候,就是陆先生给她做的手术。现在一点儿都看不出来了,说话也很正常。"

秦阿姨把盆里的青菜倒进锅里。沾着水的菜叶遇上热油,发出"刺啦刺啦"的声音。

"我隔壁邻居家的孩子也是唇裂。她做完手术以后,嘴巴那里还是看得出来有些奇怪。我听说唇裂都只能恢复到与正常人接近。我看哪,还是得看医生的技术。"

"后来我邻居还想让我拜托陆先生给他们的孩子做一次手术,不过因为孩子的年龄大了,已经错过了最佳的修复时间,真是可惜了——"

简卿默默地听着,心里不禁佩服陆淮予的冷静理智。

原则上,医不自医,关心则乱,他得内心多强大,才下得去手给自己的女儿做手术?

灰色调装修风格的主卧里那张一米八的大床上,被子拱起了一处。

双层的窗帘隔绝了白日的光线,只有床脚一盏矮矮的地灯发出暖黄色的微光。

安静昏暗的空间里,呼吸声低沉平缓。

陆淮予这周突然多出一台紧急手术。科室原本准备让他取消周五的门诊,找其他医生代班,这样就可以把手术排到周五。

偏偏他格外敬业,说什么也不肯取消门诊,于是周四这天他熬了个大夜,凌晨四点多才下班回家。

床头柜上的手机屏幕突然亮起,手机发出振动的声音。这声音不是特别响,但足以扰人清梦。

陆淮予的眉心一皱,他缓缓睁开眼眸,眼神显得疲惫而迷离。

他从床上坐起来,整个人还处于不太清醒的状态。

"喂——"他的嗓音低沉,含混嘶哑,听起来像喉咙里含着什么一样。

"他去找你了?"女人悦耳的声音从电话另一头传来,透着明显的焦虑和不安。

岑虞正在拍摄一个真人秀综艺节目,全天二十四小时拍摄。她现在好不容易躲开摄像机,找了个偏僻的地方给陆淮予打电话。

陆淮予揉了揉有些发胀的太阳穴,一时没反应过来,于是问道:"谁?"

岑虞轻抿薄唇,低头盯着地上粉粉的樱花。这些花瓣被过路的行人踩踏着蹍进泥土里,又烂又破败。

过了半晌,岑虞才吐出那个仿佛烫嘴的名字:"沈镌白。"

这个她刻意回避了很久的名字从她自己的嘴里说出来,将她内心的沉疴完全暴露了出来。

陆淮予起身拉开厚重的窗帘。

阳光透过落地窗照射进来,使原本昏暗的房间一下子亮得晃眼,他不适应地眯了眯眼。

头脑渐渐清明,陆淮予淡淡地说:"他来问孩子是不是他的。"

岑虞的眼睫微颤,慌张地追问道:"你没告诉他吧?"

陆淮予懒懒散散地转动着脖子,以舒缓睡得僵硬的身体:"没有,但我挺想的。"

"我不管你是准备给眠眠找个后爹,还是准备回头找她亲爸,这两样你总得做一样吧?再拖下去,对孩子、对你都不好。小朋友的感情是会淡的。"

电话那头的岑虞一阵沉默。

陆淮予没有催促她,只是慢条斯理地从衣柜里拿出衬衫换上,一颗一颗耐心地系着纽扣。

"你说的我都知道,可是我现在很累——"向来洒脱利落的岑虞难得露出柔软脆弱的一面。

她顿了顿,接着说道:"我的人生到了这种地步,如果不是非常不可思议的东西,我就不想要了。"

客厅传来轻轻的关门声。岑虞明明在说伤心欲绝的话,惹人又心疼又动容,陆淮予却还是走了神儿。

他走出卧室,发现客卧的门敞开着,里面空无一人。床上的被子被叠得整整齐齐,空气中飘散着淡淡的甜橘香。

客厅里简卿的东西已经不在了。陆淮予扫了一眼墙上的挂钟——八点整。

餐厅飘来一股食物的味道,陆淮予走过去,扑鼻而来的是煎蛋和烤面包的焦香。

两份白色瓷盘装着的早餐摆在桌上,底下压着一张字条。

小姑娘的字迹娟秀,笔画工整——

"我先回学校了,给你们留了早餐。"

电话那头,岑虞还在絮絮地诉说着,然而陆淮予一个字也没听进去。他手里把玩着字条,垂下眼皮,敛住了漆黑的眸子,让人看不清他的神情。

"你在听吗?"岑虞得不到半点儿回应,忍不住问道。

陆淮予的目光落在还冒着热气的早餐上。烤面包上盖着煎蛋,半流体的蛋黄裹在煎得微焦的蛋白里,色泽诱人。

他心不在焉地应声道:"在听。"

岑虞抿了抿唇,声音低哑地说道:"所以你能不能再给我一点儿时间?"等她做完她必须做的事情。

"不能。"陆淮予冷冰冰地拒绝道。

他用食指的指腹在白色瓷盘的边缘仔细摩挲着。此时他有些没耐心再和岑虞磨叽下去,因为早饭就要凉了。

"为什么不能呢?"岑虞不解地问道。陆淮予已经帮她那么久,怎么现在却不行了?

"耽误我了。"

陆淮予轻描淡写地吐出这句话,然后没等岑虞做出反应就径直挂断了电话。

听筒处传来忙音,表情迷茫的岑虞心想:耽误什么了?

《风华录》游戏原画设计大赛的比赛地点就在怀宇游戏公司里。

简卿下了地铁,跟着导航没走几步,就看到了一栋二十多层高且外墙全是透明玻璃的写字楼,整栋楼十分气派高档。

建筑物的最高层挂着醒目的蓝色牌子,牌子上写着"怀宇游戏"四个大字。

怀宇游戏是近几年才崛起的一家游戏公司。在几家老牌游戏公司基本已经分食了有限的游戏市场时,它却却像一匹黑马般跃然而出,凭借《风华录》抢占了一席之地,成了新的业界标杆,发展势头令人瞠目结舌。

简卿进入大楼前,身材魁梧、西装革履的安保人员让她进行了详细的登记,然后给了她一张访客卡。

走进一楼大厅,扑面而来的是游戏公司特有的活力,到处都是大型的手办和立绘。零零散散进入大楼上班的员工都朝气蓬勃,其中好几个穿着汉服或者制服的小姐姐分外养眼。"

简卿跟着立牌的指示，搭乘电梯去往位于十六楼的比赛地点。

电梯间里一共八部电梯，墙上贴着《风华录》游戏的海报。海报上是一个面容邪气俊朗的男人，穿着的玄色锦衣上用金线绣着提花龙纹。这是游戏里颇具争议但人气很高的角色——明武宗朱厚照。

"叮——"

电梯在三楼停下，走进来一个懒懒散散的男人。他耷拉着眼皮，无精打采地捧着两个纸袋，袋子里装着几杯咖啡。

简卿低着头往电梯的角落里挪了挪，让出位置。

昨天《风华录》的新版本上线，所以裴浩跟着团队加了一宿的班。直到今天早上七点，他们才修复完所有的游戏 bug（程序漏洞），封包上线。这一操作简直是突破极限。

等他准备回家睡觉的时候，他才想起来今天还有个比赛，需要他去当评委。

《风华录》游戏原画设计大赛由公司的市场运营部跟进赛事流程，裴浩作为游戏开发部门的代表其实只是去走个过场。

毕竟在评委当中，其他四个人全是美术支持部的原画大佬，就他一个游戏策划，他能有什么话语权？

更何况他和游戏美术支持部的主管的审美就没有一致过。

裴浩已经能想象到夏诀眼神不屑、冷冰冰地对自己说："你是美术主管，还是我是美术主管？"

烦。

他站在电梯中间，打了个大大的哈欠，又忍不住抱怨道："啧，什么破比赛？"

简卿默默地往角落里又挤了挤，希望对方把自己当成空气。

电梯里四面都是镜子。裴浩发完牢骚，抬起眼皮，透过镜子才发现电梯里还有一个人。

小姑娘安安静静地埋着头，被柔软的黑发遮住了脸，让人看不太清长相。她的脖子上挂着"访客"的工牌，背后背着沉沉的画袋，看来她应该是来参加比赛的。

裴浩有些尴尬地回过头，冲简卿笑了笑，试图挽回公司友好包容的企业形象。

"嘿，你是来参加原画设计比赛的？你很厉害啊！我们比赛的入围率只有百分之一。"他一副自来熟的模样,身上已没有刚才抱怨比赛的戾气。

当然裴浩没有和她说的是,这场比赛之所以入围率这么低,是因为他们开发部无法提供那么多手绘板和电脑给参赛者。

也不知道市场运营部的人是不是脑子被驴踢了,非要办线下比赛。公司让参赛者直接在线上交作品不好吗?

简卿宁愿他当自己不存在。她不知道说什么好,只能抬起头,应付他道:"是啊。"

裴浩看清了简卿的脸之后,被惊艳到瞳孔微微放大。他挑着眉心想:赚了。

市场运营部,好样的!

看来接下来的八个小时,他坐在评委席上应该不会那么难熬了。谁不愿意看漂亮妹妹画画呢?

他的态度比刚才更加热情:"你参加的是哪一组啊?场景还是角色?"

简卿抬眼看了一下电梯上升的数字,顿了顿,回道:"角色。"

话音刚落,电梯到了十六楼。

电梯门口此时正站着一个穿水绿色汉服的小姐姐。她脸色焦急地冲着裴浩催促道:"浩哥,快点儿啊!大家都在等你开场呢!"

简卿见状,松了一口气,礼貌客气地朝他点头说道:"那我先走了。"

"哎,等等——"裴浩叫住简卿,从纸袋里拿出一杯咖啡,塞到她的手里,"请你喝咖啡。比赛加油!"

说完,他挺直腰杆,理了理西装外套,大步往会场走去,气势十足。

简卿感觉手里的咖啡温热,心里有些负担。她不爱喝咖啡呀。

这时,另一部电梯的门开了。

一个男人漫不经心地走了出来。他身形挺拔高挑,穿着简单的黑色卫衣、蓝色牛仔裤,右耳戴着银色的十字耳钉。

男人的长相干净俊朗,剑眉星目,他抿着唇,一副脾气不太好的样子。

艺术人之间好像有一种天然的共鸣能力。

简卿敏锐地嗅到了他身上的艺术气息,以为他也是来参加比赛的,于是问道:"同学,你喝咖啡吗?"

夏诀愣了愣,皱着眉疑惑地看向简卿,同时眼里闪过一丝惊讶之色。

他抿了抿唇,一点儿也不客气,很自然地接过了她手里的咖啡,然后微抬食指,说道:"谢了。"

夏诀不曾放慢脚步，拿了咖啡就走，好像简卿是个小助理，就在这里等着给他递咖啡一样。

不错。简卿顺利地解决了负担，还没有浪费。

简卿被工作人员领到了比赛地点。她放眼望去，比赛场地是一个开阔的大平层，面积有几百平方米。场地中，一米宽的桌子一张挨着一张，排成十几列。

每张桌子上都配备着电脑和手绘板。场地的左边是场景原画区域，右边是角色原画区域。

"喀，大家好。"场地前方的主席台上，一个人正拿着话筒讲话。

"我是《风华录》游戏的制作人。很高兴大家能来到怀宇，参加我们的游戏原画设计大赛。

"这次比赛的主题是：救赎。

"希望大家根据题目好好发挥。大家在比赛过程中有任何问题，都可以找我们的工作人员询问。那么，话不多说，大家开始吧。"

简卿微微抬眼，有些讶异地发现，讲话的正是她在电梯里遇到的男人。真看不出来，这么没个正经样子的人竟然是《风华录》的制作人。

裴浩的发言结束后，大家陆陆续续找到自己的座位坐下。比赛主题公布以后，周围的嘀咕声此起彼伏。

就在底下的参赛者们拿着笔，不知该在手绘板上如何下笔的时候，评委们则在会客厅里闲聊来消磨时间。

会客厅里并排放着几台大屏超薄电视，每台电视的屏幕上都以 5×4 分屏的方式显示着二十位参赛者的电脑屏幕。每个分屏的右下角是电脑摄像头实时拍摄的参赛者的头像。

裴浩翘着脚坐在沙发上，抓着一撮焦糖瓜子"咔咔"地嗑着。

"这台电视能不能只显示一台电脑的屏幕啊？这密密麻麻的，也看不清哪。"他扭过头问旁边的技术工作人员。

技术小哥低着头，一边在笔记本电脑上快速操作，一边说道："可以的。你要看哪个？"

裴浩闻言眼睛一亮，从沙发上直起身来，贴着电视，来回扫视着说道："等我找找。我刚才看到一个超级好看的妹妹。"

夏诀推开会客厅的玻璃门时，就听见裴浩说了这么一句话。他皱了皱眉，轻"啧"了一声。

接着他就走到技术小哥的桌前，用食指关节敲了敲桌面，说道："把参赛者的实时监控关了，我只看画，不看人。"

裴浩背对着夏诀翻了个白眼。

烦。

技术小哥尴尬地瞥了一眼裴浩。虽然从职位上来说，裴浩是《风华录》游戏项目团队的核心人物，但是现在可是美术部的主场，尤其主美（首席游戏图形设计师）夏诀在这里拥有绝对的话语权。

毕竟他可是怀宇的大老板费了很多功夫才从国外生产 3A 大作（一般是指一些高开发成本、高体量、高质量的游戏）的知名游戏公司挖来的高手。

裴浩不乐意地撇了撇嘴："你好没劲啊。"

坐在旁边的另一个评委打着圆场："哎呀，我们这次比赛主要是为了帮美术部招人，所以还是该认真地看一下他们的画，旁边显示参赛者的监控确实会影响判断。"

裴浩瞪着眼睛看向他，好像在质疑：你说的是人话吗？你不违心吗？

既然他们是招人，当然是只有一条标准，那就是——长得好看。

刚才那个妹妹就算画得乱七八糟，裴浩也想把她招进来——摆着看！

而且他敢打包票，那个妹妹绝对会成为一名优秀的团队鼓励师，足以激发同事们的工作表现欲。

裴浩懒得和这帮艺术人计较，于是拿出纸袋里的咖啡发给大家："人齐了啊？我买了咖啡。"

他发咖啡发到夏诀的时候，掏了掏袋子，然后摸了摸后脑勺儿，笑着说道："不好意思啊，没了。"

"刚才我在电梯里遇到了那个好看的妹妹，为了给她加油，请她喝了一杯咖啡。你不介意吧？"

裴浩还特意挑了一杯编号"6666"的咖啡。寓意多好，显得他多有心！

夏诀挑了挑眉，漫不经心地拿起搁在身后方桌上的咖啡抿了一口，说道："不介意。我自己有。"

裴浩的目光落在夏诀的那一杯拿铁上。杯身上贴着白底黑字的标签，而标签上正是那四个醒目的数字——6666。

还没等裴浩问，夏诀便轻勾薄唇，笑得十分得意："妹妹给的。"

中午十一点半，协和医院口腔科上午的门诊结束了。

助手正在整理上一位患者用过的口腔器械，并且给操作台消毒。

陆淮予慢条斯理地摘下带血的术用手套，问道："后面没病人了吗？"

助理点了点头："最后一个约到十一点的患者，你刚才已经看完了。"

"没有加号的吗？"

助理愣了愣，说道："那就不太清楚了。我没听挂号台的人来说。"

除非是非常严重的病患，否则一般情况下挂号台的人是不会把号加到陆淮予这里的。就算一定要加，挂号台的人也会先打电话来确认一遍。

闻言，陆淮予淡淡地"嗯"了一声。

白皙修长的手指搭在鼠标上，轻轻点开了科室的电子挂号系统，候诊患者列表里空空荡荡的。

陆淮予微微蹙起眉心，心想：所以，我这是被放鸽子了？

宽敞明亮的会客厅里，夏诀双手抱臂，面对着那几台液晶电视。

屏幕里是密密麻麻的百余张绘图。他们将这些图摆在一起，就能更清晰地看出谁的进度快、谁的进度慢了。

裴浩中途被测试人员叫回去了一趟，因为《风华录》刚上线的新版本出了一个外网bug。等他和测试、运营人员商量完对策（吵完架）回来以后，原本一片空白的电视屏幕已经多了一些色彩。

"哟，大家进度都挺快啊。"

经过那么严格的筛选，来参加比赛的画手们实力自然都不容小觑。此时绝大部分参赛者已经完成了草稿和平涂。

夏诀皱着眉，轻抿薄唇，扫视着每一张画，没接话茬儿，直接当裴浩不存在。

夏诀回过头对技术小哥说道："现在就开始刷人。我报过号的，你从屏幕里直接删了。"

裴浩抬手看了一眼时间。此时比赛才过去两个小时。

"不是，你现在就开始刷人也太早了吧？你至少等别人画完哪。这还什么也看不出来呢。"

裴浩用余光瞥见某个电视右下角的一小片空白处，于是说道："你看看，这还有一个啥都没开始画的呢。"

再说，万一他看中的妹妹被夏诀给刷了可怎么办？他还想把人招进来呢！

"你看不出,不代表我也看不出。"夏诀轻蔑地扫了他一眼,语气淡淡地说道。

这本来是轻描淡写的一句话,不过攻击性不大,侮辱性极强。

夏诀说得就好像他裴浩不是美术专业的,就没有审美了似的!

裴浩不满地辩驳道:"我是策划,代表的是大众玩家的审美!"

"所以如果你来做美术风格把控,那么这款游戏就只能是一款普通游戏。"夏诀面无表情地报号:"A11,B17,C19,D8,E10,F15,删了。"

裴浩眼睁睁地看着一张绝美的猫娘(猫拟人化的女性形态)原画被删掉了。

猫娘睁着大眼睛,把肉乎乎的猫爪子贴在尖尖的耳朵边招手,那细腰翘臀,简直绝了。

他指着屏幕,难以置信地说道:"这你也舍得删?你还不如删那个一张白纸、什么都还没画的人呢!"

"媚俗。"夏诀冷不丁地吐出两个字来。

也不知道他是在说画猫娘的参赛者,还是在说裴浩。

美术支持部的存在就是为了提高大众的审美,让玩家看到非同质化的东西。

夏诀要的是富有想象力和创造力的作品,而不是为了吸引眼球去哗众取宠的作品。

技术小哥低着头,默默放慢敲键盘的速度,努力让自己的存在感降低,然后删掉了夏诀报出的序号的画面。

得——他闭嘴。

裴浩气呼呼地坐回沙发上,"咔咔"地嗑着瓜子,又快又响。

会客厅里的气氛一阵尴尬。

无论怎么说,裴浩也是《风华录》的制作人。他决定着所有人的年终绩效,所以他的面子一般人不能不卖。

偏偏夏诀主管的美术支持部,虽然现在全力支持《风华录》项目,但夏诀汇报工作是越过制作人,直接向怀宇的大老板汇报的,自然可以不搭理裴浩。

六台大屏液晶电视被编上了A-F的序号,其中A、B、C是场景原画组,D、E、F是角色原画组。每台电视屏幕显示的二十个参赛者再以数字编号。

每隔半个小时,夏诀就会从各组里刷掉一些人,就这么进行了三四轮。

裴浩嗑瓜子嗑得腮帮子都酸了，感觉嘴里又涩又咸，舌头好像也破了。

他愤愤地盯着斜靠在桌边的夏诀。

夏诀双手抱臂，漫不经心地抿着咖啡，一副指点江山的模样。

裴浩看着那杯咖啡就烦，于是忍不住过去找碴儿。

"我说，E20到现在还一笔没画呢，怎么不见你把这人刷下去啊？"他阴阳怪气地说道，"哦——难不成这幅画就叫'一片白'？那可真是艺术。"

裴浩一边嗑着嘴，一边摇头拍手，仿佛在为艺术鼓掌。

夏诀抬眸看向墙上的挂钟，比赛已经开始四个小时了，这位画师花费在构思上的时间的确太久了。

像是为了和裴浩对着干，他没打算把人刷掉，只是又瞥了裴浩一眼，说道："看白纸也比看垃圾好。"

这轻飘飘的一句话也不知道是在说谁。

裴浩又一次打嘴仗没打过夏诀，气得不行，只好背对着他陷进沙发里，自己掏出手机玩。

偌大的会场里，每个人都在安安静静地画着图，键盘回撤的声音此起彼伏。

简卿没急着开始，坐在那里想了很久才开始动笔。纵观全场的参赛者，她的进度应该算是最慢的。

这场比赛并不禁止参赛者利用网络寻找创作素材。

在此之前，简卿搜索了一下关键词，搜出来的不是神明信仰，就是心灵救赎。

这个主题很大，是亘古不变的话题，也是老生常谈。

她一向不喜欢自己的作品有假大空的感觉，而是更喜欢具体到细微处的命题，以小见真。

不过一旦简卿确定好自己要画什么，就像脑子里有了画面一样，手会跟着大脑的指引去描绘，每一笔都不多余。Ctrl+Z（电脑快捷键：撤销）在她这里成了摆设，她根本不像其他人那样，画三笔，退两笔。

这完全得益于简卿平时更喜欢画手绘，手绘的每一笔都不能出错。

而板绘虽然提高了容错率，却难免使长期依赖板绘的人技术生疏。

会客厅的电视屏幕里剩下的参赛作品越来越少，现在只剩下二十位画师的作品了。

E组右下角的白纸占了四分之一的屏幕，格外醒目。

夏诀靠在沙发上，有一下没一下地玩着手机，等着在下一轮淘汰人。

"白纸动了！"不知是哪个评委发出了一声感叹。

夏诀撑着下巴，抬起眼皮，漫不经心地瞥了一眼屏幕。

白纸上"唰唰"地出现了几条弧线，走线干净利落，寥寥数笔就完成了比例精准的勾勒。

夏诀眯起眼睛，琥珀色的眼珠跟着线条微微转动。

"裴浩。"

听夏诀喊自己名字的语气还算友好，裴浩不计前嫌，抬起头看向他。

夏诀将目光落在那张白纸上，没有移开，肯定地说道："这个人，我要了。"

裴浩心里有一句话……不知当讲不当讲。

他的确不懂艺术，要不然这就是夏诀在耍他。这人在白纸上才画了几笔，夏诀就决定要了？

协和医院口腔外科的诊疗室里安安静静的。

助理抱着收拾好的器械，看陆淮予坐在诊台后并没有要走的意思，感到有些犹豫，不知道自己该不该走。

陆淮予随手点开了一个患者的电子病历，对助理说道："你先下班吧。我还有几份病历要看。"

其他操作台的医生和护士路过，也跟陆淮予打着招呼："陆主任，还不下班呢？你都两天没歇了吧。"

陆淮予漫不经心地应声："就下了。"

他低头从诊台的抽屉里拿出手机并解锁。

医院规定看诊的时候不能看手机，不过这会儿已经是休息时间了。

他上一次打开微信，还是前一天下午和简卿说不回家吃饭的事。

陆淮予一向不爱看微信消息，因为觉得大家整天在微信里聊的都是无关紧要的事情。

他刚打开微信，就弹出了占满整页屏幕的信息通知，有医院群的，有南大教师群的，还有他的朋友聊天群的——乱七八糟。

每一个群的消息提示基本都是"99+"。这倒不是因为别人话多，而是陆淮予基本从不点开微信群看，于是消息攒着攒着就多了。

简卿的头像上方多了一个小红点，陆淮予点了进去。

她昨天给他发了消息。

简卿:"那个,我明天下午有事,家教想请个假,可不可以呀?"

简卿:"不影响晚上照顾眠眠的。"

陆淮予看完消息以后,表情淡淡的,低垂着眼眸,好像不在意的样子。

他只回了她两个字:"可以。"

简卿请的是下午的假,所以,他还是被放鸽子了。

手机不停地振动,裴浩连着发来了好几条消息。

陆淮予心不在焉地滑动手机,点了进去。

裴浩:"晚上去消失酒吧吗?哥们儿我脆弱了。"

裴浩:"我今天上班给来参加原画比赛的妹妹送了一杯咖啡,结果她转手就借花献佛,将咖啡给了夏诀。就是我跟你说过的那个整天觉得自己了不得的主美。"

裴浩:"我好气啊!我给你看看那个妹妹!她真的很好看。而且我老觉得跟她似曾相识,好像在哪里见过她。一定是命运的安排,让我们在今天相遇!"

陆淮予看到这里已经没有了耐心,刚想退出微信,就看见了打着圈加载出来的照片。

照片上大部分区域是白色的底图,只有右下角有一个小小的人像。这还是裴浩眼疾手快地趁比赛还没开始,技术小哥调试排序的时候拍的。

陆淮予将照片放大以后再看,发现像素很低,但还是能看清女孩明亮干净的眸子。她漆黑的眼珠宛如幽潭,勾得人深深地陷进去。

她柔软的黑发乖乖地别在耳后,其中有一缕垂落下来,拂过她柔和精致的侧脸。

她抿着唇,眉心不自觉地皱起,目不转睛地盯着屏幕,仿佛在认真考虑如何运笔和作图。

她整个人仿佛都沉浸在纯白色的背景里,正想着如何一点点地创造她的艺术世界。

陆淮予盯着照片看了许久才关掉照片,回到聊天界面,指腹向下滑动屏幕,将刚才裴浩发来的信息重新看了一遍,目光在第二条信息上停留了很久。

陆淮予的脸上还是没什么表情,冷冷淡淡的,只是紧抿的嘴角透露出他好像有一点点不高兴。

虽然简卿和其他人相比落下了不少进度，不过在她的脑子里出现画面以后，她只用了短短两个小时就追上甚至超过了大部分人的进度。

裴浩嫌会客厅里的高档真皮沙发离电视太远，于是搬了张小板凳，坐在液晶电视前。

夏诀点了白纸选手后，裴浩还没来得及冷嘲热讽，白纸选手就以非常争气的速度开始画画，整个过程仿佛开了三倍速。

没过一会儿工夫，线稿就出来了；又没过一会儿工夫，平涂完成了；再没过一会儿工夫，画完成了？！

裴浩盯着屏幕里白纸上的图案的蜕变，瞠目结舌。

倒是旁边的夏诀表情淡定，完全不意外的样子。

裴浩觉得自己确实不懂艺术。

"现在差不多能选出前三名了吧？我们抓紧时间，比赛结束就宣布结果？"裴浩提议道。在会客厅里坐了一天，他的屁股都快坐麻了。

其他评委附议。

夏诀没表态，默许了。

评选的过程中，几个美术评委因为审美不一致争得不可开交。夏诀倒是难得的一言未发。

裴浩坐在会议桌边，一脸迷茫的表情，完全听不懂他们说的什么构图、光影、透视和氛围。

他现在只想知道那个漂亮妹妹还在不在。

"参赛者被夏诀刷得就剩这么几个了。你们还挑不出来啊？"

"等会儿，你着什么急？"其中一个美术评委拿着笔，在纸上勾勾画画地打着分，"角色区的获奖名单早定了。就是场景这几个参赛者都差不多，矮子里面拔高个儿才难哪。"

"角色原画第一名定了谁啊？"

"E20。"

"啧。"

裴浩质疑地看了一眼这位美术评委，好像在问：你确定你不是被威逼的？你不能因为夏诀指名要人就放水啊。

"我觉得画鬼新娘的选手很不错啊，把女性身材比例画得多好啊——前凸后翘，腰细腿长。"

美术评委默默地当作没听见裴浩的话，心想：这位制作人的确是直男审美。

于是这位美术评委只能耐着性子和这位领导解释:"一般来说,女性角色会比男性角色好画。画师即使采用夸张的美术表现形式,也容易出效果。"

"而E20画的是男性角色。很少有人能把男性角色画得那么好,就连角色气质和性格也被她的画展现得淋漓尽致。"

裴浩盯着液晶显示屏上的画沉默了片刻。

那不就是一个长得很帅的男人吗?而且他怎么觉得画中的人让他有点儿审美疲劳,还让他觉得有点儿眼熟呢?

"场景原画定不下来的话,我们就抓阄吧。反正剩下这几个都差不多。"懒得听他们磨叽,夏诀不耐烦地用食指关节敲了敲桌子。

"不行,太草率了!"裴浩第一个跳出来反对,"让我挑长得好看的!"

这样就不草率了?

既然夏诀已经要走了E20,裴浩就只能捡剩下的了。

那裴浩当然要秉持他一贯的招人方针。

夏诀主管的美术支持部是公司级别的部门,不光支持《风华录》一个项目。

《风华录》项目内部也有自己的美术部,只是项目的整体美术风格都需要由美术支持部把关。

一般在公司游戏项目成立初期,美术支持部会提供大量场景原画和角色原画来构建整个游戏的世界观,供项目美术部参考。

夏诀耸了耸肩,难得没怼他:"行,那你挑吧。"

身为项目制作人的裴浩总算获得了一点儿小小的权力。于是他咳了两声,对技术小哥说道:"帮我把参赛者的监控视频都调出来。"

技术小哥点了点头,在键盘上敲了两下,又按了一下空格键。

原本被屏蔽掉的监控视频重新显示在每个人的作品的右下角,占据了分屏的六分之一的画面。

裴浩盯着场景原画的三台液晶显示屏看。刚才他还眉飞色舞地准备指点江山,现在脸却完全垮了下来,对选人失去了兴趣。

哼,清一色的男人。

夏诀真是帮他刷得好,一个妹子都没留下。

"你们还是抓阄吧。"他失望地撇了撇嘴。

裴浩忍不住瞥了一眼夏诀看上的"白纸选手",想找一些安慰。

然而当看见右下角的参赛者 E20 时,他难以置信地瞪大了眼睛。

这不就是之前他看上的漂亮妹妹吗?

"夏诀!你太不是人了!"裴浩暴怒之下,一时没控制住音量,"你是不是之前就知道 E20 是她?"

不然夏诀怎么会在漂亮妹妹刚画两根线的时候就要人?

夏诀皱起眉微微抬眼,顺着他手指的方向看见了显示屏上低着头愣神儿的女人。

简卿正百无聊赖地不知道盯着什么东西看,干净明亮的眸子因为失去焦点而多了三分懵懂的娇软感觉,整个人看起来仿佛一只倦懒的猫儿。

夏诀的瞳孔微微放大,但他又很快隐去讶异之色,轻描淡写地解释道:"我不知道。"

"那我想要她进《风华录》的美术团队。"裴浩毫不犹豫地和夏诀抢起了人,态度来了个一百八十度大转变。

这样的好事,怎么能便宜了夏诀?

"不可能。"夏诀想也没想地拒绝了,语气冰冷又坚决。

最后他还不忘补上了一句:"你抢不过我。"

公司规定,美术支持部有优先选人的资格。就算是到了各个项目美术部的人,要是被美术支持部的人看上了,只要夏诀一句话,第二天这人就得去美术支持部报到。

哼,他有大老板撑腰啦!

《风华录》游戏原画设计大赛的颁奖典礼上,裴浩心不甘情不愿地做着主持工作。

美术支持部的成员都不善言辞。裴浩站在台上的时候就在怀疑,他们之所以把他拉来当个摆设评委,就是为了找人替他们发言的。

他现在正对着投影仪,介绍他们强大的评委团队。

白色幕布上出现了夏诀的脸。男人的五官立体,棱角分明,微微眯起的眼睛透着一股让人感觉不好惹的气势。

"这是怀宇游戏美术支持部的负责人。他曾经担任《死屋》《宇宙星光》《银翼赛博》等系列作品的主美,目前负责《风华录》项目的美术风格构建。"

裴浩的语气里透着对公司优秀人才的满满的骄傲和自豪,只不过他一边笑着背稿子,一边却在心里翻着白眼骂夏诀。

简卿坐在位子上，揉了揉发红的眼睛。因为她已经连续盯着电脑画了四五个小时的画，所以眼睛现在又酸又涩。

她低着头，没有去看投影，就这么用耳朵听着。

旁边传来其他参赛者的嘀咕声。

"哇！我没听错吧？！高手啊！没想到这几款游戏的主美竟然是中国人。"

"是啊，我说《银翼赛博》里的中国元素结合得怎么那么精准绝妙呢。"

"他才25岁，也太年轻了吧！而且《宇宙星光》还是五年前的游戏。"

"人家20岁的时候已经当上主美，做着3A大作了，而我20岁的时候，设计作业刚刚被老师打回……"说话的男生辛酸地看着手机。

"哎，主美长得有点儿帅啊。"不知是哪个小姐姐关注错了重点，发出一声感慨。

裴浩提到的游戏都是在PS4（Play Station 4的简称，一种家用游戏机）平台上的主机游戏，简卿一个都没玩过。

但她也知道《银翼赛博》这款游戏，因为设计课的老师在讲赛博朋克美术风格时，专门拿《银翼赛博》里的城市场景截图和角色截图来举过例。

那些截图的确每一处都前所未见，让人耳目一新。

她还记得周老师当时拍着大腿，激动地说道："这就是艺术的创造力——将一个概念或从无到有地创造出来，或推陈出新地构建完善。你看这个场景、这个角色，都是以往赛博题材完全没有的，但你看见它们的时候就会承认，这就是赛博！"

简卿被勾起了好奇心，于是抬起头看向投影。可惜这时裴浩已经切到了下一张PPT（演示文稿）。

她打开手机看了一眼时间——五点半。秦阿姨六点就要去医院，所以她得赶回去接班。

所幸裴浩也很快结束了介绍。随后他轻咳一声，说道："以下是本次《风华录》游戏原画设计大赛的获奖作品——"

简卿屏住呼吸，眼睛一眨不眨地盯着屏幕。

PPT展示了六幅作品，第一幅就是简卿的画。

直到这时，她才悄悄地呼出一口气。她压抑着心里的激动和庆幸，脸上的表情也变得轻松起来。

她有了第一名的十五万奖金，再拼拼凑凑，就可以找简宏哲买下老家的房子了。

"赛后事宜和奖金发放,请获奖选手找我右边的工作人员商议。"裴浩指着之前那个穿着水绿色汉服的小姐姐说道。

简卿跟着汉服小姐姐进入了一个三四平方米的小会议室里。

"坐吧。"小姐姐冲她友好地笑了笑,"我是公司的HR(人力资料,这里指代人力资源部门的员工,下文同)陈语书。这是我们的合同。您签完字以后,奖金会在二十四小时内到账。"

简卿双手接过A4纸打印的合同,礼貌地道了声谢,心里忍不住感叹:怀宇不愧是一家大公司,连领奖金都要签合同。

因为赶时间,她看得不是很仔细,大致扫了一眼合同的条款,无外乎参赛作品将授权给怀宇公司无条件使用等诸如此类的。

简卿草草地翻过合同,在需要乙方签字的地方,签下了自己的名字,然后将合同递还给了陈语书。

陈语书熟练地翻到合同签字页,检查确认一遍以后,合上合同笑道:"行,那我们下次再联系。"

简卿以为是奖金到账的时候还要联系确认,也没多问,应了声"好",道谢离开。

写字楼里暖气很足,简卿被闷得有些头昏脑涨。大楼外头的冷风一吹,让她清醒了不少。

裴浩懒懒散散地靠在柱子上等人,用余光瞥见从写字楼里走出来的简卿,微微挑了挑眉。

"好巧啊,我们又见面了。"

简卿愣了愣,侧过头看向他。

"简卿,对吧?你很厉害啊,画得很棒。"裴浩笑眯眯地阿谀道,完全忘记了自己刚刚还为猫娘想要刷掉这位"白纸选手"。

简卿礼貌客气地笑了笑:"谢谢。"

她语气淡淡的,并没有刻意谦虚,好像不是很在意他的夸奖。

裴浩的心里倒是打着小算盘,他想从夏诀的手里抢人。

"你去哪儿呀?一会儿我朋友就来了,可以顺路送你。"

"不用麻烦了。我坐地铁就行。"简卿有些抗拒,不适应裴浩的自来熟。

"哎呀,不麻烦,不麻烦。你看,正好车都来了。"

远处慢慢驶来一辆黑色的保时捷SUV,在大楼前停稳。

漆黑的车窗缓缓落下，露出男人的侧脸，光线和阴影勾勒出了他高挺的鼻梁和线条明晰的下颌。

　　黑色的碎发散落至额前，衬得他的一双眼睛漆黑如墨，让人不由自主地愣了一瞬。车里的人周身都透着一股清冷和疏离的气息。

　　裴浩隔着车窗跟他打招呼，语气颇为熟稔："淮予，来了啊。"

　　陆淮予抬起眼皮，漫不经心地看了他一眼。

　　随后，陆淮予将视线稍稍偏移，掠过裴浩，停在了简卿的身上，眼神淡淡的，仿佛没什么情绪。

第四章
初　晴

　　简卿抵挡不住裴浩的热情，被他硬拉着上了车。
　　裴浩坐在副驾驶座上，扯过安全带，说道："反正现在还早，我们先不去酒吧，送她回家吧？"
　　他挤眉弄眼地朝陆淮予使眼色，用唇语吐出四个字：漂亮妹妹。
　　陆淮予淡淡地扫了他一眼，没什么情绪，似乎默许了他的提议。
　　简卿坐在车后座上，发现左边放着眠眠的安全座椅和小朋友出门会用到的东西。
　　车后座剩下的空间有些狭小，于是她只能抱着画袋缩在角落里。
　　从刚才到现在，驾驶座上的男人始终一言不发，也没和她打招呼，像不认识她似的。
　　裴浩扭过头问道："你去哪里？"
　　简卿沉默了片刻，然后报了小区的名字。
　　"这么巧？淮予也住这个小区，正好都不用导航了。"裴浩挑了挑眉，觉得自己和妹妹还挺有缘。
　　可不是巧吗？她去的就是陆淮予的家。
　　简卿扯了扯嘴角，笑了笑，什么也没说。

　　一路上，裴浩像坐不住似的，时不时回头和简卿闲聊。聊天内容大多是介绍他们项目的福利。

"我们公司的上班时间规定是弹性制的。只要按时完成安排给你的任务，你就算下午来上班也没人管你。

"《风华录》的团队每年都会组织大家一起公费出国旅游，前年去的是巴厘岛，去年去的是日本，而且同事们都很有意思。"

简卿听得一脸迷茫，不知道他为什么说这些，只能出于礼貌假装感兴趣地附和。

陆淮予对他们的对话一副毫无兴趣的样子，他的眼皮微垂，脸上的表情冷冷淡淡的，自顾自地开着车。

他干净修长的食指骨节分明，此时正有一下没一下地在方向盘上轻敲。

车内开着暖气，空气在冰冷的车窗上化成了水雾，车窗上雾蒙蒙一片，窗外流光溢彩的城市夜景让人看不分明。

简卿看了一眼时间——六点。

她忍不住偷偷瞥向陆淮予。从她的角度，她只能看到陆淮予的背影。

陆淮予的侧脸隐在阴影里，又浓又密的睫毛遮住了漆黑的眸子，令人辨不明他的情绪，只是紧抿的嘴唇表明了他好像有一点儿不高兴。

简卿在心里琢磨着：他生气是因为我晚上迟到了吗？这会儿秦阿姨就要走了，而我还没到岗。

简卿低着头打开放在腿上的手机，看到微信弹出了好几条消息提醒，其中有一条是陆淮予发给她的，她打开，消息只有简简单单的两个字："好的。"

上面一条消息是她信誓旦旦地保证不会影响晚上照顾眠眠。

简卿低着头，开始反思自己的错误。

今天迟到的主要原因是，她没有想到比赛结束以后，裴浩还上台讲了那么多话，耽误了不少时间。

也难怪陆淮予今天心情不好，毕竟他是付了钱请简卿来工作的。

裴浩光顾着和简卿说话，没有注意到陆淮予已经把车开到了酒吧街附近。陆淮予将车速放缓，最后在酒吧街的路口停了下来。

裴浩望着窗外灯红酒绿的酒吧街和各式各样的酒吧招牌，愣了一下，问道："怎么就到这儿了？"

"回我家绕路。"陆淮予淡淡地扫了他一眼，"行了，快下车吧。你不是要去酒吧吗？"

"你不和我一起去吗？"裴浩睁着迷茫的眼睛问道。

以前裴浩叫陆淮予出来玩，叫十次陆淮予能有一次出来就不错了。

这次陆淮予答应得那么爽快，而且还难得好心地问了他原画比赛结束的时间，开车来接他，裴浩还以为是自己锲而不舍的精神感动了陆淮予呢。

"我困了，想回去睡觉。"

陆淮予说得理直气壮，语气轻描淡写。

裴浩的心里有一句话……不知当讲不当讲。

但裴浩很快泄了气。他想起自家老爹去年得了口腔癌，要不是陆淮予发现得早，替自家老爹做了手术，家里哪能像现在这样太平？

裴浩觉得自己大人有大量，决定不和陆淮予计较："行吧，那你可得把我妹妹好好送到家。"

陆淮予听到他说"我妹妹"这三个字的时候，眉心微微蹙起，冷淡地"嗯"了一声。

裴浩拍了拍好哥们儿的肩膀，然后打开车门，一个人手插着兜，往酒吧街深处晃荡过去。

简卿坐在后座上，缩了缩脖子，察觉出了陆淮予的不高兴，尤其是裴浩提起她的时候。

虽然陆淮予不高兴的情绪并不明显，但是他刚才的声音低低沉沉的，与他平时的声音相比，还是存在细微的差别。

简卿更加肯定陆淮予是因为她没有做好工作而生气了。

只是因为他的教养一贯很好，没有直接表现出来，还努力做出一副并不在意的样子。

自裴浩下车以后，车子的密闭空间内的空气仿佛凝滞了。

简卿觉得既然是自己做错了，那就要主动道歉。

于是她不安地揪着衣角，小声开口道："对不起啊，这件事情是我做得不对。"

从车后座传来小姑娘怯怯的声音，她软软地向他道着歉。

陆淮予抬眼将目光聚焦在远远的某一处，却又好像什么也没看，使五感只留下了听觉。

简卿顿了顿，继续说道："我不该耽误了照顾眠眠的时间。我以后再也不会这样了。"

简卿觉得她的道歉非常诚恳：先主动认错，再阐述自己错在哪里，然后保证以后再也不犯。这道歉简直堪称范本。

陆淮予应该不会和她计较了吧？

车内又是一阵静默。

陆淮予收回目光，敛下眸子，嘴角轻扯，似乎嗤笑了一声。

"坐到前面来。"他的声音低沉又很有磁性。这是他今天对简卿说的第一句话。

简卿愣了愣，茫然地应道："啊？"

"我是你的司机吗？"陆淮予侧过头看着她，语气中淡淡地透着一股凉意。

他这不还是在生气吗？

简卿纳闷儿极了，自己明明已经道过歉了，陆淮予怎么还是不高兴？

但鉴于今天确实是她理亏，简卿只得乖乖地开门下车，换到了副驾驶座上。副驾驶座比后座倒是宽敞舒适了不少。

回程的路上，两个人一言不发，只有空气中飘散着淡淡的薄荷香。

简卿眨了眨明亮的眼睛，百无聊赖地看着车窗外川流不息的车辆。

前面的机动车道上有一个骑着电动车的外卖小哥。陆淮予慢慢跟在他的后面，等人拐弯了才开始提速。

陆淮予开车很稳，从不急刹，也不突然提速。他的脾气也好，遇到硬挤过来的车，他也不争抢，需要让就让了。

简宏哲则完全相反，开着一辆破破烂烂的面包车，也把超车当作乐趣。

简宏哲的脚下永远不是猛踩油门就是猛踩刹车。急刹以后，他还要不满地发出一声"啧"，好像每一个红灯、每一辆车都在和他作对似的。

这会儿正是晚高峰，所以他们在路上堵了许久。

等他们到家时，已经晚上七点了。

秦阿姨竟然还没有走，屋子里飘散着饭菜的香味。

"陆先生、小简，你们回来啦。"秦阿姨解下腰上的围裙说道，"饭我已经做好了。"

秦阿姨穿上外套，拿上厨房的垃圾，准备离开，好像就为了等他们回来似的。

"秦阿姨，对不起啊，我今天有事来晚了，耽误你去医院的时间了。"

简卿一贯秉承的是做错事要及时道歉的原则。要不是她一直没来，秦阿姨也不会走不了。

秦阿姨已经换好鞋，站在玄关处摆手说道："哎呀，客气什么？小事。"

下午的时候，陆淮予就给她打了个电话，让她帮忙多带眠眠一会儿。

因为陆淮予拜托得早，医院那边秦阿姨已经和老公说好了，就是交接班的时间晚一点儿，没耽误什么事。

陆淮予进入客厅，皱了皱眉，伸手扯松了领带，解开衬衫最上面的一颗扣子，最后轻轻地呼出一口气。

简卿像个做错事的小孩一样，小心翼翼地察言观色。

陆淮予将小姑娘脸上的表情看在眼里，无奈地勾起嘴角，放缓了语气说道："我先休息了。晚饭你和眠眠吃，不用给我留饭。"

他的手指按在太阳穴上，加上眼睛下面还泛着青，整个人仿佛累极了。留下话后，陆淮予就回了主卧，轻轻关上了门。

简卿有一瞬间怀疑，陆淮予不会是因为气得吃不下饭吧？

不过简卿很快打消了这个念头，觉得陆淮予也不至于那么小气。

反正她已经道过歉了，也保证以后会认真工作。这件事在简卿这里就算是翻篇儿了。

简卿去眠眠的房间，把趴在儿童床上看绘本的小家伙叫出来吃饭。

眠眠在客厅里左看看右看看，然后歪着脑袋问："爸爸呢？"

"爸爸睡觉去了。我们小声一点儿，不要吵到他。"简卿找出遥控器，把电视的音量也调低了一些。

晚上的时间总是过得很快。吃过晚饭，简卿陪眠眠看了一会儿动画片，就到了睡觉的时候。

简卿把眠眠哄睡以后，自己也回了客房休息。因为白天消耗了太多的精力，她很快就沉沉睡去。

深夜的静谧可以将极小的声音放大无数倍。

于是厨房里锅碗坠地的声音就在这静谧中显得格外清晰。

简卿一向睡眠很浅，倏地睁开眼睛，顿时警觉起来。

她竖起耳朵仔细地听，房间的隔音很好，周围一片安静，仿佛刚才听到的响动是她的错觉。

简卿犹豫再三，决定出去看看。她打着赤脚下了床，轻手轻脚地往外走去。

月光从落地窗照射进来，朦朦胧胧的，仿佛给客厅里的一切都披上了一层薄薄的纱。

厨房在更里面,所以能透进的月光有限,黑漆漆的,让人几乎什么都看不见。

简卿摸黑往厨房走去。厨房是半开放式的,所以灯的开关在拐角处。

周围安安静静的,她只能听见自己轻微的呼吸声,她的双手在墙上摸索,过了半天也没找到开关。

突然,四周空气的流动似乎发生了变化。

简卿的眼前出现了一道更暗的影子。这道影子将她整个人都罩住了。

简卿被吓了一跳,脚步顿时慌乱起来,脚下不知绊到了什么东西,身子倾斜着向前倒去,直接撞进那人的怀里,下巴也磕在了那人的胸膛上。

她下意识地想抓住一些东西保持平衡,于是双手抓住了男人结实的胳膊。隔着薄薄的布料,男人肌肤干燥温热的触感十分清晰。

一股清淡的薄荷香扑面而来。

"简卿?"

男人微微弯起手臂扶住她,低哑的声音徐徐传入简卿的耳朵里。

陆淮予喊她的名字的时候,嗓音低低的,清冷中带着磁性,很好听。

简卿眨了眨明亮而迷茫的眼睛,眼前一片漆黑,勉强能看出男人挺拔高大的轮廓。

鼻息间淡淡的薄荷香清晰可闻,她的脸也贴在男人宽厚的胸膛上,触感温热柔软。

她惊慌失措地抬起头,不承想却直接撞上了他的下巴,使他的上下颌骨发出很大的一声碰撞声,让人光听着就觉得疼。

陆淮予被她撞得倒吸了一口凉气。

简卿赶紧后退一步,和他保持安全距离,然后结结巴巴地连连道歉:"对……对不起,对不起。"

他稳了稳气息,向她的方向伸出手臂。他的手臂直接从简卿的发梢上掠过。

"咔嗒——"

陆淮予准确地找到了她身后的墙上的开关,打开了厨房的灯。

暖黄色的灯光打下来,厨房一片明亮。周围突然由暗变亮,简卿不适应地眯了眯眼睛。

"我把你吵醒了?"陆淮予也暂时没有适应这刺眼的灯光,白皙修长的手搭在额上,挡住了部分光线。

简卿摇了摇头,说道:"没有。我起来喝水。你在做什么?"说着,她的视线落在了打翻在地的小奶锅上。

"我想热牛奶。奶锅在上面的柜子里没有放稳,我拿的时候它就掉下来了。"

陆淮予微微弓起背,不像平时那样站得笔直,仿佛在忍耐着疼痛。他嗓音低沉沙哑,吐字缓慢,显出难得一见的虚弱模样。

黑色的碎发垂落至额前,衬得他的脸色苍白。他低垂着眼皮,目光有些黯淡。

尽管陆淮予说话时语气冷冷淡淡的,努力表现出正常的样子,简卿还是敏锐地捕捉到了他的不对劲。

简卿皱着眉问道:"你不舒服吗?"

陆淮予抬眼看了她半晌,才淡淡地说道:"胃有点儿痛。"语气轻描淡写得仿佛他只有一点点不舒服,并不打紧。

简卿想起之前秦阿姨和自己提起过,陆淮予经常一做手术就是七八个小时,中间不吃不喝不休息。长此以往,他的胃能好才怪了。

那你晚上还不吃饭。

简卿看到陆淮予低着头坐在餐厅的椅子上,轻抿着嘴角、没什么精神的样子,这句数落的话到嘴边又被她生生地咽了回去。

简卿走到双开门的冰箱前,打开冷藏室,从上至下扫视了一圈,双手抱臂,食指指尖在唇瓣上漫不经心地轻点,好像在找有什么可用的食材。

"冰箱里没什么吃的东西了。我给你做碗面吧,空腹喝牛奶不太好。"

陆淮予明明是个医生,但看起来好像一点儿也不知道怎么照顾好自己的胃。

他大概只对别人的牙感兴趣吧。

简卿下意识地舔了舔后槽牙。

陆淮予抬眼盯着站在冰箱旁边的简卿。双开门的冰箱似一个庞然大物,衬得她娇小玲珑。她上身穿的黑色T恤领口松垮,露出了精致的锁骨。

冷藏室的门开着,里面幽幽的白光映照着她的侧脸,勾勒出她柔和的面部轮廓。她的肤色白皙,好似一块无瑕的美玉。

她踮起脚去够最上层的青菜,锁骨的凹窝里仿佛能盛酒——酒不醉人人自醉。

厨房的大理石地面透着凉意,简卿打着赤脚,下意识地用一只脚在另一只脚上来回蹭。

陆淮予的脸色阴沉,瞳色漆黑如墨。他轻轻勾起嘴角,无奈地发出微不可闻的嗤笑声。

他和一个小姑娘计较什么呢？

陆淮予站起身，轻而易举地帮她拿下了最上层的青菜，然后说道："我来吧。你先去穿鞋。"

他的身形挺拔修长，将她整个人都笼罩在阴影里。拿到青菜以后，他又很快撤离，自顾自地走进厨房，好像真打算自己动手似的。

简卿当然没有忘记他上一次做饭差点儿切到手的事，于是只当陆淮予是在和自己客气，没当真。

她乖乖地应了声"好"，先回了客房把拖鞋穿上，准备等他犯难了再接手。

床头柜上的手机振动，屏幕亮起。

简卿怕厨房里的不稳定因素伤着他金贵的双手，于是没看信息就把手机放进兜里，回到了厨房。

只是等回到厨房时，她却被惊得目瞪口呆。

陆淮予穿着一身休闲的家居服，袖口整整齐齐地挽到手肘处，露出修长结实的手臂。手臂的肌肉紧致，线条明晰，上面还沾着水渍。

他低着头，熟练地把热水烫过的西红柿皮一点点地剥下来。这个男人就连剥西红柿皮，也是慢条斯理地透着一股优雅，使他与厨房的环境格格不入。

手起刀落，西红柿被精准地切成了一厘米见方的小块儿。这次刀工熟练的他和上次切菜生疏的他简直判若两人。

听见拖鞋踩在地板上的"嗒嗒"声，陆淮予将目光移到了简卿的身上，同时手里打蛋的动作也没停："你去客厅等着吧。我做好了叫你。"

和上次相比，两个人的角色好像完全换了。

简卿一时没反应过来，下意识地就顺着他的话接了一句："好。"

然后，她就踩着拖鞋转身去了客厅。直到她在软软的沙发上坐下时，她才隐隐发觉不对。

刚才的情况，难道不是陆淮予的胃不舒服，自己要给他煮面吗？

怎么现在好像成了陆淮予在煮面给她吃呢？

静谧的深夜里，落地窗外的城市夜景依旧流光溢彩。

简卿百无聊赖地打开电视机，把音量调到最低。

电影频道的午夜场正放着一部电影，从服装、化妆、道具可以看出，这应该是早几年的一部影片。

电影已经播到尾声，穿着校服、长发披肩的女孩赤着脚，在蔚蓝的大海边肆意奔跑。

镜头越拉越近，最后给了女演员的脸一个特写。那是一张美艳至极的面容——如画的眉眼美得让人一瞬间有些窒息。

一阵不疾不徐的脚步声传来，简卿吓得哆嗦了一下，几乎条件反射地按下了遥控器的换台键。

陆淮予端着两碗面出来，挑着眉漫不经心地问道："你在看什么？"

在看你的前妻。简卿心想。

不过，表面上简卿只是心虚地轻咳了一声，面无表情地又看了一眼电视，故作淡定地答道："少儿频道。"

电视里，红果果和绿泡泡两位一直广受小朋友喜爱的主持人正拖着长长的尾音讲话。

"智慧树下智慧果，智慧树下你和我，智慧树前做游戏，欢乐多又多。小朋友们，欢迎来到智慧树乐园！"

陆淮予盯着端端正正地坐在沙发上的简卿。此时简卿正目不转睛地看着电视，一脸认真到入迷的样子，倒真像一个小朋友似的。

"那边看边吃吧。"说完，他就把两碗面放到了茶几上。

茶几高度稍矮。于是陆淮予找来两个坐垫，两个人垫着垫子坐在地毯上。

青瓷汤碗装着半碗多汤面——是非常简单的西红柿鸡蛋青菜面。

面汤红红的，大概因为西红柿在煮之前先用热油炒过。鸡蛋被煎炒得蓬松柔软，散发着焦香。面条细细软软的，量不多，面汤上点缀着翠绿的青葱，白白的热气袅袅升起。

简卿本来没感觉有多饿，但被色泽诱人的汤面勾得有些馋了。

这碗面味道酸酸咸咸的，没有什么丰富的口感，清清淡淡的，却出乎意料地很好吃。

陆淮予低头吃面的时候，没发出一点儿吸溜面条的声音。他吃得慢条斯理，不疾不徐。

简卿吃饭时也不爱说话。于是客厅里安安静静的，气氛却不尴尬，反而透着一股难以言喻的和谐与温馨。

只有电视机里时不时传来小朋友们瓮声瓮气的说话声。

等两个人吃完面,智慧树节目正好结束。

简卿吃得干干净净,连面汤也没剩下。

她自觉地收拾起碗筷,说道:"我来洗碗吧。"

陆淮予也没和她客气,由着她去洗了。

等简卿从厨房出来时,陆淮予正懒懒散散地斜靠在沙发上,垂着眼皮拿着遥控器漫不经心地换着台。

吃过面以后,他的脸色看上去好了一些。

电视频道重新被切回电影频道。这时电影频道已经换了一部影片在放,屏幕上黑漆漆的画面配着瘆人的音乐。

屏幕右下角显示着片名——《夜半有人叫你》。

简卿沉默不语,心想:所以今晚是岑虞的电影专场吗?

一个披头散发、被卡车碾过大半张脸的女人出现在镜头前,整个画面血腥又恐怖。

如果仔细辨认眉眼,熟悉岑虞的人还是能一眼看出这就是她。

简卿一瞬间觉得尴尬到窒息,下意识地去看陆淮予的反应。

只见他皱了皱眉头,说道:"她都被撞得上下颌骨错位了,所以嘴巴应该是合不上的。她嘴里流的不该是血,而是口水。"

他的声音淡漠,语调平铺直叙,不带任何感情,仿佛在进行"医学打假"。

得了。

你这个样子,人家不和你离婚和谁离婚?

电视机的声音很小,没有音乐烘托氛围的国产恐怖片倒像一部喜剧片,影片里充斥着滑稽和搞笑的情节。

陆淮予懒懒散散地窝在沙发里没动,黑色的碎发散落至额前。他眼皮低垂,漫不经心地看着电视。

过了一会儿,他打了个浅浅的哈欠,眼神里透出困倦之色。但他似乎又没有回去继续睡觉的打算。

简卿犹豫了片刻,说道:"那我去刷牙睡觉了?"

她晚上睡前虽然刷过一次牙,但刚才又吃了面,还得重新刷一次。

"再等等。"陆淮予抬起眼皮,扫了一眼墙上的挂钟,"吃过东西以后,过一个小时再刷牙比较好。"

简卿愣了愣，即使不明白为什么，也下意识地直接把他当作权威。于是她只好在沙发的另一边坐下，像个求知欲极强的好学生一般问道："这是为什么呢？"

陆淮予把手肘撑在靠枕上，笔直修长的双腿交叉着，说道："因为食物大多是酸性的，pH值较低，所以饮食会造成牙齿表面脱矿。如果人在这个时候直接刷牙，会对牙齿造成额外的磨损。而等过了一个小时，唾液将牙齿重新矿化以后再刷牙，就可以避免牙齿受磨损。"

他耐着性子认认真真地解释，嗓音低沉，不疾不徐，字正腔圆，条理清晰。

讲完以后，他还不忘问一句："听懂了吗？"

简卿侧着头听了半天，也没太听懂什么pH值、脱矿、矿化。

美术生一般学的都是文科，对这些理科的知识与名词一窍不通。

在漫长的求学生涯中，简卿在文化课上只学会了一件事——不懂装懂，以躲避老师无休止地讲解。

她眨了眨眼，一本正经地点了点头，说道："原来是这样啊。"

陆淮予带过很多实习医生，也经常被南大医学院请去为医学生讲课，于是一眼就看出小姑娘莹润的瞳孔里尽力掩饰的懵懂和迷茫之色。

陆淮予轻勾嘴角，没有揭穿她。他将视线重新移回电视屏幕上，拖着慵懒的尾音"嗯"了一声，然后接着说道："懂了就好。"

于是，为了等这一小时过去，简卿只能老老实实地坐在沙发上，和陆淮予一起看岑虞主演的恐怖片打发时间。

陆淮予脸上的表情淡淡的，他没怎么认真看，好像压根儿不认识电视里被撞毁了半张脸的女人似的。

简卿也不确定他有没有认出岑虞。

要是他认出来了，反应未免太冷淡；要是没认出来，那为人未免太凉薄，连自己过去的妻子都那么不在乎。

这些左右都不是什么好的形容词。

可能有些人天生就感情淡漠吧。

不过陆淮予把眠眠教养得很好。他不是一个好丈夫，但至少是一个好父亲。

陆淮予对患者也尽心尽力，尤其还总是很耐心地给简卿科普口腔健康知识。

简卿胡乱想着。毕竟她还见过比陆淮予更加糟糕的丈夫和父亲。那人像是一条吸血的水蛭——自私、贪婪又冷血。

她睁着有些困倦的眼睛看着电视。说实话，岑虞的这部电影确实有些无趣，这并不是因为她的演技不好，而是整个剧本完全不合逻辑。

一旦由剧本搭建的地基垮塌，那么岑虞就算有再漂亮的脸蛋儿、再精湛的演技也撑不起一部影片。

简卿看了一会儿就开始走神儿，摸出手机一看——已经凌晨了。

微信弹出几条消息。

林亿："比赛怎么样了？我刚刚在消失酒吧驻唱结束。"

简卿："第一。"

林亿："太厉害了！"

林亿毫不吝啬地夸赞着简卿，好像简卿得奖比她自己得奖还高兴似的。简卿盯着手机里的消息，忍不住轻笑起来。

陆淮予心不在焉地看着电视，漫不经心地扫了她一眼，又很快收回视线。他白皙修长的食指骨节分明，此刻正有一下没一下地在沙发扶手上轻敲。

没过一会儿，林亿又发来一条消息。

林亿："那你以后是不是可以不用那么辛苦地去打工了？"

简卿逐渐敛去脸上的笑意，抿了抿唇。

她很少向身边的朋友提及家里的情况，好像已经习惯了把自己的情感和担忧内化，仿佛憋着憋着，这些东西就会不存在了一样。

简卿犹犹豫豫地在手机键盘上敲下一行字，发了过去。

简卿："可能还是需要做兼职。我最近急需一笔钱，你能先借我四万块钱吗？"

《风华录》原画设计大赛的奖金是十五万。就算再加上她自己的一点点积蓄，她还是凑不够二十万元。但她实在是找不到别的办法去弄钱了。

没过一会儿，林亿直接打了个视频电话过来。

简卿愣了愣，拿着手机从沙发上站起来，说道："我去接个电话。"

陆淮予淡淡地看了她一眼，微微颔首表示知道了，然后继续面无表情地看电视。

简卿推开客厅阳台的玻璃门，走了出去。

阳台四面漏风。简卿的脚下是流光溢彩的城市夜景，不远处的南临江正无声无息地流淌着。

阵阵寒风掠过。她不自觉地打了个哆嗦，然后缩在了阳台的木质沙发椅上。

椅子旁边摆着圆形的小矮桌。桌上整整齐齐地摆着几本厚厚的大部头书籍，其中中文书和英文书都有。

最上面一本书的精装封面上贴着一张便笺，上面写着漂亮的连笔英文，书页中间夹了一支钢笔，使整本书中间鼓起了一个小小的山丘。

这里应该是陆淮予平时用来看书的地方。

没等她解锁屏幕接通电话，玻璃门又被人推开了。

陆淮予斜斜地靠在门框上，抛给她一床毯子，然后又仿佛怕打扰她似的没有讲话，很快把玻璃门拉上，留她一个人在外面。

偌大的白色针织花纹羊毛毯铺天盖地罩过来，柔软舒适地盖在她的腹部以下，挡住了寒风裹挟而来的凉意。

手机不停地振动催促着，简卿来不及做出反应，只能先接通了视频通话。

一张眉目英气的面容出现在屏幕里，背景是嘈杂的酒吧，五光十色的射灯十分炫目。林亿看了简卿一眼，然后挂断了视频。

她好像只是为了确认一下和她微信聊天的人是简卿，而不是什么骗子。

简卿盯着不到两秒的通话时长陷入了沉默之中。

没过两分钟，简卿又收到了林亿发来的微信。

林亿："钱转你了，你查收一下。"

只有轻描淡写的一句话，林亿没问简卿缘由，对简卿无条件地信任。

简卿缩在沙发椅里，裹着羊绒毯，心里泛着融融的暖意。

她打开南临银行 App，手机此时恰好振动了两下，弹出了转账信息。

映入眼帘的是林亿向自己转账四万元的通知。

简卿顺着往下看，发现了另一条转账信息。这条信息来自一个匿名账户，尾号让她感觉十分熟悉。

她的心脏没来由地漏跳了一拍。

她想起之前自己发的那两条信息，又莽撞又轻率。她在信息里问人家还记不记得她，最后自己又觉得羞耻，于是编了一个发错信息的借口。

后来，简卿就把银行转账通知设置了消息免打扰，当起了缩头乌龟，故意回避对方的回复。

简卿没急着点开转账信息查看，而是让自己整个陷进柔软的沙发椅里，又将陆淮予给她的毯子往上拉了拉。

室外冰冷的空气灌进了她的五脏六腑，她的头脑清醒而又冷静。
她用食指指腹在手机边缘反复摩挲，然后才鼓起极大的勇气，点进转账明细里。

  南临银行
  到账通知：他人转入您尾号 6541 的账户人民币 2 元。
  转账附言：记得。

周围的空气仿佛停止了流动。
手机屏幕发出的白光映在她的脸上，勾勒出她柔和姣好的五官。她凝视着那两个字，眼睫微颤，连呼吸都停了一瞬。
过了半晌，屏幕倏地暗下来，手机熄屏锁上了。
简卿脱掉拖鞋，把脚也缩在沙发椅上，用双臂抱住腿，把脸埋进了膝盖间。
白色针织羊毛毯将她整个人罩住，使她看起来像一个小小的球。
毯子散发着一股淡淡的薄荷香，底下黑漆漆的。
简卿眨了眨干净的眼睛。不知道她想起了什么，她的脸从脸颊一直红到了耳后根，耳垂也红得仿佛要滴血。
直到毯子里的空气稀薄到让她喘不过气来，她才重新探出脑袋。

客厅里，电影播到了长长的制作人员名单。
陆淮予手撑着下巴，抬起漆黑如墨的眼眸，视线漫不经心地掠过电视，看向不远处的阳台。
阳台和客厅中间是一扇玻璃门。此时那里正拉着一层薄薄的白纱帘，使人对外面的一切景致都看不太真切。
外面稍显昏暗的光线投射在玻璃和纱帘上，映出一个身影的轮廓。
小姑娘从毯子里钻出来，低着头用手机打字，不知道要给谁发消息。

夜幕沉沉，周遭一片静谧。天空极远处，星光熠熠生辉。
简卿从毯子里钻出来后，新鲜的空气涌入肺腑，使她突然想起一件事情。
刚才她找林亿借了四万块钱。但她每个月的兼职收入一直不算稳定，所以不知道什么时候才能把这笔钱还上。

林亿把她当朋友，才会二话不说就借了四万块钱给她。

而她不能，也不敢去消耗这份友谊。

朋友之间不该有金钱的牵扯，只有在金钱上分清楚了，友谊才能长久。

简卿一直是这么想的。所以即使她过得再困难，也不曾找身边的人借过一分钱。

只是现在，在简宏哲的逼迫下，她不得不妥协。之后她能做的，只有尽快把钱还给林亿。

而那个人那里，她还欠着不少钱没还。

简卿无奈地笑了笑，想着自己现在真是负债累累。

现在和过往，孰轻孰重，简卿还是分得清的。所以她只能暂时把欠那人的账缓一缓了。

她重新解锁手机屏幕，点开南临银行 App 的转账入口，选择了目标账户，输入转账金额：1元。

她在"转账附言"那一栏一下一下地敲着——

"欠你的钱剩下的部分，我可能会晚五个月再还。不好意思。"

简卿掰着手指头算了一下，自己要还完林亿的钱，再加上升大四要付的学费，平均每个月挣一万块钱，至少也需要五个月。

她打完字，把那些字默读了几遍，同时揣摩着对方看到这些话时，会代入她什么样的语气，会想象她是真诚还是虚伪。

比起前两次发送信息时的挣扎和犹豫，简卿这次倒是快速地按下了转账按钮。

界面出现一个打圈的圆，几秒之后，又显示了一个绿色的钩，同时提示道："转账成功。"

简卿整个人都陷进了柔软的沙发椅里，然后就一直捧着手机，不知道在等什么。

随后，她又百无聊赖地翻起 App 上的交易记录。当她看见自己那条"可不可以还我两块钱"的信息时，她简直羞愧难当。

鉴于她上次如此抠门儿，连转账过去的两块钱都要让人家还回来，这次她延期还款的请求不知道会不会被对方解读成想赖账。

客厅里，电视上电影制作人员的名单还在慢悠悠地播放着。

茶几上安安静静的手机突然亮起屏幕。

陆淮予抬起眼皮，终于从沙发上坐起来，伸手去拿手机。

手机上是一条转账的信息通知。

两句话的内容，一目了然。

过去近两年每个月的月初，他都会收到一笔金额为一万元的转账还款，从来没有间断过。

这个月倒是反常。

陆淮予轻抿嘴角，漫不经心地看向阳台，漆黑如墨的眸中深沉晦涩。

阳台外头的小姑娘用毛毯把自己裹得严实，懒懒散散地缩在沙发椅上，捧着手机在看。

屏幕的幽光反射到她的脸上，使她小扇子似的眼睫扑扇着在脸上投下一片阴影。

过了半晌，陆淮予才缓缓移开视线，低头点开手机微信，漫不经心地滑动屏幕，翻着自己和裴浩几天前的聊天记录。

裴浩："我们项目过几天要办一个游戏原画设计大赛，奖金高到令人发指。"

裴浩："你们家小朋友最近不是在学画画吗？不如你帮她报个名，我给眠眠内定一等奖。拿到的十五万元奖金我们平分。"

白天在车上，他听裴浩和简卿聊天时提过一句她比赛的名次。

如果他没记错的话，简卿是第一名，按理说她应该不缺钱才对。

他干净修长的食指骨节分明，在漆黑的手机屏幕上随意地轻点着，浓密的睫毛低垂，掩住了眼里的情绪，侧脸隐在阴影里，让人猜不透他在想些什么。

简卿本来打算就等十分钟，如果过了十分钟还没有消息回复，就回去刷牙睡觉。

没想到这次对面的人回得很快，没过两分钟，她就收到了新的转账提示。

南临银行

到账通知：他人转入您尾号 6541 的账户人民币 1 元。

转账附言：好。

简卿轻轻呼出一口气。简洁的一个"好"字恰到好处，不会令人感觉有负担。

对方没有言语上质疑或揣测她突然拖延还款的行为，也没有殷勤地关切她是不是有什么困难，需不需要帮助。

她从沙发椅上坐起来，穿好拖鞋，抱着羊毛毯回了客厅。

客厅里光线明亮，暖气很足，空气温暖而干燥。

陆淮予依旧保持着刚才的姿势，懒懒散散地陷在沙发里，眼皮低垂，漫不经心地看着电视屏幕。

电影制作人员名单已经播放到了最后，电影片尾的彩蛋跳了出来——是电影的拍摄花絮。

岑虞卸去了脸上恐怖狰狞的伤疤和血痕妆，露出了她本来好看的样子。

陆淮予看着电视里出现的人，皱了皱眉，像是才认出岑虞来。

他脸上的表情淡淡的，没什么特别的反应。接着，他抬高了手里的遥控器，按下关机键，直接关掉了电视，然后对简卿说道："一个小时到了。刷牙睡觉吧。"

简卿在心里默默给他打上了"冷漠"的标签。

第二天是周六，简卿一大早就买了回渝市的大巴票。

渝市离南临不远，大巴走高速的话大概需要三个小时。

只是大巴车里的气味实在不好闻，即使简卿戴着口罩，一股夹杂着汗臭味、烟味和霉味的混合气味始终在她的鼻端萦绕不去。

下了高速以后，大巴车又在路上堵了很长时间。等她到渝市的时候，已经中午了。

简卿站在汽车站门口，感觉有些晕车，胃里翻江倒海的感觉让她恶心。

渝市不像南临市是省级市，它只是一座连机场都没有的三四线城市，到处凌乱无序，垃圾遍地。

她翻出包里的手机，给简宏哲打了个电话。

"谁啊？"男人语气急促地问道，似乎极不耐烦。

简卿抿了抿唇，冷冷地说道："我到渝市了。你在哪儿？我去找你。"

简宏哲闻言，知道简卿肯定凑齐了钱，于是喜上眉梢，语气也立刻和缓下来："那你快来店里吧。要不要爸爸开车去接你？"

"不用了。你把不动产权登记证书和身份证准备好，我一个小时后到。"

简卿不想和他浪费时间，把这几句话交代完毕，直接挂了电话，然后又联系了她提前找好的中介。买房的手续极为复杂，她不太懂，加上她对简宏哲的人品并不信任，所以这件事还是交给专业人士来做比较好。虽然这样一来,她要多花出去一笔钱。

简宏哲的小饭馆开在渝市唯一一所卫校旁边,做的是学生的生意。

简卿选了离小饭馆不远的卫校和中介碰头。

卫校的位置很好找。要是直接约在饭馆碰面,她怕中介会找不到藏在小巷里的饭馆。

中介小哥穿着一身笔挺的西装,脖子上还挂着房产中心的工牌,很好认。

他理着干净利落的寸头,身高在一米八上下,皮肤呈健康的小麦色,应该是成天风吹日晒跑业务的缘故。他的五官端正,一看就很有亲和力。

简卿走到他的面前,友善地打了声招呼:"你好啊。"

周承愣了愣,对上迎面而来的简卿,眼眸微微发亮,一瞬间有些失语,但很快回过神儿来,恢复了专业房产中介人的样子:"简女士,是吗?你好,我是周承。之前和你联系的就是我。"

他们之前没有见过面,都是通过微信联系。简卿问了他不少关于买房要办的手续和流程的问题。

简卿点了点头,朝他笑了笑,说道:"那我们走吧?"

周承来之前还在想,不知道买主是什么冤大头。

这年头,大家都是挤破头要在市里买套房,谁还跑到县里买房?更何况,她这还是花二十万元去买渝县那么一间小平房。

虽然前一段时间,有消息说渝县有可能升级成市辖区,然后整个片区都要拆迁重建。这消息不会是真有人信了吧?

周承本来想着,这送上门的买卖,中介费不挣白不挣。只是当他看见买主是这么一个安静又漂亮的小姑娘时,他突然就下不去手了。

他轻咳了一声,说道:"你确定要买渝县的那间房子吗?其实市里也有很多同等价位且性价比更高的小户型的房子,我可以带你再去看看别的。"

简卿摇了摇头,说道:"不用了,我就想要那套房。"

周承沉默了,见她语气坚决,没有一点儿犹豫,似乎打定主意要买那间平房。

"那一会儿我再帮你讲讲价吧。二十万的价格,你也太亏了。"

简卿顿了顿脚步,侧过头看着他,开玩笑地说道:"讲价了,你的中介费不就少了吗?二十万交易就好。"

她只盼望着简宏哲别临时变卦要涨价。

周承低头看着她。午后的阳光照在简卿的脸上,尽管她素面朝天,却明眸皓齿,整个人好像会发光一样。

向来能说会道而且很会哄客户开心的周承,头一次说不出话来了。

一辆黑色保时捷SUV缓缓停在了卫校门口。

翘着脚坐在保安室里喝茶的校长放下手里的保温杯,赶忙迎了出来。他凑到车窗边,脸上堆着笑,招呼道:"陆教授。"

漆黑反光的车窗落下一半,男人也淡淡地和他打了声招呼:"李校长。"男人声音低沉,清冽好听。

李校长看了一眼腕上的大金表,说道:"我们直接去饭店?您开了一早上的车也累了,正好休息休息,这样您下午讲课才有精神。"

李校长托了几层的关系,又约了好久,才请到协和医院颌面外科最具权威的教授来给他们口腔护士科的老师上课。

口腔护士科是他们卫校唯一的招牌,他们学校就指望着这个专业招生了。故而李校长特别重视这次培训活动。

陆淮予不熟悉渝市的路况,于是把自己的车停在了校门口。

陆淮予下了车,站在香樟树下,左手插着兜,等着李校长开他自己的车出来接。

午后气温上升,他脱下大衣外套,搭在臂间,西装的袖口微微上收,露出精致的银色袖扣。

男人的五官立体,眉骨精致,尤其那一双漆黑如墨的眼眸格外引人注目。他的表情淡淡的,周身透着一股清冷和疏离的气息。

由于外表过于出众,他只是那么站着,就引得许多出来买饭的学生频频侧目。

陆淮予漫不经心地将目光落在熙熙攘攘的人群里,原本没有聚焦的眸子倏地看向了某一处。

人群里的小姑娘十分引人注目,柔软的黑色短发被她别在耳后,这样就露出了她精致好看的侧颜。

她时不时地抬头和旁边的男人说话,眉眼含笑,十分乖巧。

两个人正肩并肩地往小巷子的深处走去。

从卫校门口左拐进去的小巷里,有一家小小的饭店。

小饭店原本的名字叫简爱小炒。

简是简宏哲的姓氏,爱很像陈嫒的名字里"嫒"的右边。现在看来,这个名字简直充满讽刺意味,可笑至极。

小路边沿长满了青苔,简卿目之所及都是熟悉的场景,但一切皆为过往。

她抬头看了一眼牌匾,发现"爱"字不知道什么时候已经脱落,只留下一层淡淡的印记,模糊得看不清了——好像陈嫒这个人一样。

十几平方米的小饭店里摆着五六张四人木桌。桌腿已经发霉,地上到处都是被踩得乌黑稀烂的餐巾纸。

明明已经入冬,店里还有许多苍蝇在飞。店门口就摆着两个泔水桶,那气味让人还没进店里就已经开始作呕。

现在正是饭点儿,校门口其他的店里都人满为患,这里却门可罗雀。门口的青石台阶上蹲着两个抽烟的小混混儿,整个店门口烟雾缭绕。

小店的墙面上被人泼满了红油漆,旁边还写着两个红色的大字——"还钱"。油漆顺着墙缝蜿蜒地向下流。

两个小混混儿并不说话,也没打砸店铺进行威胁,只是蹲在店门口已经足够有威慑力。没人敢光顾这家店,就连外卖也不接这一家的单。

简宏哲仿佛已经习惯了当他们不存在,双方相安无事。

他的手里拿着苍蝇拍,对着玻璃胡乱地拍,身上套着蓝色的围裙,围裙上是深一块浅一块的油渍。

靠近店门口的方桌边坐着一个女人。这女人穿着驼色貂皮大衣,大衣的毛质粗糙,让人一眼就能看出是人造纤维毛。

她烫着鬈发,颧骨很高,手指涂着红色指甲油,一下一下地摁着计算器对着账,对到最后,烦躁地把账本一合,往简宏哲的身上丢去。

"你看看,这个月又白做了。"陈妍怒气冲冲、尖酸刻薄地骂道,"店里挣不到钱,外面又欠着债。你说你还能做什么?"

陈妍对简宏哲打苍蝇的窝囊样儿越看越气。简宏哲自己吃苦不要紧,还要连带着她和儿子一起吃苦,陈妍很后悔自己当初怎么看上了他,于是咬着牙骂道:"废物。"

简宏哲自知理亏,心里憋着火没发,弯腰捡起地上的账本,然后一抬头就看见了远处走来的简卿。

他眼睛一亮,赶紧拍掉账本沾上的卫生纸屑和灰尘,直起腰杆说道:"我女儿替她爸爸还钱来了,老子马上就能东山再起。"

门口烟雾缭绕中的两个小混混儿对视了一眼,然后又不约而同地将目光直白地落在了简卿的身上。他们咧嘴笑着,眼神带着促狭和不怀好意。

其中一个混混儿对简卿说道:"妹妹,你要怎么替简宏哲还钱哪?"

另一个小混混儿将视线移到跟在简卿后面的周承身上,弹了一下舌,仿佛恍然大悟似的说道:"你挺聪明啊,还知道找个男人来帮你。"

周承面色一沉,有些不知从何而来的尴尬。明明他身正不怕影子斜——他和人家小姑娘一点儿关系也没有。

简卿皱了皱眉,说道:"我不替他还钱。"

她语气漠然,表现出一副事不关己的模样。

先说话的小混混儿表情带着痞气挑了挑眉,故意吓唬她:"你不还钱,我们就砍断他的一只手。"

简卿依旧没什么表情地瞟了他一眼,说道:"你想砍就砍吧。只是到时候你还要因此进去几年,我觉得你有点儿亏。"

那小混混儿被她说得一时语塞。他看惯了欠债者家属的各种反应,倒从来没见过这么冷淡的,觉得自讨没趣,于是骂骂咧咧地叼着烟走到一边。

周承默默地听着,没想到简卿看起来安安静静的,胆子还挺大,面对长相凶神恶煞、身材五大三粗的混混儿也不露怯,反倒十分淡定从容。

李校长的黑色奥迪从学校里开了出来。他从车窗探出头,殷勤地招呼道:"陆教授,久等了。快上车吧。"

陆淮予淡淡地应了一声,开门坐上副驾驶座,感觉车里的烟味有些呛鼻子。

陆淮予将目光投向不远处拐角的小巷,漫不经心地问道:"那里面是什么地方?"

李校长愣了愣,随着他的视线看去,很快反应过来:"哦——那里面哪,是一家小饭馆。"

此时已经下午一点了,他们还没吃上饭。李校长显然饿了,咂着嘴回忆道:"以前这家店的菜很好吃,生意也好,不光学生,就连我们老师也常常去吃。"

"哦,对了,这家店还有个很好听的店名,叫简爱,就是夏洛蒂·勃朗特写的那本书的名字。"他故意提起那部小说作者的名字,好像这样就能显得他很有学问似的。

李校长打了一下方向盘,让黑色奥迪并入车道。这时,陆淮予正好能看见小巷的一隅，不过车子又很快将小巷甩在了身后。

陆淮予缓缓收回目光，用手撑着下巴，似乎因为开车开累了没什么精神。

隔了半晌，他才继续问道："为什么叫简爱？"

李校长一直找不到机会和陆淮予套近乎，难得陆淮予对学校周边的事物感兴趣，于是就滔滔不绝地说了起来。

"这事我以前也很好奇。那么小的饭店，看不出老板还是文化人，结果我一问才知道，人家老板根本没看过《简·爱》这本书。"

李校长打起转向灯，接着说道："店名是老板娘起的。老板姓简，是很少见的姓氏；老板娘的名字里有个'爱'字。所以两个人的名字凑在一起，就成了简爱，寓意是'简单的爱'。"

他说完笑了笑，又有些感慨地继续说道："后来这家店突然换了一个老板娘。简爱饭店还是叫简爱饭店，只是'爱'没有了，而且换了老板娘以后，店里的菜品质量一下就不行了，所以去吃的人也变少了。"

李校长还在絮絮叨叨地说着，似乎很怀念原来的那家小店："以前的老板娘是个很好的人。那家小店被她打理得又干净又整洁。我平时吃食堂吃腻了，也总去那里开小灶。"

"……"

坐在副驾驶座上的男人一言不发，就这么静静地听着。他凝视着后视镜里渐渐远去的小巷，直到再也看不见它为止，然后垂下眼皮，浓密的睫毛掩住了眼中的情绪。

吃饭的地方离卫校不远，是渝市小有名气的高级餐厅。这家餐厅装修得古色古香，还在门口摆了一架巨大的木质水车。水车十分醒目，慢悠悠地转着，掀起白色的水花。

李校长提前半个月才订到的包间，宽敞明亮的包间里已经坐了七八位客人，只剩下主位和主位旁边的位置还空着。这些人应该正等着他们来。

桌旁坐着的都是口腔护士科的老师。

卫校的学生向来男女比例失衡，老师也一样，今天来的清一色都是女老师。

陆淮予走进包间时，轻抿起嘴角，眉心微不可察地皱了起来。

原本还在叽叽喳喳地讲话的女老师们一下子安静了下来，将视线全落在了门口的男人身上。

尤其是几个年轻的老师，目光闪烁着，其中有几个胆大的直直地盯着人看，剩下那些胆小的则害羞地垂下了头。

年过半百的白老师看透了形势，轻咳了一声，说道："哎——校长，这位就是陆教授吧？没想到陆教授这么年轻，真是年轻有为啊。来，来，来，快请上座，位置都给你们留好了。"

李校长把手里的皮包放在旁边的真皮沙发上，然后招呼道："陆教授，这些都是口腔护士科的老师，下午可就拜托你好好给她们上课了。"

李校长一个一个地把人介绍给了陆淮予。

陆淮予始终表情淡淡地对每个人点头示意，维持着礼貌和客气的态度，却也能让人感觉他似乎有些难以接近。

等他们落座以后，服务员很快就把菜一份一份地端上了桌。

年轻的女老师们三三两两地看似在闲聊，其实都有意无意地关注着坐在主位上的男人。

他的眼皮微垂，神色里带着几分漫不经心，骨节分明的食指干净修长，正有一下没一下地敲着桌面。他在倾听旁边的人讲话时，也会时不时地颔首附和，看起来似乎很认真，又似乎游离于外，举手投足之间处处都显得十分贵气优雅。

李校长长袖善舞，会说很多场面话，整个场子全靠他把气氛搞得热络起来。

他转着转盘给陆淮予介绍菜色："陆教授，这道菜是渝市特色，螃蟹鲜。"

"这道菜要先把螃蟹里的肉剔干净，往里面酿肉，再在外头用姜、蒜、调料和着面粉裹起来，用香油炸制，酱油、醋调味，特别酥脆好吃。"[①]

白老师也夹了一块螃蟹鲜，咬了一口，然后皱起眉说道："这家的螃蟹鲜还是不如原来的简爱老板娘做的味道好啊。"

"可惜再也吃不到了——"白老师旁边的另一位老师叹了口气附和道。

陆淮予拿着筷子的手顿了顿，他抬起眼皮，头一次主动搭话："为什么吃不到了？"

白老师咽下嘴里的一口菜，说道："听说她有一天凌晨四点骑着三轮车

---

① 螃蟹鲜的制作方法引用自：兰陵笑笑生.金瓶梅.北京：人民文学出版社，1991.

去菜市场进货，在路上昏倒了，然后就再也没起来。"

"她好像是劳累过度，心脏骤停，猝死。"旁边有人搭话，感慨道，"人哪，真是一下子的事，说没就没了。"

简卿拉开小饭馆的玻璃门，门口的风铃叮叮当当地响，声音清脆。

风铃是白瓷的，下面挂着一张淡紫色的花笺，花笺上的字有些模糊不清。微风拂动，风铃轻轻摇曳。

简卿盯着风铃看了很久，看着看着，鼻子发酸。那是小时候她第一次参加学校组织的儿童绘画比赛拿了第一名的奖品。

那时的小简卿还不及大人的腰高，被陈媛抱着，用笨拙的小手亲自把风铃挂到了上面去。

"阿卿，回来了啊——"简宏哲抬手把桌子上倒放的凳子摆回地上，接着招呼道，"过来坐。"

他看见跟在简卿身后的周承，目光微动，笑了笑，问道："还带了男朋友？"

"他是房产中介。证件你都准备好了吗？"简卿自踏进饭馆起，浑身上下就很难受，所以一刻也不想多待。

简宏哲闻言，嘴角一僵，说道："都是一家人，房子哪分什么你的我的？你帮爸爸把钱还了，以后房子不也还是你的？"

简卿还没说话，坐在旁边翘着脚玩指甲的陈妍倒是不干了："简宏哲，你别忘了你还有个亲儿子。"

"我说了，我不替你还钱。我是来买房的。"简卿连眼神都不想给陈妍一个，压着心里不耐烦的情绪重复道。

周承跑业务这么些年，早就混成了人精，马上根据对话将他们之间的关系猜了个八九不离十，于是主动开口道："渝县的那套房子，我昨天去实地考察过了，地段偏僻，房子也年久失修，二十万的报价再也找不到第二个买家了。"

他从公文包里拿出两份准备好的合同，接着说道："两位可以先看看拟订的合同。"

陈妍嗤笑一声，涂了红色指甲油的食指在合同上点了点，嘲讽地看向简宏哲，轻飘飘地说道："你不是说你女儿替你还债来了吗？怎么我看这是在趁火打劫呀？"

简宏哲觉得没面子，红着脸和脖子扯过合同，直接将其甩在了简卿的脸上，同时骂道："白眼儿狼。"

他仿佛想通过暴力来显示他当父亲的权威似的。

突如其来的一砸，使简卿有些蒙地没来得及躲。

A4纸打印的合同厚厚一沓，装合同的文件夹拉杆是硬质的塑料，有棱角，直接砸在了她的额角上，让她瞬间眼前一黑。

周承看简卿被砸，有些生气，于是挡在她的面前说道："有话好好说。你一个大老爷们儿，动什么手？"

"老子的家务事，关你屁事？"简宏哲不甘示弱地回瞪着他，身体里的暴力因子被勾了上来，正想借此发泄他自己被陈妍鄙夷的怒火。

简宏哲去推搡周承的胸口。两个人个子差不多高，周承虽然穿着西装，看起来瘦弱，但实际上体格健硕。

简宏哲半点儿上风没占，被周承一下子攥住手腕往后一掰，手臂就被扭成了麻花。

"你听不懂人话是吧？"周承一边动手，一边暗暗觉得自己实在有些冲动，不像一个专业的房产中介人。

陈妍本来看到简卿被砸，正在幸灾乐祸，这下也急了，扯着嗓门儿叫唤起来："造反了啊！简卿你长本事了，敢带着外面的野男人回来打你老子？"

简卿被她尖厉的声音刺得耳膜一阵疼，连带着额角被砸的地方也隐隐作痛，然而她脸上的表情淡淡的，心里愤怒的程度可能都不及周承一个外人。

这一切从里到外只让她觉得恶心。

对简宏哲，她的愤怒早就在过去被消耗完了，现在她的心里只剩下麻木和漠然。

"你的嘴巴放干净点儿。"简卿沉下脸，冰冷的视线落在陈妍的身上，仿佛在看什么垃圾，"凭你也配？"

陈妍被她看得没来由的一阵心慌。简卿那张脸像极了陈媛。

简卿的脸是那种少有的干干净净的漂亮，尤其是那一双漆黑的眸子，宛若无波的古井，将陈妍的卑劣映了出来，令她无处遁形。

陈妍涂得鲜红的嘴唇嗫嚅了两下。仿佛为了让自己看起来占理，她用力地拍了一下桌子，大声说道："我怎么不配了？怎么说我也是你的长辈，还是你名义上的母亲，还管教不得你了吗？"

就算简卿来之前已经再三告诫自己别搭理陈妍，但现在听到她一张一合的嘴里吐出"母亲"两个字的时候,她再也忍不住心中的怒火,开口嘲讽道:"我可没有您这样的长辈。我妈好心把你从乡下带出来打工,你干了什么?勾引她的男人?"

陈妍被简卿戳到了痛处,还是当着外人的面这么说,这让她难堪极了。

她瞥了一眼周承,发现周承的视线轻飘飘地落在自己的身上,上下打量着。

陈妍的面色一变,也不知是心虚还是什么原因,她刻意提高了音量怒道:"你不要血口喷人!表姐没死的时候,我和你爸还没在一起。"

"是。你们是没在一起。"简卿冷笑了一声说道,"可你们该干的事可一样都没少干。"

"你那时候那么小,知道什么?"简宏哲红着脖子挣开了周承的束缚,指着简卿的鼻子吼道。

说着,他抄起桌子上的餐巾纸盒,又要往简卿的身上砸去。

里面的动静闹得太大,就连蹲在门口抽烟的混混儿头儿也看不下去了。他插着兜走进店里,一脚踹翻了过道旁边的凳子。

翻倒的凳子擦着地面滑出一段距离,发出刺耳的声音。

"吵什么吵?!我还没闹呢,轮得着你们闹?"

在外面听了这么一出戏以后,他眼神更加不屑地看向简宏哲,"啧"了一声,咄咄逼人地问道:"简宏哲,你是不是忘了惹上我大哥会是什么下场?要不要我提醒提醒你?"

他弯腰捡起掉在地上的合同,随意翻了两下,接着说道:"有人花二十万买你渝县的那间破房子,这么好的买卖你都不做?我看你是不想还钱哪。"

简宏哲刚才还嚣张的气焰顿时熄灭了。他轻轻放下手里的纸巾盒,哈着腰搓着手,谄媚地说道:"刘哥,您说笑了。钱我肯定还,肯定还。只是这自家人,哪还用得着买卖?"

简宏哲扫了一眼简卿,好像破罐子破摔似的不要脸地说道:"我女儿有钱。你找她要。"

混混儿头儿虽然嘴又脏又臭,先前还调侃过简卿,但他是道儿上混的,好歹讲点儿江湖道义,也被简宏哲的无耻恶心到了。

于是他啐了一口唾沫,恶狠狠地说道:"你还是不是男人?"

周承悄悄地看向抿着唇一言不发的简卿。

简卿把背挺得笔直,站在角落里,侧脸隐在阴影里,干净的眸子里满是倔强和不屈之色。

于是周承冷静下来，理了理被简宏哲扯乱的衣领，恢复了专业房产中介人的样子。

虽然他也看不惯简宏哲，但现在他能做的事只有帮助简卿谈下这笔交易。

周承将语气放缓下来，摊开两手说道："今天我们大老远跑来，是诚心诚意想促成这笔买卖的。大家不如坦诚相待，坐下来好好聊。"

"听到没？坐下来好好聊。"混混儿头儿刘哥瞪了简宏哲一眼，吊儿郎当地又回到门口，蹲下抽起烟来。

经过混混儿头儿这么一打岔，简宏哲不敢再发作，只好默默地把刚才发生的一切揭了过去。

简宏哲用余光瞥见简卿的额头上被自己砸出的红印，轻咳了一声，仿佛什么事也没发生似的。

四个人一人一边坐在邋遢的方木桌旁。

简卿认认真真地翻着合同，一页一页地看着。

简宏哲烦躁地草草翻了两页，就把合同丢给了陈妍，说道："你看吧。我看不懂。"

陈妍瞪了他一眼，翻开合同，还没看两行，就眼珠子一转，打起了歪主意。

她把五指按在合同上，雪白的A4纸衬得她涂了劣质指甲油的指甲红得吓人。

"二十万的价格太便宜了。"

现在是简卿求着他们要买房，可不是他们上赶着要卖房。

她重新找回底气，故作淡定地玩起了指甲，抠着长长的指甲，弹了弹里面的灰。

"别以为我不知道，渝县马上就要升级成市辖区。到时候那儿的经济发展起来，房子的价格肯定会涨，怎么着也能卖到四十万。"

简卿的动作一顿，她没说话。

周承笑了笑，说道："姐，那您可就说笑了。这道听途说的消息可信不得。"

"那我可不管。没有四十万，这房子我们不卖。"陈妍故作漫不经心地扫了一眼简卿，想看看她的反应。

结果她有些失望了。简卿只是低着头，继续慢慢地翻看着合同，好像把交涉的工作全权委托给周承了。

周承当中介这么久,第一次遇到这么难谈的生意,于是只好尽力劝道:"二十万的价格真的已经很高了。说实话,那片区域的房子真不好卖。你们很难再找到其他出价这么高的买家了。

"我看你们也是急用钱。简女士还在念大学,只能拿出这二十万了。姐,你就让一步吧。"

陈妍听了他的话,单手托腮笑了起来,拿腔拿调地说道:"你也知道她还在读大学啊?她还在读大学就拿得出二十万,真是厉害。也不知道这钱是从哪里来的。之前她连四十万都拿得出来,怎么这次就拿不出来了?"

"你在南临上大学,我们也管不到你。你怕不是跟什么不三不四的人,吃起那一碗青春饭来了。"她语气尖酸刻薄,把话说得很难听,仿佛在报复刚才简卿揭开她不堪的过往。

听到这里,简卿的耐心告罄,她抬起眼皮看向陈妍,声音淡淡地说道:"可以。"

陈妍听了她的话,以为自己敲竹杠成功了,于是扭头和简宏哲对视了一眼。两个人顿时喜上眉梢。

没等陈妍继续说话,简卿直接合上购房合同,站起身俯视着眼前贪得无厌的两个人。

简卿觉得一阵厌烦,浑身冰冷,仿佛被两条滑腻的毒蛇缠上了,那股凉意还在她的四肢百骸间不停地游走。

她只希望以后再也不要和这两个人有一点儿牵扯。

"我们走吧。房子我不要了。"

看似轻描淡写的一句话说出口以后,只有简卿自己知道她放弃了什么,也只有她自己知道,做这个决定需要多大的勇气和决心。

简卿一直是一个物欲不强的人,从来没有特别想要的东西。对没用的东西,她丢起来也很果决。

老房子里藏着她的过往。因为那里面有陈媛和阿阡生活过的痕迹,所以它仿佛是最柔软的腹地,又仿佛是世界终结时她等待死亡的岛屿。

她有万般留恋与不舍,但没道理就这样被捏住软肋、受束缚、受威胁。

她放弃的是外在的具象化的物质,但这并不代表她内在的精神也放下了。

周承愣了愣,连忙跟上她,结结巴巴地问道:"怎……怎么就不要了？"

"就是不想要了。"简卿推开门走出小饭馆，让外面冰冷的空气灌入肺腑。

小饭馆里的陈妍瞪大了眼睛，一脸难以置信的表情。她没想到简卿这么轻易就说不要老房子了。

她扯着嗓子喊道："你不要有的是人要。回头我就把老房子里的东西全清了，把东西送给乞丐也不给你——"

简卿依然没有回应，沉默着继续往小巷外走去。

走出那条小巷，入目的就是川流不息的车流和熙熙攘攘的人群，简卿没有驻足，没有回头，仿佛将昨日过往皆已抛下。

周承跟在简卿的后面走着。即使简卿把腰背挺得笔直，表现得不卑不亢，他还是能看出简卿的失落。

其实，周承平常谈业务的时候，十次里也有九次是以没谈拢而告终的，可只有这一次没谈拢是最让他难受的。

最后，周承和简卿在卫校门口的香樟树下停了下来。

简卿抬起头看向周承，颇为抱歉地说道："对不起啊，害你白跑一趟。"

周承连连摆手说道："没有，没有。这是常有的事。你不用抱歉。"

他顿了顿，鼓起勇气问道："你一会儿要去哪儿？我送送你？"

简卿摇了摇头，拒绝了他的好意："今天我已经够麻烦你了。我坐公交车就行。谢谢你。"

"那好吧。你放心，我们公司后台能查到在出售或者交易的房源。这间房子的情况一有变动，我会马上通知你。"

周承抬腕看了一眼时间。他两点还有下一个客户要见，已经没有时间再耽搁了，所以只能和简卿告别，匆匆离开。

黑色奥迪从车道拐出以后速度减慢，最后在卫校大门前停下，摁了摁喇叭，等保安开门。

也许是因为冬日的阳光太暖，保安大叔打起了盹儿，鼾声如雷，导致外面的人半天也叫不醒他。

陆淮予坐在副驾驶座上，把手肘支在车窗上。他吃过午饭，整个人都有些懒懒散散的，目光漫不经心地移至窗外，蓦地停在了某一处，不知看到了什么，他漆黑如墨的眼眸中目光渐沉。

他掏出西裤口袋里的手机，示意还在暴躁地按喇叭的李校长："我先下

· 116 ·

车打个电话。"

"好的。陆教授你先忙,我让老师们准备好,先去教室等你。"

陆淮予似乎很着急,很快打开车门走远了。

不远处的香樟树下,一个小姑娘蹲在地上,用双臂抱着小腿,把脸埋进膝盖间,让人只能看见她乌黑的发顶。

树影婆娑,斑驳陆离的阴影罩住了她。她整个人只有小小的一团,仿佛一只被人遗弃的小猫咪,可怜又无助。

"简卿?"

清冽的声音徐徐入耳。

这声音让这两个字符变得很有磁性,震颤着她的耳膜,一直传到她的心里。

简卿的呼吸没来由地窒了窒。

她的眼睫微颤,圆圆的脑袋动了动,稍稍从膝盖间抬起了一点点。

简卿看到的是一双黑色皮鞋,黑色西装裤剪裁得体,刚好盖住鞋面,高定布料被熨烫得板正平整,衬得两条腿笔直修长。

仅仅一瞥便能让人感受到男人令人难以忽视的气场。

风停云歇,周围的一切仿佛都静止了。

第五章
蝴蝶结

　　简卿缓缓抬起头来。
　　一个挺拔修长的身躯出现在她的面前。笔挺的高定西装衬得他肩宽腰窄，身材比例极好。
　　领带结打得精致完美，领带长度恰好到腰。男人微微倾身，因为西装的排扣没系，让领带没有束缚，自然地垂落。
　　阳光正强，炫目刺眼，她不自觉地眯了眯眼睛。
　　暖阳笼罩着他，使他周身仿佛散发着金光，如同太阳一般温暖。
　　因为逆着光，简卿看不清他的脸。她也不知道自己是怎么想的，也许是想看得更清楚，于是下意识地伸手扯了一下面前轻晃的领带。
　　陆淮予没料到她突如其来的举动，震惊得瞳孔微微放大。不过他并没有反抗和躲闪，就这么顺着她的力道弯下腰去。
　　简卿把领带攥在手里就这么往下拽，陆淮予也被拽进了香樟树的阴影里。
　　两个人的脸一下子被拉得很近，甚至两个人都能感觉到彼此温热的呼吸。
　　简卿眨了眨明亮而迷茫的眼睛，小扇子似的睫毛扑闪扑闪地搅乱一池春水，荡起层层涟漪。
　　她微微仰头，映入眼帘的是男人那张极好看的脸——五官立体，眉骨精致。

陆淮予黑色的碎发垂落至额前，银色细边的眼镜架在他高挺的鼻梁上，隐在镜片后的那一双眼眸漆黑如墨。

"陆淮予？"

简卿没想到在渝市也能遇到他，于是愣愣地盯着他看。

小姑娘的声音有些喑哑，眼角也红红的，让人心疼。

她额角上被文件夹的硬质拉杆砸出的红印此时已经肿起一片，泛着青紫色，十分扎眼。

陆淮予盯着她的脸，皱了皱眉。

简卿看到他黯沉的眸子和紧锁的眉心，恍然发觉自己还扯着人家的领带，把对方的腰背和脖子都扯得弯了下来。

于是她赶忙松开手，结结巴巴地说道："对……对不起。"

简卿倏地站起来往后撤，要和陆淮予拉开距离。只是她蹲得太久，起得太急，难免腿脚发麻、头发昏，一阵钻心的痛麻感从脚下传来，同时她的眼前也是一阵发黑。

瞬间她的双腿失去力气，身体一仰，就要向后倒去。于是她条件反射地向前伸手，又拽住了陆淮予的领带。

陆淮予反应极快地扶住了她的胳膊，想将她往回带。

偏偏简卿的脚下又麻又软，她一点儿支撑自己的力气也没有。

陆淮予被她扯着领带将脖子勒得生疼，终于还是抵不过她整个身体的重量，不但没拉住她，反而被她带着一起倒过去，仓促间只来得及用掌心护住她的头。

简卿的身后是两个人合抱那么粗的老香樟树。

简卿的脑袋重重地向后磕去，后脑勺儿上没有传来预期的疼痛，反而清晰地传来微凉柔软的触感。

她的耳畔传来一声低低的闷哼声。

她这一下明明摔得非常狠，整个人却毫发无伤，但腿还有些发麻站不住，只能靠在树上借力。

"等我一下，腿麻了。"

血液重新一点点地流回双腿，简卿一边解释，一边难受得龇牙咧嘴。

陆淮予的手还被她压着。简卿柔软的发丝缠绕在他的指尖上。那触感宛如绸缎般冰凉顺滑。

他垂下眼皮，一动不动，耐心地等待着。

随着简卿交替着跺脚的动作，乌黑的发顶若有若无地蹭过陆淮予的下巴，让他感觉痒痒麻麻的。

空气里飘散着一股淡淡的甜橘香。

过了好半天，简卿才缓过劲来。直到双腿的痛感渐渐消失，她才分出多余的意识，发现自己还扯着陆淮予的领带，自己的脑袋也还压在陆淮予的手上。

简卿的后背抵在粗糙的树干上。陆淮予的一只手被她的头压着，另一只手撑在树上，勉强使两个人的身体之间空出几厘米的距离，不至于紧紧贴在一起。

远远望去，简卿倒像是被陆淮予圈在怀里。这一幕场景惹得周围的学生频频侧目。路过的几个女生也一边看着他们，一边交头接耳，低声轻笑。

简卿的脸从脸颊一直红到耳根，藏在黑发里的耳垂又烫又热。

她仿佛扔掉烫手山芋一般松开了陆淮予的领带。原本被熨烫得十分平整的领带被她攥得皱皱巴巴的，和陆淮予全身一丝不苟的打扮格格不入。

"好了吗？"男人的声音低沉，他说话依然不疾不徐，君子坦荡，不带一丝一毫异样的情绪。

简卿垂下眼睫不敢看他，点了点头，小声说道："我好了。"

闻言，陆淮予才缓缓撤走双手，后退一步，恢复与她合适的距离。

简卿低着头，瞧见他左手手背上红了一大片。他的手应该是被布满沟壑的树干擦破了皮，血珠一点点地往外冒，伤口处还夹杂着细小的沙粒。

她顿时慌了神，说道："你的手受伤了。"

陆淮予听她这么说，才注意到自己手上蹭破了皮。他抬起手背，漫不经心地扫了一眼，重新将视线落在简卿的身上。

只见小姑娘满眼的惊慌无措，就差在脸上写上"愧疚"两个字了。于是他忍不住想逗逗她。

"是啊，所以你要负责呢。"男人轻轻勾起嘴角，语调凉凉地说道，仿佛在开玩笑，又仿佛很认真。

简卿睁着圆溜溜的大眼睛，抿了抿唇，结结巴巴地回应道："要……要怎么负责啊？"

陆淮予这双手要是真有什么三长两短，耽误了等他救命的患者，那她以死谢罪也不够啊。

简卿越想心里越是愧疚。在简宏哲那里受的委屈没把她惹哭，现在她倒是一滴一滴地掉起了眼泪。

滚烫的泪珠落下，渗进泥土里消失不见了。

陆淮予被她这一哭弄乱了心神。

他刚刚摸了树干，手上因此沾了灰尘，有些脏，于是只能拿胸前的领带给她擦眼泪。

"我还没哭，你怎么就哭了？这搞得像我欺负了你似的。"

简卿也不知道自己这是怎么了，眼泪仿佛开了闸的水，收也收不住。

男人低缓而富有磁性的声音在耳畔响起，领带柔软的布料在她的眼角上擦过。这一切都成了她情绪崩溃的催化剂，让她压抑不住心里的委屈和难过，仿佛宣泄一般，她哭得伤心极了。

她一边哭，一边说道："可是我赔不起你的手。你有没有给手上保险哪？"

她软软地含着哭腔说出来的话却十分天真，引人发笑。

陆淮予有些哭笑不得，无奈地说道："谁要你赔了？"

他掏出西裤口袋里的车钥匙丢给简卿，接着说道："我的手受伤了，开不了车。你给我当司机。"

黑色的车钥匙微沉，上面还带着男人温热的体温。

简卿握住手里的钥匙，愣住了。她吸了吸鼻子，眨着水润的大眼睛，迷茫地望着他，说道："就这么负责吗？"

"不然呢？"陆淮予挑了挑眉，似笑非笑地看着她说道，"你还想怎么负责？"

简卿沉默片刻，心想，其他的责任自己也确实负不起，于是只好乖乖地"哦"了一声。

这时，手机振动的声音响起，李校长打电话来催了。

"陆教授，上课的时间快到了。你还在忙吗？我要不要把上课时间往后推一推？"

李校长的话语里透着不敢打扰的惶恐和想帮忙的殷切之意。

陆淮予抬手看了一眼腕上的手表，问道："在哪个教室？我一会儿直接过去。"

简卿在等他接电话的工夫，环视周围，仿佛看见了什么，对他说道："你等我一下，我马上回来。"

陆淮予打着电话，还没来得及出声，简卿就"哧溜"一下跑远了。

他抿了抿唇，看着她左右探头着急地过马路，过了马路以后又很快跑进了一家药店。

陆淮予把手机贴在耳边，听李校长报着上课的地址。

李校长说完还贴心地问道:"陆教授,地址你记清楚了吗?"

陆淮予望着马路对面的那间药店,想了一下才开腔道:"抱歉,上课的时间麻烦您帮我推迟十五分钟吧。"

没过几分钟,简卿拎着一个小塑料袋从药店里出来,然后穿过川流不息的车辆和人群,朝他跑来。

陆淮予看着她,皱起眉来,心想:小姑娘过马路这么莽撞,也不知道躲着点儿车。

简卿跑得有些急,还喘着气,胸口上下起伏着,连说话也上气不接下气:"我买了碘酒和创可贴,先帮你处理一下伤口,你再去忙吧。很快的。"

明媚的阳光洒在她的脸上,她的两颊因为跑步而泛起两团浅浅的红晕,眼眸清亮,刚刚哭过的眼眶也红红的,使她看起来像一只小兔子。

陆淮予的喉结缓慢地上下滚了滚,然后乖乖地把手伸到了她的面前。

简卿拧开碘酒的盖子,用棉签蘸上黄色的碘酒,小心翼翼地涂在他的手背的伤口上。

那是一只极其漂亮的手——骨节分明,干净修长,指甲盖大小匀称,肤色白皙如玉,青色的血管清晰可见。

而手背上血糊糊的擦伤仿佛破坏了这幅完美的作品。

简卿有些难受,只能更加小心地对待这只手,力道又轻又缓地涂着,同时问了一句:"会疼吗?疼你就说。我给你吹一吹。"她一点儿也没有意识到,自己的语气真的很像在哄小孩。

"有点儿。"陆淮予低声说着,任由她摆弄,也不催促。

凉凉的气吹过他的手背,像羽毛掠过心房的感觉,麻麻痒痒的。

简卿低着头,专心致志地清理着他沾了沙粒的伤口。

一缕碎发从她的耳后垂落,轻轻晃荡着,勾勒出她柔和姣好的侧脸。只是她的额角处肿起的那一块青紫十分刺眼。

陆淮予垂下眼皮,似乎漫不经心地随口问道:"额头怎么红了?"

小姑娘正在撕创可贴包装的手顿了一下,随后她含含糊糊地说道:"我玩手机的时候不小心撞到电线杆子了。"

陆淮予沉默不语,将她脸上闪躲和心虚的神色看在眼里,但没有继续追问,好像刚才真是漫不经心的一句闲聊。

陆淮予对周围扫视了一圈,发现一根电线杆子也没有。简卿说撞树也比这个谎话可信度高。

简卿从包里翻出一管小小的眼药膏，在创可贴上挤了一些黄色的膏体，药膏散发出一股清冽的味道。

"这是我妈妈教我的，哪里破了口子都可以涂这个药膏。"

说着说着她顿了顿，想起陆淮予本身就是医生，在他面前自己这个毫无理论依据的偏方一下子显得极不科学。

于是她朝陆淮予笑了笑，继续说道："这也可能是心理作用吧。我觉得涂了它，伤口就好得快。"

陆淮予的眼皮微垂，他想起中午吃饭时白老师提及的事情。

他盯着小姑娘明媚天真的侧脸，从她脸上没看出一点儿异样，于是缓缓垂下眼睑，睫毛盖住了漆黑如墨的眼睛，让人看不清眼中的情绪。

因为简卿承担了做陆淮予一日司机的工作，所以只能陪着他一起去了教室。

偌大的教室里早就坐满了人，其中不光有口腔护士科的老师，还有来蹭课的学生。

陆淮予和李校长在教室外还有话说，于是简卿没有打扰，从教室后门混进了学生堆里。

她自觉地在最后一排座位坐下，百无聊赖地玩起了手机。

陆淮予迈进教室的那一刻，原本吵闹的教室骤然安静了下来，所有的目光齐刷刷地聚焦在了进来的男人身上。

就连低头玩手机的简卿也因为感觉到气氛的变化而抬起头来。

陆淮予像被打了一束追光灯灯光似的，是让人一眼就能看见的焦点。

讲台上的陆淮予只是那么站着就足以吸引所有人的目光。

他先是慢条斯理地抚平了被简卿揉皱的领带，整个人从容不迫，举手投足间处处透露出优雅和贵气。而后他才做了简单的自我介绍，斯文有礼，讲话的声音低沉悦耳，语速不疾不徐。

周围传来交头接耳的声音，坐在简卿前排的两个女生正在小声说话。

"哇！这就是协和医院颌面外科的一把手？"

"我还以为是个老头儿呢。这也太年轻太帅了吧。"

"话说，我怎么觉得陆教授看起来有点儿眼熟？我好像之前就见过。"

另一个女生想了想，眼睛一亮，说道："是不是？是不是我们刚刚在校门口看见的？香樟树下那对情侣？"

"好像是啊！我好羡慕啊！我也想被他壁咚。清冷帅哥谁不爱啊？"

简卿抿了抿唇，沉默地听着前排的女生们越来越激动的对话。讲台上的男人向她投来平静无波的视线，眼神如古井般幽深。

不知是心虚还是尴尬，简卿垂下眼睑，扭过头躲开了男人的目光，把脸埋进垂下的乌发间。

口腔护士科的教室和普通的教室不同，教室最前面摆着一个操作台，搭配着蓝色的综合治疗椅。

"今天我要讲两部分内容——口腔基本检查和椅旁四手操作技术[①]。"陆淮予把右手插在兜里，漫不经心地开口说道。

他没有准备教案，好像所有知识点都刻在了他的脑子里。他想也不用想，就那么脱口而出，专业又自信。

"操作台就不需要我介绍了吧。我这里就默认大家都会了，如果有不明白的人，可以举手提问。"

陆淮予讲课的风格不是那种喂奶式地把每一个知识点都讲到，他讲课的节奏很快，简洁明了，不拖沓、不重复，点到即止。

之前他教过的学生不是南大医学院的高才生，就是经过层层筛选最终进入协和医院的实习医生。不需要他多说，那些学生就能很快领悟，而领悟不了的人也自然被淘汰了。

显然，基础比较差的卫校老师和学生对他的讲课方式就有些不适应了，但大家又都不好意思举手说自己不明白。

陆淮予讲了不到五分钟，也发现了这个问题。

口腔护理科的老师倒还好，只是今天这堂课除了老师还有很多学生。这些学生一个个歪着脑袋，眼神显得有些迷茫。

陆淮予顿了顿，走到操作台前，说道："这样吧，有没有同学愿意上台配合我做一下演示？"

教室里一片静默，没人敢举手。就连老师们也在犹豫——担心万一露了怯，在学生面前会下不来台。

"没人吗？那我随便点人了。"陆淮予抬眼扫视一圈，将目光投向后面。

[①] 以下讲解口腔基本检查和椅旁四手操作技术的内容参考：李秀娥，王春丽.实用口腔护理技术.北京：人民卫生出版社，2016.

简卿低着头认真地玩着手机。或许是因为看到了什么有趣的消息,她轻笑起来,一眼也没往讲台上看。

陆淮予干净修长的食指在讲桌上一下一下地轻敲着。过了半晌,他看似随意地选中了一位学生:"请最后一排穿白毛衣的女生上来。"

他的话一说出口,众人便齐刷刷地扭头看向教室后面。

简卿却一点儿反应也没有,还在盯着手机看。她压根儿没听陆淮予讲课。

前排的女生回过头拍了拍她的桌子,提醒道:"陆教授叫你上去呢。"

简卿抬起头,睁着明亮又迷茫的眸子,问道:"啊?上去干吗?"

"做演示啊。快点儿,大家都在等你。"

简卿被她催得急,也不知道到底要做什么,就这么被赶鸭子上架似的上了讲台。

陆淮予斜靠在治疗椅上,懒懒散散地看着她说道:"同学,上我的课玩手机不太好啊。"

简卿的背后是挤满教室的老师和学生。她忍不住瞪了陆淮予一眼,用唇语反驳道:我又不是你的学生。

陆淮予轻轻勾起嘴角,好像没看见她的抗议似的,将视线移到治疗椅上,吩咐道:"躺上去。"

他的语气淡淡的,透着清冷和疏离,仿佛简卿对他来说只是个陌生人。

简卿的心里一百个不愿意,但她已经被他逼到这个份儿上了,也实在没有别的办法,只能乖乖地躺在蓝色的治疗椅上,准备当个教学工具人。

"患者的体位分为三种,需要医生根据诊疗部位的不同而进行调整。首先是垂直位。"

简卿盯着白色的天花板,努力忽视躺在治疗椅上拘束又不适应的感觉。

原本放平的椅背慢慢直起,于是她也靠着椅背坐直起来。

她的耳边传来陆淮予低沉的嗓音,十分好听。

"垂直位是指椅背垂直,与椅座呈九十度。这种体位适用于患者在治疗前后拍摄照片和取印模等。"

垂直位演示结束后,陆淮予不知按了什么按钮,让治疗椅的椅背重新放平了。

"现在演示的是仰卧位,大多数口腔治疗采用这种体位。当患者按照正确的姿势躺好以后,我们就要开始进行口腔基础检查。"

治疗灯被打开,发出明黄色耀眼的强光。灯光还没晃到简卿的眼睛,就被陆淮予漫不经心地挪开了。

简卿睁着圆溜溜的大眼睛发着呆,视线里的天花板蓦地消失了,取而代之的是陆淮予极为好看的侧脸。

他黑色的碎发垂落至额前,五官立体,高挺的鼻梁上架着银色的细边眼镜,使那一双漆黑如墨的眸子因为被镜片遮挡而敛去了几分冷意。

简卿有些不自在地别过头去,不再看他。

陆淮予坐在专门的医生座椅上,离她很近,笔直修长的双腿随意地踩在脚架上,身体侧对着听课的学生,一边演示,一边讲解。

"四手操作技术要求医护双人四手,合作在口腔治疗中完成操作。大家注意我的姿势。"

他突然倾身靠近,使简卿的头猝不及防地埋进他的胸口,仿佛做了一个搂着她的动作。

他黑色西装的袖口微微上收,露出精致的银色袖扣,冰凉的布料蹭着简卿的侧脸。

空气中飘散着一股淡淡的薄荷香,这股冷香在浑浑噩噩的冬日午后,让人觉得提神又好闻。

陆淮予维持着这样的姿势,慢条斯理地继续讲着课:"患者的口腔需要与医生的肘部同高。"

他语速不疾不徐,声音动听,讲话字正腔圆,吐字清晰,上课上得极为认真。

简卿却一个字也没有听进去。

她被陆淮予圈在怀里,一动也不敢动,连呼吸都放慢了。

时间仿佛停滞不前,这段课程讲解好像没完没了似的。

不知过了多久,陆淮予终于撤走了环住她的双臂,与她拉开了距离,继续说道:"口腔检查应该按照先口外、后口内的顺序进行,护理人员应及时在旁协助医生做好记录。"

简卿终于松了一口气,眨了眨干净的眸子,等着治疗椅靠背慢慢上升,好让她坐起来。

陆淮予一边帮她升起座椅靠背,一边还在继续上课:"医生在口外检查淋巴结是否肿大时,一般是由浅入深地滑动触诊,顺序为枕部、耳后、耳前、腮腺,直到锁骨上凹处。"

他说到此处时,坐在最前排的白老师举起手说道:"淋巴结检查比较复杂，所以我怕学生们记不住。"

白老师看向操作台，继续说道："正好这位同学还躺着。陆教授，能不能请你示范一下具体的操作动作？"

刚准备跳下操作台的简卿此时简直无奈极了。

阳光斜斜地从明亮的窗户照进来，洒在蓝色的治疗椅上。

治疗椅被升到一半，重新降下。简卿刚坐起来，又迫于形势躺了回去，心里有苦难言。

患者不应该讳疾忌医，医学讲课同理。所以，此时也没人觉得白老师的提议有什么特别不妥之处。

简卿想起她在工作室画画时，对着浑身赤裸的模特也是面无表情，没有一丝其他的想法，只是把他们当作普普通通的静物。

显然，陆淮予现在看她也是一样，只当她是普普通通的教具。

陆淮予表情淡淡地将外套脱下来搭在椅背上，然后慢条斯理地卷起衬衫袖口，露出肌肉紧致结实、线条明晰的手臂。

随着他不疾不徐的动作，简卿越发感觉不安起来，睁着明亮而迷茫的眼睛，不敢朝他的方向看。

教室的天花板一片雪白，不过简卿躺在治疗椅上，看见了后面的墙壁上有一副相框。

黑白照片里，一个西装革履且留着两撇小胡子的外国男人坐在书桌旁。

照片底下写着两行字，因为躺着看，字是倒着的，简卿看了半天，才看清上面写的是——

"现代医学之父，威廉·奥斯勒。"

简简单单的一行字一下子就让照片里普通平凡的男人伟岸起来。简卿还没来得及再仔细打量他，一双白皙修长的手出现在了简卿的眼前。

"头侧偏一下。"

她的耳畔传来陆淮予低沉又磁性的声音，语气淡淡的，语速不疾不徐，和她在医院看病时遇到的医生说话一样，没什么情绪起伏。

简卿在这样的氛围下也麻木了，乖乖地歪过头。

陆淮予的手掌插入她乌黑的发间，触上她的脑后枕处，用指腹紧贴。他的掌心微凉，指腹上有薄茧。

简卿条件反射地绷紧了身体，不适应这突然碰触的动作。

"别紧张，放松一点儿。"

感受到她的紧绷，男人的手在她的后颈处捏了捏。

他的手指冰冰凉凉的，力道适中。简卿因为后颈被他按摩得很舒服，所以原本僵硬的肌肉很快也放松了下来。

简卿忍不住轻轻地"哼唧"了一声，然后迅速沉默了。她总觉得陆淮予像在抚慰小猫儿似的安抚她。

偏偏她很喜欢这样的安抚动作，还发出了声音。简卿羞愧得恨不得找个洞钻进去，只能寄希望于陆淮予没有听见。

好在陆淮予面色如常，仿佛没发现她的异样。而且他很快停止了帮简卿按摩后颈，指腹重新摸上了她的后枕部。简卿柔软浓密的发丝缠绕在他的指间。

陆淮予指腹的力度逐渐增加，在她的后脑勺儿处反复摩挲。

他一边做着动作，一边讲课："我们在检查后枕部时，可以让被检查者稍稍低头或者将头偏向一侧，以放松被检查者的肌肉，有利于触诊。"

他又将双手移至简卿的耳后，然后用两指在小小的耳后窝里打着转儿地滑动触摸，然后是耳前。

男人的指尖无意地抚过简卿珍珠般的耳垂，简卿感觉他触感冰凉的手指带来酥酥麻麻的痒意，一直蔓延到了心里。

陆淮予的手指继续顺着她的耳垂缓缓向下到腮腺、颊部、颌下。

因为要讲课，他的手指在每一个部位都停了很久，动作温和轻柔，但为了使在场的学生能看明白，他做得比正常检查的动作更加缓慢。

简卿的脸埋进他的臂弯里，几乎贴着他的胸口。此时，她只觉得扑面而来的薄荷香清爽又好闻。

陆淮予的手仿佛一只颜料笔一般，经过哪里就把哪里染上一层薄薄的红色。

这时，简卿的耳畔响起一声轻笑。陆淮予用极轻的声音揶揄道："脸红什么？"

简卿的眼睫微颤，她对上陆淮予似笑非笑的眸子，心里突然生出一股气恼的情绪，于是愤愤地瞪了他一眼，仿佛被惹怒的小奶猫一般。

他明知故问。

"你快点儿。"她不耐烦地小声催促道。

陆淮予像没听见似的，慢条斯理地抬手推了推眼镜，不带任何情绪地开口说道:"同学,毛衣你自己往下拉一下。"

他转眼间又是一副高高在上、冷冷淡淡的模样。

简卿的心里一阵烦闷,她不情不愿、磨磨蹭蹭地揪住毛衣领口往下拉扯,露出雪白的颈部和精致的锁骨,锁骨凹陷处浅浅的窝似乎能盛酒。

陆淮予的神色微沉,懒懒散散地踩在脚架上的长腿落地,他又漫不经心地滑动座椅,调换位置,挡住了身后学生和老师的视线。

他始终不带情绪,语气平淡且一本正经地讲着课:"我们在检查锁骨上的淋巴时,要让被检查者使用坐位或仰卧位。检查者左手触患者的右侧,右手触患者的左侧。"

动作和语言同步,陆淮予的指腹在她锁骨上的凹处由浅及深一直触摸到锁骨深处。

他手的温度从刚才凉凉的变成了现在温热的,甚至有些烫,也不知道是因为摩擦生热,还是被她的体温焐热了。

简卿已经从一开始的敏感紧绷到彻底麻木,成功克服了心理障碍,把这当作一次普通的检查。

然而她藏在头发里的耳根依然滚烫,而且红得仿佛要滴血。显然心理上的障碍已经被她克服了,但身体上的障碍还没有。

好不容易等到演示完毕,简卿像煮熟的虾一般整个人都红透了。她低垂着脑袋,用头发遮住脸,逃跑一般回了最后一排座位坐下。

坐在她前排的女生转过头来,眼睛里闪着光,向她问道:"采访一下,被陆教授摸的感觉是不是很棒?"

简卿沉默不语。

那女生看她满脸通红,已经知道了答案,于是反过来安慰道:"哎呀,没事的。不是你定力弱,换我上去我也腿软。"

"他光是这么一本正经地讲课都让人受不了了。我更羡慕那个扒下教授的冰冷面具,还被他按在树上的姐妹了。"

简卿趴在桌子上,把脸埋到了胳膊上。

别说了啊!那都是误会。

后来陆淮予在讲台上说了什么,简卿依旧一个字也没听进去。

她直接睡着了。

课程结束以后,教室里的人陆陆续续地离开了。

陆淮予一讲完课就被李校长邀请到校长室喝茶了。等他和李校长寒暄完出来找简卿的时候,他才发现小姑娘还趴在最后一排睡着。

简卿乌黑的过耳短发凌乱地散落在白净的脸上,小扇子似的睫毛在脸上洒下一片阴影。她的呼吸很轻,身体有节奏地上下起伏着。

此时的她就像一个不但不好好学习还睡觉睡得忘记放学的学生。

简卿发现,老师上课的声音都特别催眠,尤其陆淮予的声音还像流水潺潺一般动听。

在潺潺的流水声里,她的意识飘忽不定,仿佛变成了一团柔软的云朵,偷得浮生半日闲。

等水声渐渐停了,意识终于逐渐聚拢,她睁开眼睛醒了过来。

"醒了?"

一道低沉而富有磁性的声音从头顶上方传来。

简卿下意识地抬起头,看见陆淮予正双手抱臂,斜斜地站在逆光的地方。他的侧脸隐在阴影里,令人看不太清楚。

简卿揉了揉惺忪的睡眼,然后用微哑的嗓音软软地问道:"我们是不是可以回去了?"

陆淮予站直身子,拉开教室后门,说道:"走吧。"

他低垂着眼皮,似乎有些没精神。当然,任谁连续不停地讲三个小时的课都会跟他一样累的。

简卿有时候说多了话,也会一句话都不想再说。

于是她自觉地跟在陆淮予的身后走着,两个人都安安静静的,气氛也不尴尬。

不过,陆淮予让她当司机的事情,果然不是和她客气。他直接坐到了副驾驶座上。

简卿坐在驾驶座上,忍不住看了他一眼,发现他已经合上眼睛开始闭目养神了。他皱着眉,两根手指在太阳穴上轻按,露出手背上的创可贴。

那创可贴好像在提醒她,这是她的责任。

简卿没有办法,只能乖乖地系好安全带,来回调整了好久的座椅,才找到勉强合适的位置。

陆淮予的个子很高,简卿坐在按他的身高调整的座椅上,只能看见一半的马路。

简卿很熟悉渝市的道路,所以基本不用看导航。

她走了一条偏僻的小路。这条小路知道的人不多,所以没什么车。开车穿过小路以后他们立马就能上高速，比跟着导航走要快很多。

背街的小巷是一条单行车道，限速 30 迈。

巷头巷尾都有摄像头，简卿开得格外小心，生怕给陆淮予贡献一张罚单。

偏偏这个时候，后面跟上来的一辆白色小轿车不停地朝她按喇叭，一副非常着急的样子。

喇叭声尖锐刺耳，那辆车甚至打起了闪光灯。

简卿皱着眉，用余光瞥了一眼后视镜，仿佛在和后面的司机隔空对话似的，小声轻喃道："别催了，你再催我也不会加速。"

鸣笛声依旧不停。

简卿听得不耐烦，又一次小声低语道："好烦哪，你再按我就停车了。"

车子好不容易开过了那条背街小巷，白色小轿车迅速超车到了简卿的车面。

一个男人从那辆车的车顶探出脑袋，冲简卿竖起中指，骂骂咧咧地说着什么。

简卿的心中顿时生出一股怒火，她深吸了一口气将这股火气强压下去，默默地念着："不开斗气车，不开斗气车，不开斗气车。"

黑色的保时捷 SUV 依旧稳稳地行驶着，没有提速，也没有对白色小轿车回敬以鸣笛。

陆淮予靠在椅背上，全程闭着眼，将小姑娘开车时幼稚的喃喃自语全听了去。此时，他轻轻勾起嘴角，笑了起来。

简卿的心里当然还是憋着气的。不知道为什么，人在开车的时候总是特别容易被惹生气。

这件事让她气得连错过了南临市的指示牌都没有发现。

简卿开了半天，却觉得路上高速站点的名字越来越陌生。这时她才恍然发觉自己好像开错方向了。

她紧张地握紧了方向盘，下意识地瞄了一眼正在旁边闭目休息的男人，然后有些尴尬地咳了一声，说道："陆淮予，我开错路了。"

她的声音软软的，语气有点儿心虚，又有点儿无助，仿佛她不知道该怎么办。

闻言，陆淮予缓缓睁开了眼睛，好像立刻接受了这个事实。他没有太大的反应，只是淡淡地应了一声，表示他知道了。

131

然后他很快拿起置物架上的手机,低头看了一下导航,继续说道:"方向走反了,你开到下一个收费站下高速。"

他的声音低沉,整个人不急不躁的,没有一点儿抱怨和不满的情绪,同时还快速给出了解决的方案。

他处理事情的方式让人觉得很舒服,好像走错路只是一件很平常的事情而已。

简卿心里原本的负罪感就这样在他云淡风轻的态度里渐渐消散了。

等他们到了收费站,天色已完全黑透了。

简卿准备掉转方向,重新上高速。

陆淮予看了一眼腕上的手表,漫不经心地开口说道:"先找个地方吃饭吧。我饿了。"他看起来一点儿也不急着回南临。

经他这么一说,简卿才想起来,自己从中午到现在也一直没吃饭,这会儿饿得胃都麻木了。

简卿在路边停了车,搜索着附近吃饭的地方,离得最近的饭店是两公里外的一间农家乐。

"那我们就去这家?我看评价好像挺好的。"

简卿把手机凑到陆淮予的眼前。陆淮予随意地瞄了一眼就同意了,倒是不挑剔。

农家乐是一栋三层楼的自建房,水泥涂成的灰墙顶上挂着一串红红火火的大灯笼。荧光灯管拼成的店面招牌十分醒目。

店里坐着的都是衣着随意的老老少少,西装革履的陆淮予在这样的环境里显得格格不入。

简卿跟在陆淮予的后面,正盘算着要不要和老板要个包间,陆淮予已经在大厅里找了个位置坐下了,完全没觉得不自在。

他们点了几道简单的小炒,准备随便凑合着吃一顿。

农家乐的生意很好,桌与桌之间挨得很近。

隔壁桌的老婆婆盯着陆淮予看了许久,咧着没牙的嘴冲他笑。她讲话漏风,但还是用方言对陆淮予说着话。

陆淮予听不明白,弯下腰凑近老婆婆,很有礼貌地问道:"婆婆,您说什么?"

老婆婆又笑眯眯地重复了一遍,叽里呱啦的。

这里离渝市不远,因此方言也与渝市的类似。简卿倒是听懂了婆婆的话，于是帮忙翻译道："她说你长得很帅，想把孙女介绍给你。"

老婆婆拍着手点了点头，赞同简卿的翻译。

陆淮予抬眼看向简卿，发现小姑娘的眉眼含笑，用方言和老婆婆聊着天。她回望他时，眼神里透着揶揄之意，脸上不无幸灾乐祸的表情。

"婆婆说，她家孙女今年二十五岁，是个舞蹈老师。她长得很漂亮，一会儿就来。"

简卿没想到跟陆淮予在一起，还能遇上这种走在路上被说亲的事，觉得有趣，于是忍不住掺和一下，说道："相逢就是缘哪，你要不要见一见？"

陆淮予一声不吭，漆黑如墨的眼眸直直地盯着她，面无表情，让人辨不明情绪，不知道他是同意还是不同意。

简卿剪着短发，又长得乖乖巧巧的，十分显小。

老婆婆还以为简卿是陆淮予的妹妹，于是拉着简卿，从棉衣内袋里掏出一张孙女的照片给她看。

照片里确实是个很漂亮的姑娘。

简卿看了一眼照片，又看了一眼陆淮予，仔细地打量了半天，最后冒出一句："我觉得你们看上去挺配的呢。"

陆淮予听出她语气里的认真之意，觉得她简直没心没肺。

他眉头一皱，面无表情地看着简卿。

简卿向来比较会看眼色，这会儿却不知道怎么回事，一直反应不过来。可能是因为她刚刚吃饱饭，血糖上升到了脑子，导致大脑忙不过来，于是整个人都显得迟钝起来。

此时她一点儿也没发现陆淮予已经抿着嘴角，不讲话了。

陆淮予生气时就是这样。刻在骨子里的教养让他不会直接表现出来。

如果这时谁问他话，他肯定还是有问有答，语气也斯文有礼，只是多余的话一句也不讲了。

简卿把照片凑到他的眼前，笑了笑，继续说道："你看看，是不是挺好看的？"

陆淮予扫了一眼照片，很快又将视线移回简卿的脸上。小姑娘眨了眨明亮的眼睛，表现得天真又懵懂。

"一般。"他轻描淡写地说道。

从来礼貌客气又很有教养的陆淮予，难得讲话驳了人的面子。

他的嗓音低沉，人似乎有些不高兴。

恰好此时，手机振动起来。

陆淮予起身，摸出西装裤袋里的手机，朝她示意道："我接个电话。"

他的语气依旧淡淡的。

简卿愣了愣，后知后觉地发现他好像生气了。

他生气是因为不喜欢被迫相亲吗？

可是陆淮予都一把年纪了，还离了婚带着个孩子。

虽然他长得好看，条件也不错，但因为这些事，他在婚恋市场的竞争力总归是差一些的。现在有机会，他当然应该试一试嘛。

幸好旁边的老婆婆听力不太好，没听清陆淮予刚才说的是什么，还拉着简卿问。

简卿盯着男人大步流星地离去的背影，扯了扯嘴角，找理由搪塞了过去，顺便拒绝了老婆婆的撮合之意，觉得有些扫兴。

你不喜欢就不喜欢，直说就好了，有什么好生气的？

好在老婆婆人好，并没有介意。

简卿看老婆婆一个人坐一桌，孤零零的，于是陪着她聊起天来。

老婆婆年纪很大，有些口齿不清，但特别热情，还给简卿倒了小小一杯深红色的液体。

那液体盛在玻璃杯里，使玻璃杯更加晶莹剔透，流光溢彩，很是好看。

"好喝，好喝。"老婆婆说不清楚这是什么，只是一直表情期待地把玻璃杯往简卿的面前推。

刚才陆淮予不长眼，说人家的漂亮孙女长得一般。这已经让简卿觉得不好意思了，所以此时她更不想扫了老婆婆的兴致。

于是她笑了笑，端起杯子抿了一小口，原来是杨梅酒，酸酸甜甜的味道确实很好喝。

陆淮予打了很久的电话。医院里一个重症患者的情况突然不太好，住院医师处理不了，需要他实时指导。

等他打完电话再回去，小姑娘已经喝得神志不清了，不但抱着酒杯不肯撒手，还"咯咯"地笑着。

旁边的老婆婆也跟着拍手，"咯咯"地笑。

一老一少，两个小孩。

简卿起初只是觉得杨梅酒淡淡的，尝不出有什么酒的味道，还以为它是和菠萝啤类似的果酒。

殊不知，这家的杨梅酒是用高度白酒酿造的，从夏天一直放到冬天。酒酿的时间越长，度数越高。

结果她小小一杯喝下去，就上了头。

上头以后，又没人看着她，于是她一杯一杯地续，最后就喝成了现在这个样子。

陆淮予蹙起眉心，走到简卿的身边，晃了晃她的肩膀，说道："简卿，走了。"

简卿用手撑着脑袋，懒懒散散地抬起眼皮，眨了眨蒙眬的眼睛。

她的眼神涣散，因为看不太清，她又伸手去扯陆淮予的领带。

小醉鬼的力道没个分寸，陆淮予猝不及防之下被她扯了过去。两个人一下子脸贴着脸，差点儿撞在一起。

简卿的睫毛像羽毛一般轻轻拂过，让陆淮予感觉脸上痒痒麻麻的。她柔软的唇瓣上还沾有润泽的酒渍，她伸出舌头舔了舔，好像意犹未尽。

温热的呼吸喷洒在陆淮予的脸上，带有浓浓的酒味，还带着梅子甘甜芬芳的果香。

陆淮予觉得自己以后在她面前还是不要系领带的好。这一天下来，她已经扯了多少次了？

偏偏这次简卿把领带攥得极紧，差点儿没把他勒到断气。

他无奈地开口道："松手。"

简卿看清了眼前男人的脸，认出了人，于是撇了撇嘴，松开手，有些口齿不清地喃喃吐出两个字："没劲！"声音软软的，像在表达不满，又像是娇嗔。

陆淮予觉得好笑又好气，反问她："我怎么没劲了？"

简卿瞟了一眼旁边笑眯眯的老婆婆，又冷冷地看了他一眼，轻哼一声道："出去再和你说。"

她脚下虚浮，歪歪扭扭地站起来和老婆婆道别。

陆淮予跟在她的身后去柜台结账。

算账的中年男人背着一个黑色腰包，是这家店的老板。看见简卿满脸通红的样子，他吃了一惊，问道："小姑娘这是怎么了？"

刚才的老婆婆也背着手慢悠悠地晃到了柜台前，用方言跟老板说了几句话。陆淮予不知道老婆婆说了什么，老板的语气变得有些埋怨起来。

老板扭过头，十分抱歉地对陆淮予说道："不好意思啊，老太太给她喝了几杯杨梅酒，是我们家自酿的，度数挺高，连我自己喝两三杯下去都要醉的。"

陆淮予听到这儿，脸色已经有些不好了。自酿酒的度数不好掌握，如果有人一不小心喝多了，很容易酒精中毒。

他看着简卿把双手撑在柜台上，站都站不稳的样子，也不知道她喝了多少。

室内的空气不流通，简卿被闷得不舒服。

"快点儿，快点儿。"简卿不耐烦地催促道。

农家乐的老板晓得家里的老太太给人添了麻烦，于是算账时主动给他们打了折。

陆淮予另外要了一瓶矿泉水，结完账就带着简卿出去了。

外面的天色已经全黑。这里远离城镇，没有路灯，四处黑漆漆的，地上到处是碎石子。

陆淮予怕她走路摔着，只好用一只手紧紧扣住她的胳膊，另一只手拿出手机来打光照亮。

简卿平时不爱说话，喝了酒反倒表达欲很强。一出农家乐，她就抱怨起来："人家给你介绍对象，你不喜欢就不喜欢，为什么生气？"

"我没有生气。"陆淮予低着头一边敷衍她，一边带着她小心地绕过不平整的地面，但就是不肯承认自己在生气。

"你骗人。你就是生气了，我看得出来。"简卿愤愤不平地继续说道，"婆婆的孙女明明很好看，你还说人家长得一般。"

说到这里，简卿忍不住又说道："人家不嫌弃你离异带娃就不错了。"

陆淮予停下脚步，皱起眉，借着月色看向她。冷光映在她的脸上，她的脸颊因为醉酒而染上了一层红晕，一双眸子清亮润泽，宛如盈盈春水，让人觉得谁也没有她好看。

陆淮予一边带着她继续走，一边漫不经心地说道："她长得就是一般，我说的是事实。"

"那你的眼光真高。"简卿撇了撇嘴说道。

陆淮予盯着她，低低地轻笑道："是挺高。"

简卿走路跌跌撞撞的，嘴里还总是不满地哼唧。

她醉酒以后的脾气可比她清醒时差了许多，又急又躁。

好不容易到了停车的地方，陆淮予又犯了难，因为车钥匙不在自己的身上。

"车钥匙你放哪儿了?"

简卿正双手抱着陆淮予给她的矿泉水瓶,小口小口地喝着,闻言歪着脑袋想了想,答道:"不记得了。好像在口袋里,你摸摸。"

裹在白色毛衣里的纤腰微微前探,等着他来摸。

白毛衣的前面有一个很深的口袋,口袋是左右互通的,里面鼓起一个小小的包,装的应该就是车钥匙。

陆淮予沉默了半晌,终于发出一声让人几乎听不到的轻叹。

小姑娘可真是一点儿记性都不长,喝醉了就瞎搞。

他把手慢慢伸进简卿的口袋里,隔着薄薄的一层布料,手背蹭上了简卿平坦的小腹,感觉十分温热、柔软。

小姑娘被他蹭得发痒,扭着腰"咯咯"地笑了起来。她用自己的小手按住陆淮予在毛衣口袋里摸索的大手,说道:"太痒了。"

陆淮予的手掌被牢牢压在她的小腹上,动弹不得。他突然觉得那里的温度烫得惊人。

陆淮予的神色渐沉,漆黑的眸子比今晚的夜色还要深沉。

"别闹了。"他的声音低哑而富有磁性。

他用另一只手扣住简卿捣乱的小手,摸出了车钥匙。

陆淮予折腾了半天,好不容易解锁了车,接着又把人安置在副驾驶座上坐好,为她系上安全带。

可是车子还没开出多远,简卿就又闹了起来,甚至胆子大到去拉方向盘。

"我要开车!说好的我来当司机。你的手不是还受着伤吗?"

要不是陆淮予反应快,及时抓住了简卿的手,那他受伤的可就不只是那只手了。

他感觉太阳穴一阵抽痛,耐心再好也扛不住眼前这个小祖宗这么折腾。

陆淮予松了松领带,解开了白色衬衫最上面的那颗扣子,喉结上下滚了滚,深深地呼出一口气。

旁边的人还在玩似的转着方向盘,同时还不满地嘟囔道:"车怎么不走了?"

"你能不能不乱动?"陆淮予耐着性子给了她最后一次机会。

小姑娘却故意捣乱似的,一边转着方向盘,一边"咯咯"地笑道:"不能。"

她挑衅一般挑眉勾唇,样子又天真又妩媚,似美酒般令人沉醉。

137

陆淮予看着她那撩人而不自知的样子，由内至外地生出一股燥热感。

他知道和醉鬼讲不了道理，而且一会儿车子上了高速更不敢让她伸手捣乱，于是一把扯下领带，三两下就绑住了她的双手。

纤细的手腕被深色的领带缠绕，小姑娘眨了眨眼睛，有些迷惑不解，于是反复挣扎着想要摆脱束缚。

白色毛衣十分宽松，因为她的动作毛衣领滑落下去，露出她单薄圆润的肩头和黑色蕾丝内衣的肩带。那黑色的肩带更衬得她肤白如雪，胸口亦露出大片雪白的肌肤，让人感觉刺眼。

男人幽深的目光扫过她凹陷的锁骨——美人骨下玲珑有致。

他很快移开了视线，然后将她的衣服拉好，遮住了"满园春色"。

简卿发现自己挣脱不开，委屈巴巴地抬起头，看着他说道："我不喜欢。"

"不喜欢也不行。"陆淮予没有留给她商量的余地，用冰冷的语调努力让自己显得不那么慌乱。

简卿皱着眉，睁着圆溜溜的大眼睛，想了想，然后找了个折中的办法："那我想要蝴蝶结。你绑的这个结不好看。"

陆淮予完全拿她没有办法了。

封闭的车内，空气中飘散着淡淡的酒气和女孩身上本来的甜橘香。

空调口"呼呼"地往车里灌着暖风，使车内温度逐渐升高，又热又燥。

陆淮予盯着坐在副驾驶座上的简卿。

简卿不盈一握的手腕交叠在一起，被领带绑着，领带的尾端还被打成了一个漂亮精致的蝴蝶结。

安全带从她的胸前斜斜穿过，在两团圆润部位之间压下，勾勒出裹在白毛衣里上下起伏、玲珑有致的山峦。

蝴蝶结有两根黑色带子垂落，像礼物盒上常见的那种绳结。

被扎上蝴蝶结的"礼物"眨了眨明亮水润的眼睛。乌黑的头发披散，衬得她的皮肤白皙如玉。接着，她又目不转睛地盯着蝴蝶结看了一会儿，似乎对这个蝴蝶结很满意，于是发出了"咯咯"的笑声。

陆淮予凝视着她，轻抿嘴角，漆黑如墨的眸子里情绪深沉，其中藏着不可言说的含义。

很快，他低垂睫毛，抬手拧了拧眉心，将车窗降下一半。

冷空气裹着丝丝凉意涌入，勉强压住了他胸口的那一股燥热感。

他脱下西装外套，把它盖在了简卿的腿上，同时也遮住了她被领带绑着的手腕。

好在上了高速以后，简卿闹够了，觉得有些累了，于是恹恹地靠在椅背上，没继续闹出什么大动静来。

他们经过渝市路段的高速路时，前面出了一起车祸，堵在一起的车辆形成了一条长龙，而且这条长龙还半天也不见移动。

不知为什么，陆淮予今天开车格外没耐心，等得不耐烦时，食指有一下没一下地敲着方向盘，敲击的频率也明显比平时更快。

简卿喝多了酒，容易口渴，不一会儿就扭过头对驾驶座上的男人说道："我要喝水。"

命令的口吻真是一点儿也不客气。

陆淮予已经习惯了她喝醉以后无法无天的样子，于是拿起置物架上的矿泉水瓶，拧开盖子，把瓶子凑到她的嘴边，瓶口的边沿抵在了她柔软的唇上。

简卿不满地一边后撤，一边说道："我要自己喝。"

反正现在路上还堵着，车也没走，所以陆淮予把绑着她的领带解开，让她自己喝水。他把水递给小姑娘时，还不忘提醒道："小心一点儿。"

"我又不是小孩子。"简卿回嘴。

陆淮予瞥了她一眼，没有讲话，心里想的却是：你现在还不如小孩子。

前面的车开始移动，于是陆淮予松开刹车，以起步的速度慢慢地跟了上去。

这时，方向盘上蓦地出现一只小手，陆淮予反应极快地一脚踩下了刹车。

简卿的另一只手还抱着矿泉水瓶。在惯性的作用下，水瓶一晃，洒出了大半瓶水。

她的脸上、衣服上、座位上都是水，脸上的水顺着她的下巴流进毛衣领口里，让她感觉一阵冰凉。

"你干吗突然刹车啊？"她的声音里带着愠怒，却又软软的，让人就算有气，朝着她也撒不出来。

明明是她自己试图捣乱，又没拿稳矿泉水瓶，现在她反而倒打一耙，责怪起陆淮予来。

陆淮予盯着一片狼藉的副驾驶座和衣服湿了的小姑娘，额上的青筋止不住地跳。

前面的交通事故已经处理完毕，道路重新恢复畅通，后面的车鸣笛催促起来。

　　高速路上不能随便停车，陆淮予没有办法，怕简卿再捣乱，也没给她收拾身上的水。

　　他用领带重新绑住简卿雪白的手腕，再用西装把手腕盖住，全程忽视小姑娘哼哼唧唧地不满和反抗的话。

　　然后他又把车内的暖风调到最大，以手扶额，忍不住自嘲道："别人要是看到现在的情景，一定会以为我在拐卖精神失常的少女。"

　　好在他们没用几分钟就到了渝市的服务区。

　　服务区有些冷清，除了几辆排队加油的货车以外，停车场基本没有人。

　　陆淮予把车停好，拉上手刹，解开绑住简卿手腕的领带，探身从车后座上翻出给眠眠用的棉柔巾，递给简卿，说道："你自己擦一下。"

　　简卿揉了揉有些红的手腕，瞪了他一眼，然后将一整包棉柔巾砸在了他的胸口上，气哼哼地说道："我不要。"

　　说完，她揪起毛衣，拧毛巾似的开始拧水。

　　白毛衣被她掀起来，露出了里面光洁雪白的小腹和细腰。

　　一滴一滴的水珠在小腹上滚动，留下湿润的痕迹。

　　停车场里光线很暗，令人看不太真切，这一切场景却在暧昧的阴影里显得更加惹火。

　　陆淮予的心中倏地一紧，喉结上下滚动。

　　他以极快的速度移开视线，打开车门，下了车又关上车门。这一系列动作一气呵成，接着，他匆匆留下一句："我去买东西。"

　　冷淡的语气中，他的声音似乎有些不稳。

　　原本他们从渝市出来时才下午五点，折腾到现在已经晚上八点多了，等到达南临的时候，估计要到凌晨了。

　　男人斜靠在吸烟区的墙上，干净修长的食指和中指夹住一根细长的香烟，烟头火星明灭。

　　银色细边的眼镜不知什么时候已被他摘下。他低垂着眼皮，敛住了眸子里的情绪。

　　男人举手投足之间处处透着贵气，此时又平添一股野性。

　　陆淮予平时很少吸烟，只有情绪极为烦躁的时候才会抽。

　　他的目光不自觉地落在停车场内，黑色的保时捷SUV正藏匿在沉沉的夜色中。

他轻扯了一下嘴角，笑自己次次都被她逼得落荒而逃。

烟抽了不到一半，就被他按进垃圾桶上的小石子里熄灭了，只余一缕青烟缭绕。

服务区的超市不大，里面光线昏暗，生意也冷冷清清的，没什么客人。柜台前坐着的收银小哥此刻正百无聊赖地玩着手机。

在农家乐买的矿泉水已经被简卿洒光了，于是陆淮予重新买了一瓶矿泉水，又买了一瓶鲜奶。

收银小哥的动作有点儿生疏，他对着收银机嘟嘟囔囔地扫了半天商品才扫上码。

"一共四十元。"

陆淮予付了钱，拎上袋子正准备走的时候，收银小哥盯着操作屏幕皱起眉，赶忙叫住他。

"啊，不好意思，这瓶牛奶的价格我录错了，多收了你三十元。账已经结了，钱不好退。要不你看看再买些东西，凑够三十元？"

"你随便添吧。"陆淮予把袋子放回收银台上，不甚在意地说道。

收银小哥通过衣着谈吐看出眼前的男人不是差钱的主儿，估计他也不计较这三十块钱，于是本着就近原则，从收银台旁边的货架上拣了个价格正好的小东西放进了袋子里。

陆淮予不自觉地把视线移到了远处的停车场上，也没注意收银小哥具体放了什么，然后道了声谢，接过袋子就走了。

停车场里现在没什么车，路灯坏了一半，光线昏暗。

陆淮予走进停车场，发现车窗一片漆黑，里面什么也看不见。

他解锁了车，重新坐回驾驶座上的时候，才发觉气氛有些不对。

简卿不知什么时候脱了鞋，赤着脚蹲在座椅上，后背抵着椅背，双臂抱住小腿，把脸埋进了膝盖间，乌黑的头发披散在肩头，雪白修长的后颈弯出好看的线条。

此时的她仿佛受伤的小兽一般，蜷缩成小小的一团，保持着一种防御的姿势，一动不动，一声不吭，和刚才闹腾挑事的样子判若两人。

听见陆淮予开关车门的声音，她哆嗦了一下，还是不肯抬头。

陆淮予皱起了眉。车内光线昏暗，他看不清小姑娘藏在臂弯里的脸上是什么表情，于是伸手打开顶灯。黄色的光一下子照亮了原本幽暗的空间。

简卿受到光线的刺激，把头埋得更深了，侧过身子往背对他的方向转去，好像十分抗拒他似的。

她浅色的牛仔裤上还有深一块浅一块的水渍。

座椅周围也都是水，水珠在真皮椅面上滚动着。

陆淮予离开的这段时间里，简卿一点儿也没收拾自己。

陆淮予无奈地捡起被丢到角落里的棉柔巾，拆开包装，抽出几张，又慢条斯理地把它们叠成方形，准备帮她擦水。

可是还没等他靠近，简卿突然发作，抬起一只脚就朝他踹了过来。

"你走开。"她的声音里还带着愠怒。

陆淮予反应极快地用大手直接扣住了她的脚踝。

她的脚很小，白皙可爱，陆淮予用一只手就能握住。此时她沾着水的脚抵在了他的胸口上。

车内空间狭小，简卿的腿又直又长，伸展不开。

她屈起膝盖，脚踝能感觉到男人滚烫的掌心和指腹上的薄茧。

"干什么呢？"陆淮予的嗓音低沉，他有些散漫地扣着小姑娘的脚踝不放，似乎一点儿也不着急。

车内被简卿制造出来的压抑气氛被他用轻描淡写的语气轻易化解了。

简卿因为脚被他抬起而重心不稳，只能双手向后撑在座椅上。

她皱着眉，怒视着陆淮予，说道："我讨厌你。"

原本威慑力十足的话被她用软软的声音说出来，反倒像是在撒娇。

陆淮予挑眉看着她，问道："为什么讨厌我？"

他的语气依旧漫不经心，显然对小姑娘的话没往心里去。

"你把我关在车里。"简卿愤愤地控诉道。

刚才陆淮予怕她喝醉了乱跑，所以走之前反锁了车门。

原来小姑娘是因为这事在生气。

陆淮予正打算开口解释，却听简卿接着说道："你和简宏哲一样，都喜欢关我。"

小姑娘瞪着眼睛看着他，眼角已经有些泛红。

闻言，陆淮予皱起眉，神色渐沉，问道："简宏哲是谁？"

"是个坏人。"简卿咬牙切齿地说道。

"他为什么要关你？"陆淮予用低沉的声音凉凉地问道。

"因为他要和陈妍偷情，不想让我看见，所以他就把我锁在房间里。可是我都听见了。"

刚才陆淮予锁车门的声音让她一瞬间仿佛回到了过去。

以前陈媛每天凌晨起床去菜场进货，常常是陈媛前脚刚出门，简宏哲后脚就反锁了小简卿的房间，然后摸进陈妍睡的客房里。

凌晨四点，钥匙在锁眼儿里转动发出"咔嗒"的声音，仅一下就能使小简卿惊醒过来。她只能躲进被子里，捂住耳朵。

因为她的房间和客房只隔了一道墙，而且她知道接下来隔壁会传来不堪入耳的声音。

小简卿躲在黑暗的房间里，一边掉眼泪一边想：等妈妈回来，我就要告诉她。

可是陈媛再也没有回来。

陆淮予沉着脸，继续问道："什么时候的事情？"

简卿想起了不开心的事情，所以答得很不耐烦："哎呀，你好烦哪。我不想告诉你了。"

她蹬着脚挣扎道："你放开我。"

陆淮予直直地盯着她，沉默了半响，缓缓松开了扣住她的脚踝的手。

简卿摆脱束缚以后，赶紧缩进角落里，离他远远的，眼神里充满戒备。

陆淮予感觉心脏仿佛被细针扎过一样疼，一瞬间有些呆滞，不知道该干什么。

过了一会儿，他才用棉柔巾继续帮她擦水，同时还像哄小孩一样轻声细语地对她说道："是我错了。我以后再也不会把你一个人丢在车里了，好吗？"

他把拎着的袋子递给简卿，继续说道："我没有想关你。你看，我去给你买水了。"

他的声音低沉悦耳，此时他正认认真真地跟小姑娘道歉，给她解释。

简卿半信半疑，略显迟疑地接过袋子，从里面翻出一瓶矿泉水和一瓶鲜奶。

然后她又翻出了一个可以握在手里的小东西。

等她看清那是什么的时候，她立刻皱起眉，像丢脏东西一样把它丢还给了陆淮予，接着说道："你连避孕套都买了，还说不是把我关在这里，方便你去偷情？！"

陆淮予接住那个小小的蓝色盒子，塑封的精致包装棱角分明，烫手至极。

第六章
作 茧

陆淮予不知道自己解释了多久，就差没把收银小哥拉来替自己证明清白了。

偏偏简卿就是不相信他。小姑娘凉凉的目光一直落在他的身上，对他一脸鄙夷。

陆淮予觉得好气又好笑，最后只能无奈地轻叹了一声，目光灼灼地反问她："所以你觉得我能和谁去偷情？"

简卿低着头，玩着自己的手指头。她听了陆淮予的问题以后，转了转圆溜溜的眼珠子，认真地想了半天，也没想出结果来。

"好吧，我相信你了。"她撇了撇嘴，"你眼光那么高，谁也看不上。"

陆淮予盯着小姑娘一脸迷茫的样子，突然觉得自己的眼光可能也不是那么高。

"所以我们是和好了，对吗？你还讨厌我吗？"他慢条斯理地问道，似乎很讲道理。

陆淮予好像在教育生气的孩子一样，引导着小姑娘无所顾忌地表达自己的情绪，然后通过沟通，处理掉她不好的情绪，重新建立两个人之间的友好关系。

简卿闷闷地摇了摇头，很直接地说道："但我现在还是有点儿生气，要睡一觉再原谅你。"

她恹恹地打了个哈欠，耷拉着眼皮，眼眸中透出倦怠与迷离。

真是个记仇的小姑娘。陆淮予勾起嘴角说道:"好,那你睡吧。"

他伸手把盖在简卿身上的西装外套向上拉了拉。而此时的他没有意识到自己眼里满满的宠溺之色,眼神柔软,对简卿比对眠眠还有耐心。

陆淮予哄了半天,总算把人哄好了,悄悄松了一口气,趁简卿不注意,赶紧把烫手的小盒子丢进了副驾驶座前的抽屉里。

惹事的小东西被卡在抽屉暗无天日的角落里,只能静静等着落灰了。

因为喝了酒,简卿真的说睡就睡了过去。陆淮予的旁边很快传来了她浅浅的呼吸声,她的身体也随着呼吸有节奏地起伏着。

陆淮予倾身越过简卿,帮她把座椅放至最低。

顶灯灯光打在他的身上,投下的阴影将小姑娘整个人都罩住了,空气中飘散着淡淡的甜橘香。

简卿发出一声哼唧声,躺在座椅里,像婴儿一样蜷缩成一小团,样子乖乖巧巧的。

酒气上脸让她的两颊染上一层红晕,红晕一直蔓延到后颈和耳后。

封闭的车内安静得不像话,空气仿佛都凝滞了。

这时,手机振动的声音突兀地响起。

陆淮予皱起眉,瞥了一眼旁边睡着的小姑娘。确认小姑娘依旧睡得香甜又安稳,他才接起了电话。

这是李校长打来的问候电话。

他按照陆淮予离开渝市的时间,估算出陆淮予这会儿早该到家了。

"陆教授,你已经到南临了吧?今天辛苦你了啊。"李校长热情地跟陆淮予套着近乎。

陆淮予为了避免不必要的解释,只是淡淡地"嗯"了一声。

李校长迟疑了片刻,又说道:"之前我提的事情,陆教授要不要再考虑一下?老师和学生们对今天的课反馈特别好,很想再听你的课。"

虽然白天在校长办公室的时候,陆淮予已经拒绝了定期讲课的邀请,但是李校长还想再尝试一下。

陆淮予抿了抿嘴角,说道:"我这边工作比较忙,可能没办法定期。我每个月大概只能上两次课。"

李校长愣了愣,一时没反应过来。他实在没想到陆淮予能答应自己,所以反应过来以后,喜不自胜地拍了拍大腿,说道:"哎呀,那真的太好了!陆教授,只要你来上课就行。"

陆淮予没怎么认真听他继续客套，把目光投向了远处的高速路。

道路两边的反光板连成一排，尽头是无边的漆黑夜色。

干净修长的食指在方向盘上轻敲着，过了半晌，他轻轻地开口说道："李校长，我这里有件事，想麻烦你帮我查一下。"

成年人之间的交往就是如此——利益或需求的交换。

陆淮予挂掉李校长的电话以后，目光下意识地瞥向了副驾驶座。

车内空调的温度被调得很高，不但使简卿身上湿掉的衣服很快就干透了，还让她感觉热了起来。

她皱着眉，睡得不太舒服，于是伸手扯掉了盖在身上的西装外套，翻了个身，转向朝着陆淮予的方向。

白毛衣的领口宽松，轻飘飘的发丝铺散开，像羽毛一样探进领口中，从精致的锁骨上拂过。

简卿抿了抿唇，发出一声奶猫似的呢喃。

她仿佛山林里勾人的妖精一般，谁也没她更妩媚惹火、乱人心神。

陆淮予握在方向盘上的手紧了紧，原本干燥的掌心渗出了细汗。

随后，他默不作声地开了三个小时的车，其间目不斜视，一眼也不敢再往旁边的人身上看。

清晨的第一缕阳光透过窗帘之间的缝隙流泻进来，刺破黑暗，落在房间里的大床上。

床上拱着一个小小的球，许久不动。一直到下午，这个球才有了动静。

简卿皱着眉，逐渐清醒过来。

她感觉头痛欲裂，太阳穴也在突突地跳。

她艰难地撑起身体坐在床上，揉了揉眼睛，整个人都处在一种迷茫的状态下。乌黑浓密的过耳短发乱糟糟的，还有一撮头发调皮地翘了起来。

简卿环顾四周，感觉大脑接收信息的速度慢得出奇。过了好半天，她才看出这里是陆淮予家的客房。

她的记忆还停留在昨天，陆淮予生气以后出去接电话了，然后她喝了老婆婆给的杨梅酒。

她显然喝断片儿了。

简卿不清楚自己喝酒以后会做什么，但有限的经验和教训让她从不敢轻易尝试。

她想也能想到，自己的酒品不会太好，于是有些懊恼地用力敲了敲脑袋，怪自己真是不长记性。

房间外面传来小朋友穿着拖鞋跑来跑去的声音。
"眠眠，你走路小声一些，不要吵到姐姐睡觉。"
男人低沉的声音隐隐约约地传来，他讲话的节奏不疾不徐的。
他说完以后，外面果然就没了响动，恢复安静。
简卿低下头，发现自己身上还穿着昨天的衣服，现在衣服已经皱皱巴巴的了。
她摸过床头柜上的手机，看了一眼时间——已经下午三点了。她这一觉睡得真够久的。
她抓了抓散乱的头发，颇为懊恼，也不知道自己昨天晚上有没有给陆淮予添麻烦。
简卿抿了抿唇，觉得自己肯定是添麻烦了，不然她也不会今天在干净柔软的床上醒来。
她坐在床上，又一次陷入了呆滞的状态中，有些逃避走出这扇门。

客厅传来一道关门的声音，似乎有人出门了。
简卿犹豫了片刻，跳下床，摸了出去。
厨房里传来洗菜和切菜的声音，是秦阿姨在做饭。
客厅里只有眠眠一个人。她正乖乖地坐在白色的羊绒地毯上玩着积木。
她抬起头看见简卿出来，于是笑眯眯地叫人："姐姐，你醒啦？"
简卿朝她笑了笑，下意识地脱口而出："眠眠，早上好。"
"现在已经是下午了。姐姐是小猪猪，睡了这么久。"眠眠瓮声瓮气地说道。
简卿被小朋友说得不好意思，扯了扯嘴角，转移话题："眠眠的爸爸呢？"
眠眠把积木堆得很高，此时正全神贯注地看着积木，于是问题回答得十分简略："接了个电话就出门了。"
简卿闻言，悄悄地松了一口气，料想应该是医院又出了什么事，需要陆淮予去处理，所以陆淮予一时半会儿应该回不来。
如果说简卿喝醉以后是主动型人格，那么她酒醒以后显然立马会恢复回避型人格。

简卿一点儿也不想知道自己昨晚干了什么事，总觉得有些尴尬，于是决定趁现在赶紧离开，回头再用微信向陆淮予道谢。

反正陆淮予工作忙，她跟陆淮予也不经常碰面，过一段时间，这事情就算翻篇儿了。

今天是冬至，裴浩被他老爹踹出来给陆大医生送螃蟹。

十二月的阳澄湖大闸蟹又肥又美。

他站在小区楼下的宣传板旁瑟瑟发抖，北风呼啸，照在身上的暖阳也驱不走身上的寒意。

裴浩表情哀怨地琢磨着，也不知道陆淮予是怎么了，自己说给他送到家里去，他偏要自己下来拿。

男人不紧不慢地从楼里走出来，身形挺拔修长，明明一身很随意的居家打扮，在他身上也变得很好看，仿佛他天生就是一副"衣架子"。

陆淮予漫不经心地微抬眼皮，算是和裴浩打了个招呼。

裴浩把包装精致的螃蟹礼盒递给他，说道："我爸非要我来给你送。你说你们家也就一个半人，哪里吃得完这么多螃蟹？"

一个半——陆淮予是一个，眠眠小朋友算半个。

陆淮予拎着螃蟹礼盒，感觉挺沉的，估摸着里面得有七八只螃蟹。他轻勾起嘴角说道："吃得完。"现在他的家里还多了一个小朋友。

"替我问候伯父，让他下个月记得来医院复查。"

"记着呢。我妈每天都要念叨一遍。"裴浩搓了搓被冻僵的手。

陆淮予点了点头，说道："那我走了。你路上小心。"

说完，他就转身往回走去，好像真的只是下来接个货，连一句客套话都不多说。

"哎，你不请我上去坐坐吗？这天可够冷的。我跨越大半个南临市来给你送螃蟹，你连口热茶都不给喝？"裴浩跟上他，不满地碎碎念着。

"不给。"陆淮予拒绝得很直接。

"那我不喝茶。我要去看一眼我的干女儿。"裴浩突然就跟他杠上了，非要上他家待一会儿不可。

陆淮予皱着眉顿住脚步，想着简卿这会儿应该还没醒，又拗不过裴浩，于是说道："看完就赶紧走。"

两个人等电梯的时候，裴浩摇头晃脑地四处张望，然后用肩膀撞了陆淮予一下，说道："之前那个漂亮妹妹也住这个小区，也不知道我们能不能碰上。你上次送她回家，知道人家住哪一栋楼了吗？"

裴浩转了转眼珠子，有了主意："我觉得我可以制造一场浪漫的偶遇。"

陆淮予抬眼，凉凉的目光落在裴浩的身上，淡淡地开口道："不知道。"

他的声音冰冷淡漠，人也面无表情，好像对漂亮妹妹提不起一点儿兴趣似的。

裴浩被他的态度打击了热情，轻"啧"了一声，说道："陆医生，你可真没劲。"

"叮——"

电梯在顶楼停下，电梯门缓缓打开，对面就是陆淮予家宽大的黑漆防盗门。

裴浩迈出电梯，继续说道："我认识你这么久，就没见过你身边多一个女人。老实说，你不会是有什么问题吧？——"

他的话音还没落下，防盗门就"咔嗒"一声从里面开了。

一个小姑娘做贼似的从门里悄悄溜了出来，然后低着头，轻轻地关上了门。

她背对着两个人，让人看不清脸，乌黑的头发有些散乱，身上的衣服也皱皱巴巴的。

没等裴浩反应过来，旁边一手插着兜一直没说话的陆淮予倒是先开了口："你上哪儿去？睡醒了就知道跑？"语调漫不经心，懒懒散散。

裴浩大吃一惊。

他听到了什么？睡了？！

简卿的背部一僵。她没想到陆淮予这么快就回来了，自己偷溜还被抓了个现行。

她有些尴尬地转过身，才发现陆淮予旁边还站着一个人。

裴浩张着嘴，惊得下巴差点儿掉到地上。

他目瞪口呆地盯着眼前这个女人的脸。

这不就是他刚才还心心念念的漂亮妹妹吗？！

走廊里的空气仿佛一瞬间有些凝滞。

简卿尴尬地扯了扯嘴角，故作淡定地说道："家里没有醋了，我去买。"

出门前，她正好听见秦阿姨在厨房里嘟囔着说没醋了，此刻灵机一动，找了个借口。

裴浩听完彻底迷茫了。妹妹刚刚说什么？

家里？！

谁家？！

她还买什么醋？他现在整个人就是一瓶醋。

陆淮予挑了挑眉，才不信她的鬼话。

他打开门，从玄关处的衣架上拿了件外套，说道："那我和你一起去。"

简卿本来想说其实也不必，但又因为心虚，不敢拒绝，毕竟自己刚刚偷溜被抓了个现行。

裴浩在迷茫的状态中回过神儿来，马上接了一句："我也要去！"

陆淮予扫了他一眼，说道："你不是来看你的干女儿的吗？"

眠眠在客厅里听见玄关处的动静，放下手里的积木，穿着小拖鞋跑了过来。她一眼就看见了裴浩，于是开心地喊道："裴叔叔！"

小女孩仰起头，扯着裴浩的衣服，说道："来和我玩积木呀。"

裴浩是极受小朋友欢迎的孩子王体质，所以一上来就被眠眠缠着陪玩。于是他只能含泪目送陆淮予和漂亮妹妹一起搭电梯离去的背影。

裴浩看着他们的背影——男人挺拔修长，女人娇小玲珑，女人还乖巧地跟在男人的后面，真是怎么看怎么让他觉得刺眼。

哼！

裴浩坐在陆淮予家客厅的地毯上，一边笑嘻嘻地逗小朋友玩，一边趁眠眠不注意，疯狂地给陆淮予发消息质问他，脑子里已经上演了一系列大戏。

他想着，肯定是那天陆淮予把自己放在酒吧街以后送妹妹回家的时候，背着自己勾搭了人家。

他掰着指头算，两个人应该才认识三天，就已经发展到现在这种地步了？

裴浩吸了吸鼻子，祥林嫂般唉声叹气，嘟嘟囔囔地自言自语道："我真傻，真的。我为什么不记得'防火防盗防兄弟'呢？"

眠眠听不懂他的话是什么意思，歪着脑袋问道："你在说什么呀？"

裴浩盯着小家伙懵懂的大眼睛，瞬间找到了突破口。

"眠眠，姐姐为什么会在你家里呀？"

"因为姐姐要陪我睡觉呀。"眠眠用软软的声音天真地答道。

裴浩一脸迷茫的表情。字面上的意思简简单单，他怎么一点儿都不明白呢？

两个人这是已经发展到了共同抚养孩子的阶段了吗？

漂亮妹妹到底是陪小朋友睡觉，还是陪陆淮予睡觉？

封闭的车里还残留着淡淡的酒气。

陆淮予和简卿都一言不发，车里一片静默。

简卿搞不懂，为什么一瓶醋非要两个人来买？

她更搞不懂，明明小区里就有一家杂货店可以买醋，他们为什么要开车去几公里外的大超市买？

置物架上，陆淮予的手机不停地振动。裴浩正在给他发消息，其中每一条都是撕心裂肺的质问。

陆淮予看也不看，丝毫不受打扰，自顾自地开着车。

空气中挥之不去的酒味时刻提醒着简卿昨天晚上的事情。

简卿轻咳一声，说道："昨天晚上，我不小心喝醉了。"

陆淮予开着车，漫不经心地打了转向灯，然后瞥了她一眼，脸上的表情淡淡的，让人看不出他的情绪。

简卿琢磨不出他的态度，于是只好试探性地问道："我应该没有做什么比较出格的事情吧？"

车速缓缓减慢，在红绿灯前停了下来。陆淮予抬起眼皮问道："你不记得了？"

简卿摇了摇头，揉了揉还有些隐隐作痛的脑袋，说道："我喝酒以后好像会断片儿。"

陆淮予抿着唇，盯着她看了一会儿。小姑娘的眼眸明亮，透着懵懂的样子，她好像真的什么都不记得了。

红绿灯跳转为绿色。陆淮予缓缓收回目光，轻扯了一下嘴角，轻描淡写地说道："你喝醉以后就睡着了。"

"哦，那就好——"简卿松了一口气，"谢谢你啊。我给你添了不少麻烦。"

"一句谢谢就完了？"他挑眉说道。

一句"谢谢"好像确实不够，陆淮予大老远地把她从渝市带回南临，应该很不容易。

于是简卿小心翼翼地问道："那你想要我怎么谢呢？"

车子驶进了超市的地下停车场，停车场的白色墙壁上贴满了商品宣传海报。

陆淮予用余光瞥见一张水饺的广告海报，于是说道："我想吃饺子。"

简卿愣了愣，没想到他提的要求还挺朴实，感觉占了便宜，所以很快应了声"好"。

周日下午，超市里人很多，每个人都推着装得满满当当的购物车。

简卿向来习惯有目的性地买东西，于是看也不看琳琅满目的商品，越过重重人群，直奔调料区。

陆淮予倒是多余推了辆购物车，漫不经心地跟着简卿。也不知道他推车干什么，明明他们只需要买一瓶醋。

陆淮予干净修长的手懒懒散散地搭在车把手上。这辆购物车显然和他周身清冷的气质极不相符。

简卿站在货架前，皱着眉，货架上各种品牌和产地的醋让她一时不知道该怎么选。

她回过头去问陆淮予："你们家一般用什么醋？"

男人皱着眉想了想，然后答道："不知道。"

家里平时一般都是秦阿姨做饭，陆淮予这种养尊处优的贵公子确实不会知道家里用的是什么醋。

简卿也没再纠结，直接挑了一瓶镇江香醋。

她瞥了一眼陆淮予推了一路的购物车，虽然觉得没必要，但还是默默地把他们要买的唯一一瓶醋放了进去。

不过，有了参照物，更显得推车里空荡荡的了。

两个人去收银台结账的路上经过了冷冻区。

因为今天是冬至，冷冻区格外热闹。大家都一袋一袋地往购物车里放着速冻饺子。

简卿想起刚才陆淮予说要吃饺子，于是也顺手拿了一包，要往购物车里放。

只不过还没等她放进去，那袋饺子就被男人截了下来。陆淮予把饺子放回冷冻柜里，然后说道："我不吃速冻饺子。"

他还挺挑。不过简卿想了想，觉得他说得也对，他要谢礼，哪有那么好打发？

简卿非常自觉地说道："那我回去给你包饺子。"

她歪着脑袋，似乎想起了什么，接着说道："啊，那我们是不是得买些包饺子的肉和菜？"

秦阿姨买菜一般只会买一天的量，冰箱里基本上不会有多余的食材。

"买一些吧。"陆淮予推着车，掉转方向，走向了蔬果区。

简卿跟上他，问道："那你想吃什么馅儿的？眠眠有喜欢吃的饺子馅儿吗？"

"都可以，我和眠眠不挑食。"

刚刚他们经过冷冻区时，听到了广播里播放的售卖广告，简卿这才知道原来今天是冬至。难怪陆淮予想吃饺子。

既然今天过节，那他们总不能只吃饺子凑合，她还是得再做几个菜，就当是附赠的谢礼。

买菜的时候，简卿开始还象征性地问了几句，结果陆淮予每次都回答"都行""可以""吃"，看起来对食物真的一点儿都不挑剔。

到后来简卿索性不问了，直接按照自己的喜好和习惯来买。

陆淮予一年到头来不了两次超市，对买菜挑肉更是一点儿也不懂，于是只是闲庭信步地跟着简卿。

简卿走到哪里，陆淮予就推着车跟到哪里，寸步不离。

很快，原本空荡荡的手推车里就装了不少东西。

裴浩看了一眼客厅的挂钟，心里忍不住哼了一声：什么玩意儿？两个人买瓶醋要买两个小时还不回来？

这两个人也不知道干什么去了。

裴浩一想到简卿那么单纯可爱的妹妹被陆淮予这个老浑蛋给骗走了，就气不打一处来。

他想象了无数画面——他们在这两个小时里，孤男寡女会干些什么？他越想越不淡定。

"裴叔叔，你又把积木弄倒啦。"眠眠皱起小脸儿，有些不满。

裴浩的脸上挤出一丝笑容，眼角流下一滴委屈的泪。

在陆淮予逍遥快活的这两个小时里，他裴浩却在帮别人带女儿。

门外传来了开锁的声音。裴浩"哧溜"一下起身，凑到玄关处问道："你们怎么去了那么久？"

陆淮予打开门，皱了皱眉，问道："你怎么还没走？"

他脸上的表情极其冷漠。

裴浩没好气地翻了个白眼，不答反问道："你也太不厚道了。你什么时候勾搭上我妹妹的?"

简卿正踮起脚,艰难地想把围巾挂在衣架的高处,因为比较矮的挂钩上现在挂了裴浩的大衣。

听到裴浩的问题,她动作一顿,心想:什么叫"勾搭上"?

陆淮予自然地从她的手里接过围巾,轻轻松松地把围巾挂好,然后说道:"外套也给我。"

"哦。"简卿脱下外套,递给他,"谢谢。"

两个人之间的互动明明看起来很平淡,可其中就是透着一股难以言说的默契感,显得他们十分熟稔和亲密。

而且两个人都完全忽视了还站在旁边的裴浩。

裴浩心想:我确实应该在门外,而不应该在门里。

简卿忽视裴浩是因为她和裴浩根本不算熟。而且她本身就是一个对陌生人比较抵触又不太愿意主动敞开心扉的人。

所以虽然她刚才就认出了裴浩,但也没有主动打招呼。

反正她和裴浩的交集之前也仅限于在《风华录》美术原画设计大赛上。他们以后不会再有关系,也就更没什么交往的必要了。

至于他说的什么勾搭不勾搭的,那也是陆淮予需要去解释的问题。

毕竟她只不过是受雇到这个家里做家教和照顾小朋友的。这件事想来只需要两三句话就可以解释清楚。

简卿换好拖鞋,礼貌性地朝裴浩点了点头,然后就自顾自地拎着一大袋子食材去厨房备菜了。

殊不知,她冷漠又疏离的态度狠狠伤透了裴浩的一颗少男心。

陆淮予看起来倒是对她的表现挺满意的,也没打算重新介绍他们认识。

陆淮予盯着小姑娘的背影,直到她进了厨房,才漫不经心地将视线收回。

他将目光重新落在裴浩愤愤的脸上,勾起嘴角,轻描淡写地说道:"反正比你早。"

"以后别再妹妹来妹妹去的。"他继续说道,"这不合适。"

陆淮予从衣架上把裴浩的大衣拿下来,挂上简卿的外套,接着对裴浩下了逐客令:"行了,干女儿你也看了,没事赶紧走吧。"说着,他把裴浩推到了门外。

"哐当"一声,门被无情地关上了。

站在门外抱着大衣的裴浩一脸迷茫的表情。

比他早是什么意思？

不合适又是什么意思？难不成这是要他改口叫"嫂子"？

裴浩左思右想也没想通，好不容易回到家，结果吃饭也吃不下，心如刀绞。

他不甘心地掏出手机，又要给陆淮予发信息，这时微信恰巧弹出一条工作信息。

市场运营部的同事转发了一条微博链接给他，链接的内容是之前原画设计大赛的获奖者作品欣赏。

原画设计大赛在微博上的反响很好，所以同事特意发来链接，让制作人看看数据和玩家反馈。

裴浩点进微博链接，看到简卿的作品图片赫然排在第一位。

作品画的是一个身形挺拔修长、身穿白大褂的男人站在阴影里。男人黑色的碎发垂落至额前，被蓝色医用口罩遮住了大半张脸，只露出一截高挺的鼻梁和精致的眉骨。

那一双眸子尤其出彩——漆黑如墨，让人移不开视线，仿佛里面藏着宇宙的星光。

评论区全是嗷嗷叫的迷妹。

@绿水拨清波："从此以后我看的医生文男主都有了脸！"

@劝人学医天打雷劈："要是我身边的同事长成原画这样，我也不至于单身三十年了（微笑表情）。"

@豹房里的小乌龟："我好喜欢这个画师呀！脸部和身形都刻画得很好，光感处理也很棒！"

@再玩亿把就下线："希望能在《风华录》游戏里看到同模NPC（非玩家角色），求求了。"

裴浩皱眉看着评论，没想到评论区大家的反馈都这么夸张。难道就他一个人觉得审美疲劳吗？

突然，他的脑子里一道白光闪过，顿时开了窍。

他仿佛受到了巨大的冲击，把那张图反反复复地放大又缩小，越看越觉得心凉。

简卿画的角色原型怎么看都像陆淮予呀！

他当时怎么就没看出来呢？！

裴浩气得手抖。他总算是明白了，陆淮予比赛那天来接自己下班，根本就是醉翁之意不在酒！他就是别有用心！

于是裴浩转手就把微博链接分享给了陆淮予。

裴浩："这就是你说的'比我早'？"

裴浩："那天在车上，你们俩在我面前装互相不认识呢？"

秦阿姨冬至要回家过节，所以等他们买完菜回来很快就走了。

厨房里只剩下简卿一个人在忙活。厨房里面传来隐隐约约的流水声。

半开放式厨房的门虚掩着，露出一隅，简卿低着头，靠在料理台边认真地洗着菜。

别在耳后的一缕碎发不听话地垂落下来，轻轻晃荡，她的颈部线条柔美，弯成好看的弧线。

阳光透过干净透明的玻璃窗照射进来，洒在她的脸上，映得她的皮肤白到几乎透明。

她的腰间系着一条粉色的围裙，围裙的系带在她的腰后绑成一个漂亮的蝴蝶结，勾勒得她纤细的腰不盈一握。

眠眠一个人坐在客厅里待不住，于是跑到厨房，一把抱住简卿的腿。小小的一个人儿挂在简卿的身上，像个树袋熊似的，偶尔还会发出"咯咯"的笑声。

陆淮予把裴浩打发走以后，拎起放在玄关处的螃蟹礼盒径直去了厨房。

他斜斜地靠在门框上，将目光落在一大一小两个人身上，心里觉得这幅画面实在很美，颇有岁月静好的意味。

随后他又将视线移至简卿腰上的蝴蝶结处停留了片刻，漆黑的眸中目光黯沉。很快他又垂下眼，隐去了其中让人看不清的情绪。

"裴浩送了螃蟹来，我们晚上蒸了吃吧。"他把礼盒搁到料理台上，说道，"需要我做些什么吗？"

简卿抬起头来，却被眼前的碎发挡住了视线。于是她在围裙上擦了擦手，将头发又别回耳后，然后才问道："家里有绞肉机吗？"

秦阿姨把厨房收拾得很干净整洁，一眼望去，料理台空荡荡的。所有瓶瓶罐罐和料理用具都被归置进了柜子里，等要用的时候再拿出来。不过对不熟悉这个厨房的人来说，这样找起东西来就很麻烦。

陆淮予慢条斯理地用剪刀拆着礼品盒。对简卿的问题，他想了一会儿，才答道:"应该有,以前看秦阿姨用过。"

"那你知道放哪里了吗?"

虽然陆淮予在这栋房子里已经住了那么多年,但他踏足厨房区域的次数确实屈指可数。认真算下来,他进厨房的次数可能还没有简卿进的次数多。

"不知道。"他老老实实地答道,说完就放下手里的剪刀,在一排排柜子里找了起来。

眠眠眨了眨眼睛,说道:"可是我想吃手剁的馅儿。铰肉机铰出来的不好吃。"

小家伙年纪不大,嘴还挺挑剔。

简卿向来顺着小朋友,于是笑了笑,说道:"那就用手剁吧。"

她把洗好的肉搁在案板上,耐心地将其切成小块,准备切好之后再剁碎。

陆淮予皱了皱眉,看着那一大块猪前腿肉,也不知道得剁到什么时候去。

"眠眠,今天的字帖还没练吧?"他轻飘飘地问道,语气淡淡的,却让人感到一股明显的威压的气势。

眠眠的小脸一僵,她噘起小嘴撒着娇:"我今天想休息。"

"不行。"陆淮予面无表情地拒绝道。

他揪着小家伙的衣领,把人拎起来丢到书房里,说道:"写完才能吃饭。"

简卿切肉的动作顿了顿,她一声也不敢吭。真是严厉的父亲哪!

她在厨房里隐隐约约还能听见书房里小家伙瓮声瓮气的反抗声。也不知道男人低低地说了句什么话,小家伙很快就被驯服了,乖乖地趴在桌子上练起字来。

没过一会儿,陆淮予关上书房的门,留眠眠一个人在里面练字。他回到厨房,把刚才找到的铰肉机拿出来,插上了电源。

简卿愣了愣,问道:"不是用手剁吗?"

"我想吃铰肉机铰的。"他顿了顿说道,"这不是给我的谢礼吗?"

他好像有一丝丝不满,语气淡淡的,似乎想说,这明明是给他的谢礼,怎么能按照其他人的喜好来?就算是小朋友也不行。

简卿有些犹豫地问道:"那眠眠吃吗?"

"眠眠吃不出来，你告诉她这是手剁的就行。"他不甚在意地说道。

简卿沉默不语，总觉得哪里不对。谁之前给她看牙的时候说，不能骗小孩子来着？

总之，最后她还是用铰肉机铰出了肉馅儿，这样倒也免去了剁肉的麻烦。

陆淮予站在料理台边，帮不上什么忙，又不肯走，于是只能无所事事地低着头逗弄着水池里乱爬的大螃蟹。

他唯一的作用可能就是帮简卿找料理用具了。

刚刚在找铰肉机的时候，陆淮予就顺带着把厨房里大大小小的锅碗瓢盆、油盐酱醋的位置记了个遍。他过目不忘，找起东西来又快又准。

调好的馅料被放在一边静置，揉好的面团也被保鲜膜封起来醒着。

趁着这会儿有空，简卿打开了冰箱，双手抱臂，食指在唇瓣上轻点，似乎在思考怎么把眼前的食材搭配成菜肴。

没让眠眠吃上手剁馅儿的饺子，简卿有一丝愧疚，于是准备给眠眠做一道可乐鸡翅作为补偿。

"可乐"两个字在脑海中闪过时，简卿突然想起一件事——陆淮予是不准眠眠喝可乐的。

简卿抱着一罐冰可乐朝陆淮予望去，同时小心翼翼地问道："我想给眠眠做可乐鸡翅，可以不可以呀？这个会伤牙齿吗？"

陆淮予微微抬眼，盯着站在冰箱旁边的小姑娘。小姑娘眨了眨干净的眸子，仿佛征求大人的意见的小朋友，又乖又软。

在高温的作用下，可乐里的碳酸被加热分解，使其酸性变弱，剩下的大部分是糖分，对牙齿的影响很小。

然而过了半晌，陆淮予才抿了抿唇，答道："不可以。"

"眠眠不爱吃鸡翅。"他补充道。

此刻书房里正一笔一画地认真练字的眠眠如果听到了爸爸的回答，一定会感到迷惑：眠眠什么时候不爱吃鸡翅啦？

"那好吧。"简卿点了点头，觉得陆淮予果然很有原则，连可乐鸡翅也不让眠眠吃。

于是她把可乐放回了冰箱里，拣了几个做法简单的食材出来。

简卿低着头，一边切菜，一边使唤陆淮予："你能帮我找一下擀面杖吗？"

这时，门铃声突然响起。门外的人按铃按得颇为急促，也不知道是谁。

陆淮予不紧不慢地从上方的柜子里拿出擀面杖，递给简卿，然后才慢慢地拖着步子去客厅开门。

映入他眼帘的是一袭精致红色裙装的女人，来人长发披肩，气质极佳。

"你来干什么？"陆淮予看清来人后，皱起眉问道。

岑虞虽然对他一点儿也不惊喜，甚至有些嫌弃的态度感到不满，但还是答道："我来和你们一起过节呀。我订了一家高级餐厅，在云水间。他们家的意式饺子很好吃，我们晚上一起去。"

她自顾自地脱下高跟鞋走了进来，接着问道："眠眠呢？"

不等陆淮予回答，她又说道："你换身衣服，然后我们就走吧，路上可能会堵车。"

陆淮予用余光扫了一眼厨房，然后对岑虞比了个手势，让她跟自己去阳台。

"之前我和你说的事，你想好了吗？"

"我打算把手头接的这部电影拍完就退圈了。"岑虞垂下眼睫，用拇指抠着食指的指甲，"所以能不能麻烦你再帮我照顾眠眠一段时间？不用很久的。"

"你确定？"陆淮予皱起眉，"这几年你和家里闹得那么僵，不就是为了演戏吗？"

"你可以找个人帮你分担的。"他并不赞成岑虞放弃事业。

岑虞沉默不语，过了很久才缓缓开口说道："沈镌白说，他要重新追我。"

陆淮予挑了挑眉，抱起手臂问道："那你怎么想？"

"我以前应该挺喜欢他的。"

"现在呢？"

"我不知道。"

岑虞是真的不知道，不知道经过几年消磨，她对沈镌白的感情还剩下多少。

陆淮予淡淡地说道："不知道就去试，逃避没有用。"

岑虞低着头说道："我知道，但我可能并没有那么了解沈镌白。"

失望之情积累得多了，就抵消了她全部的勇气。

厨房的门半掩着，简卿在厨房里也能清晰地听到客厅里女人说话的声音,同时也可以轻易地辨别她语气里的熟稔和亲昵。

简卿揉搓面团的手停了下来。她低垂着眼睫,目光怔怔地聚焦在一处,却好像什么也没看。

她不知道该作何反应,也不敢发出声音,心底悄无声息地生出了一股异样的感觉。

即使她知道自己和陆淮予只是简单的雇佣关系,就像他和秦阿姨之间的关系一样,但她还是忍不住放慢了呼吸。

她下意识地不想让岑虞发现自己的存在,仿佛怕岑虞误会自己和陆淮予有什么特殊的关系。

刚刚裴浩提到他们的时候用的那个词,现在正在她的耳边回响。

他用的是"勾搭"。

简卿不会在意裴浩的用词,更不会在意他误会不误会。因为裴浩不过是个毫无关系的人,简卿没有必要跟他解释。

但她不想让岑虞误会。岑虞是眠眠的妈妈,也是陆淮予过去的妻子,对这个家庭来说,岑虞绝对不是什么毫无关系的人。

可是,如果她简卿堂堂正正、光明正大,那么心虚什么呢?

为什么她的心里不断翻涌着不明缘由的心虚与愧疚?这也让她的耳根染上了一层薄薄的红晕。

她将雪白柔软的面团越抓越紧,反而把面团从指缝间挤了出去,最后抓了一场空。

她的眼前闪过陈妍的脸。那张脸妆容浓重,嘴唇猩红,在深渊里凝望着她,周围似乎充斥着丑恶的欲望,让人觉得压抑又可怕。

简卿的脑子里有一根弦倏地紧紧绷住,提醒着她——绝对不可以向着深渊再迈一步。

后来,外面的两个人说了什么,简卿一句也没有听进去。

直到重重的关门声再次响起,她的肩膀忍不住抖了一下。

她低着头,眼睫微颤,猜测他们应该是一起出门了。

周围的空气仿佛凝滞了一般。

只有料理台边的水池里那几只大螃蟹还在吐泡泡,试图挣脱绳结的束缚,翻越对它们来说高不可攀的围墙。

"面团是不是差不多醒好了?"

男人低沉的声音突然响起,携着丝丝凉意,打破了厨房的寂静。

简卿感觉自己好像沙漠里踽踽独行的旅人，脸上突然落下迎面飘来的片片雪花。

她回过神儿来，重新揉起手里的面，若无其事地说道："快了。"

她绝口不提刚才客厅里发生的事情，也没有问陆淮予为什么没有和岑虞出去吃饭。

陆淮予倒是先开了腔："眠眠和她妈妈出去吃了，我们晚饭可以少做一些。"

简卿低着头没有看他，只是语气平淡地应了一声。

陆淮予懒懒散散地靠在墙壁上，默不作声地打量着她，不肯放过她脸上任何一丝细微的表情变化。他的眼眸漆黑如墨，神色深沉，让人猜不出他在想些什么。

简卿感觉到他的目光落在自己的身上，心里顿时生出一股烦躁的情绪，于是抬起头回看他，同时说道："你不用在这里等着。我自己一个人弄就好。"

陆淮予抿了抿唇，敏锐地察觉了她情绪的变化。

他静静地垂下眼皮，淡淡地说道："那我去客厅等。你有需要就喊我。"

简卿收回目光，不再看他，继续用力地揉面，仿佛在发泄一般。

很快，客厅里传来了电视的声音，电视频道不断切换，最后停在了少儿频道。

少儿频道正在播放的依然是熟悉的红果果和绿泡泡的开场白。

陆淮予整个人都陷在沙发里，怀里抱着一个靠枕，好像看得很认真，又好像什么也没看。

厨房时不时传来开关柜门找东西的响动，柜门被一次次地打开又关上。

他垂下眼皮，仔细地分辨着厨房里小姑娘的一举一动，骨节分明的食指有一下没一下地在柔软的靠枕上轻点，散乱的节奏透露出他焦躁的心情。

最终，沙发上的男人发出一声轻叹——他等不起了。

陆淮予站起身拿上手机，走到阳台上，然后拨了一通电话。

他直截了当地开腔道："云水间餐厅有你想知道的答案。"

一顿饭从白天做到华灯初上，天色半黑。

简卿一次也没有叫过陆淮予。找不到调料和餐具，她情愿自己翻箱倒柜。

煮饺子的时候，她才想起水池里的螃蟹还没蒸，好在还有多余的燃气灶。

她赶忙找出蒸笼，将螃蟹一个一个抓进屉子。

不知道是绳结没绑牢，还是螃蟹自己努力挣脱了束缚，其中一只大螃蟹的蟹钳伸了出来，趁简卿没注意，狠狠地夹住了她的食指。

一股剧痛向她袭来。

蟹钳死死地夹住她的手指，扯也扯不下来。

简卿越来越着急，偏偏蟹钳越夹越紧，好像要把她的手指夹断才甘心似的。

鲜红的血流了下来。简卿一下子慌了神，脑子里绷着的弦瞬间断了，下意识地喊道："陆淮予——"

陆淮予刚打完电话从阳台上回来，就听见厨房里简卿在喊他的名字，声音软软的，含着哭腔，夹杂着一丝惊慌。

他神色一紧，大步流星地奔向厨房，几乎要跑起来了。

眠眠散落在羊绒地毯上的积木还没来得及收拾，被陆淮予直接踩碎了几块。

陆淮予一进厨房，就看见简卿痛苦得皱成一团的小脸儿，眼角红红的湿湿的。她的右手上还挂着一只摇摇晃晃的大螃蟹。

简卿望着他，又痛又气，急得直跺脚："它夹着我，甩不掉，怎么办哪？"

陆淮予看着她被螃蟹夹着的狼狈模样，觉得又好笑又心疼。

他扣住简卿乱甩的手腕，沉着冷静地说道："手别动，你越动它夹得越紧。"

人被螃蟹夹住的时候，只能等它自己松手，否则生掰硬拽，稍有不慎就会让蟹钳咬得更紧。

简卿听他这么说，瞬间一动也不敢动，连呼吸都变慢了。

男人握住她的手腕，冰冰凉凉的手掌像止痛的冰块一般，似乎让她的痛感也减轻了。

"很痛，是吗？忍一忍，别怕。"

他的声音低沉而富有磁性，他轻声细语地不断安抚着简卿。

就这样等了一会儿，螃蟹夹住手指的力度比刚才弱了一些，但始终没有松开钳子。

简卿吸了吸鼻子，湿漉漉的眼睛盯着那只作恶的螃蟹，小心翼翼地问道:"它怎么还没有松开呀?"

她的声音怯弱又绵软,委屈兮兮的。

陆淮予皱着眉,将视线落在蟹钳周围的血渍上。

平时见到鲜血淋漓和血肉模糊的伤处都面不改色的陆医生,此时却因为这几滴血,心头闪过一丝慌乱。

他将手掌搭上她雪白的后颈,一下一下像撸猫儿似的揉捏着,帮她放松,同时安慰道:"别着急,我知道你很痛。深呼吸,放松一点儿。"

他的嗓音低沉,语速不疾不徐,仿佛在唱一首安神曲。

简卿之前将全部注意力都放在了被夹住的食指上,现在后颈处紧绷的肌肉和筋络被陆淮予的指尖按压得很舒服,于是紧张的情绪不知不觉就得到了舒缓。

终于,大螃蟹感觉钳中的异物不再挣扎,缓缓松开了钳子。

简卿趁机抽出手指,总算摆脱了束缚。不过这时,她的手指已经被夹出了一圈血痕。

她眨了眨湿润的眸子,吐出一口气,动了动还在作痛的食指,好半天才缓过劲来。

紧张和害怕的情绪渐渐平息,简卿这才分出多余的意识,发现自己还保持着被陆淮予圈在怀里的姿势——右手腕处被他扣着,后颈处被他的手像哄奶猫似的轻柔地抚摸着。

陆淮予比她高很多,她的视线平视只能看到他的胸口。两个人不知不觉靠得很近,她甚至能感受到陆淮予的胸口有节奏地起伏着。

空气中弥漫着一股淡淡的薄荷香。

男人刚刚低沉的嗓音仿佛还萦绕在简卿的耳畔。

简卿下意识地想往后撤,扭过头不去看他。

陆淮予似乎感受到了她动作里的抗拒之意,于是很快松开手,主动和她拉开了距离,好像刚才的亲昵场景根本不存在似的。

他淡淡地说道:"我去拿药。"然后他就转身出了厨房。

简卿感觉后颈和手腕被陆淮予碰过的地方像被烫过一样炽热,还残留着清晰的触感。

煮饺子的锅沸腾了,水漫出来,发出"扑哧扑哧"的声音,打破了宁静的气氛。

简卿回过神儿来,伸手关了火,"咕嘟咕嘟"沸腾的水逐渐恢复了平静。

很快,陆淮予拿着碘酒、棉签和创可贴回来,对她说道:"手给我。"

简卿摇了摇头，拒绝了他的帮助："我想自己来。"

陆淮予正在拧碘酒瓶盖子的手顿了顿，他低垂着眼皮，没说什么，只是把东西递给了她。

接着，他说道："那你去客厅等吧，剩下的我来。"

简卿翘着右手食指，左手拿着蘸了碘酒的棉签，低低地应了声"好"，自始至终也没怎么看他。

陆淮予凝视着她离开的背影，垂下眸子，抿了抿嘴角，又弯腰捡起了掉到地上的螃蟹。

大螃蟹挥舞着蟹钳，滴溜溜地转着两只绿豆大的眼睛，一点儿也没意识到自己刚刚做了坏事。

他和螃蟹四目相对，过了半晌，轻轻吐出几个字："坏东西。"

他的嗓音低低的，凉凉的话语不知道是在说螃蟹，还是在说他自己。

简卿跪坐在地毯上，手肘撑着茶几，拿棉签蘸着碘酒，在伤口处反复按压。疼痛让她倒吸了一口凉气。

厨房里传来轻微的动静，她也不知道陆淮予能不能搞定。

简卿处理好伤口以后，靠着沙发，一点儿也不想去帮忙。

墙上挂钟的分针转了半圈，落地窗外流光溢彩的城市夜景开始浮现。

偌大的空间里只有电视嘈杂的声音，衬得周围的环境更加寂静无声。

简卿抱着靠枕，盯着缠上创可贴的食指，怔怔地愣着。

她深吸了一口气，吐出一声轻叹，整个人都缩进了柔软的沙发里，然后蹭着冰凉的真皮料子，给自己滚烫的脸颊和耳根降温。

突然，防盗门被人用力一砸，发出巨响，那架势仿佛要把门砸碎一般。

简卿吓了一跳，下意识地往厨房的方向看去。

陆淮予端着一盘饺子从厨房里走出来，不紧不慢地问道："你是想在餐厅吃，还是想边看电视边吃？"

他的语气风轻云淡得好像砸门的声音不存在一样。

"客厅。"简卿答道。

陆淮予把饺子轻轻搁在茶几上，又摆好筷子和醋碟，说道："你先吃。"

然后他才慢条斯理地去开门，似乎一点儿也不着急。

简卿闻着饺子的香味，感觉确实有些饿了，于是拿起筷子一边吃，一边好奇地往玄关处看去。

陆淮予打开门，门外出现的是一个身材挺拔的男人。他额上挂着细密的汗珠，还喘着粗气，似乎是拼命赶来的，不过那一身狼狈的样子丝毫没有影响他的俊朗。

他的眉眼英俊，下颌线条清晰如刀削，整个人都透着一股十分不高兴的情绪。

简卿不由自主地缩了缩脖子，咽下嘴里的饺子，突然觉得饺子不香了。

她皱了皱眉，想起了这一张脸。之前半夜来砸门的也是这个人，吓得她当时立刻给陆淮予打了电话。

陆淮予漫不经心地开腔道："见到了？"

沈镌白眼眶猩红地死死盯着他。

"孩子是我的。"沈镌白一字一顿地说道，用的是陈述句。

陆淮予挑了挑眉，不置可否。

沈镌白却从他的态度里得到了肯定的答案，于是紧紧握住了双拳。

他的胸口上下起伏着，不知道是激动、欣喜，还是悲愤。

他张了张嘴，嗫嚅道："她几岁了？叫什么？"

"三岁，叫陆眠。"陆淮予面无表情地答道。

简卿被他的话惊到，顿时瞪大了眼睛。

这是什么家庭伦理剧续集？这比少儿频道的节目刺激多了，好吗？

沈镌白扯了扯嘴角，问道："姓陆？"

陆淮予皱起眉，冷冰冰地反问道："不然呢？跟你姓？你不如去做梦。"

沈镌白低下头，表情挫败，没有再讲话。

两个人一阵沉默。陆淮予斜靠在玄关处的柜门上，双手抱臂，视线轻飘飘地移至客厅。

客厅里的小姑娘正盘腿坐在白色的地毯上，鼓着腮帮子小口小口地吃饺子。

她圆溜溜的大眼睛盯着电视屏幕，不过她又好像什么也没看，反而像是竖着耳朵全神贯注地听着他们这边的动静。

陆淮予将目光落回沈镌白的身上，看着他那副丧家之犬的模样，心里有些不耐烦。

"行了，你别在我这儿碍眼了。"陆淮予冷漠地说道，"你有这工夫还不如想想，你自己的烂摊子怎么收拾。"

然后"砰"的一声，门就被关上了。

房子里重归寂静。

简卿一声也不敢吭，好像被迫知道了什么了不得的秘密。

她也不敢转头去看陆淮予，只能盯着电视，自顾自地吃饺子，假装无事发生。

男人慢悠悠地从玄关走去了厨房，又从厨房走回了客厅。

"坐过去一点儿。"陆淮予端着一盘蒸好的螃蟹出来。

看见盘子里红通通的大螃蟹，简卿心有余悸。她右手的食指还在隐隐作痛。这螃蟹她是剥不动也吃不着了。

简卿挪了挪屁股，在茶几旁给陆淮予腾出一半的位置，又用余光瞥了他一眼。

他表情淡淡的，看起来有点儿落寞，黑色的碎发散落在额前。不过简卿似乎在上面隐隐约约看见了一道绿光。

陆淮予平静地垂下眼眸和她对视。

气氛有点儿尴尬。

简卿的眼神闪烁，怕被看出心里对他的同情，于是她急忙躲开他的视线，埋头吃饺子。

她吃东西时细嚼慢咽，没有发出一点儿声音，巴不得让陆淮予感觉自己不存在。

陆淮予在她的旁边坐下，一言不发。

他只是慢条斯理地剥着螃蟹，一点儿一点儿地挑出蟹肉，放进瓷碟里，用的是文蟹的吃法。

他极有耐心，一直剥，自己也不吃。

螃蟹肥美，蟹油顺着他白皙的手指蜿蜒流下。

简卿看得出，陆淮予正在努力表现出不在意的样子，于是心里忍不住泛起一丝同情。

她推了推面前的饺子，轻咳了一声，主动搭话："吃饺子，凉了就不好吃了。"

陆淮予看了她一眼，依旧没有动筷，继续剥着螃蟹。

他剥了一只又一只，很快，白瓷碟里就垒起了一座小山。

简卿看他仿佛在和自己较劲，皱了皱眉，犹豫片刻后，还是开口安慰道："你不要难过了。虽然眠眠不是你亲生的，但是你对眠眠好，小朋友是知道的。"

"孩子还是在一个健全的家庭里长大比较好。"她表情认真地宽慰着他，"而且我觉得吧，但凡岑虞有点儿眼光，也会选你，不会选刚才那个男人。"

她之前还误以为陆淮予对岑虞冷漠,现在才知道,这根本就是压抑又克制的爱。不然谁愿意替别人白养孩子啊?

陆淮予听到她的话,终于有了反应。他停下剥螃蟹的动作,问道:"为什么你觉得岑虞会选我,不选他?"

看看,他这是较上劲了吧。

简卿决定再接再厉,哄他开心一些,于是对他说道:"他太凶了,看起来很像会家暴的那种人,不太行。"

陆淮予被她的解释逗乐了,微扬嘴角,继续问道:"那我就行了?"

简卿嘴里含着还没咽下去的饺子,想也没想地老实说道:"和冷暴力相比,还是家暴更差劲一些。"

陆淮予蓦地脸色一僵,从牙齿缝里吐出三个字:"冷暴力?"

话一出口,简卿就意识到自己说错话了,于是赶紧补救,岔开话题:"虽然你们离婚了,但是今天岑虞想到的不也是和你一起过节吗?如果你再主动一点儿,不要那么冷漠,你们肯定可以重归于好的。"

闻言,陆淮予皱起眉,凉凉的目光看向她,问道:"谁告诉你我和她离婚了?"

简卿愣了愣,有些不好意思地交代道:"之前我帮眠眠找相册,不小心看到了你们的离婚协议书。"

陆淮予没有讲话,放下手里剥到一半的螃蟹,抽出一张纸巾,慢条斯理地擦干净手指,然后起身去客房拿了一份文件,递到简卿的面前:"你自己看。"

文件的封面上写着"离婚协议书"五个大字。

简卿疑惑地接过文件,不知道陆淮予让她看什么。

但当她翻开文件第一页的时候,她刚看了个开头就愣住了。

除了文件封面上印着"离婚协议书"五个字以外,文件的内容却和离婚协议书没有半点儿关系。

那白纸黑字写着的是——

《离婚协议书》第 1 集剧本

1-1

场景:客厅

时间:晚上

…………

简卿怔怔地眨了眨眼睛。

陆淮予无奈地叹道:"你看到的就是这个?"

"所以你们没离婚?"

"不光没离婚,也不可能结婚。"

简卿不解地抬起头,正对上陆淮予漆黑如墨的眸子。

男人直直地盯着她,眼中仿佛盛着星光。

他轻启薄唇,一字一顿地认真解释道:"我们家有两个孩子,一个随父姓,一个随母姓。我妈妈姓岑。

"岑虞是我的亲妹妹。"

简卿这时还没反应过来。

"我一没结婚,二没离异,三没孩子。"他继续说,"我更不会冷暴力。"

"而且——"陆淮予顿了顿,继续说道,"刚刚明明是你在对我冷暴力。"

他语调低缓,好像有一点点委屈。

水晶灯的灯光洒在站在茶几前的男人身上,投射出一片阴影,将简卿整个人都罩住了。

陆淮予垂下眼睛,目光灼灼地盯着她看。

柔和的黄色光线勾勒出他侧脸的线条。他微微蹙起好看的眉心,抿着唇,一副很受伤的样子。

他在控诉简卿对自己冷暴力。

简卿一时不知道该怎么回应。她刚才确实刻意想要避开他,但也不至于被架到使用冷暴力的高度吧?

她仰着头,眨了眨天真的眼睛,决定装傻充愣:"有吗?没有吧。"

"有。"陆淮予很笃定地说道。

"你不肯让我在厨房里待着。

"你找不到东西也不叫我。

"我想帮你上药,你也不让。"

他慢条斯理地挨个儿举例,声音不疾不徐地陈述着事实,语气里没有一点儿批评和埋怨之意,好像只是在描述清楚他观察的结果。

简卿没想到他会那么清晰明了地直接表达出来,让她无从辩解。她后背抵着的沙发像是一堵墙一样,让她无路可退。

陆淮予平时不是话多的人,然而一旦开了腔,又是很懂得怎么非暴力沟通的人。他不会在模糊的情绪里乱撞,遮遮掩掩,而是会一针见血地指出观察的结果,并引导观察对象表达出自己的感受。

简卿从来不是一个爱表达的人,喜欢把所有的感受和想法闷在自己的心里。

但她此时也不自觉地被陆淮予牵着鼻子走,不得不直面自己的行为背后的原因。

她沉默良久,索性破罐子破摔,低下头盯着碗里的饺子,缓缓开口道:"我是有点儿愧疚。"

陆淮予静静地凝视着她,仿佛要将她看穿一样。

过了半晌,他才淡淡地问道:"为什么愧疚?"

他的嗓音低沉而又平静。

陆淮予好像并不急着听到她的回答,重新在她的旁边坐了下来。因为手长脚长,他坐在茶几和沙发之间显得有些拘束,只能屈起一条腿,将另一条长腿向外伸直,姿势慵懒随意。即使席地而坐,他也十分优雅和从容。

他继续一点儿一点儿地剥着螃蟹,动作慢条斯理。

他像教导牙牙学语的孩子一样耐心,教小姑娘学会袒露自己感受的根源。

简卿的思绪原本像一团乱麻一样,陆淮予简简单单的几句话仿佛给她扯出了线头。

她拽着线头,一点儿一点儿地把思绪理顺,使原本模糊不清的原因也变得清晰了起来。

"我觉得我妨碍到你和岑虞了。"她闷闷地说道。

她有些不习惯直白地表达内心的感受,感觉说出来的话有些烫嘴。

如果不是因为她,他们一家三口会其乐融融地坐在高级餐厅里吃饭,而不是被拆开。

结果谁知道,这根本是她想多了。这场误会害她白白内疚了那么久。

简卿省略了其中弯弯绕绕的想法,抬起头,瞪了陆淮予一眼,说道:"我不想说了。反正你活该。"

她翘起受伤的手指头伸到他的面前,继续说道:"要不是你说要蒸螃蟹,我的手也不会被夹。我们扯平了。"

陆淮予将视线落在她受伤的食指上。她的食指白皙纤细,第一节骨节处缠着两圈创可贴。

小姑娘仿佛一只小河豚,气鼓鼓地朝他撒气,还颇有气势。

偏偏她不但声音软软的,嘴角还沾着吃饺子时留下的油渍,所以一点儿也凶不起来。

陆淮予轻轻勾起嘴角，说道："没有扯平。"

装着满满的蟹黄和蟹肉的白瓷碟被推至简卿的面前，他赔罪道："都是我不对。"

简卿也不客气，舀了一大勺子蟹肉塞进嘴里，轻哼一声，说道："就是你不对。"

陆淮予剥了许久的蟹肉被她三两口吃了个干净。

十二月的阳澄湖大闸蟹果然又肥又美又鲜，一点儿料都不用蘸就已经非常好吃了。

简卿满足了味蕾，也就不和他计较了。

她意犹未尽地咽下嘴里的最后一口蟹肉，仿佛想起了什么似的问道："所以眠眠为什么会喊你'爸爸'？"

话一出口，简卿立刻意识到自己好像问多了，这毕竟是别人的家事。于是她连忙补充道："不方便说的话，你可以当我没问。"

陆淮予收拾起桌上堆积如山的蟹壳，将其扫进垃圾桶，同时答道："眠眠小时候讲话口齿不清，发不出'舅舅'的音。后来我请了秦阿姨来家里帮忙照顾，秦阿姨误会了，又教她喊'爸爸'。"

"加上岑虞工作的原因，我也不方便和外人解释得太清楚。之后眠眠的叫法就纠正不过来了。"

简卿歪着脑袋听完他的解释，点了点头说道："原来是这样啊。"

她的心里其实有些好奇，为什么眠眠会由他这个舅舅带大。但她想了想，自己打听人家这些家长里短的事似乎不太合适，于是只能继续默默埋头吃起饺子来。

过了一会儿，简卿又扭过头去问他："好吃吗？饺子。"

经过刚才的一番折腾，她差点儿忘了今天这顿饺子是谢礼，还得陆淮予满意才行。

陆淮予的吃相一直很好，他吃饭时会时刻保持干净。就算不小心把饺子汤滴在桌上，他也会立刻用纸巾擦掉。

他慢条斯理地咀嚼着，没有立刻给出答案，仿佛在认真品尝。直到把饺子全部咽下，他才给出评价："很好吃。"

他的评价不是那种夸张的阿谀奉承，而是很真诚地表达饺子好吃。

"那就好。"简卿得到了肯定的回答，此时颇有做饭人的成就感。

他们两个人吃饭的时候都不爱说话。解开误会以后，两个人就安安静静地各自吃着饺子。

同样是安静,此时的氛围却比之前好太多了,变得轻松起来。

电视里,少儿频道正在播放冬至特别节目,小朋友们围在一起讨论着冬至的习俗。

外面不知谁家放起了烟花。

火树银花,五光十色,光影映在客厅偌大的落地玻璃窗上,美不胜收。

简卿一瞬间感觉有些恍惚。

她突然想起自己已经有很多年没有过过一个像样的节日了,不管是大的节日还是小的节日,好像都和她没有关系似的。

今天的这顿饺子倒是让她找回了一点儿过节的感觉。

吃过晚饭,陆淮予主动承担了收拾的工作。

简卿仗着手指头受伤了,瘫在沙发上一动不动,任由陆淮予在厨房和客厅里来回忙活。

陆淮予收拾妥当以后,从厨房走出来。他卷起衣服的袖口,露出修长的手臂,紧致结实的肌肉线条清晰可见,未干的水珠从手臂上滑过,显出几分性感。

简卿忍不住偷偷赞叹,眼前的男人不管是皮相还是骨相都生得极好,光是他那一条手臂就能引人遐想。

简卿藏在靠枕里的右手虚抓了一把空气。她感觉手上有些痒,那痒意沿着手腕一直钻到了内里去。

她好想把陆淮予的身体画下来。

不过,她很快摇了摇头。以陆淮予这样清冷矜持的性子,就算自己给再多的钱,他也不可能脱光了给自己当人体模特的。

想了不该想的事,简卿没来由地心虚了一下。于是她轻咳一声,站起身来说道:"时间不早了,那我先回学校了。"

陆淮予闻言,慢条斯理地将卷起的袖口放下,抚平了袖子的褶皱,然后才走到玄关,说道:"我送你回去。"

"不用,不用,我坐地铁就好。"简卿下意识地拒绝道。

"你怎么去地铁?"他问。

"骑车。"

陆淮予家的小区离地铁站有两三公里远,很不好打车,因为没人愿意接这种不远不近的单。

所以简卿一般都是骑共享单车到地铁站。要是走路过去，她得走至少半个小时。

陆淮予扫了一眼她受伤的手指，说道："你现在能骑车吗？我怕你摔着。"

简卿微微动了动食指。十指连心，受伤的手指仿佛被牵扯着一般疼了起来。她应该是不能骑车了。

她索性懒得和陆淮予客气。反正这也算是因公受伤。

于是，她对陆淮予说道："那就麻烦你把我送到地铁站吧。"

从小区东门出去，有一条很长很长的笔直的街道，街道两旁梧桐树成列。

寒风裹着落叶纷飞。路灯的灯光昏黄，配上梧桐、落叶，自成别样的景色。

简卿眼睁睁地看着窗外闪过的地铁站站牌被甩在身后，赶紧出声提醒道："地铁站开过了。"

陆淮予双手懒散地搭在方向盘上，说道："没过，我也要去南大一趟。"

简卿愣了愣。

"约了人见面。"他解释道。

闻言，她点了点头，心安理得地坐起了顺风车。

有车的确方便了许多。平时简卿都要折腾一个半小时坐公交车回来，这次开车只花了一半的时间就到了。

"你去哪个门？"

南大占地面积很广，一共有四个门——东南西北各一个。北门离学生宿舍近，而南门离学校行政楼近。

"北门。"简卿答道。

下车时，她乖乖道谢。

"不客气。"陆淮予不甚在意地说道。

他抬腕看了一眼手表，好像真的赶时间，很快和简卿告别，开车离开了。

简卿下车刚走了几步，就听见不远处有人喊她的名字。她循着声音看去，发现是林亿和周琳琳。

这两个人刚从北门附近的小吃街回来，现在一人手里拎着几个塑料袋。

周琳琳眼尖，看见简卿刚才是从一辆黑色保时捷上下来的。

驾驶座上的男人隐在阴影里，让人看不清脸，不过她倒是看见了男人腕上那块高端限量款手表。

也不知道是出于什么心理，她揶揄地笑了笑，说道："简卿，你可以啊，找了个有钱的男朋友。"

简卿微微蹙起眉心，有些不想搭理周琳琳。

"有病吧你。"林亿翻了个白眼，"那是简卿的家教小朋友的家长。"

之前林亿在消失酒吧蹦跶，摔掉了牙齿，那次就是搭陆淮予的车去的医院。事后她也问过简卿，所以自然知道陆淮予是谁。

周琳琳撇了撇嘴，说道："那你昨天也没回宿舍，干什么去了？"

简卿自从接了照顾眠眠晚上睡觉的工作以后，就和室友打了招呼，工作日不回宿舍。

只是昨天周六，她回了渝市，又因为喝醉酒，在陆淮予家睡了一晚。

"你管得着吗？你不也一周就回宿舍住几天，剩下的时间都和男朋友鬼混？"林亿半开玩笑半认真地反驳道。

被林亿这么一说，周琳琳的火"噌"的一下就上来了，每次都是这样。她和林亿两个人在一起的时候，都是有说有笑的。每次简卿一来，林亿立马就开始偏袒简卿。她调侃简卿几句，林亿也受不了，必定反驳。

宿舍里女孩子之间友谊的微妙平衡出现了倾斜，于是矛盾一触即发。

周琳琳没好气地说道："是啊，我是去和男朋友鬼混。但人家大晚上被雇主送回来就是挣钱，不是鬼混！"

话从她的嘴里说出来就变了味道。

气氛顿时僵住了。

一直一言不发的简卿忍不住嗤笑了一声，淡淡地说道："你一天到晚想什么呢，脑子里干净一些好吗？"

周琳琳的脑门子一热，她也知道自己说得过火了，好在这一页被简卿轻描淡写地揭了过去。

周琳琳立马顺着台阶往下走，说道："对不住，是我想歪了。"

"所以你周六去哪儿了？我们俩等你等到大半夜，你微信也不回。"周琳琳问。

简卿那时候喝得烂醉如泥，哪里还回得了微信。不过她怕这两个人真误会，于是只能老老实实地把昨天去渝市遇见陆淮予以及她喝醉的事情简单交代了一遍。

等她交代完,三个人已经回到了宿舍。

周琳琳打开宿舍的灯,问道:"然后他就把你带回家了?什么也没做?"

"没有吧。"简卿还是挺相信陆淮予的为人的。

"然后他说想吃顿饺子当谢礼,你们就折腾到这么晚?然后他再把你送回来?"周琳琳皱着眉捋了一遍故事。

"送我回来只是顺路,他说他来南大找人。"简卿也不知道自己为什么被周琳琳说得越来越心虚。

"拜托,他来南大找谁呀?"周琳琳翻了个白眼。

"找老师?今天冬至,老师们都放假回家了,哪个老师还在学校?找学生?"她冷哼了一声,继续说道,"要是找和你一样好骗的女大学生,那还挺多的。"

周琳琳坐在椅子上,架着腿,"啧"了一声,最后给出直接评价:"我觉得他肯定对你心怀不轨,姐姐劝你及时止损。"

林亿见过陆淮予,而且对他的印象很好。加上陆淮予对她还有恩,帮她保住了门牙,所以此时她就替人说起了好话:"哎,不至于吧?他可能就是比较随和的小朋友家长吧。"

"嗯,不至于。他都已婚有娃了。老男人倒还好意思勾搭小姑娘?我真服了。"

周琳琳吃了一口烤串,继续说道:"到时候你陷进去,破坏了别人的家庭,可别怪姐姐没提醒你。"

简卿张了张嘴,也不知道怎么和她们解释陆淮予家里复杂的关系。她想了想,还是就此作罢,毕竟那是别人家的隐私,自己说多了也不好。

这样就只能委屈陆淮予在周琳琳这里的风评了。

好在周琳琳已经打开了电脑,很快全神贯注地看起电视剧来。这一茬就这么被揭了过去。

夜深人静,简卿躺在宿舍的床上翻来覆去地睡不着,不知道是白天睡太多的缘故,还是因为晚上周琳琳说的那些话。

周琳琳和裴浩一样,都用了"勾搭"这个词。

简卿忍不住想到,也许她和陆淮予之间的关系的确有些近了。

她下意识地想要逃离和回避,像小乌龟怯懦地缩进龟壳。

内心的声音不停地对她说:你不需要任何人。不要投入感情,不然你只会失望。

南大行政楼里，六楼美院的办公室里还亮着一盏灯。

周瑞的爱人今晚在医院值班回不来，于是他索性也在学校待着。

"陆医生怎么有空大老远来看我啊？"周瑞一边调侃着，一边翻着学生交上来的课程作业。

陆淮予坐在办公室黑色的硬皮沙发上，慢悠悠地喝着茶，说道："这不是替嫂子慰问一下你吗？"

周瑞轻嗤一声，声音含着三分怨气，说道："你这么好心，不如替她值班啊！今天她找你换班，你都不肯。我还想回家吃我媳妇儿包的饺子呢。"

"要不我帮你叫份外卖？"

周瑞扫了一眼陆淮予，不屑地说道："像你这样的孤家寡人是不会懂的，世界上只有媳妇儿包的饺子最好吃。"

陆淮予轻轻勾起嘴角，没有说话。

周瑞漫不经心地翻着画，将目光落在某一幅作业上，看了许久，最后说道："唉，我这学生的作业真好。虽然这幅画一看就是没花多少时间画出来的，但这个学生画得就是漂亮。"

"你看看。"他炫耀道，"这就是我之前给你推荐的家教。我没骗你吧？这可是我最满意的学生。"

陆淮予挑了挑眉，将目光落在那幅画上。他不是很懂艺术，却也识得美丑，那幅画的确画得好。

孤帆与大海，宁静致远。

观者透过画似乎就能看出作画人安安静静的性子。

周瑞继续翻着作业。其他人的画，一幅比一幅让他糟心。他叹气道："可惜她之前不知道什么原因休学了一年。那会儿学校有一个特别好的交换机会，去俄罗斯，我本来想让她去的。"

陆淮予闻言，微不可察地蹙起眉心，说道："为什么休学了？"

"不清楚，好像是家里人生病了，她要回去照顾。"周瑞忍不住感慨道，"小姑娘挺不容易的。"

他的语气轻飘飘的，仿佛风一吹就散了，那句话只是旁观者微不足道的随口一句同情的话语。

陆淮予沉默不语，漆黑如墨的眸中神色渐沉。他盯着会客桌上的玻璃杯，青色的茶叶在水中上下翻腾，渐渐释放出颜色，使淡茶成了浓茶。

大三的课不多。早上，寝室里的女孩们醒来以后就各自在位置上画画。

临近期末，美院不考试，而是根据课程作品来给分。

简卿画得正投入时，桌上的手机振动了起来——是一个陌生的座机号码打来的。

她一瞬间有些犹豫，害怕是简宏哲打来的电话。

手机不停地振动。周琳琳抬起头看向她，提醒道："接电话啊。"

简卿这才接起电话。

"你好，请问是简卿吗？"

电话那头传来一道温柔动听的女声。

简卿悄悄地松了一口气。

"嗯，我是。"

"我是怀宇游戏的 HR 陈语书。我们之前见过，你还记得吗？"

简卿想起她就是之前穿水绿色汉服的小姐姐，于是答道："嗯，记得。有什么事情吗？"她有些迷茫，不知道怀宇游戏的人突然找她做什么。

"是这样的，我们人事这边已经通过了你的 offer（指录取通知书，全称是 offer letter）。经过 HR 和美术支持部负责人的评估，可以为你开出的实习工资是两万，就职的岗位是美术支持部角色原画美术师。我想确认一下，你这边接不接受？如果能接受的话，你能否尽快入职？"

简卿愣了愣，有些听不明白："什么实习？我没有找实习工作啊。"

陈语书以为她忘了，于是温柔地提醒道："之前你参加了《风华录》游戏原画设计大赛。比赛的前三名获奖者除了获得奖金之外，怀宇游戏公司还会提供实习机会。"

陈语书顿了顿，接着说道："当然，这是双向选择。如果你对工资不满意，我可以再去和美术支持部的负责人商议。"

简卿有些迷茫地说道："那个，我可不可以先考虑一下，一会儿再给你答复？"

"嗯，可以的。你考虑好了，直接通过这个电话和我联系就好。"

简卿挂断电话，怔怔地坐在那里，努力消化刚才的信息。

周琳琳转了转手里的笔，瞥了她一眼，问道："怎么了？"

"怀宇游戏的 HR 找我，说是要给我一个实习机会。"

"《风华录》项目吗？"周琳琳问。

"好像不是，是美术支持部的角色原画。"

"哇！"周琳琳的反应很大，"美术支持部？"

"是啊，怎么了？我还没想好去不去。"

"去啊！当然得去。"周琳琳激动地说道，"怀宇游戏的美术支持部可以说是国内游戏美术师的天花板，食物链的顶端。多少人想去都去不成。"

"这么厉害吗？"简卿被她花里胡哨的说辞惊到了。

林亿这时也转过头来凑热闹："HR给你开多少钱哪？"

"两万。"

周琳琳沉默了一会儿，说道："我刚想说，一般人进怀宇的美术支持部实习是不给钱的。"

"啊？为啥不给钱？"林亿问道。

"我听我男朋友说的。美术支持部的负责人觉得，招实习生进来，公司让他们学到的东西远远高于他们可以创造的价值，所以他们招实习生都不给钱，而且也几乎不转正。这些人最后都会被其他项目的美术部收走。

"就算是这些美术支持部不要的实习生，到了各个美术部也是像大神一样被供起来的。"

说完，周琳琳认真地打量起简卿来，语气酸酸地说道："我男朋友就在《风华录》美术部。他是正式员工，一个月工资也没到两万。"

简卿有些尴尬地笑了笑。

"这么好的事，你快给HR答复啊。万一人家反悔不给钱，你可就亏了。"林亿被周琳琳唬得一愣一愣的，赶紧催简卿答复。

简卿紧了紧握着手机的手，犹豫道："可是我现在还做着家教。"

"还做什么家教？家教不过是'六便士'，画画才是你的'白月光'，更何况'白月光'给的比'六便士'还多。"周琳琳翻了个白眼。

简卿抿了抿唇，解释道："我只是觉得做家教是先答应别人的，善始善终比较好。"

"怎么善始善终？做到人家的孩子考上大学？"周琳琳撇了撇嘴，"你自己决定吧。我不管了。"

简卿盯着桌上的手绘板和笔出神，食指指腹搭在手机壳的背面，仔细地摩挲着。

她没有什么远大的艺术目标，也没有想过要成为什么有名的大画家，就连自己办画展都没有想过。

也许她曾经想过，只是现在一切都不重要了。她做的事都不过是为了糊口而已。

周琳琳几乎把怀宇游戏的美术支持部捧上了神坛，简卿倒不是很在意，真正吸引她的还是那两万块钱。

简卿解锁手机屏，打开南临银行App，看到卡里的二十万。她把四万转账给林亿。

"林亿，之前找你借的钱，我转给你了，你看看。"

林亿愣了愣，问道："这么快。你不用了？"

"嗯，暂时不用了。"

林亿扭过头，见她脸上没什么异样，也没再多问。

简卿虽然把林亿的钱还了，但还欠着那个人不少钱。

只不过她没打算直接用卡里的钱一次性还清欠款。

老实说，她也有自己的私心。虽然她在简宏哲面前放了狠话，说不要老房子了，但还是想预留一笔钱。万一简宏哲真的把房子卖了，她也许可以找人再买回来。

心里的天平开始倾斜。

"你想好了没啊？"周琳琳还是忍不住好奇地问道。

"你不会是舍不得那个老男人吧？"她皱着眉提起了简卿做家教的那家男主人，满脸都是嫌弃的表情。

简卿的眼前闪过陆淮予那张好看的脸。男人的表情冷冷淡淡的，他懒懒散散地抬起眼皮看向她，漆黑的眼眸仿佛能把人吸进去一般。

要是听她说不做家教了，男人平静无波的脸上会不会露出生气的表情，心里会不会觉得她很不负责呢？

简卿走到宿舍的阳台上，给HR打电话确认具体事宜。

下午做家教的时候，简卿有些心不在焉。她的情况就连眠眠小朋友都看出来了。

小家伙扯了扯简卿的衣服，软软地叫道："姐姐。"

"姐姐！姐姐！"眠眠又喊了好几声，简卿才回过神儿来。

"眠眠怎么了？"

"我画好了，姐姐你看。"

简卿看向画板，发现小家伙画了一张圆桌，桌边坐着两个大人和一个孩子。

还没等简卿发问，眠眠已经主动介绍起来："这是妈妈带我去吃饭的地方,然后我们还遇见了一个漂亮叔叔。"

就在这时,门铃响了。

简卿以为是秦阿姨忘了带钥匙,于是径直开了门。

门外赫然出现了一个男人。

来人的身形高大,几乎挡住了整个门口,他身穿一件利落干练的黑色皮衣,五官硬朗,此时正低垂着眼皮,眼神锐利地盯着简卿。

尽管他已经尽力让自己的目光显得不那么咄咄逼人了,他的眼中还是透着一股凌厉的气势。

简卿扯了扯嘴角,说道:"陆淮予不在家。"

"我知道。"沈镌白旁若无人地走了进来,"我不是来找他的。"

"呀——漂亮叔叔。"眠眠瞧见玄关处出现的男人,笑眯眯地和人打着招呼,看上去一点儿也不怕他。

果然父女之间具有天然的吸引力。

小家伙竟然感觉不到这个男人周身阴沉凛冽的气场。

简卿缩了缩脖子,觉得房间里有些冷。

对长驱直入的沈镌白,她有些不知所措。

沈镌白进了客厅,一眼就看见了拿着彩笔、坐在画板前的眠眠。

明媚的阳光照在她粉雕玉琢的脸上,使她像极了缩小版的岑虞。

沈镌白低下头,拼命压抑住眼眶泛起的酸涩感,直到情绪稳定以后才抬起头来,勾唇笑了笑,揉了揉她的小脑袋,说道:"眠眠想去蹦床公园吗?"

眠眠一听,圆溜溜的大眼睛闪着光,瓮声瓮气地喊道:"想!"

平时陆淮予工作很忙,岑虞回来得也少,现在好不容易有一个叔叔可以陪她玩,眠眠拍着手开心极了。于是她急忙问道:"姐姐,可以吗?我们一起去呀。"

简卿下意识地拿出手机,想给陆淮予打电话,于是对眠眠说道:"我问问你爸爸。"

沈镌白轻笑一声,说道:"你还挺乖。"

他漫不经心地打量着简卿。小姑娘的声音又软又甜,她长得很显小。

以前沈镌白倒是没见陆淮予的身边有过女人,这还是头一回。没想到他喜欢年纪小的女人。

沈镌白想起他之前来时,陆淮予还跟藏宝贝似的不让小姑娘出来,觉得很有意思,于是对着简卿问道:"小姑娘,你多大了?高中毕业了吗?"

简卿用手捂着电话,心想自己果然不喜欢沈镌白。现在她已经有些后悔给沈镌白开门了。

沈镌白见她不搭理自己,也不介意,一边弯下腰拎起眠眠,让眠眠骑在他的脖子上,一边喊道:"走喽——"

偏偏陆淮予的电话这时候没人接,估计他不是在门诊,就是在做手术。

小家伙胡乱挥舞着两只手,"咯咯"地笑着催促道:"姐姐,去嘛,去嘛!"

眠眠被陆淮予养久了,性子也有些像他。比起同龄的孩子来,眠眠几乎很少情绪化,情绪一直平平稳稳的。

小家伙难得像今天这样兴奋。

简卿既不忍心扫了小朋友的兴致,又怕沈镌白把眠眠拐跑了,她没办法向陆淮予交代,于是只能跟着他们一起出了门。

陆淮予的车位上停着一辆奔驰 G 系车,黑色的庞然大物充满野性。

然而车后座上粉色的儿童座椅完完全全拖垮了这辆车的硬气。

车子刚开出去没多久,陆淮予的电话就打了过来。

"怎么了?我刚刚在手术,没有带手机。"男人的声音从听筒里传来,低沉而富有磁性。

简卿一瞬间有些愣神儿,感觉耳朵麻麻的,过了半晌才回过神儿来,说道:"那个,沈镌白想带眠眠去蹦床公园玩。刚才你没接电话,现在我们已经出发了。"

她有些心虚,害怕陆淮予会生气。看他之前的态度,他似乎不太喜欢沈镌白。

"在哪儿?"他问道。

"啊?"简卿愣了一下才反应过来,继续说道,"就是西三环中路那一家。"

沈镌白把着方向盘,从后视镜里瞥了她一眼,揶揄道:"家长管得够紧的啊。"

他说得很大声,也不知道是说给谁听的。

简卿还打着电话,以为沈镌白指的是陆淮予管眠眠,于是顺嘴回了一句:"可不呢。"

谁知道你这当爹的人靠不靠谱。

医院长长的走廊里人来人往。

男人的身形挺拔,身上的白大褂干净整洁,两条腿笔直修长,他大步流星,走路带风,仿佛他迈每一步的时候都是在和死神抢时间。

他的左手插在白大褂的兜里,右手拿着手机,贴在耳旁听着。

他微微低着头,黑发便垂落至额前,鼻梁上架着的银色细边的眼镜衬得他的眼眸漆黑,整个人都平添了三分清冷感。

因为耳畔小姑娘的小声嘟囔,他突然停下了脚步。

第七章
怀爱若窃贼

简卿牵着眠眠的手站在入场口，等着去买票的沈镌白。

"陆淮予一会儿来，是吧？"沈镌白抽出两张票递给她，"那你在这儿等他，我和眠眠先进去了。"

简卿愣了愣。没等她反应过来，小家伙已经松开她的手，迫不及待地想要进蹦床公园里玩了，真是个小没良心的。

眠眠头也不回，一蹦一跳地去了检票口。她拿出自己的儿童票，踮起脚去扫码，却因为身高太矮，怎么也扫不到。

沈镌白笑了笑，把她抱起来，让她够到了扫码机器。

周一下午，蹦床公园里的人不多，而且大部分是年轻的大学生或者高中生。

简卿的手里拿着票，她也不着急，靠在墙上，漫无目的地看着来来往往的人。

她对蹦床公园没有多大的兴趣，甚至有些抗拒。

不远处，像稻田一样整齐排列的蹦床上，男男女女都上下跳跃、翻腾着，笑声不断。

简卿默默地看着，感觉不到一点儿好玩的地方。越是在这样的娱乐场所，她的心里越是平静，没有丝毫波澜。

她将视线移开，一眼就看到了从人群里走来的陆淮予。

男人的身形挺拔，他穿着一身笔挺的高定西装，没打领带，白色衬衫的扣子被他系到了最上面的一颗,剪裁得体的黑色西装裤衬得他的两条腿笔直修长。

一丝不苟的严谨打扮使他整个人处处透着贵气和优雅,和蹦床公园里放肆撒欢儿的氛围格格不入。

简卿不确定他是不是看见了自己,于是朝他挥了挥手。

陆淮予将目光落在远处向他招手的小姑娘的身上。

她乖乖巧巧的,像等待家长的小朋友一样。

陆淮予勾起嘴角,脸上浮现一丝笑意,径直走过去,问道:"你等很久了吗?"

简卿对上他漆黑如墨的眸子,想起周琳琳的话,还有家教辞职的事情,感觉有些心虚。

她轻咳一声,答道:"没有很久。眠眠和沈镌白先进去了。"

简卿打量着他身上的西装,顿了顿,又问道:"你穿这身衣服,会不会不方便?"

简卿想象不出他玩蹦床的样子。原本对蹦床没什么兴趣的简卿,此时却突然提起了兴趣,眼里闪烁着想看戏的光芒。

陆淮予见她一副颇为期待的表情,以为小姑娘等不及想要玩蹦床了呢。

于是他抿了抿唇,淡淡地说道:"不碍事。"

而后为了方便活动,他慢条斯理地解下袖扣,将衬衫的袖口挽起,露出肌肉紧致的手臂。

蹦床公园里人不多,加上沈镌白个子高而且长得帅,又带着个小朋友,所以他们很快就找到了人。

沈镌白已经脱了外套,只穿着一件黑色 T 恤,脖子上挂着的银质方牌吊坠上刻着一串数字。因为之前蹦跳动作的幅度很大,吊坠此时已经从衣服里跳了出来。

他的怀里抱着小小的眠眠,而眠眠的怀里又抱着一个大大的篮球。

沈镌白踩在蹦床上,靠弹力弹起来,同时眠眠也伸出手,毫无章法地往篮网里用力丢球。

小家伙的力道不够,只能让篮球软绵绵地落下。但她也不觉得扫兴,依然拍着手"咯咯"地笑道:"再来,再来。"

沈镌白揉了揉小家伙的额头,掀起她汗湿的刘海儿,余光瞥见陆淮予和简卿,于是打了个招呼:"哟,来了。"

他把眠眠放下，弯腰捡起滚落在一旁的篮球，把玩着篮球转了个圈，然后突然把篮球朝简卿的方向丢了过来，十分快准狠。

简卿睁大了眼睛，一时反应不过来，脑子里只来得及骂了一句，然后感觉头顶上方的空气被搅动，掀起一阵微风。

陆淮予伸手挡在她的面前，四两拨千斤似的轻松地把球拍了回去。

沈镌白盯着他的动作，斜斜地勾起嘴角，说道："护得倒挺快。"

简卿权当没听见。

陆淮予也表现得冷冷淡淡的，没什么表情，根本没把沈镌白的挑衅放在眼里，只是漫不经心地叫了一声："眠眠。"

眠眠转头看见陆淮予，立刻撇下沈镌白，迈着小短腿往陆淮予的方向跑了过来。

蹦床虚浮不太受力，小家伙走不稳，不过摔了跤也不在意，还一边伸出手要陆淮予抱，一边软软地喊着："爸爸——"

眠眠这两个叠字一出口，沈镌白蓦地脸色一僵。他就这么被陆淮予轻而易举地扳回了一局。

陆淮予把眠眠抱起来，让小女孩坐在他左边的手臂上。他解开衬衫最上面的两颗扣子，使脖颈摆脱了束缚，领口微微敞开，里面精致的锁骨隐约可见。

他捡起地上的篮球，干净修长的五指扣在篮球上，骨节分明。

从抓球的手势上可以看出，他是会打篮球的。

他甚至连脚都没踮，抬手压腕，动作流畅地投球。

篮球离手以后，划出一条漂亮的抛物线，最后精准进篮。

眠眠一下子兴奋极了，还特别捧场地边叫边拍手："爸爸好厉害！"

沈镌白的脸更黑了。

简卿含着笑意看向这一对"父女"。

不得不承认，陆淮予打球的样子很好看。裁剪得体的西装他穿起来正好合身。他抬手压腕时，身上收紧的衣服更加衬得他肩宽腰窄，寸寸线条都完美。

他的黑发散落至额前，鼻梁高挺，眉骨精致，尤其那双眸子，如墨般漆黑，十分引人注目。

他周身散发着一股清冷的贵气，却又因为怀里抱着个小家伙，少了几分疏离感，仿佛他从云端步入了凡尘。

眠眠长得跟瓷娃娃似的——小脸粉雕玉琢，圆溜溜的大眼睛黑漆漆的。

184

因为岑虞的基因，眠眠的眉眼和陆淮予也有些相像。

这一大一小两个人好看得足够吸引在场所有人的注意力。

不远处蹦床里的两个妹子已经不蹦跶了，不停地交头接耳，越聊越兴奋，嘈杂的环境噪音都要盖不住她们的谈论声了。

简卿离得近，隐隐约约能听到她们的对话。

"原来穿西装打篮球还能这么帅。这也太好看了吧！我不行了。"

"怎么帅的人都结婚了？娃也那么可爱！哼，又想骗我去生娃。"

"他旁边的那个女生好像是和他一起来的。果然高颜值的父母才能生出那么好看的娃。"

"我还看见他替她挡球，有点儿甜。我好想看他们做那个'蹦床公主抱'啊。"

简卿知道什么是"蹦床公主抱"。

刚刚进来时，在最显眼的位置，场馆的工作人员为了调动气氛，请了两位蹦床教练做示范。

教练一男一女，女教练横躺在蹦床上，男教练踩着蹦床把女教练弹起来，再用公主抱的姿势把人接住。

简卿听不下去了，于是默默地站远了一些。

沈镌白不甘示弱，从场边又拿了一个篮球，好像为了证明自己似的，抬手把篮球也丢进了篮网里。

当然，因为怀里没有抱着小朋友，他的进球的杀伤力看起来也弱了许多。

"咱们俩打没意思。这样吧，"他将视线落在简卿的身上，继续说道，"我抱着眠眠，让眠眠投球。你教你家小孩投，让她们俩比赛。"

简卿真不知道沈镌白出的是什么馊主意。

他想和眠眠培养感情，也不能这么拉别人下水吧。

而且什么叫"你家小孩"啊？

她连忙摆手说道："我不会打球的。"

"所以我让他教你嘛。"沈镌白瞟了一眼旁边的陆淮予："你行不行啊，陆医生？"

沈镌白把"行不行"三个字咬得格外重，包含着只有男人才听得出来的挑衅意味。

陆淮予冷冷地看向他，说道："既然是比赛，总要有奖惩吧？"

简卿原以为陆淮予肯定不会同意沈镌白那么无聊的提议，结果没想到陆淮予想得更多，甚至问起了比赛的具体细节。

沈镌白瞥向不远处，发现蹦床上的两名做示范的教练刚做完公主抱的动作。

工作人员站在高台上，拿着麦克风问道："现场有没有朋友想要试一下？成功的朋友可以获得一份精美的礼品。"

沈镌白挑了挑眉，笑道："那输的人就去做'蹦床公主抱'，然后把礼品给赢的人。"

眠眠听得半懂不懂，但觉得很好玩，于是也笑嘻嘻地跟着叫好。小女孩扯着简卿的衣角，把她拉进了蹦床区，然后瓮声瓮气地说道："姐姐，来嘛。"

这可真是怕什么来什么。

简卿皱起眉，犹豫地看向陆淮予，说道："我真的一点儿都不会。"

陆淮予把手里的篮球递给她，说道："没事的，很简单。"

简卿本来想像他一样用一只手抓住球，但她的手小，又没力气，球一下子就掉了。

她闷闷地捡起球，说道："你看，我连抓球都不会。"

这场比赛是简卿和眠眠小朋友比。简卿赢了似乎也没什么好处，输了反而很尴尬，所以其实不比是最稳妥的。

陆淮予看得出来，小姑娘浑身上下都写满了抗拒之意。于是他轻轻勾起嘴角，说道："放心，我不会让你输的。"

他弯腰捡起地上的球，一边抓着球一边教她："你看我持球的动作，要在球和手掌之间留一点儿空隙，不要让球面直接接触手掌部分。"

简卿盯着陆淮予持球的手——手指白皙修长，很好看。

"头和双肩要对准篮网，眼睛也要始终看向篮网。你的力气比较小，可以离篮网近一点儿再投。"

他声音低沉，语速不疾不徐，极有耐心。

"投篮的时候要用手腕的力量，手肘要直上直下。"陆淮予一边说，一边做着示范，最后轻轻松松地把球投进了篮网。

他接住上下跳动的篮球，递给简卿，说道："你试试。"

陆淮予是那种做什么事都会很认真的人。就连在这一场随口胡乱提议的比赛中，他也真的在认真地教简卿投篮的技巧。

简卿看他教得那么认真，不好驳了他的好意，于是也摆正态度，按他教的方法，对着篮网练习起来。

她踩在蹦床上，让弹力将自己送得更高，以降低投篮的难度。尝试了几次以后，简卿很快就投进了第一个球。

球投进以后，简卿获得了强烈的满足感和成就感。她下意识地转过身去寻找陆淮予的身影，看着他的眼睛激动地说道："我投进了！"

她的笑容明媚又开怀，让她整个人好像一个考了满分正在跟家长报喜的小朋友。

陆淮予静静地看着她，眉眼含笑，轻轻地开口道："很棒。"

此刻的他也像一个表扬小朋友考了满分的家长。

这时沈镌白已经抱着眠眠调整到了合适的姿势。

他对另外两个人说道："差不多了吧？那我们开始？计时三分钟，进球多的人胜。"

沈镌白从口袋里摸出手机，定了一个三分钟的倒计时，然后就把手机随意地丢在了蹦床的角落。

他掂了掂怀里的小宝贝，说道："眠眠，我们开始喽。"

沈镌白踩在蹦床上，起跳平稳，双臂有力，几乎把小家伙送到了篮网的边上。

眠眠坐在他的臂弯里，"咯咯"地笑着，然后等她一松手，篮球就直接滚进了篮网里。

"一个球——"眠眠大声地为自己计着数。

简卿眨了眨眼睛，回过神儿来，发现自己已经落后一分了。

她弯腰捡起地上的篮球，不甘示弱地也开始投篮。

可是旁边的篮球"哐当哐当"地砸在篮板上的声音令她慌了神，她把刚才投球进网的手感忘得干干净净。

她一连投了几个球，球都打在篮网的外沿上，被弹了出去。

"简卿。"一直站在旁边没说话的陆淮予开了腔，"慢慢来。姿势对了再投，别急。"

简卿抬起头，对上他漆黑如墨的眼眸。他的神色平静沉稳，令人心安。

简卿仿佛被打了一剂镇定剂般很快调整好了心态，不再受沈镌白和眠眠的影响，自顾自地继续投篮。

一个。

两个。

三个。

简卿连续命中,很快将比分拉平。

这短短的三分钟对简卿来说格外漫长。时间还没到一半的时候,她就已经累得气喘吁吁了。

篮球的重量不轻,连续投球很快让她的手臂没了力气,又酸又胀。

她的命中率也明显开始下降。

倒是沈镌白不知道哪里来的那么好的体力,一直抱着几十斤重的眠眠轻轻松松地上篮。

眠眠虽然嘻嘻哈哈仿佛闹着玩似的投得不太准,但架不住沈镌白上篮的频率很高。

眼瞅着沈镌白抱着眠眠已经领先了好几个球,简卿却实在是抬不起手来了,只能干着急。

"我投不动了。"简卿扭头去找陆淮予,声音软软的,又着急又委屈。

连她自己也没有注意到,不知道从什么时候开始,一旦遇到问题,她下意识地就会想到陆淮予。

陆淮予将目光移到简卿的脸上。因为快速运动,她的脸颊染上了浅浅的红晕。

简卿的右手还托着球,但此时她也就只能托着球,再也没有力气把球投出去了。

因为抬起了手臂,她身上的短款灰蓝色卫衣向上收起,露出大片雪白的肌肤。她的纤腰不盈一握,腰部两侧的线条也若隐若现。

陆淮予的眸光微沉。他踱到她的身后,因为个子很高而将她整个人都罩了起来,恰好挡住了"满园春色"。

简卿感觉到他靠近了,觉得背后的人仿佛一堵墙一般坚实可靠。

陆淮予抬起手按在她的手上。

男人的掌心温热,指腹上还有薄茧。

他隔着简卿的手,把力量传至被托着的篮球上。

此时篮球的重量好像变得很轻,简卿被陆淮予带着轻轻地压下手腕,只见手里的球就这样直接飞了出去。

简卿盯着半空中的球,眼睫微颤。时间仿佛停滞了一般,她感觉自己被男人碰触的手背正在发烫,触感清晰。

她的心脏也仿佛漏跳了一拍。

篮球划出一道抛物线,最后在篮网上打了个转儿,掉进了网里。

恰好在此时，被丢在蹦床角落的手机铃声响起。

比赛时间到。

简卿回过神儿来，长吁了一口气，甩了甩酸痛的手臂。

算上刚才陆淮予帮她投进的那个球，两边正好是平局。

谁也不用去做什么"蹦床公主抱"了。

沈镌白关掉手机的铃声，捏了捏眠眠的小鼻子，笑眯眯地说道："眠眠真棒！我们赢了呢。"

小家伙对输赢的概念还不太懂，只知道赢了就是好的，于是跟着沈镌白一起"咯咯"地笑了起来。

"怎么就是你们赢了，这不是平局吗？"简卿不服气地说道。

沈镌白坐在蹦床的边缘，将下巴抵在眠眠的小脑袋上，小女孩柔软的头发仿佛羽毛般掠过。

沈镌白想着，自己怀里的小家伙温温软软的，带着一股奶香，是他和岑虞的孩子，他似乎已经很久很久没有像现在这样觉得如此踏实了。

很快，沈镌白垂下眼，隐去了眼里的情绪，整个人又恢复了那副玩世不恭的模样。

他笑了笑，说道："你们别以为我没看到啊，最后一个球不是陆淮予带着你投的吗？

"规则里只说让他教，可没说让他手把手地帮你啊。"

沈镌白在"手把手"这三个字上咬得格外重。也不知道他是怎么一边抱着眠眠投球，一边还有空顾到他们这边的。

没等简卿想好反驳的理由，沈镌白已经朝远处的工作人员招了招手，然后又指了指简卿，喊道："这里有想试试的。"

他怎么能这么直接地把人推上去！

简卿瞪着眼睛，怒视着沈镌白。

"愿赌服输。"沈镌白耸了耸肩，"你要给小朋友做一个好榜样呀，是不是，眠眠？"

"嗯，嗯。"眠眠用力地点了点头，圆溜溜的大眼睛里闪着光，和她亲爹一样唯恐天下不乱，还学着沈镌白的话，瓮声瓮气地说道，"愿赌服输。"

这段时间一直没有人愿意尝试"蹦床公主抱"，搞得工作人员也很尴尬。现在好不容易有人自告奋勇要来尝试，工作人员立刻接上了话。

"太好了，我们这位穿蓝衣服的小姐姐想尝试一下。请到我这边来，我们的教练随时准备着。"

简卿觉得整个场馆所有人的视线都聚集到了她的身上，等着她去演示蹦床区，场面简直尴尬到令人窒息。

她咬了咬牙，抬起头看向陆淮予，颇为抱歉地说道："对不起啊，我没比过，连累了你。我和教练做就好了。"

一个人被围观总比两个人被围观要好，更何况以陆淮予低调内敛的性子，让他去做这种哗众取宠的事情，肯定会让他觉得有辱斯文。

陆淮予微微抬起眼皮，默不作声地盯着小姑娘看。

小姑娘皱着眉，一脸不自在的模样。

尽管这样，简卿还是想把陆淮予排除在外。

"是我没教好。"陆淮予说，"我来抱你，你介意吗？"

他的声音沉静似水，明明是亲昵暧昧的字眼，从他的嘴里说出来，却平平淡淡的。

他用的是征求意见的语气，给足了简卿选择的余地。话轻飘飘地传入了简卿的耳中。

小姑娘不知为何觉得耳朵格外发烫，如火烧一般。他的话一字一字宛若柳絮般落在心上，让她感觉麻麻痒痒的。

简卿一向不喜欢和人有肢体接触，尤其是陌生人。就连坐车时手臂碰到，她也会觉得不适。

比起陌生的蹦床教练，她跟陆淮予至少算得上熟人，而且她好像也并不讨厌陆淮予的碰触。

她用藏在身后的右手虚抓了一把空气，觉得刚才打球时被陆淮予碰触的感觉还很清晰。

简卿摇了摇头，说道："不介意的。"

工作人员看见和简卿肩并肩走来的男人，很快反应过来，玩笑道："看来小姐姐的男朋友不放心我们的男教练，要亲自上场完成公主抱。"

等待他们走过来的这段时间，工作人员怕冷场，不停地输出着："今天就让我们一起见证这对情侣走上蹦床，共同完成这项爱的项目。让我们把掌声化作鼓励送给他们，好吗？"

蹦床公园里响起了稀稀拉拉的掌声。

简卿现在已经不是窒息了，简直是"想死"了。

也不知道这是从哪里请来的工作人员，怎么说话令人如此尴尬？

这哥们儿把这里搞得跟婚礼现场一样，怕不是原来干的就是婚礼主持？

简卿已经放弃解释了。大家误会就误会吧，反正也不是第一次有人误会她和陆淮予的关系了。

这次不过是加上蹦床公园里这百来号人而已。

显然，简卿在这样暴露于众人的视线的强力压迫下，已经彻底破罐子破摔了。

陆淮予的脸上倒是没什么异样的表情。他只是淡定从容又漫不经心地走上了台。

他们两个站到台上以后，众人的视线仿佛凝固一般，聚焦在了他们的身上。

男人西装笔挺，身形挺拔修长，五官立体，眉骨精致，从头到脚没有一处不精致、不完美。

跟在他身后的女孩乖乖巧巧的，身高刚过他的肩膀。其实女孩并不算矮，只是旁边的男人太高，衬得她越发娇小玲珑。

她的乌发刚好垂落至肩头，衬得瓷白的小脸儿只有巴掌大小，长相也十分可人。

两个人一个沉稳大气，一个稚气未脱，站在一起却毫不违和，反倒有种和谐的般配感，惹得旁观者无限遐想。

陆淮予没有直接到蹦床上去，而是先向旁边的教练询问技巧，反复确认操作的安全性，比如被抱的人会不会受伤，抱人的人怎样去规避可能的风险。

他仔仔细细地一一确认着，脸上的表情极为认真。

在与教练交谈期间，他时而颔首，时而轻声发问。他好像做什么事都是这样，要做好万全的准备，给自己留下优雅从容的余地。

简卿由工作人员引导着，刚要在蹦床上躺下，正在和教练讲话的陆淮予出声喊了她的名字。

他将搭在手臂上的西装外套递给简卿，说道："穿上。"

简卿愣了愣，不明所以。

"我怕一会儿动作太大，你的衣服有点儿短。"他解释道。

简卿这才想起自己今天穿的是短款卫衣，所以她略抬一下手就会露出腰腹。

她有些尴尬——防走光这种事竟然还要陆淮予提醒自己。

简卿仿佛在掩饰什么似的揉了揉鼻子，然后乖乖地套上了西装。

男人的西装外套很大，穿在简卿的身上松松垮垮的，盖住了她的腰臀，使她看起来像个偷穿大人衣服的小朋友。

他的衣服散发出一股淡淡的薄荷香，让人觉得很好闻。

蹦床软软的，简卿整个人陷在里面，双手合十放到胸前。

不知什么时候起，蹦床周围已经乌泱泱地围满了人。

简卿不喜欢这种氛围，只好盯着上方看。一切还没开始，她的耳根就已经微微发烫，好在耳朵藏在头发里，别人倒也看不出来。

随着陆淮予的动作，蹦床开始上下起伏，简卿感觉自己的身体被弹得一下比一下高。

突然，她被弹至半空，心脏仿佛被人狠狠攥住一般，后背无依的坠落感令人窒息。

还没来得及恐惧，她便已稳稳落入一个坚实有力的臂弯里。她下意识地用双手勾住了陆淮予的脖子。

他们的身体贴得很近，近到两个人几乎能听见彼此的心跳声。

简卿的耳畔传来起哄声，围观者说着揶揄的话，吹着暧昧的口哨。

工作人员在台上也跟着起哄道："小姐姐的男朋友很厉害啊。一般人第一次做'蹦床公主抱'，根本没办法把人弹起来。果然，这就是爱的力量。"

简卿被陆淮予抱着，整张脸都埋进了他的颈窝里不肯出来，脸从脸颊一路红到了耳后根。

这人快别说了啊。

"哎呀，小姐姐害羞了。大家快掌声鼓励一下他们！"工作人员越说越来劲，显然特别满意现场火热的气氛。

围观者看着这对颜值超高的情侣，纷纷使劲鼓掌。

和刚才稀稀拉拉的掌声相比，现在的掌声简直震耳欲聋。

简卿恨不得立刻找一个地洞钻进去。

一直到他们领完奖品，逃跑似的离开蹦床公园，她的脸还是又烫又红。

陆淮予的脸上倒是没什么表情，只是眼眸里的笑意藏不住。

"罪魁祸首"沈镌白抱着自己的小宝贝，漫不经心地跟在两个人的后面，斜斜地勾起嘴角，上下打量着陆淮予和他家的"小孩"。

"啧。"

真是便宜陆淮予了。

眠眠手里拿着两个人挑战"蹦床公主抱"得来的奖品———一只巴掌大的小鸡公仔，开心地"咯咯"直笑。

和漂亮叔叔分开时，眠眠还有些依依不舍。

沈镌白揉了揉她的小脑袋，说道："叔叔明天再来看你。"

简卿忍不住在心里默默地说道：明天我就不开门了。

眠眠这小家伙今天玩得太疯，所以到家吃了饭以后，没多久就恹恹地想睡觉。

陆淮予靠在沙发里，低垂眼皮，懒懒散散地看着电视。

简卿带眠眠洗了澡，把她哄上床，准备等眠眠睡着了就去和陆淮予讲自己要辞掉工作的事情。

月亮形状的床头灯发出温暖昏黄的灯光。

眠眠躲在柔软的粉色被子里，露出半张小脸儿，转了转圆溜溜的大眼睛，似乎有些犹豫地皱着眉。

"姐姐，我要告诉你一个小秘密。"小家伙压低了声音说道，仿佛怕被人偷听似的。

简卿十分配合地悄声问道："什么秘密呀？"

眠眠凑到她的耳边，捂着小嘴说道："爸爸以前告诉我，我有两个爸爸。我觉得今天的漂亮叔叔就是我的第二个爸爸。"

小朋友天真的话语让简卿十分吃惊。难道这就是父女之间抹不去的血缘羁绊吗？

"那眠眠喜欢漂亮叔叔吗？"

眠眠小小的眉头皱得更紧了，她继续说道："我很喜欢漂亮叔叔，但是漂亮叔叔一在，妈妈就变得不爱说话了。

"妈妈好像不喜欢他，但漂亮叔叔又好像很喜欢妈妈，因为他的眼睛总是在偷偷看妈妈。"

小家伙不懂大人之间的关系，索性不去想了。她盯着简卿，眨了眨眼睛，接着说道："姐姐，我有两个爸爸，是不是也会有两个妈妈呢？你是不是我的第二个妈妈呀？"

童言无忌。

天真烂漫。

粉色的房间里，飘窗的窗台上铺着白色的地毯，上面摆满了小朋友的毛绒玩具。今天在蹦床公园得来的小鸡公仔摆在最前面，小小一个，却格外醒目。

窗外是疏星与冷月。

眠眠眨着眼睛，眼里闪着期待的光。

简卿沉默了半晌，伸手揉着小家伙的额头，眼神温柔地低声说道："不是呢。"

"姐姐只是姐姐。"她轻轻地说，"眠眠以后会有第二个妈妈的。"

小家伙听完有些失望，把小脸儿埋进被子里，嘟囔道："那好吧。"

简卿没再多说。她说不出安抚的话，于是只能继续声音低低柔柔地讲着睡前故事，直到眠眠呼吸平缓，小声地打起鼾来。

她轻手轻脚地合上故事书，关掉床头灯，然后关上门出去了。

走廊里没开灯，光线昏暗。远处客厅的光照了过来。

电视的声音传来，放着一首歌——大风车吱呀吱哟哟地转，这里的风景呀真好看。

这一听就是少儿频道。

简卿靠在眠眠卧室的门上，低垂着眼睫，使人看不清她眸中的情绪。

她的心里仿佛压着一块沉甸甸的大石头。

手机屏在黑暗中亮起——她收到一封新的邮件信息。

简卿打开邮件，手机屏幕的光映在她的脸上，勾勒出她柔和姣好的脸部轮廓。

邮件来自怀宇游戏，是给她发的正式 offer。

入职时间是 1 月 4 日，她过完元旦就可以上班了。

她盯着邮件愣神儿，食指指腹在手机背面来回摩挲着。

这明明是一道不需要犹豫的选择题，一个看一眼就知道该往哪儿走的岔路口。

简卿锁上手机屏，发出一声轻叹，然后迈开步子向客厅走去。

陆淮予懒懒散散地陷在沙发里，怀里抱着一个靠枕。他没换衣服，身上穿的还是白天的西装长裤。衬衫最上面的两颗扣子被解开，领口微微敞开，里面精致的锁骨隐约可见。

他微垂着眼皮，见简卿从眠眠的屋里出来，于是将视线移到她的身上，问道："眠眠睡了？"

简卿点了点头，在沙发的另一边坐了下来。

两个人的对话像极了寻常三口之家夫妻之间每天常有的平淡对话。

简卿背部僵硬地坐着，把两只手放在腿上，又因为不安来回摆弄着手指。

陆淮予漫不经心地看向她，将她的拘束和异常的表现看在眼里。他慢慢收回目光，重新看向电视，干净修长、骨节分明的食指在靠枕上轻敲着。

他也不急着发问，等着简卿自己开口。

简卿坐立难安。不知过了多久，她抿了抿唇，终于鼓足勇气说道："那个，我有一件事想和你说。"

闻言，陆淮予缓缓直起身，拿起茶几上的遥控器关了电视，示意她说下去。

他的教养一直很好，所以看电视就看电视，说事就说事。现在他关掉电视，是准备认认真真地听她说话。

没了电视嘈杂的声音遮掩，简卿反而更加紧张了。

她盯着男人漆黑的眸子，张了张嘴，却只说出两个字："就是——"

简卿向来不是吞吞吐吐、犹豫不决的人，今天要说的事也不过是辞掉家教去实习。

家教和未来的工作，孰轻孰重，所有人一眼就能看出来。

可她也不知道今天是怎么了，就是说不出口。

她怕陆淮予觉得她是个没有定性又不负责任的人。

她也舍不得眠眠，怕小家伙伤心。

如果她辞了家教，以后就和这一家人不会再有关系了吧。

明明她是连老房子都能说不要就不要的人。

想到这里，简卿扯了扯嘴角，缓缓地开口说道："我最近找了一份实习的工作。明年我就大四了，要为毕业以后的工作做准备，所以家教的工作，我以后就做不了了。"

她偷偷地看了一眼陆淮予的脸色。男人什么表情也没有，只是侧着头静静地听她说话，甚至连眼皮也没抬一下。

"我问了秦阿姨，她儿子下周就能出院了。我想着正好家教和照顾眠眠的工作，我也做到月底就结束。"她顿了顿，继续说道，"如果眠眠还需要家教，你不介意的话，我可以介绍我的同学来。"

说完，简卿来回揪着衣服的下摆，等着他的反应。

陆淮予将目光落在她的脸上，淡淡地应了一声"好"。

他没有说挽留的话，也没有露出失望的表情，更没有表现出抱怨她的意思。

整个过程就是，简卿告知，陆淮予知晓。

简卿预设了很多他的反应，却没想到事情就这么简单。

这反而让她不知道再说什么才好。

陆淮予好像总是这样表情淡淡的。

简卿因为对方的反应，也不再觉得是自己做错了事，随之生出的愧疚感也在不知不觉中渐渐消散了。

"你现在还缺钱吗？"陆淮予突然问道。

简卿愣了愣，想起很久之前陆淮予也问过同样的问题。

他的提问不是那种高高在上的冒犯的语气，而是平静无澜的询问，好像缺不缺钱和天气好不好一样平常。他的态度中不带一点儿怜悯或好奇之意。

简卿笑了笑，依旧很坦荡地答道："还缺的。"

"那你介意把家教的时间挪到周末吗？"陆淮予说，"之前是周一到周五下午三点到六点，如果改到周六和周日上午十点半到下午六点，时长是一样的，价钱也不变。"

陆淮予给的家教工资本身就已经很高了，如果把一周的家教时间都集中到周六和周日，再加上周一到周五的实习工资，简卿的收入还是非常可观的。

简卿有些心动，却觉得这样不太好，于是说道："画画还是要循序渐进的。小朋友如果一整天都坐着画画，学习效率反而会降低。"

"我请你的目的也不全是教眠眠画画。"陆淮予解释道，"她还没到上幼儿园的年龄，我平时工作忙，秦阿姨年纪又大了，照顾眠眠的生活起居还可以，但是不能陪她玩。"

简卿沉默了。敢情她就是个陪玩的人？

虽然陆淮予这么说，但简卿不可能真的心安理得地当个陪玩的人。

而且，她在害怕。

她害怕自己真的像周琳琳说的那样陷进去。

陆淮予的一切都恰到好处，让她处在很舒适的状态中。

他理性、儒雅，行为举止皆透出刻在骨子里的教养，让人一眼就能看出是在富裕的家庭里长大的，接受过很好的教育，是家里费心费力教导出来的人。

简卿觉得，陆淮予干净得没有一丝污点，和自己不一样。

简卿不是那种心理承受能力很弱的人,不会因为别人拥有好的东西就忌妒或者自卑。

但她也不敢去碰触对她来说遥不可及的月亮。

于是她抿着唇,抬起头,对上陆淮予漆黑如墨的眸子,摇了摇头,说道:"对不起啊,我周末可能没有时间。"

拒绝的话一旦说出口,一切就再也没有挽回的可能了。

林亿说简卿是个不会表达感情的人。

的确如此,简卿一直习惯克制感情,而不是被感情牵着走。

就像现在这样,她摸到了感情的一点儿边,又因为害怕和怯懦立刻缩回了手。

陆淮予盯着她清亮的眸子,发现她的眸中是排斥与抗拒之色。

过了半晌,他垂下眼皮,淡淡地说道:"没事,是我考虑不周。"

气氛变得有些尴尬。两个人都陷入了沉默之中。

陆淮予重新打开电视。然后两个人谁也不说话,就这么盯着少儿频道继续看了起来。

晚上九点,一集动画片播完了。

陆淮予慢条斯理地系起衬衫最上面的两颗扣子,抚平袖口的褶皱。

他低头看了一眼手表,然后出声打破了僵局:"我晚上还要出差。这几天应该都不回来。"

他的嗓音低沉,语速依然不疾不徐,脸上也没什么情绪,好像他并不介意简卿刚才的拒绝行为。

一切又恢复如常。

"啊?"简卿愣了愣。他这么突然地要出差让她有些讶异。

"嗯,院里临时决定的。"

下午陆淮予给简卿打电话的时候,正好是手术结束的间隙,之后的门诊他请了同事代班。

不过陆淮予的门诊不是随随便便谁都可以代班的。他拜托的是周瑞的媳妇儿秦蕴,因为秦蕴也算是协和医院口腔外科有名的专家。

冬至那天陆淮予没帮她代班,这会儿又请人代班,人情欠了总是要还的。

所以院里原本计划让秦蕴去国外参加的学术会议,作为交换,陆淮予替她去,当作还她代班的人情。

陆淮予起身，先去眠眠的房间看了一眼小家伙，然后又回到主卧收拾行李。

他收拾得很快，没过几分钟就拖着行李箱出来了。这个人还真是说走就走。

简卿坐在沙发上，向他挥手道别："拜拜，路上注意安全。"

陆淮予淡淡地叮嘱道："晚上记得锁门，有事就给我打电话。"

简卿点了点头，说道："知道了。"

她回得轻描淡写，似乎不甚在意的样子。

陆淮予看着沙发上的小姑娘。

小姑娘乖乖巧巧地和他道别以后，就继续目不转睛地盯着电视，没有回头看他，也不知道在心虚什么。

陆淮予轻叹一声，开了腔："简卿。"

每次被陆淮予喊名字的时候，简卿都觉得这两个字音的组合变得很好听，让她忍不住心里一颤。

"你做了对的选择，所以不要有负担。"他说，"这一个月辛苦你了。眠眠画画进步了很多，她也很开心。以后如果有困难，你随时可以找我。"

简卿睁大眼睛，将视线聚焦在电视屏幕上，却又好像什么也没看。

她的耳畔传来陆淮予的声音，低沉而富有磁性，清冽而又干净。

陆淮予耐心地安抚着她，让她不要有负担，又仿佛在和她道别。

玄关处传来轻轻的关门声——陆淮予已经离开了。

偌大的房间一下子变得空荡起来。

简卿觉得更有负担了。

接下来一整个星期，简卿都没有再见到陆淮予。倒是沈镌白来得很勤，变着花样地哄眠眠玩。

转眼就到了十二月的最后一天。

整座城市都洋溢着跨年的喜悦气氛，窗外流光溢彩的城市夜景比往常更加耀眼。

秦阿姨也回家和家人一起跨年了。

眠眠对跨年还没什么概念，于是喝了牛奶，洗漱完就早早睡觉了。

简卿一个人靠在沙发上看跨年晚会，整个客厅显得有些冷清。

过完今天，她的工作也就结束了，以后她应该再也没有机会来这里了吧。

跨年晚会每年都是一样的,台上是唱唱跳跳的歌手和明星。

唯一有点儿意思的是,简卿在电视里看见了岑虞。

岑虞很清楚应该怎么展现自己的美。一袭高定长裙包裹着她玲珑有致的身段,长发如瀑布一般披散开,显得她又娇又美。

就是她唱歌唱得实在不怎么样,简卿默默地调低了电视的音量。

手机因为微信消息不停地在振动。

寝室群里的两个姑娘正聊个不停。

周琳琳:"新年快乐啊!"

林亿:"干吗?"

林亿:"这还没到点儿呢。"

周琳琳:"哦,不好意思,我忘了日本和国内有一个小时的时差。"

几天前,周琳琳就和男朋友飞去了日本,现在正泡着温泉跨年。

周琳琳:"那过一个小时我再来。你们都怎么跨年呢?"

林亿随手拍了一张酒吧的照片。

她还在消失酒吧驻唱,所以今晚和乐队的人一起跨年。

林亿随口闲聊道:"今天消失酒吧挺有意思的,组织了一场活动,叫'醉情36问'。"

简卿看到林亿发的信息,呼吸一窒。

周琳琳非常直白地说道:"哦,这个我知道,不就是个约会局?"

林亿:"没有吧。我看他们就是把两个独自来的顾客安排坐在一起,然后问几个问题、聊聊天呀。"

周琳琳打了一长串省略号。

周琳琳:"林亿,我以前怎么没发现你这么纯情呢?"

不光林亿,就连林亿黑色皮夹克上的朋克铆钉都觉得受到了侮辱。

林亿:"你怎么不说是你的思想太歪了?!群里还有小朋友呢!你不要带坏小朋友。"

不知道为什么,简卿的长相给人的感觉就是,她一定是那种乖乖纯纯而且什么也不懂的女孩子。

林亿聊到这些敏感话题时,就想着避开简卿,所以刚才其实她就是装不懂,想把话题岔开。

周琳琳就烦林亿这种避讳的做法,林亿半点儿都不肯让她在简卿面前扯这些成年人的话题。

周琳琳翻了个白眼,心想,真正玩得开的人都还一声没吭呢,装什么纯情?

周琳琳:"嗯,是我的思想歪。不然你问问简卿,看她怎么说?"

那时候她可都撞见了,"小朋友"跟着一个男人离开了酒吧。

简卿没想到周琳琳会扯上她,不知道该怎么回答,只能锁上手机屏,装没看到。

因为她们说起了消失酒吧的事情,简卿感觉情绪有些低落,想起了一些不太好的回忆。

简卿很少和人提及,她还有一个妹妹,名字叫简阡,比她小七岁。

阿阡一出生身体就不好,在医院的日子比在家的日子多。

陈媛要照顾店里的生意,忙不过来,所以简卿自懂事起就每天帮着往医院给妹妹送饭。

阿阡一直很乖,打针和吃药从来不哭不闹。她最喜欢搬着小板凳,坐在旁边看简卿画画、写作业。

简卿的文化课成绩向来不好,她半天写不出一道数学题,于是痛苦地把脸皱成一团。

阿阡这时就会捂着嘴"咯咯"地笑着说:"姐姐大笨蛋。等我上学以后学会了,再来教姐姐。"

陈媛每天起早贪黑地干活儿,就是为了攒钱给阿阡做手术。

后来陈媛走的时候,简卿刚刚高考结束,阿阡还在上小学。

那时候简宏哲大概真的伤心过吧,抱着陈媛的棺椁哭得撕心裂肺。

他还在陈家人的面前声泪俱下地保证,他会照顾好他们的孩子,让陈媛放心地去。

结果呢?

没过几个月,陈媛尸骨未寒,陈妍就怀孕了。

简宏哲还是声泪俱下,说会照顾好陈妍和他们的孩子。

左右都是一家人,陈家人觉得与其让简宏哲找个外人,不如让陈妍嫁过去,这样他们也不会亏待陈媛的两个孩子。

那时候简卿刚刚考上大学,学费和生活费都是她暑假打工赚的,不够的又找小姨陈梅凑的。

因为简宏哲说要留着钱给阿阡看病。

简卿还记得那天也是跨年夜,街上的行人的脸上都洋溢着幸福的微笑,期待着新年的到来。

她接到了阿阡的电话。

小阿阡低低地啜泣着，稚嫩的声音里充满了疑惑。

她问道："姐姐，爸爸说我的病治不好了，明天要带我出院回家。我是不是就要死了？"

直到那时简卿才知道，简宏哲和陈妍早背着她，把陈媛辛辛苦苦攒了许多年才留下的那笔给阿阡治病的钱，拿去在渝市买了一套学区房。

那套学区房连装修都装好了，就等着陈妍的孩子出生，他们就搬过去住。

阿阡的病手术成功率只有百分之三十，而且就算成功了，以后她也要花很多钱继续吃药。

简宏哲和简卿说："人要向前看。"

他的话冠冕堂皇。

他没有明说的是，阿阡是他和陈妍的拖累。

他已经有了新的孩子，还是个男孩儿。

简家的希望是这个健康的男孩，而不是阿阡这个病恹恹的女孩。

阿阡就是他们过上蒸蒸日上的生活的绊脚石。

他把阿阡一脚踢开了，然后还要假惺惺地掉两滴眼泪。

简卿从来没有像那天一样觉得自己那么渺小无助、无依无靠。

她失魂落魄地走在人潮里，来来往往的人喧闹欢乐，与她悲喜不通。

后来她怎么走进酒吧的，怎么一杯一杯地喝酒，又和什么人说了什么话，她全都记不清了。

第二天醒来的时候，她发现自己是在一家酒店里，床头柜上留了一张银行卡和一张便笺。

便笺上用圆珠笔工整地写着六位数字，是银行卡的密码。

简卿以前在《喜宝》这本书里看到过一句话："如果有人用钞票扔你，跪下来，一张张拾起，不要紧，与你温饱有关的时候，一点点自尊不算什么。"[①]

要是能救阿阡的命，一点点自尊又算什么呢？

简卿有些庆幸她喝酒会断片儿了。

---

① 此处引用自：亦舒.喜宝.长沙：湖南文艺出版社，2021.

这样她就不用去回忆过程，去反反复复接受鞭笞，看她是怎么丢掉自尊的。

这三年来，她拼了命地勤工俭学，做外包工作，做家教，就是想要一点一点地捡回自尊。

这种行为在旁人的眼里可能有些可笑。

好在从她一点一点还钱开始，那个人就什么也没说过，只是默默地接受。

这样简卿还能当作他们之间只是普普通通的债务关系。

简卿自嘲地扯了扯嘴角。

这件事情一直埋在她的内心深处，伤口早已结痂，如今重新被揭开，依然鲜血淋漓。

她不后悔，也不恨谁。

她只是觉得，好像从此失去了可以被爱的资格。

客厅阳台的门没有关紧，风裹着阵阵寒意从门缝里钻了进来。

简卿打了个哆嗦，却懒得动弹，于是扯过沙发上的羊绒毯盖在身上。

低低的温度让她整个人都怏怏的。

跨年晚会的舞台上，表演者又唱又跳也让她提不起劲来。

她陷进柔软的沙发里，合上有些酸涩的眼皮，意识逐渐涣散，没什么期待地等着新一年的到来。

玄关处传来轻轻的开门声。

男人从外面进来，风尘仆仆，大衣搭在手臂上，领带被他扯得松散。他好像累极了，不自觉地皱着眉，眼神里透着应酬后的疲惫和倦意。

当看到沙发上躺着的小姑娘时，他的瞳孔微微放大，眉心舒展开来。

客厅里很安静。光线昏暗，只有一盏地灯发出暖黄色的光，电视屏幕忽明忽暗。

简卿缩在沙发的一角，盖着白色的毯子，乌发散落在肩上。

她睡着时的神态温顺、平静。

她的半张侧脸隐在阴影里，光线勾勒出她柔和的脸部线条，也使小扇子似的睫毛在她的脸上洒下一片阴影。

她的呼吸很轻，身体有节奏地微微上下起伏着。

小小的一团身影，像一只慵懒的奶猫。

陆淮予无声地舒了一口气，生怕惊动熟睡的人，他的眼神渐渐柔和下来，仿佛被眼前的一切治愈了。
　　怕吵醒她，陆淮予没有穿拖鞋，就这么走到沙发旁，单膝跪在地上。
　　他的身形挺拔，肩膀宽厚，挡住了光线，让简卿整个被笼罩在阴影里。
　　他久久地望着简卿，漆黑的眸中一片深沉。
　　看着眼前的人，他好像看见了宇宙中所有的星星。
　　他着了魔似的，像个窃贼窥视着稀世珍宝，又不知道为何小心翼翼地不敢碰触。
　　周围静谧无声。
　　电视里发出"咝咝"的嘈杂声，主持人大声地喊着倒计时。
　　"3——"
　　"2——"
　　"1——"
　　零点的钟声敲响。
　　窗外是绚丽夺目的烟花。
　　漫天金雨，如火树银花不夜天。
　　明暗交错的火光映在简卿的脸上。
　　陆淮予轻轻地开口道："新年快乐。"
　　他的声音低哑，情绪克制又压抑。
　　那句话很快就融进空气里，消散了。
　　简卿的心脏仿佛漏跳了一拍。
　　她闭着眼睛，一动也不敢动。
　　她感觉到陆淮予离自己很近，男人温热的呼吸就喷洒在她的脸上。
　　陆淮予的视线灼灼，呼吸炽热。
　　倏地，她的脸撞进了宽厚的胸膛里，紧贴着心脏的位置，她甚至听得见有力的心跳声。
　　陆淮予将她抱起，动作轻柔缓慢。
　　扑面而来的薄荷香在空气中扩散，其中夹杂着淡淡的酒味。
　　那气味萦绕在鼻息间，占据了简卿所有的感官。
　　隔着薄薄的一层衣服，陆淮予温热的掌心扣住了她的腰腹。
　　简卿丝毫不敢动作，甚至屏住了呼吸，生怕惊动了对她温柔以待的人。
　　她卑劣地贪恋着这一瞬间的亲密，好像男人身上浅浅的酒气把她也熏醉了。

时间仿佛变得很慢,却又不够慢。

陆淮予抱着她走过客厅和走廊,侧身用手肘推开客卧的门,然后将她轻轻地放在了柔软的床上。

羽绒被将她裹了进去,她的脑袋陷入了蓬松的枕头。

乌发散落,在她的脸上像羽毛似的掠过,让她感觉痒痒刺刺的。那感觉一直蔓延至心里。

干净修长的手指,指尖微凉,帮她拨去了脸上惹人不适的碎发。指腹轻轻滑过,留下一道看不见的痕迹,让她觉得留恋不舍。

卧室里没有开灯,只有走廊的一点点灯光从门缝流泻进来。

门被重新关上以后,偌大的卧室里重归一片黑暗。

简卿的眼睫微颤,她睁开明亮水润的眸子,长长地呼出一口气。

她动了动,滚烫的脸颊贴着微凉的枕头,而后又翻身把自己从头到脚都裹进了被子里。

一米八的大床上鼓起了一个小小的球。

沉沉的黑暗藏匿起她耳根处的红晕,红得仿佛要滴血。

她的心脏剧烈地跳动着,几乎要冲出身体。

这真是太糟糕了。

简卿一晚上都翻来覆去,裹着被子睡不着。

人们都说夜晚漫长,今晚却显得格外短暂。

天边露出鱼肚白,天光透过窗帘的缝隙洒入卧室。

这意味着她在这里的工作已经结束,她没有什么理由再留下了。

简卿不想和陆淮予当面告别,于是轻手轻脚地爬起来,收拾她所有的东西。

其实她也没有什么东西,只有用过的牙刷、毛巾,还有一些铅笔和颜料。

那副木质的画架虽然不属于她,却被她画画的时候不小心染上了各种颜色。

那好像就是她在这个家里留下的唯一痕迹了。

简卿抿了抿唇,从茶几上扯了一张便笺,用铅笔一笔一画地写下四个字,然后把便笺贴在了画板的右上角:"新年快乐。"

元旦假期结束后的第一个工作日，简卿按照邮件 offer 里约定的时间，来到了怀宇游戏公司的本部大楼。

她在大厅登记以后，前台小姐姐帮她联系了 HR。

没过一会儿，电梯口走来一位穿着汉服的小姐姐，手里还抱着一沓简历。来人正是 HR 陈语书。

陈语书温柔地和简卿打了招呼，领着她去二十楼。

两个人有一下没一下地闲聊着。

大多数情况下都是陈语书在说，她向简卿介绍着大楼的布局——一楼是咖啡厅，二楼是健身房，大楼后面是露天的篮球场，每一层楼都配备了太空舱，员工工作累了可以在里面睡觉。

陈语书仿佛一个观光导游，应该是对每一个新入职的员工都说过一遍，才有这样的流畅度。

出了电梯以后，有两道玻璃门挡住了办公区域。

陈语书扯过脖子上挂着的蓝色工作证刷了门禁。玻璃门向左右两边徐徐打开，映入眼帘的是一大片办公区域。

简卿从来没有在公司上过班，印象里的职场环境还是那种一小格一小格的格子间，里面的气氛压抑又沉闷。

怀宇游戏公司的办公区却让她大开眼界。

一条一条的白色长桌，没有任何阻挡，视野开阔，一览无余。

几乎每张办公桌上都配备了两个显示屏。

一排一排的座椅都是人体工学椅。员工们正懒懒散散地在工位上办公。

每个人工位上的摆设都彰显着鲜明的个性。

有的工位旁边摆着七八层高的书架，有的桌上放满手办和周边产品，也有的摆着一溜花花绿绿的游戏盘——PS4、NS（Nintendo Switch 的简称，任天堂于 2017 年发布的一款游戏机）、Xbox（美国微软公司开发并于 2001 年发售的一款家用电视游戏机）主机及手柄外设一应俱全。

不远处，有几个人在激烈地讨论着什么，争得脸红脖子粗，其中一个就是裴浩。

"不是，这个美术资源还没说要进版本，为什么就提交了？现在场景贴图都丢了，你说怎么办？"裴浩烦躁地抓了抓头发，指着显示屏问道。

"是美术支持部的人过来说场景水面效果不好，让我们改一下。"弱小又无助地坐在椅子上的美术小哥说道。

另一个瘦高的男人怒道："他们知不知道明天就要封包更新了？这需要

一个一个场景测试过去。游戏里有几百个场景，测不测得完还是两说。"

发火的正是《风华录》项目的主测试师。测试团队负责的是测试游戏 bug，保证游戏的质量和稳定性。

美术小哥小心翼翼地说道："嗯……夏哥说辛苦了。"

裴浩沉默了。这已经不是辛苦了，是命苦。

他深深地叹了一口气。当游戏策划的人最要紧的是要会忍。

裴浩拍了拍主测试师的肩膀，安抚道："得了。夏诀说什么就是什么，改吧。"

既然制作人都这么说了，主测试师毫无办法地耸了耸肩，说道："晚上的夜宵点点儿好东西，准备干一宿吧。美术师也别走，省得出了 bug 还要再把人叫回来。"

"行，行，行。辛苦了，辛苦了。"裴浩对着测试师、美术师点头哈腰地说着，卑微得不像个制作人。

虽然裴浩让步了，但他心里还是憋着一股气，于是忍不住"啧"了一声，说道："美术支持部这帮人真难伺候。"

简卿一路走过隶属《风华录》项目的十几排工位，他们刚才对话的声音又很大，让简卿想不听见都难。

他们说的还是她即将入职的部门，简卿只好默默走过，权当没听见。

倒是陈语书有些尴尬，笑了笑打着圆场："你别介意啊。美术支持部就是这样，因为他们要把控各个项目的美术效果。你理解成甲方就行了。"

她朝简卿眨了眨眼睛："以后你就会习惯了。"

"好的。"

几句话的工夫，陈语书就带着简卿到了美术支持部。

一张空着的工位上放着两个显示屏、数位板以及散乱的鼠标、键盘和电脑主机。

"这是你的工位。"陈语书环顾四周，发现周围两排工位上一个人也没有。

她看了一眼手机上的时间——早上十点。

"美术支持部的人应该都还没来上班。你先把电脑装好，一会儿就有人来了。"

理论上，公司正常的上班时间是早上九点半，但美术支持部的负责人夏诀对考勤完全不管，自己还"以身作则"地迟到。

整个部门的人都是白天不来，晚上不走。

后来夏诀天天审批下属的考勤补填实在是烦了，索性就和大老板打了声招呼，直接把美术支持部的上班时间改成了弹性制——组员不管几点来，只要工作满八个小时就可以。

他们明目张胆地搞特殊化，也没人敢说什么。谁让他们画的东西就是好呢？

陈语书友善地笑了笑，说道："我还有事先走了。上班第一天，加油。"

说完，她还握拳比了一个"加油"的手势。

简卿点了点头，乖乖地道谢："谢谢语书姐。"

目送陈语书走后，简卿开始组装桌上散乱的电脑配件和插线。

她动作慢吞吞的，对着一个插头看了半天，也不知道要往主机的哪个口插。

恰逢此时，她余光瞥见一个手里捧着一杯黑咖啡的人往这边走来。这人走到离她不远处的工位，坐了下来。

男人的身形挺拔，肩宽腰窄，身上休闲随意的穿搭却显得他十分好看。

他长得干净俊朗，剑眉星目，此时正抿着唇，好像没什么精神。

夏诀早上被邻居家装修的声音吵醒，只能被迫早早来上班。他起床气还没消，现在正黑着一张脸，谁也不想理。

"那个——"

身后传来一个软软的声音："能不能请你帮我装一下电脑呀？我不是很懂。"

夏诀皱着眉回过头，刚想拒绝她，反问她装电脑不会找IT部门的人吗，结果就看见一张眼熟的脸。

小姑娘柔软的黑发乖巧地别在耳后，露出一整张脸。她素面朝天，眼眸干净清澈，仿佛盈盈春水。

她五官的每一处都长在夏诀对女性的审美上。

很快，夏诀就记起她来，正是自己招进来的"妹妹"。

他张了张嘴，不知道为什么就硬把险些脱口而出的拒绝的话收了回去。

然后，他改了口风，不算热情也不算冷漠地说道："可以。"

简卿松了一口气，说道："太好了！谢谢你呀。"

夏诀喝了一口黑咖啡，压了压心里的火气，起身走到她的工位，帮她装电脑。

简卿本来还想帮忙递个线什么的，结果她给的线都不对，干脆当起了甩手掌柜，站在旁边看着夏诀组装。

两个人谁也没说话，气氛有些尴尬。

简卿将手背在身后，有些拘束地摆弄着手指。她越看越觉得眼前的男人眼熟，想了一会儿才想起来，自己好像在原画设计大赛时遇见过这人，还顺手给了这人一杯咖啡。

"你也是因为参加比赛拿了名次进来实习的吗？"她没话找话地问道。

夏诀扫了她一眼，却没否认。

简卿环顾了一下到现在还冷冷清清的两排办公桌，又想起自己刚刚从裴浩那儿听到的只言片语。

她小声地和"同届实习生"悄悄交换着感想："美术支持部的人好像有点儿狂，这么晚了也没人来上班。"

夏诀闻言，动作一顿，破天荒地反思了大概一秒后，觉得她说得没错，于是点了点头，说道："是有点儿。"

因为夏诀刚给裴浩找了事，所以裴浩坐不住，也想来给夏诀找点儿事，结果过来正巧撞见夏诀在给一个妹子装电脑。

这妹子背对着他，让他看不着脸。

裴浩瞪大了眼睛，跟见了鬼似的。他什么时候见夏诀做过这种给新人装电脑的粗活儿？

这还是他认识的那个因为实习生不会装电脑还撒娇就把人辞退的夏诀吗？

他走上前，"啧啧"调侃道："夏老师，真稀奇啊！装电脑不叫IT部门的人，你自己亲自上手。哪个新人也没见你给过这待遇啊。"

简卿听见声音，下意识地回过头看去。

裴浩在看到新人的脸的那一瞬间就闭上了嘴。

这不就是他的"嫂子"吗？

在陆淮予家撞见简卿以后，他已经彻底免疫了，对简卿的魅力深以为然。

他立刻懂了。

他瞬间觉得，夏诀这已经算不上什么大事，也根本无法在他的内心掀起什么波澜了。

反正，这是夏诀也追不到的妹妹。他想象了一下夏诀吃瘪的样子，还有点儿期待。

见裴浩盯着简卿傻笑了半天,夏诀皱起眉,冷冷地看他一眼,说道:"干什么?有事说事。"

"哦,我们新项目的美术师出了几版朱寿的原画,但是我怎么看都不满意。你帮忙给提提意见?"裴浩掏出手机,打开相册给他看。

《风华录》目前版本的世界观进程正处在正德年间,是明武宗朱厚照统治下的明王朝。

这位皇帝称得上史上第一昏君,其一生都荒诞不经、肆意妄为。

而裴浩口中的威武大将军朱寿,正是这位皇帝为了去边关打仗玩,给自己起的化名。

虽然朱厚照和朱寿是同一个人,但一个是皇帝,一个是将军,所以游戏里的角色形象还是需要有鲜明的反差。

夏诀把鼠标线和键盘线在主机上插好,直起身,瞄了两眼裴浩手机上的画就不看了。那原画的人物比例哪儿都不对,更别说美感了。

"你们这画的是什么玩意儿?有找人提意见的时间,我的人都给你画好了。"

裴浩在心里骂了一句脏话。话是这么说,但你也没必要这么直接吧。

"那你给我画啊!"裴浩说。

之前朱厚照的第一版人物设计就是夏诀定的草稿,现在朱厚照也是最受玩家欢迎的反派角色。

夏诀冷漠地拒绝道:"不行,美术支持部的人没有排期了。"

因为美术支持部要服务于全公司的游戏项目,所以每个人的工作排期都排到了一个月以后。

裴浩看了一眼简卿,说道:"你们这不是来新人了吗?就交给嫂——"

他差点儿说漏嘴,把"嫂子"两个字说出来。

裴浩干咳了一声,继续说道:"就交给简卿来做嘛。"

简卿站在旁边听着他们的对话,终于算是明白了,自己怕不是误会了什么。

眼前给她装电脑的男人根本就不是什么实习生。她想起自己刚才还当着人家的面说美术支持部的闲话,真是尴尬到窒息。

夏诀看向一旁的简卿,发现小姑娘此时正懊恼地皱着眉头,觉得有些好笑。

他挑了挑眉,说道:"也可以。"

"认识一下,我叫夏诀,美术支持部的负责人。"

入职第一天，她就精准地踩到了职场中的第一个"雷"——当着上司的面说整个部门的坏话。

一直到将近中午十一点，美术支持部才陆陆续续有人来上班。同事们都特别友善地和简卿打了招呼，有嘻嘻哈哈又话多爱开玩笑的，也有红着脸十分腼腆的。但同事们都是看上去很好的人，年轻而有活力。

简卿老老实实地坐在工位上。除了同事来和她打招呼认人以外，她基本一声不吭。

这主要是因为她还沉浸在说人坏话被抓的懊恼和悔恨中。

虽然夏诀看起来并不介意。他帮简卿装完电脑以后就重新回到了自己的工位上，趴在桌子上，旁若无人地继续睡觉了。

他仿佛在把简卿说他狂的事变成事实，贯彻到底。

简卿的工位靠窗，窗台上摆着两盆绿植，午后阳光会洒到她的桌面上。部门里最后一个来上班的是坐在她右边的角色原画组同事，叫肖易。

肖易的身高超过一米八五，他扎着小脏辫儿，身上穿的大码卫衣松松垮垮的，给人一种玩世不恭的感觉。

这样的人偏偏有个特别的外号，叫"小姨"。

肖易看见简卿就兴奋不已，时不时地没话找话。

"你多大了呀？还在上学吧？大几了？你看起来好显小呀。"

他偷偷地瞄了一眼还在睡觉的夏诀，继续悄悄地说道："不知道的还以为夏哥雇了童工呢。"

简卿正忙着给电脑安装 PS 和办公软件，于是简短地回他："没有，明年就毕业了。"

说话间，简卿已经打开 PS 建了一张空图层，开始打稿了。

两个苹果显示器，一个横着用来绘图，一个竖着用来放参考图。

她随意地选了两种颜色，涂了几笔，心中忍不住感慨，不愧是苹果显示器，色彩还原度很高，颜色很准。

肖易把手肘撑在桌子上，转着手里的手绘笔，说道："唉，我真是太感动了。"

"我们部门已经很久、很久、很久没来过女生了。"他掰了掰手指头算了算，继续说道，"三年前有一个新入职的女生长得挺漂亮。"

肖易看一眼简卿，又中肯地补了一句："不过没你漂亮。"

简卿从小到大已经习惯了被夸漂亮，于是很坦然地接受了他的夸奖。

她觉得肖易得"小姨"这个外号真是当之无愧，因为他说起这些家长里短的事来就没完没了。

肖易继续说道："然后那个女生入职第一天就找夏哥帮她装电脑。"

简卿闻言，手里的笔顿住——这可不就是她吗？

"夏哥说让她找IT，然后人家妹子不过就撒了一下娇，说不想找IT，你说夏哥至于把人说哭吗？"

"结果第二天，夏哥就让人事部把那妹子给辞退了。"

肖易撇了撇嘴，说道："你说，这哪是为了装电脑呀？这分明就是妹子借装电脑的事想追他呀！怎么会有这么不解风情的人呢？从那以后，我们部门就再也没招过女生了。"

简卿听他说完，只觉得后背一凉。

可能明天她也要离职了。

夏诀闭着眼睛，就听见肖易叽叽喳喳地说个没完，皱了皱眉，索性不睡了，起身走了过去。

"肖易，你哪儿来那么多废话？"冰冷的声音适时地传来。

简卿缩了缩脖子，被这冷不丁冒出来的声音吓得连触控笔都没拿稳，笔掉到桌子上滚了滚。

夏诀瞧她一副胆战心惊的模样，挑眉勾唇，对她说道："别搭理他，不会辞退你的。"

肖易一脸莫名其妙的表情。

他看到了什么？他们整天黑脸的老大竟然对妹妹笑了？

没等他张嘴，他就被夏诀一句话打入了地狱。

"就你来得最晚还胡说八道个没完！你明天九点半来上班。"夏诀对着他倒还是一张黑脸。

肖易丈二和尚摸不着头脑。他从没见夏诀管过考勤的事，怎么这会儿让他那么早来上班？

早起简直要他的命。

但他也不敢说什么，只能乖乖闭上嘴。

这时裴浩恰好到他们这边来找夏诀开管理层会议，把人给叫走了。

趁着老大不在，肖易转了转眼珠子，立马又开始说话。

"为什么刚刚夏哥说不会辞退你呀？"

简卿抿了抿唇，看着自己办公桌上整整齐齐的设备——插板和插线都

211

被理顺了，藏在桌板的后面。

"因为我的电脑就是他帮我装的。"

闻言，肖易一阵沉默，自觉地闭上了嘴。

简卿不用应付肖易之后，终于可以专心画画了。

工作的时间总是过得很快。

夏诀开完会回来的时候，冬日正午的阳光从偌大的玻璃窗照射进来，洒在简卿的脸上，使她看起来干净无瑕。

她微微抿着唇画画的样子极为认真，腰背挺得笔直，目不转睛地盯着屏幕，手里拿着触控笔在数位板上来回移动，左手白皙干净的手指在键盘上按着快捷键。

仿佛有一道微光指引一般，夏诀不自觉地迈着步子朝她的方向走去。

"你的画脸部构图有点儿问题。"夏诀双手抱臂，站在她的身后看她画了一会儿之后才开口说道。

简卿画得投入，没注意到身后多了个人，回头一看才发现是夏诀。

她将视线重新移回屏幕上，盯着自己的画稿皱起了眉。她没太看出来哪里有问题，于是问道："哪里不对？"

"笔给我。"

夏诀倾身动了动，左手绕过简卿的椅子和人，接过键盘，右手拿起触控笔在数位板上勾画起来。

简卿全神贯注地注意他的走线，没有意识到自己正被夏诀以一种圈住的姿势围在他的两臂之间。此时她只要稍稍抬头，就能抵上夏诀的下巴。

裴浩来美术支持部找场景美术师看《风华录》水面的修改效果，结果远远地正巧撞见眼前的这一幕场景。

两个人的动作怎么看怎么暧昧。

这不合适吧？

他立刻下意识地掏出手机，拍下这一幕画面，用微信发给了陆淮予。

他才发现，陆淮予从冬至那天起就再没理过他，连他发的微博链接也没看。

他知道自己的消息肯定又被这人自动忽略了。

裴浩撇了撇嘴，决定不计前嫌，好心地给陆淮予打了个微信视频电话。

没过一会儿，电话接通，手机屏幕里出现了一张十分好看的脸——五官立体，眉骨精致，让人不由得愣了一瞬。

黑色的碎发散落至额前，漆黑如墨的眸中神色沉沉，透着三分不耐烦的意味。

"做什么？"男人的声音低沉而富有磁性。

"陆医生，管管你的媳妇儿啊。"裴浩把手机摄像头掉转方向，对着远处的两个人。

陆淮予看着屏幕，一眼就找到了人群里坐在窗台边的小姑娘。她正被一个男人圈在椅子里。此时两个人贴得很近，举止亲昵又自然。

阳光洒在他们的身上，仿佛给他们笼上了一层薄纱，使他们融为一体。

陆淮予皱了皱眉头，紧抿嘴角，除此之外，没什么特别大的反应。

过了半晌，他垂下眸子说道："知道了，挂了。"

他的语气淡淡的，好像他并不在意似的，一副无动于衷的样子。

就这样？

裴浩愣了愣，没料到他是这样的反应，心中一阵迷茫，忍不住在心里嘀咕：这两个人是吵架了？

在画画这方面，简卿一直是很自信的，从小到大都没人说过她画得不好。

她在学校也是专业里画得最好的人。虽然周老师也会提一些意见，但平时她接触不到更厉害的人，让她不知不觉有了些许骄傲和自满的情绪。

刚刚简卿也观察过肖易画画。虽然肖易话多嘴碎，但是简卿不得不承认，他的画是真的好，肖易画中的很多细节也是她没想到的。

简卿再看屏幕上的画，夏诀只动了寥寥几笔，明明改动不大，却使人物脸部结构明显变得更加真实和谐，人物的神态也变得更加锐利，记忆点更加突出了。

原本只是为了实习工资而来的简卿，此时心里忍不住有些激动，同时也有点儿改变初衷了。

在这里，她好像看到了更高的天花板。

夏诀松开键盘和笔，漫不经心地后退一步，然后问道："懂了吗？"

简卿的悟性很高，她很快明白自己的问题出在了哪里，于是点了点头，说道："懂了。"

她拿起触控笔，接着夏诀没画完的地方继续往下画，然后问道："这样对吧？"

夏诀没再说什么。他喜欢这种一点就通的人。

于是，夏诀不再继续看她画，漫不经心地转身往回走，却一眼看见扒着隔壁书架、贼眉鼠眼地朝这边看的裴浩。

"你在干吗？"夏诀皱起眉，冷冷地问道。

裴浩偷窥被抓了个正着，尴尬地笑了笑，才想起自己的正事来。

"哦，这不是来新人了吗？正好我想请美术支持部的人吃顿饭，就今天晚上。"

请吃饭是他们的一个传统。一般《风华录》的一部大资料片上线后，裴浩作为制作人都会分部门请大家吃饭，犒劳大家这一段时间辛苦加班。

程序部、美术部和测试部的人都已经吃过了，现在就剩下美术支持部了。

虽然美术支持部并不隶属《风华录》项目，但是他们在这一版本的游戏上也帮了很多忙，裴浩自然也是要请的。

夏诀自然知道这个传统，所以也没和他客气，点了点头，说道："可以。"

"OK，那我去订位子。我知道有一家烧烤很好吃。"裴浩解锁手机屏幕，走到一边打电话给秦蕴，让她帮忙订位子。

裴浩口中说的那家烧烤叫"无名烧烤"，在协和医院附近的小巷子里，知道的人很少。

之前他爸得病住院，裴浩和口腔外科的医生们混熟了才打听到这家店。

无名烧烤一般是不接受预订的，但是有人特地去店里说一声，老板也不好意思拒绝，就会给留位子。

傍晚时分，南临下起了今年冬天的第一场雪，雪花纷纷扬扬地飘落。

到六点半下班的时候，他们一行人便浩浩荡荡地去吃饭。

公司离协和医院不远，不过协和医院不好停车，大伙就三三两两地打车过去了。

由裴浩带路，大家很快就找到了藏在巷子里的烧烤店。

小小的门面，门口挂着藏蓝色的日式帘子，店里面积也不大，中间是两张长桌配长板凳。

店里的暖气烧得很足，即使屋外下着雪，屋里依旧很暖和。

他们占了一张长桌。另一桌人还没来，空荡荡的，估计也是预订的。

店里只有店老板和一个伙计。老板负责烤串，伙计负责点单。

菜单就是一张薄薄的塑胶纸，上面的菜名还是手写的。

裴浩轻车熟路地把每种串都五十串五十串地往上点，一边点一边说道：

"大家想点什么随便点，管够。还有，冰镇啤酒先来一打。"

一直没怎么说话的夏诀抬起眼皮，问旁边的简卿："你喝酒吗？"

简卿摇了摇头，答道："不怎么喝。"

裴浩闻言才想起来，现在美术支持部除了他们这帮大老爷们儿，还多了个妹妹。

他翻到菜单背面的酒水列表，问道："那你喝点儿别的饮料？可乐？"

简卿犹豫了片刻，不知道为什么想起陆淮予不准眠眠喝可乐的样子，最后摇了摇头，说道："我喝白水就好。"

"哎呀，吃烧烤喝白水多没劲哪。"话是这么说，裴浩还是帮她叫了一壶白开水。

等烧烤的工夫，大家剥着盐煮毛豆和花生，有一下没一下地闲聊着，大多数话题是关于游戏的。

这时，另一桌的客人也来了，人也不少，有十几个。

领头的是一个穿着精致裙装的女人。她将一头黑色长发盘起来，优雅知性，很有气质，颇有古典美人的意味。

裴浩似乎和她认识，挑了挑眉，打招呼道："秦医生，你也订了位啊？"

秦蕴笑了笑，说道："可不是嘛！我都跑一趟了，总不能只帮你订吧。"

她帮裴浩来烧烤店订位子的时候，想起颌面外科好像也很久没聚餐了，就顺便订了一桌。

等他们的人一一落座，突然有人出声问道："陆医生呢？"

秦蕴对面还空着一个位子。她看着菜单，解释道："他还有一个病人要看，一会儿过来。"

简卿用双手捧着陶瓷水杯，低垂着眼皮，有些百无聊赖。

裴浩他们说的游戏话题她也听不太懂，只能愣愣地发呆。

夏诀抿了一口啤酒，看出简卿的心神已经游离于外了，于是用食指骨节敲了敲桌子，说道："你们聊点儿别的，天天做游戏，出了公司还聊游戏，累不累？"

肖易的目光在简卿和夏诀的身上转了一圈，然后他决定肩负起使命，当好他们老大的"僚机"。

他拿起一个空啤酒瓶，放在桌子中央，提议道："不聊游戏那不如玩游戏？酒瓶口指到谁，谁就要玩真心话大冒险。"

这帮做游戏的人都是爱热闹、爱起哄的年轻人，于是这提议一出，立

215

刻得到了众人的响应。

"那我先转啊？被指到的人如果选真心话，就要连续回答三个问题。"

肖易将右手扣在酒瓶上，腕部用力，使酒瓶快速地转动起来。

恰巧此时，门口的帘子被人掀起，带进一阵寒意。

简卿下意识地朝门口望去。

男人乘着风雪而来，身形挺拔修长，身着笔挺的黑色西装，高定布料包裹着宽肩窄腰。很少有人能将西装穿得像他这样好看，整个人处处精致完美。

他一双眼眸漆黑如墨，轻抿薄唇，脸上没什么表情，周身的疏离与清冷的气息比往日更甚。

仿佛感受到了简卿的目光，男人将视线移至她的脸上。

简卿一瞬间有些愣住，怔怔地和他对视。她没想到在这里还能撞见陆淮予。

周围的一切仿佛都停滞了。

酒瓶转动的速度也越来越慢，最后瓶口正好指向了简卿。

第八章
她的狐狸

男人的气场清冷，长相极为好看，即使他只是安安静静地进入店里，也足以吸引所有人的目光。

就连夏诀也忍不住多看了他几眼。

"陆医生，这里——"

隔壁桌的人也看见了站在门口的男人，于是有人出声招呼。

陆淮予收回落在简卿身上的目光，途中视线却仿佛不经意似的从坐在简卿旁边的夏诀身上掠过。

陆淮予脸上的表情淡淡的，低垂的睫毛掩住了双眸里的情绪。

简卿看见他走到隔壁桌空着的位子坐下，将手里拎着的塑料袋递给秦蕴，说道："一会儿喝酒，你先喝点儿酸奶垫一垫。"

周瑞听说今天他们科里聚餐，就知道秦蕴肯定会喝酒，于是特意让陆淮予帮他给媳妇儿买了一盒酸奶。

秦蕴接过酸奶道了声谢，说道："晚上不上班，你也喝点儿酒？"

陆淮予慢条斯理地拆开一次性碗筷，婉拒道："我还要开车，喝白水就好。"

简卿和他中间虽然隔了两张长桌，还有两个人——肖易和秦蕴，但因为小店面积不大，桌椅也摆得很近，所以他们看彼此的脸都能看得很清楚。

两桌人讲话的声音也能互相听得很清晰。

简卿默默地听着他们的对话，感觉他们亲昵又熟稔。

背对她的女人肤白貌美，身段极佳，盘起的乌发有一缕垂落在颈上，为女人平添了万种风情。

这位美女的气质和陆淮予清冷的气场莫名其妙地相配。

肖易盯着啤酒瓶打了个清亮的响指——真是要什么来什么。

他"嘿嘿"笑了笑，说道："不好意思呀，简卿，第一轮就是你。你选真心话还是大冒险？"

简卿这才回过神儿来，压下心底异样的情绪，说道："真心话吧。"

闻言，肖易挑了挑眉，喝了一大口啤酒，打了个气嗝，然后盯着简卿开始提问。

"那我问了。"他说，"你有男朋友吗？"

裴浩翻了个白眼。

这么没有技术含量的问题哪里还用问？男朋友不就在人家对面坐着呢？

不过裴浩感觉这两个人今天看起来怪怪的，刚才谁也没搭理谁。他原本还想招呼陆淮予坐过来，好气一气夏诀呢，结果也没敢出声。

简卿老老实实地回答道："没有。"

裴浩愣了愣，心想怎么就没有了？他下意识地朝陆淮予的方向看去。

隔壁桌的角落里，陆淮予低垂着眼皮，侧脸隐在阴影里，让人看不清他脸上的表情。

他手里把玩着玻璃杯，对隔壁这一桌人的热闹游戏无动于衷，好像并不在意似的。

裴浩收回目光，满腹狐疑，忍不住心里犯嘀咕。

难道两个人这么快就分手了？

肖易闻言，继续下一个问题："那你有喜欢的人吗？"

随着他的话音落下，角落阴影里的男人缓缓停下了把玩玻璃杯的动作。

他将视线聚焦在玻璃杯因为反光折射出的十字光亮上，却又好像什么也没看似的，听觉不知被哪一处占据了。

简卿皱了皱眉，觉得有些不适。

但总归是游戏，她也不想表现得那么玩不起。

于是她低下头，盯着面前的陶瓷茶杯，看着浅绿色的茶叶在里面浮浮沉沉，最后缓缓开口道："有的。"

这没什么好遮掩的——有就是有。

闻言，用手撑着下巴又耷拉着眼皮的夏诀抬眼看向她。

肖易一听这话，觉得有戏，继续追问道："那你喜欢的人现在在场吗？"

简卿对上肖易好奇的眼神，紧抿嘴角，陷入了沉默之中——她还是开不了口。

恰好此时，隔壁桌点的啤酒上来了，秦蕴利落地用开瓶器开了一瓶，将酒倒进玻璃杯。

她举起杯，落落大方地给坐在她对面的男人敬酒，声音温柔，含着笑意："淮予，这次出差辛苦了啊，多亏你替我去了，不然我可吃不了去越南的苦。"

陆淮予懒懒散散地靠在身后的墙上，就着杯子里的白水象征性地抬了抬杯，接受了秦蕴的敬酒。

"小事。"他淡淡地说道。

秦蕴看起来温温柔柔的，但性子爽快，一口就把酒干了。

她悄悄观察着陆淮予。

他们从大学起就是同学，然后又是同事，后来她和周瑞结婚，陆淮予还是伴郎。他们的关系熟得不能再熟。

秦蕴向来通透，很会察言观色，看出陆淮予今天情绪不佳，他一直低着头，也不讲话，一副游离于外的样子。

她拿起瓷盘上架着的一根筷子，探过身敲了敲他的杯子，眼神中含着询问之意。

陆淮予回过神儿，好像在逃避什么似的站起身来，说道："我出去抽根烟。"

简卿不知道自己为什么要那么关注对面的两个人。

但他们说话的声音就是不受控制地直直地穿透嘈杂的环境音传入简卿的耳中。

她的心里有些不是滋味，又闷又涩的感觉。

原来陆淮予出差走了那么多天是为了帮她。

肖易看简卿低着头不说话，以为她害羞了，于是又问了一遍："到底在不在场啊？"

简卿轻扯了一下嘴角，觉得可能是她自己想多了吧，被宿舍的人调侃多了，还当真了。

她抬起头，笑了笑，轻描淡写地说道："不在。"

陆淮予听到轻飘飘的两个字从背后传来，掀帘子的动作顿了顿，过了几秒，才走出店门。

肖易的脸色有点儿僵，他条件反射地看了一眼夏诀——看来老大的魅力还是差点儿意思。

夏诀倒是没什么反应，把手按在啤酒瓶上。

"问完了吧？"他说，"那我来了。"

啤酒瓶快速地旋转，发出与桌面摩擦的声音，而后慢慢地停下来。

最终瓶口指向了肖易。

夏诀抬了抬眼皮，仿佛预料到了一般，问道："真心话还是大冒险？"

肖易对上他凉凉的目光，缩了缩脖子，不知道自己哪里又惹到他了，结结巴巴地答道："真……真心话。"

"你是处男吗？"夏诀问得很直接。

肖易的脸上顿时五颜六色的，表情走马灯似的变化不停，过了半天才从牙缝里吐出一个字："是。"

夏诀瞥了他一眼，拖着长长的尾音"哦"了一声。

这一声伤害性不大，但侮辱性极强。

桌上的众人发出一阵爆笑声，大伙儿的嘲笑声此起彼伏。

"哎，小姨，你自己的事都没解决，还好意思关心人家妹妹的感情状态。"

"要不要哥哥帮你介绍几个妹子认识一下呀？"

肖易无语凝噎。

老大为什么要搞他？

正好此时热腾腾的烧烤上了桌。夏诀耸了耸肩，竖起桌上的啤酒瓶，表示游戏暂时告一段落："吃饭吧。"

裴浩推荐的这家烧烤店里的东西的确很好吃——味道够正，就是特别辣。

简卿不太能吃辣，偏偏又爱吃。她吃得嘴唇都肿了，拼命地灌水，想缓解嘴里的辣味。

她喝多了水，于是吃到一半就想去卫生间。

小店里没有卫生间，所以简卿得去小巷子里的公共卫生间。

"要我陪你去吗？"夏诀放下筷子，低声问道。

简卿穿上外套，脸红了一下，心想哪有上卫生间还要人陪的？于是她赶紧说道："不用，不用。"

简卿掀开帘子走出去，感觉一股寒意扑面而来，让她昏沉的脑子清醒了不少。

夜已深了，小巷子里没有路灯，只有无名烧烤的招牌发出微弱的光亮。

雪下得比傍晚时分更大，纷纷扬扬地落在她的脸上。雪花很快融化成水珠，让人感觉冰冰凉凉的。

她深深地吸了一口气，让冷空气一路灌入五脏六腑。

空气中飘着淡淡的烟草味。简卿往左转身，才发现靠在门框边上悄无声息的一道身影，差点儿被吓了一跳。

男人挺拔的身形隐匿在阴影里，宛若沉默的巨兽，干净修长的手指骨节分明，指间夹着一根烟，烟头忽明忽暗。

他微仰着头，缓缓吐着烟，黑色的碎发散落至额前，使人看不清他的眼睛，只能看到他高挺的鼻梁和线条明晰的下颌。

这还是简卿第一次看到陆淮予抽烟。他整个人举手投足间处处透着贵气与优雅，抽烟的样子又使他看起来多了几分野性。

陆淮予看到她从店里出来，很快把烟按在垃圾桶上的小石子里熄灭了，本就不算浓的烟草味在室外很快就消散了。

简卿的心情不好，她不想理他，于是想要直接越过他。

往公共卫生间去的路被垃圾桶挡住了一半，又被陆淮予挡住了另一半。

偏偏陆淮予还一动不动，没有一点儿要让路的意思。

简卿没办法，只能开口道："麻烦让一下。"

陆淮予低下头盯着她，昏黄的灯光映在她的脸上，勾勒出她柔和的线条。她的两颊因为店里温度高而染上了一层红晕。

小姑娘看起来有些不高兴，紧锁着眉头，将嘴唇抿成一条线，盈润的眼眸里透着疏离之色。

"第一天上班怎么就不高兴了？"他问道。

他的语气淡淡的，好像哄小孩似的。他轻而易举地就将简卿的情绪看穿了。

他不问还好，一问之下简卿的心里顿时生出一股无名怒火。

于是简卿瞪了他一眼，问道："和你有关系吗？"

小姑娘的声音里携着怒意，可依然软软的，听起来反倒像是娇嗔。

陆淮予挑了挑眉，不知道谁招惹了她，让她今天有这么大的火气。

他都还没生气呢。

见小姑娘的心情不好，陆淮予自觉地不再惹她，让开了路。

简卿立刻侧身蹿了过去，然后又往小巷更深处走去。

她听烧烤店的老板说，巷子里头有一间公共卫生间。

陆淮予单手插在西服裤兜里，漫不经心地跟在她的后面问道："你去哪儿？"

简卿没搭理他，一路大步地向前走着。

等她走到公共卫生间时，她整个人都蒙了。

这根本就是用几块木板搭成的破茅房，而且里面黑漆漆的，也不知道有些什么东西。她实在迈不进去腿。

陆淮予看出了她的想法，轻轻勾起嘴角说道："走吧，我带你去医院上卫生间。"

协和医院的门诊楼就在几百米开外。

不知道为什么，简卿恼起他来。

她突然就不喜欢陆淮予无时无刻不保持着的好教养了，好像他对谁都一样关心和照顾。

她突然就很想惹陆淮予生气，想知道这个人沉静如水的表情被打破之后会是什么模样。

于是她仰起头，对上男人漆黑如墨的眼眸，一字一顿地问道："我和你很熟吗？你能不能不要管我？"

她的声音不大，但是在寂静无人的空巷里显得格外清晰，甚至有回音。

漫天的大雪像一道幕墙似的隔在两个人中间。

周遭的一切仿佛静止了，就连雪花落下的速度都变慢了。

未经大脑思考就脱口而出的话覆水难收，简卿说完就后悔了。

他们之间明明什么关系也没有，她又有什么立场对陆淮予生气呢？

她一向不是别扭和矫情的人，也不愿意和人分享自己的想法和感受。

她好像已经习惯了默不作声地忍让。

只要别人不侵犯到她的底线，她永远是一副无所谓的样子。

她也不知道自己是怎么了，偏偏在陆淮予面前的时候，会不知不觉就卸下了伪装和防备，表现出她性格里恶劣的一面，不带过滤地把自己身上的负面情绪传递给陆淮予。

简卿眨了眨眼，感觉落在眼睫上的雪花冰冰凉凉的，裹着一阵寒意。

空巷里似还残留着她说话的回音。

即使教养再好的人，被这样的言语暴力对待，也会觉得被冒犯了吧。

陆淮予就算不生气，也不会想再理她了吧。

陆淮予沉默许久，将目光落在她的脸上，不放过她的每一个细微的表情。

小姑娘心虚似的低着头不敢看他，双手揪着衣服的下摆，抿着唇一言不发，也不知道在倔强什么。

真是个小没良心的，她翻脸就不认人了。

说陆淮予的心里没有气，那是假的。

他骨子里的骄提醒着他，没道理上赶着给自己找不痛快。

可看到简卿被冻得红红的小脸和干净湿润的眼睛，他就是和这小姑娘计较不起来。

周遭的空气仿佛凝滞了一般，直到男人发出一声几乎听不见的轻叹声。

陆淮予缓缓走上前去，倾身靠近，将她敞开的外套拢了拢，而后又慢条斯理地帮她把大衣扣子一颗一颗系上。

刚才简卿出来得急，想着很快就能回去，所以也没好好穿外套，只是把衣服随随便便地套在身上。

羊角扣的环扣收得很紧，很不好扣，陆淮予一点儿也不着急，很有耐心地将羊角扣一点点地穿进去，像在帮小朋友穿衣服。

陆淮予的个子很高，他挡住了光线，将简卿整个人都笼罩在阴影里。

简卿平视的视线只到他的胸口。

她怔怔地站在原地，因为男人的动作而瞳孔倏地放大。

她没料到陆淮予会做出这样的反应，于是一动不动地任由他动作。

空气中飘散着一股淡淡的薄荷香，很好闻。

她张了张嘴，又不知道说些什么。

很快羊角扣被陆淮予系好，外套不再漏风，她感觉暖和起来。

两个人一前一后默不作声地往回走着。

陆淮予帮简卿系好外套以后，好像的确如她要求的那样不再管她了。

他自顾自地走在前面，仿佛与简卿是完全不相干的陌生人。

简卿跟在他的身后，感觉心里空荡荡的，很难受。

等两个人快走到无名烧烤店门口的时候，陆淮予突然停下了脚步。

简卿低着头没看路，直接撞上他宽厚的背，感觉鼻子一阵疼，下意识地"哎哟"了一声。

听见两个人发出的声响，烧烤店门口两个正在拥抱接吻的人立刻分开了。

虽然那两个人的动作极快，但简卿的余光还是瞥见了他们。

巷子里的光线昏暗，简卿看不清他们的脸，但还是忍不住一阵害羞，红了红脸。

被抵在墙上的秦蕴理了理鬓边散乱的头发，一巴掌拍在了周瑞的胸口上，然后瞪了他一眼。

周瑞舔着嘴角，没皮没脸地笑了笑，心里想着：媳妇儿的口红真好吃。

他把秦蕴挡在墙角以后，才转过身去瞧扫他兴的人。

借着微弱的光线，他认出来人是陆淮予。陆淮予的身后被半遮住的女人娇小玲珑，跟他贴得极近。

周瑞放松了警惕，半点儿没有被撞破的尴尬样子，反倒调侃起对方来。

他挑了挑眉，拿腔拿调地说道："陆医生，看不出来呀！你也有带人钻小巷子的一天。"

"你什么时候交的女朋友？藏得够深哪，连我和秦蕴都瞒着。"他不依不饶地说道，"赶紧介绍一下呀。"

陆淮予表情淡淡地岔开了话题："你今天不是有晚课吗？"

周瑞显然不吃他这一套，继续说道："哎，你没劲了啊——"

就连秦蕴也帮着她家男人起哄，笑了笑，说道："就是呀，怎么给我们看看都舍不得呀？"

陆淮予将简卿整个人挡在身后，没有让开的意思，仿佛不想让对方看清她的脸。

既然他们之间的关系已经撇清了，简卿不想再让人误会，索性探出脑袋，大大方方地露了脸。

然而在看清对面男人的长相的瞬间，她顿时僵住了，下意识地叫人："周……周老师。"

因为心虚，她的声音很小。

这时，她也明白了陆淮予挡着她的原因。要是被不认识的人撞见，他们俩随随便便应付一下就好了，反正以后也碰不上面，不用在意。

但被学校的老师撞见，黑灯瞎火的情况下，孤男寡女从巷子深处一起出来，这解释都得解释半天，而且还不一定能解释清楚。

周瑞盯着眼前乖乖巧巧的小姑娘，瞪大了眼睛。他立刻看向陆淮予，眼神里透出不赞同的意思。

他好歹是个大学教授，虽然在熟人面前没个正形，但在学生面前还是要保持为人师表的形象。

周瑞不再开玩笑，轻咳了一声，皱起眉，冷冷地问道："陆淮予，你这是什么情况？"

这怎么就牵扯到他的学生头上去了？

虽然周瑞没那么"古板"，也不反对大学生和步入社会的成年人谈恋爱，但是看到自己的朋友和自己的学生在一起，无论如何都觉得十分别扭。

他不自觉地拿自己的道德标准去约束起陆淮予来，潜意识里认为这是不对的，也是不该的。

更何况这事还极有可能是他一手促成的。毕竟之前是他介绍简卿给陆淮予做家教的。他想到这里，心里更是接受不了。

秦蕴看周瑞的脸色不对，拉了拉他的手，问道："老公，怎么了这是？"

简卿看向秦蕴，听见她喊周瑞"老公"，瞬间愣住了。

她眨了眨明亮迷茫的眼眸，脑子转了几圈，过了许久才反应过来——所以刚刚在店里，她是误会了？

她脸上"腾"的一下染上了红晕，心里又羞又愧，不敢扭头去看站在她旁边的陆淮予了。

周瑞气鼓鼓地"哼"了一声，伸出胳膊揽过秦蕴的肩膀，告状似的说道："你问他！"

你看陆淮予好意思说吗？这人竟然招惹他的学生！

秦蕴疑惑不解地看向陆淮予。

陆淮予的脸上没什么表情。

过了几秒，他终于开了腔："你想多了。她和我不熟。"

简卿的耳畔传来男人这句轻飘飘的话。

她低着头，眼睫微颤。

陆淮予说的是，她和他不熟。

主语是"她"，简卿。

他仿佛在无声地控诉简卿单方面地说和他不熟的行为。

周瑞明显不信，嗤笑道："你骗谁呢？不熟你还带人来吃烧烤。"

秦蕴默不作声地打量着陆淮予旁边的小姑娘，认出她是和裴浩一起来的。

"哎呀，他们俩确实不是一起来的。你就别瞎猜了。"她用手肘捅了捅周瑞。

陆淮予的为人，秦蕴还是相信的，他不至于在这种事上扯谎。

再说刚才她在烧烤店里就没见他们俩说一句话。两个人就算只是认识也会打个招呼吧。

秦蕴怕周瑞吹胡子瞪眼地把没事都说得有事了，于是笑了笑，说道："我和老周先走了。账我已经结了，就当是谢你替我出差。"

周瑞觉得心里有些堵，找碴儿地说道："这有啥可谢的？出差不是他还你上周一的下午替他代班吗？"

他颇为不满地嘟嘟囔囔着："本来那天应该是你休假。我们还计划去象山一起看红叶呢。也不知道他有什么事这么着急，连门诊也不看了。"

简卿闻言愣了愣，想起上周一的下午陆淮予可能也不是有什么急事，就是去了蹦床公园而已。

她当时理所当然地以为陆淮予下午没有班，于是连问也没问一句。

"我们好不容易才碰着我媳妇儿休假而且我也没课的日子。等到下次，象山的红叶早就谢了。"

周瑞就是有这毛病，一旦唠唠叨叨起来就跟祥林嫂似的没完。

秦蕴自然晓得，于是伸手在他微微带肉的下巴上揉了两下，说道："差不多得了啊。我们回家。"

周瑞被媳妇儿的手揉得舒服了，立马转移了注意力，把头埋在她的颈窝间蹭了蹭，笑嘻嘻地说道："得嘞，回家，回家。"

临走前，他又看了一眼陆淮予，眼神里含着警告，仿佛在说"你别招惹我的学生啊"。

简卿望着两个人离去的背影，感觉心里受到了一些冲击。

周老师平时在学校是出了名地严厉、不苟言笑，没想到在媳妇儿面前会这样，跟一只撒娇的大狗似的。

他们渐渐走远以后，小巷子里又冷清下来，空气仿佛又凝滞了。

简卿有些迈不动步子，站在原地半天没动。

陆淮予的手里不知什么时候多了一张白色的卡。

他将卡片递给简卿，说道："出了小巷往右拐就是医院的门诊楼。你拿这张卡刷开门禁，进去左拐，走到头就是卫生间。"

他的声音低沉，语速不疾不徐，只是比刚刚多了几分疏离感。

他也如简卿要求的那样，不管她了。

虽然他还是借给简卿门禁卡,还为她耐心地指路,但这也只是对陌生人友善的程度。

简卿愣愣地接过他递来的卡,把它攥进手里。

那卡片薄薄一张,棱角分明,上面还带着陆淮予的体温。

她抬起头望向陆淮予。

男人在她的视线投来时移开了目光,低垂眼皮,不知凝望着哪里。

他漆黑的眼眸有些黯淡,轻抿着薄唇,看起来好像不太高兴,但依旧控制着自己的情绪,努力表现出不在意的样子。

他从西服裤兜里摸出了一包软盒烟,干净修长又骨节分明的食指有一下没一下地在烟盒上轻点。

好像等她一走,他就准备继续抽烟了。

若有人观察得细致的话,就能发现他敲击烟盒的频率混乱,其实他有些心不在焉。

简卿知道今天是她不讲道理地胡乱发脾气。

她不安地揪着外套最上面的一颗羊角扣,最后咬了咬牙,上前一步想去拉他的袖子。

巷子里的光线昏暗,烧烤店招牌的光亮越往下越暗。

简卿摸黑去抓,抓偏了一点儿,于是没拉到袖子,倒是拉上了陆淮予的手。

陆淮予自然垂下的手五指微微弯曲。

简卿拉上他的大手时,拇指按在他的手背上,其余四指抵着他的掌心,好像她的手正被陆淮予的手圈在里面一样。

简卿感觉男人的手触感温热柔软。

陆淮予低着头,被她突如其来的举动惊到了,食指条件反射地微微上抬。

他侧过脸看向简卿,眸色渐沉,却没有开口,好像在等她主动说话。

简卿也愣了一下,觉得有些尴尬,连藏在头发里的耳根都在微微发烫。

好在被她抓住的大手一动不动,没什么反应,于是她决定若无其事地将错就错。

她抿了抿唇,怯怯地小声开口道:"晚上医院没有人,我害怕。你能陪我去吗?"

陆淮予抬眼直直地盯着她。

他有些跟不上简卿这样没有任何征兆的变化。

明明小姑娘刚才还板着一张小脸儿，对他满是抗拒之意。

小姑娘的声音软软的，像奶猫似的呢喃着。

她还眨着明亮迷茫的眼睛，蹙着眉头，轻轻晃着男人的手，带着几分讨好的意味，柔软微凉的指腹在男人的掌心无意地摩挲着，让陆淮予感觉仿佛羽毛扫过一般痒痒麻麻的，一路痒到心里。

陆淮予自嘲地扯了扯嘴角，简卿在烧烤店里回答那三个问题的情景还历历在目。

从有记忆开始，他想要什么都能轻而易举地得到，不管是学业成绩、工作成就、社会地位还是物质。

甚至他都不用怎么主动，一切东西好像就那么落在他的手里了。

唯独这一次，他不确定了。

他从来没有像今天这样对一个假想敌忌妒得发狂，甚至想卑鄙地把小姑娘从那个人的身边抢走。

他忍不住贪恋现下小姑娘表现出的亲昵举动，即使这亲昵也许并不只是对他一个人的。

烧烤店年久失修的招牌在这一刻终于结束了它的使命，黑了下去再也发不出光来。

小巷彻底隐没于沉沉的黑夜中。

简卿看他许久没有反应，心里越发没底，于是好不容易鼓起的勇气又泄了下去。

她正要松开手，倏地就被陆淮予反握住。

两个人十指交扣。

他的大手干燥温暖，指腹上有薄茧，将她的小手牢牢圈在掌心里。

简卿的瞳孔微微放大，脸颊一直红到了耳根。

她下意识地轻轻往外撤手，却惹得陆淮予将她的手握得更紧。

她的心脏仿佛漏跳了一拍。

她的手也由僵硬到渐渐放松，最后任由陆淮予牵着。

两个人谁都没有说话，好像牵手就是自然而然的动作。

在小巷里的时候还看不出来，两个人走出去才发现整座城市已经被覆盖了一层白雪。

银装素裹，漫天飞雪，整座城市在路灯黄色的灯光映衬下敛去了冷意，让人觉得温暖又踏实。

陆淮予走得不快,好像是为了照顾简卿的步子。

明明医院的门诊楼就在不远处,简卿却觉得走了许久。

时间仿佛过得很慢。

洁白一片的地上被他们踩出一大一小两串脚印。

简卿的手心被陆淮予焐热,她感觉好像有电流从掌心一路流至全身,忍不住偷偷收了收五指,回握住他的手。

男人不易察觉地顿了顿脚步,轻轻勾起嘴角。

协和医院的门诊楼晚上空无一人,即使到处都亮着灯,照得亮亮堂堂的,仍旧透着一股阴森诡异的气息。

空气中明显飘着一股消毒水的味道。

简卿缩了缩脖子,几乎贴着陆淮予在走,眼睛也不敢乱瞄,生怕看见什么不该看的东西。

她不知不觉地就死死攥着男人的手。

陆淮予倒是没什么感觉,一直面不改色,好像早就习惯了。

他瞥了一眼惨白着脸的小姑娘,笑了笑,问道:"真的害怕?"

男人的声音低沉又很有磁性。

他说出的话仿佛往平静的湖面投下了一颗石子,在空荡的医院里显得格外清晰和突兀。

简卿屏住呼吸,压低声音,好像怕惊动什么,小心翼翼地抱怨道:"哎呀,你别说话。"

连她自己都没注意到,她的语气软软的,像在娇嗔。

陆淮予挑了挑眉,觉得有些好笑,却也不再逗她,乖乖地不说话了。

他带着简卿,熟门熟路地找到了卫生间:"去吧。"

看出简卿的紧张情绪,他补充道:"没事,我在外面等你。"

简卿往卫生间里探了探头,犹豫了许久,才缓缓松开攥住他的手。

"你别走啊,我很快的。"她不放心地叮嘱道。

陆淮予低下头,对上她清亮的眼眸,过了几秒,开口道:"我不会走的。"

他的嗓音低沉,语速不疾不徐,神色也极为认真。

他仿佛在安抚小姑娘,又像对她做着承诺。

等人的工夫,陆淮予百无聊赖地点开了微信,最上方就是裴浩的微信消息。

　　他抿着唇点了进去，映入眼帘的是那张小姑娘被夏诀圈在怀里的照片，十分刺眼。

　　陆淮予的眸色渐沉，令人辨不明情绪，而后他长按那条消息——删除。

　　他的目光顺着聊天界面往上，看见了裴浩许久以前发的信息。

　　裴浩："@微博分享，《风华录》游戏美术原画设计大赛获奖作品赏析。"

　　裴浩："这就是你说的'比我早'？那天在车上，你们俩在我面前装互相不认识呢？"

　　陆淮予微蹙着眉心，不明所以地点开了微博链接。

　　卫生间里一如外面空空荡荡的，有一扇窗户没有关，穿堂风吹过，发出"呼呼"的声音。

　　简卿的头皮一阵发麻，脑子里不受控制地蹿入各种恐怖片里的画面。

　　她憋着一口气，以极快的速度上完了卫生间，然后冲到了洗手台前。

　　她在洗手台的位置就能够看清站在门外的男人了。

　　原本提着的心落了下去，她把手凑到自动感应出水的水龙头下方，一边洗手，一边悄悄地观察他。

　　陆淮予斜斜地靠在白色的墙上，微微低着头，拿着手机在看。

　　手机屏幕发出的蓝光映在他的脸上，勾勒出他立体的五官、精致的眉骨和明晰的下颌线。

　　他看得极为认真，漆黑的眼眸里仿佛盛满了星光。

　　接着，他轻轻勾起嘴角，也不知道看到了什么，这样高兴。

　　简卿撇了撇嘴，收回视线，双手搓起的泡沫被细细的水流冲走。

　　简卿觉得右手被他牵过的触感仍旧清晰地留在自己的手上，右手仿佛被灼烧似的滚烫。

　　她盯着镜子里的自己，将耳朵两边的黑发别到耳后，露出红得仿佛要滴血的耳根。

　　镜子里的人眼眸湿润，面色含春，脸上的表情透着深深的无力感。

　　感情的事让人根本没有办法做到及时止损哪。

　　简卿也不知道自己哪里来的占有欲，想要独占他，不管自己配不配。

　　听见越来越近的脚步声，陆淮予将视线从手机屏幕上移开，顺手锁上了屏幕。

"好了?"他问道。

简卿点了点头,有些不好意思,两只手插在外套的兜里,右手偷偷地虚抓了一把空气,好像还在回忆刚才牵手的感觉。

她很喜欢,但又不好意思再主动。

往外走的时候,简卿反倒没有像刚进医院时那么害怕了。

两个人肩并肩地走着,谁也不讲话,气氛安静却不尴尬。

陆淮予没有带她原路返回,而是绕了一小段远路,穿过儿科楼的住院部。

住院部的外墙上就是简卿之前画的墙绘。

简卿自从画完墙绘以后已经许久未曾来过。

这还是她第一次再看她的画。

她扭过头,颇为自豪地对旁边的人说道:"你看,这些都是我画的。"

她那样子像极了求表扬的小朋友。

陆淮予单手插在西服裤兜里,目光落在她的脸上,眉眼含笑,颇为捧场地说道:"我知道,画得很好。"

他那样子也像极了毫不吝啬地表扬孩子的家长。

他们走过长长的墙绘区域,墙面五彩缤纷,画着睡觉的小兔子、跳舞的小鸡。

这面墙的尽头是她最后画的小王子和狐狸。

陆淮予走到尽头时,蓦地停下了脚步,轻轻开口叫了她的名字。

"简卿。"他说,"能告诉我吗,你刚刚在生什么气?"

他嗓音低沉,不疾不徐地认真询问着,正极为慎重地对待着她先前的坏情绪。

简卿愣了愣,原本以为这件事很快就会被埋进茫茫的雪里而揭过去,没想到陆淮予并没有打算就此带过,而是直接问了出来。

她眨了眨湿润的眼睛,发现真实的原因自己实在说不出口,于是只能低着头盯着地上的雪,一言不发。

陆淮予直直地盯着她,漆黑如墨的眼睛仿佛要将她脸上的表情看穿。

偏偏小姑娘此时皱着眉,又关上了沟通的口子,不愿意表达。

过了半晌,他发出一声微不可闻的轻叹:"简卿,问题是需要解决的,而不是靠逃避。"

简卿的眼睫微颤。

这是陆淮予连着第二次叫她的名字。每次陆淮予在引导她时，就喜欢先叫她的名字。

简简单单的两个字音，从陆淮予的嘴里说出来，就会让人觉得好听。

他的声音勾人心神，让人不自觉地受他引导。

简卿嗫嚅着说道："可是我已经解决了。"

她的声音越来越小，透着十足的心虚。

她也不敢让陆淮予知道问题的产生和解决过程。

陆淮予以为她想要蒙混过关，又像以前一样把情绪憋在心里自己消化。

"你在我抽烟的时候，对我使用了暴力沟通的方式。"

"我问你问题，你用反问怼我。我想带你去卫生间，你让我不要管你。是因为我做了什么事，惹你生气了吗？"

他一句一句地分析简卿的行为，慢条斯理且很有耐心地清楚描述着观察结果。

最后他顿了顿，得出了结论："所以你是不喜欢我抽烟吗？"

简卿对上他漆黑的眼眸，陷入了沉默之中。她一时之间竟然不知道该说什么才好。

最后，她点了点头，煞有介事地说道："我不喜欢烟的味道。"

陆淮予了然地从西服裤兜里摸出一包软盒烟，然后把它扔进了一旁的垃圾桶里。

而后他将视线重新移回简卿的身上，缓缓开口道："我有些时候可能不太懂你的意思，也会不小心忽略你的感受。"

他和简卿差了九岁。

这个年龄差说大不大，说小也不小，所以有时候他可能理解不了小姑娘的想法。

"如果你不说，我怕我会不知道该怎么做。"

他的声音低沉又很有磁性，如清冽的醴泉缓缓流淌进简卿干涸的心田。

简卿仰着头，直直地盯着他。

陆淮予望向她，态度认真，姿态很低，好像等着被她驯服。

男人背后的墙上，小狐狸站在蓝色的星球上，远远地望着小王子。

"这就是我的秘密。它很简单：只有用心灵去看才能看清。"①

狐狸永远成熟、包容，默默地为小王子付出。

大雪扑簌簌地下着，声音像极了小王子和狐狸站在麦田里听到的风吹麦浪声。

简卿怔怔地看向他，突然鼻子一酸，仿佛再也忍不住一般，猛地扑进了男人的怀里，双手环抱住他的腰。

她将脸埋在男人的胸膛里，隔着衣服感受着对方有力的心跳，温热又真实。

时间仿佛在这一瞬间停止了。

纷纷扬扬的白雪模糊了陆淮予的视线，使他看不太清眼前的场景。

他觉得眼前的一切画面仿佛都不太真切。

怀里小小一团的小姑娘，刚刚猝不及防地紧紧抱住了他。

女孩的身体温温软软的，纤细的双臂环着男人的腰。

扑面而来的淡香占据着他的嗅觉，他的瞳孔倏地放大，怔怔地盯着前方。

过了许久，他才缓缓低下头，只看见她乌黑的发顶。

小姑娘的发梢间有细碎的雪花，仿佛黑色天幕中缀着的星子，耀眼璀璨。

陆淮予不敢有丝毫动作，连呼吸也变得很轻很慢，仿佛生怕碰碎了此刻的美梦。

简卿一时冲动，也不知怎么就突然很想抱抱他。

她想抱抱她的狐狸。

原本从头到尾都是她没道理地乱发脾气，结果反倒是陆淮予在用他的成熟和温柔迁就自己。

她把脸埋进陆淮予宽厚结实的胸膛里。

男人的身上有清爽的薄荷香，携着淡淡的烟草味——明明很好闻。

语言暴力一样伤人，而且说了就收不回了，要么出口伤人的人被反复鞭笞，要么被伤者选择遗忘。

但伤害会一直留在那里。

---

① 此处引用自：圣埃克苏佩里.小王子.郑克鲁，译.北京：商务印书馆，2021.

简卿在他白色的衬衫上蹭了蹭，仿佛小奶猫在讨好人似的。

"对不起。"她小声地说，"我不该对你说那些话。"

"我和你很熟吗？"是反的。

"你能不能不要管我？"也是反的。

她的声音很轻，好像被风一吹就散了。

但她的话直接穿透了男人的心脏，仿佛击中了他心中最柔软的地方。

陆淮予觉得自然垂下的手臂一路酥麻到食指指尖。

于是他缓缓抬起手，揽住了她的腰，回抱住她。

"我知道。"他低低地开口，自顾自地轻笑起来。

他知道他的小"匹诺曹"在说谎。

路灯昏黄的灯光打在他们的身上，在地上拉出一长一短两条影子。

男人的身形挺拔修长，将她整个人都罩住了。

他的下巴抵在简卿的发顶，手掌也在她的背后轻轻地拍着。

一下一下很有节奏的拍打安抚着她的情绪。

男人的掌心温热，力道温柔。

简卿感受到他的指尖隔着衣服若有若无地抚摩着她。

仿佛触电一样，她不由自主地轻轻颤抖着。

等她回过神儿来，她已经不知不觉从主动的一方变成了被动的一方。

男人将她抱在怀里，仿佛要将她揉进自己的身体里。

简卿感觉越来越热，腿也有些发软，仿佛站不住似的几乎靠在他的身上。

她的脸颊一路红到了耳根，好像整个人到现在才知道害羞似的。

她悄悄地动了动有些酸涩的胳膊，又舍不得松开，因为贪恋此刻这种温暖的感觉。

在一片白茫茫的世界里，昏黄的灯光安静地照耀着相拥的两个人。

两个人也不言不语。

雪花轻飘飘地落在简卿滚烫的脸上，然后立刻融化成了细密的水珠。

时间仿佛静止一般，直到手机振动的声音突兀地响起，才打破了僵局。

简卿受到了惊吓，仿佛秘密遭到别人的窥探似的。

她猛地抬起头要向后撤，仿佛一只要缩进壳里的小乌龟。

陆淮予差点儿被她磕到下巴。

他缓缓地放松了对小姑娘的禁锢，然后伸手摸出西服裤兜里的手机，看清来电显示以后，皱了皱眉头。

电话是急诊室打来的。

他看了一眼小姑娘，然后用低沉又很有磁性的声音说道："抱歉，我接个电话。"

简卿对上他漆黑如墨的眸子，好不容易缓下来热度的脸又像被点着了一样，脸颊红得仿佛要滴血。

于是她慌忙躲开了陆淮予的视线。

陆淮予接起电话似乎就立刻切换到了工作状态，冷静、镇定、从容，和刚才温柔的男人判若两人。

他不自觉地蹙起眉心，轻抿薄唇，快速分析了对面的信息，并在几秒钟之内给出了解决方法。

"明白了。你们先请眼科会诊，准备手术。"他说，"我马上到。"

陆淮予挂了电话，将目光移至一旁安安静静的小姑娘的身上。

小姑娘垂着小脑袋，双手插在外套的兜里，正百无聊赖地踢着雪玩。

她好像还是有一点点情绪，真是可爱得让人舍不得走。

简卿抿着唇，听见他打完电话，也不敢抬头看他，怕自己又忍不住面红耳赤。

她的耳畔传来一声微不可闻的轻叹。

男人伸出手，在她乌黑的发顶轻轻地揉了揉。

"好了，开心一点儿。"他说，"我临时有手术，就先走了。你自己回去可以吗？"

他的声音低沉，语速不疾不徐，仿佛在哄小孩似的。

简卿又忍不住被迷惑了。

好在陆淮予赶时间，听到她应了一声之后，就大步流星地往急诊室赶去了。

他逆着风雪，走路仿佛带风似的，每一步都是在和死神抢时间。

简卿怔怔地盯着他的背影，突然想起他晚上一口饭都没吃，光陪着她瞎折腾了。

现在他又要上手术台，不知道多久才能下来。

当医生好像真的很辛苦——一年到头没有休息时间，三餐常常不能按时吃。

就是因为这样，他的胃才不好的吧。

简卿慢悠悠地晃回烧烤店时，脸上的红晕已经退去了。

店里的气氛依旧热火朝天。

原本分开的两张长桌不知道什么时候合成了一桌，所有人都聊到一起去了。

裴浩和这帮颌面外科的医生、护士本来就是老熟人，他们还互相分了一些烤串。

由他这个社交达人在两桌人之间充当黏合剂，伴随着酒意，大家很快就亲如一家了。

裴浩用余光扫到简卿，于是看了一眼时间，调侃道："你这是掉进马桶里了吗？你去了这么久，再不回来我们都要收摊了。"

简卿尴尬地笑了笑，没做解释。

她注意到自己原来的位子已经被一个年轻漂亮的女人占了。

不过这人她之前在隔壁桌没见过，应该是后面才到的。

女人身着一袭修身的米色针织裙，勾勒出凹凸有致的身材曲线。

她的长相柔美，桃花眼顾盼神飞，眼角还缀着一颗泪痣，一颦一笑皆是风情。

她就是口腔外科新来的主治医师——林觅。

她刚来协和医院没多久，就斩获了无数男医生的心。

此时林觅正双手撑在桌上，懒懒散散地和夏诀聊天。

夏诀强压着不耐烦的情绪，十句里只回一句。

他瞥见简卿，于是冷冷地对林觅说道："你该让位了。"

偏偏林觅好像特别喜欢夏诀这一款的男人。

夏诀越是对她没好气，她越来劲。

"可是我就想坐在你的旁边哪。"女人声音软软地撒着娇。

她转头看向简卿，礼貌又客气地问道："我能和你换个位置吗？"

简卿看到这架势，心中瞬间了然，于是本着"宁拆十座庙，不毁一桩婚"的原则，笑了笑，说道："你坐，你坐，我随便找个位子就好。"

林觅朝她眨了眨眼，道了声谢。

林觅顺手指向陆淮予之前的座位，说道："不然你坐那儿吧？陆医生临时有手术，不回来了。"

"啊？这都几点了，是急诊那边的手术吗？"不知谁问了一句。

"是啊，我看急诊的微信群里说，西三环出了一起车祸，一辆超载的货车转弯的时候侧翻，导致伤者的面部重度损伤。"一位男医生说道。

"陆医生主刀？"

"不是，小刘主刀吧。他今天值班。"年纪稍大一些的护士长说道。

她对每天的排班表很熟悉。

林觅抿了一口酒，支着下巴说道："国内颌面外科的主任医师都这么辛苦吗？每一场大手术都要跟？"

她之前一直在国外的医院任职，最近才回国，所以对国内的医疗体系的规定还不太熟悉。

按照她以前的工作经验，升到主任级别的医生基本上就是坐坐门诊，搞搞研究，按时休息，只在手术出现紧急情况的时候做做决策。

像陆淮予这样，场场手术能到场就到场的人，她还真没见过。

陆淮予这人未免负责到过于谨慎的地步了。

不知道为什么，她无心的随口一问让气氛突然有些尴尬。

简卿向来会看气氛，此时更是察觉到不对劲，于是皱了皱眉。

然而颌面外科的同事们不约而同地陷入了沉默之中，似乎打算对此避而不谈。

裴浩自然也知道其中缘由，于是笑了笑，插科打诨地换了话题："林医生以前在美国哪座城市工作呢？"

"纽约。"林觅放下玻璃杯，漫不经心地说道。

"这么巧，夏老师以前也在纽约工作。"裴浩挑了挑眉。

"对了，这周五大老板请客，带项目团队去小山温泉玩，可以带家属。"他朝夏诀看了一眼，也不知道是乱点鸳鸯谱，还是故意硌硬夏诀，继续说道，"你要不要带林医生一起去啊？"

林觅眯起漂亮的桃花眼，两条长腿交叉，高跟鞋轻轻地碰了碰夏诀的小腿，问道："可不可以呀，夏老师？"

她学着裴浩喊"夏老师"。

夏诀的脸色一黑，他朝裴浩飞了一个凌厉的眼刀。

裴浩忍着笑幸灾乐祸。

没想到夏诀也有阴沟里翻船的一天。

之前向来只有别人搞不定他，哪有他搞不定别人的时候？

果然对上夏诀这种不给人脸的选手，只要你没脸没皮就好了。

夏诀挪了挪位置，和林觅拉开了距离，然后又不屑一顾地扫了她一眼。

"想当我的家属？"他说，"你不如做梦。"

他的语气一如既往地无情，只是好像这次格外冰冷。

偏偏林觅好像一点儿也不在意似的笑了笑，拖着长长的尾音继续撒娇道："好呀——"

她凑近夏诀，用极轻的声音在他的耳边不紧不慢地接了一句："梦里和你一起做。"

林觅温热的呼吸喷洒在夏诀的脸上，含在嗓子眼儿里的话因为微微沙哑的嗓音而有几分撩人。

这句话从女人的红唇中吐出，直接进入了夏诀的耳中。

在场的其他人什么也没听清。

夏诀的脸色瞬间变得比刚才更为阴沉。

他什么也没说，猛地站起身，冷冷地俯视着眼前的女人。

女人的桃花眼里噙着笑意，她好像得逞似的勾起嘴角。

简卿觉得场面有些尴尬，低着头自顾自地吃饭。

肖易看出他家老大正处于爆发的边缘，于是打着圆场说道："哎呀，老大，我想吃你那边的烤鱼。要不咱们换个位置吧。"

等他们换了位置，气氛才算缓和下来。

林觅耸了耸肩，像没事人似的漫不经心地喝了半杯酒，姿态慵懒又优雅。

肖易自坐下以后，就觉得空气中飘散着一股好闻的香水味。

他吸了吸鼻子，瞄了一眼埋头吃饭的简卿，想起刚才聊到一半的话茬儿，于是问道："妹妹，你要不要带喜欢的人一起去泡温泉呀？"

简卿愣了愣，脑子里闪过陆淮予西装革履、一丝不苟的样子。

那人永远表情淡淡的，浑身上下透着一股贵气。

泡温泉的话，人得脱光吧？

不受控制地想了不该想的画面，简卿感觉有些燥热，于是赶紧摇了摇头，说道："他工作很忙的，应该没有空。"

"这样啊。"肖易颇感可惜，又调查户口似的继续问道，"那他是做什么工作的啊，工作能比我们做游戏的还忙？"

简卿顿了顿，当着陆淮予这帮同事的面儿，感觉有些不好意思，于是含含糊糊地说道："医生。"

裴浩偷偷瞧了她一眼，放下心来——看来嫂子还是嫂子。

夏诀垂眸，指腹在玻璃杯的边沿摩挲着。

对面的林觅不算安分，高跟鞋时不时就蹭上他的小腿内侧，仿佛挑逗似的。

夏诀把手里的玻璃杯放在桌上，发出轻轻的声响，手伸到桌底，一把扣住了女人纤细的脚踝。

此时的他心底泛起冷意和烦躁的情绪，手上的力道加重，仿佛要把她不盈一握的脚腕生生捏碎掰断似的。然后他猛地松开手，不再看她。

两桌人聊着天，吃着串儿，喝着酒，时间一晃就过去了。

夏诀看了一眼手机，又见大家都不再吃东西了，于是说道："差不多了。我们晚上还要加班，今天就到这儿吧。"

他看向慢吞吞地系着扣子的简卿，问道："你怎么回学校？"

简卿愣了愣，答道："不是回公司吗？我的画还没画完。"

美术支持部的其他人早上来得晚，晚上又出来吃了半天饭，所以留了不少工作要回去做。

"不缺你这一晚上。南大离这边挺远的，你早点儿回去吧。"

上司都发话了，简卿也乐得直接回学校，于是点了点头，说道："好吧，那我坐公交车回去。"

协和医院附近正好有一趟公交车，终点站就是南大，所以她回去很方便。

夏诀插着兜，漫不经心地说道："走吧，我送你去公交车站。"

简卿下意识地想拒绝。

但还没等她开口，夏诀补充道："顺路，我走回公司。"

去往公交车站的路上，夏诀有一下没一下地和简卿聊着天，聊天内容大多是夏诀在介绍公司的具体情况，包括上下班的考勤时间、每月薪资待遇和福利等。

简卿歪头听着，时而点头，时而提一些问题。

两个人很快就到了公交车站，正好公交车也来了。

于是简卿道了声谢，就跳上了公交车。

夏诀插着兜站在站台上，眸色微沉，不知道在想什么。

过了半晌，直到公交车都开远了，他才迈开步子离开。

他没有朝公司的方向走，而是朝烧烤店的方向折返而去。

晚间的公交车上没什么人。

简卿坐在最后一排的角落里，把窗户打开一条小小的缝。

雪花落在透明的玻璃窗上，很快化成了水，晶莹剔透的水珠映着窗外流光溢彩的城市夜景，裹着寒意的微风吹走了她脑子里的混沌。

她的大脑仿佛不受控制地想着，陆淮予现在在做什么？他有没有做完手术，有没有吃上饭？

公交车晃晃悠悠地走走停停，车上很快就只剩下她一个乘客了。

周围很安静，特别适合人思考。

她深吸了一口气，掌心渗出细密的汗珠，好像上面还残留着男人那只大手温热的触感。

心里突然冒出一个念头，她突然就一点儿也不想拖了，迫不及待地想要和过去告别。

于是她仿佛做出了重要决定似的掏出了手机。

简卿点开南临银行 App，进入转账入口，选择了最上方的账户，输入转账金额：150,000 元。

手机屏幕的光映在她的脸上，勾勒出柔和的轮廓。

简卿将目光落在"转账附言"上，在心里反反复复地默念着，组织语言。

想好以后，她毫不犹豫地打下一串字，直接发送，动作一气呵成。

屏幕中央的圆圈转了一圈，然后出现一个绿色的钩，提示转账成功。

简卿攥着手机，眼睫微颤地凝视着窗外被大雪覆盖的城市，最后长长地呼出一口气。

从今以后，过往种种皆被尘封进了她的内心深处。

她要往前走了。

早上六点的协和医院，手术室的灯终于熄灭了。

陆淮予拧了拧眉头，眼里透着疲惫之色，看起来手术耗费了他很多精力。

患者的情况远比急诊医生电话里告诉他的严重得多。

这场手术最后是他亲自主刀，才勉强把人从死亡线上拉了回来。

他换下一身是血的手术服，后背已经被汗浸湿了。

"陆医生，辛苦了。"颌面外科的值班医生小刘说道，表情里透着些许心虚和愧疚之意。

原本这场手术该是他主刀。

虽然他之前也做过不少手术，但颌面损伤那么严重的患者，他还是头一次遇到。

手术中途患者的创面大出血止不住，他一时慌了神儿，连手术刀都拿不稳了。

陆淮予累到分不出多余的精力回话。

他现在一句话也不想说，整个人好像已经麻木了。

即便如此，他还是伸出手拍了拍小刘的肩膀，动作中透着安抚的意味。

他抬腕看了一眼手表，再过两个小时，又要到上班的时间了。

干净的大手被肥皂洗得发白，修长的手指按在太阳穴上，但额上的青筋还是止不住地在跳。

陆淮予的身体已经累极，大脑却不知道为什么难以抑制地活跃着。

他原本还想着，要是手术没什么大问题，他可以中途离开。

昨天晚上和简卿在一起的时候，他还有话没说完。

现在这个点儿，小姑娘应该早就睡觉了吧。

陆淮予扯了扯嘴角，无可奈何地轻"呵"了一声。

他的职业注定要让很多事情让步。

他摸出手机，发现锁屏界面上显示着一条短信——南临银行转账的通知提醒。

通知截取了一小段短信的内容。

南临银行
到账通知：他人转入您尾号1456的账户人民币150,000元。

陆淮予蹙起眉心，滑动屏幕，点进去查看短信的详细内容。

转账附言里写着比往常长得多的一段话。

"1月还款。算上这几年的利息，应该已经全部还清了。以后不会再打扰了，谢谢。"

这段话的字里行间都透着生疏之意，对方仿佛想要和他撇清关系。

走廊里光线昏暗，环境安静得落针可闻。

男人靠在医院的走廊上，低垂着眼，食指的指尖在漆黑反光的屏幕上轻点着。

过了半晌，他选中了所有来自南临银行的短信，按下了"删除"键。

既然她不记得了，那他就随她的愿，当作什么也没有发生过。

第九章
亲　吻

简卿没想到，自己画了整整一周的朱寿。
她先是出了两版稿子交上去，夏诀都是皱了皱眉，给她打了回来。
夏诀也不是不满意。
他每次给出的都是同样的理由："你再找找其他感觉，还可以更好。"
他没说哪里不对，也没说要怎么改。
画稿第一次被打回来的时候，简卿还很受打击。
毕竟她一直以来在画画方面顺利惯了。
然而她在学校里没体验过的事情，在上班第二天就感受到了。
后来肖易看出她的情绪沮丧，悄悄安慰道："你习惯了就好了。我刚来的时候，画了一个月的废稿呢。"
"我曾经一度怀疑，那是老大在对我进行职场霸凌。"他顿了顿，又说道，"直到我看到老大的画，我发现和老大一比，我是真废物。"
简卿听他这么说，也没有被安慰到。
后来她学会了——就算画出了稿子也不给夏诀看，直接卡在自己这一关。
她知道自己距离夏诀所在的天花板还差得远，夏诀是在拿对他自己的标准来要求她。
不知不觉，简卿好像就跟朱寿这个角色杠上了。
她甚至从网上买了与明朝相关的历史书，把朱厚照这个皇帝的生平看了一遍。

直到周四这天，简卿也没画出让自己满意的稿子。

其他部门的人陆陆续续都下班了，只有美术支持部这块地方依然灯火通明。

简卿显然被他们这帮黑白颠倒的夜猫子带得也入乡随俗了。

她现在也是晚上不走，白天才回学校补觉。

夏诀被叫去开一个卡牌游戏项目的美术风格会议了。

那个项目的游戏制作人想走日式二次元风格，但夏诀主张走水墨国风。

两边谁也不肯退让，最后争到了公司大老板那里。

夏诀早就知道这个制作人不光审美差，还自以为是，极不好搞定，自己与其和他废口舌，不如让老板压他。

所以夏诀提前就和总裁办预约了向沈镎白汇报的时间。

结果也不知道是什么原因，他们到达顶楼时，总裁秘书却临时告知他们汇报的时间要推迟一些。

于是他们就在会客厅喝了一个小时的茶才被叫进去。

一进办公室，夏诀就闻到空气中飘着一股淡淡的香水味，夹杂着青梅和绿叶的气息。

老板套间休息室原本经常敞开的门此时也紧闭着。

夏诀瞥了一眼沈镎白的脸色就知道，现在绝对不是汇报工作的好时机，于是决定一声不吭。

偏偏卡牌项目的制作人傻愣愣的，表达欲极强，又是投影讲PPT，又是做用户研究分析，一直在自证二次元风格的市场。

沈镎白黑着一张脸，食指极不耐烦地敲着实木桌面。

等制作人终于说完，他冷不丁地问了一句："你这个项目能立项了吗？"

制作人愣了愣，磕磕巴巴地说道："立……立项会通过了的。"

老板您当时也在的呀。

沈镎白拿起桌上的遥控器，关掉投影。

"我这里没通过。"他毫不留情地说，"回去再立一次。"

制作人当场崩溃。

他们的项目是团队所有人没日没夜加了半年的班，才好不容易通过立项会的，老板说不通过就不通过了，还能这么玩的吗？

夏决忍了半天，终于没忍住，发出了一声嗤笑。

两个人走出总裁办公室以后，夏诀拍了拍制作人的肩膀，安慰道："没事，明年你们项目开美术风格会议的时候再喊我。"

原本美术支持部未来一个月的排期颇为紧张，要为卡牌项目定美术方向，这下倒好，工作量直接减半。

虽然这样不太厚道，但夏诀还是勾了勾唇，步履轻快地回到了二十层的办公室。

他用食指的骨节在桌子上敲了敲，对大家说道："行了，今天不加班，大家都早点儿回去吧。"

肖易受宠若惊地问道："这么好？明天去小山温泉，今天我们不是得把明天的工作量完成吗？"

"由于不可抗力，我们的排期空出来了。"夏诀言简意赅，"这个月可以偷懒了。"

他的话音刚落，美术支持部立刻响起了一片欢呼声。

他们的声音甚至惊动了隔壁《风华录》几个还没走的程序员，引得几个人站起来朝这边看。

简卿虽然职场经验不足，但想也知道，没几个人见过这么直言不讳地让手下偷懒的上司。

她看了一眼电脑屏幕上的时间——刚过七点。

她手里的角色还没画完。

没花多长时间犹豫，她决定加班到九点再回去。

其他人收拾东西离开的时候，她坐在位子上一动不动，没有一点儿要走的样子。

夏诀关了电脑，余光扫到了窗台边的小姑娘。

他走过去，问道："还不下班？"

简卿盯着屏幕，手里的触控笔不停，漫不经心地应了一声。

她全神贯注画画的时候，像是游走在另一个空间。别人找她说话时，她保持礼貌的一问一答模式，不肯多说一句话。

夏诀挑了挑眉，目光落在她的电脑屏幕上。

屏幕上有一列是他没见过的朱寿角色原画，每一版的风格都各不相同。

显示屏上方的架子上摆着几本书，其中有明代历史的参考书，也有明代服饰设计的参考书，每本书的书页里还夹着不同颜色的便笺。

244

夏诀带人的时候，一般习惯放养。

刚入职的实习生，他都是丢一个任务过去之后就不管了。

实习生工作的过程中，他也不会给过多的指导和提示，工作完成得怎么样，就看他们自己。

但实际上，实习生的考核并不只针对结果。

他们从接到任务的那一刻起，每一秒都在接受考核。

像简卿这样知道自己去找专业书看，而不是偷懒直接上网搜的实习生几乎没有。

夏诀将一只手撑在简卿的椅背上，倾身靠近，拿起桌上的一支笔，修长的两指夹住那支笔，笔尾在屏幕里的其中一张朱寿原画上轻点了一下，说道："这个可以了。"

简卿愣了愣，视线转向夏诀指的那张原画，又用鼠标滚轮把它放大。

她歪着脑袋，皱起眉头，好像在思考什么。

最后她摇了摇头，说道："不行，我觉得还可以更好。"

说完，她又转过去，继续盯着另一边开着 PS 的屏幕画画。

夏诀将目光移到她的脸上。

简卿干净的眸中仿佛缀着璀璨的星子。

此刻她正不自觉地轻轻抿唇，神态温和又极其认真。

他一瞬间有些恍惚，仿佛在简卿的身上看到了当初冲劲十足的自己的影子。

他耸了耸肩，轻笑一声，没再说什么，也没再打扰她。

项目部计划在小山温泉度假酒店住一夜，大家周五中午出发，周六下午回来。

这天上午，大家想着要出去玩，都在偷懒。

肖易不死心地问简卿："哎，你真没把喜欢的人带来？"

简卿抿着唇，摇了摇头。

她倒是想带，但不敢。

这一周她日夜颠倒地工作，和陆淮予基本错开了休息时间，所以一直找不到合适的时机再联系。

简卿向来不是特别主动的人。

她虽然忍不住着急，但又怕像上次去蹦床公园那样，耽误陆淮予的工作。

她纠结到最后，索性当起了缩头乌龟，直接放弃了。

"要坐大巴的同学到楼下停车场集合了。"项目行政小姐姐的声音响起。

简卿闻言，拎上包，准备搭电梯去停车场。

她没想到，等电梯的时候遇到了老熟人——周琳琳。

周琳琳显然也看见了她，笑眯眯地跟她打招呼："你要不要搭我男朋友的车去小山温泉？"

简卿愣了愣，才记起周琳琳的男朋友也是《风华录》项目组的，周琳琳应该是作为家属被带来的。

小山温泉距离市中心大约三个小时的车程，公司提供大巴统一出行，但是员工也可以选择自驾前往。

如果员工自驾过去的话，时间和行程上就会自由很多。

简卿想了想，如果坐周琳琳男朋友的车，自己要一直当电灯泡，还不如坐大巴省心。

于是她抿了抿唇，委婉地拒绝道："不用啦，我坐大巴去就好。"

周琳琳以为她在客气，继续说道："你不是坐大巴晕车吗？我男朋友不介意的。"

以她们的关系，她们说话也不必绕弯子了。

简卿干脆直说："还是别了。我怕打扰你们俩，我尴尬。"

听她这么说，周琳琳也没再强求，耸了耸肩，说道："那好吧。"

简卿到了楼下，远远就看见露天停车场里停着三辆白色的大巴。

她慢吞吞地低着头往前走着，有些无精打采。

她其实不是很想出去玩儿，一来和同事都还不算熟，二来她本身就不爱闹腾，所以总感觉提不起什么兴致。

"姐姐——"突然一个又软又甜的声音从前方传来，让简卿觉得有些熟悉。

简卿下意识地抬起头。

不远处的树下站着一个身形挺拔、修长的男人。

他身着裁剪得体的西装，寸寸线条都显得精致完美。

男人长相出众，尤其那一双漆黑的眼眸十分出色。

他将视线落在简卿的脸上，轻轻勾起了嘴角。

男人贵气优雅，又因为手里牵着一个粉雕玉琢的小女孩，周身清冷和疏离的气息都敛去了几分。

冬日，午后的阳光正好，如一层薄纱一般笼罩在远处的一大一小两个人身上。

眠眠没被牵着的小手朝简卿用力地挥舞着,好像生怕简卿看不见似的,白白嫩嫩的脸蛋儿被太阳晒得有些粉扑扑的,还不停地"咯咯"笑。

小家伙撒开男人的手,迈着小碎步"噔噔噔"地跑向简卿。

她跑到近前,一把就抱住了简卿的腿,然后仰起头,圆溜溜的大眼睛扑闪扑闪地看着简卿,瓮声瓮气地说道:"姐姐,我好想你呀。"

扑在简卿身上的眠眠还不及简卿的腰高,小小的一团,像个瓷娃娃似的,仿佛一碰就会碎。

算起来,自从家教结束以后,简卿和眠眠确实已经好多天没见面了。

简卿的心头一软,她揉着眠眠的脑袋,温言细语道:"姐姐也想你呀。"

小家伙闻言皱了皱眉头,噘起粉嫩的樱桃小嘴,说道:"骗人!你都已经很久很久没回家了。"

简卿愣了愣,注意到眠眠使用的措辞是"回家"。

小朋友年纪小,还不懂怎么用词。

她这话说得让不知道的人还以为简卿是个抛夫弃子的女人呢。

陆淮予漫不经心地走近她们,同时也听到了眠眠的话。

不过他不仅没什么反应,也没要纠正的打算,反倒似笑非笑地看着简卿。漆黑明亮的眼眸在凝视她时,里面仿佛缀着细碎的星子。

简卿对上他的视线,不由得耳根子有些发烫。

她轻咳了一声,转移话题道:"你们怎么在这里?"

"我来给沈镌白送孩子。"陆淮予解释道,"他今天带眠眠去温泉玩。"

简卿闻言有些惊讶,问道:"他也在怀宇游戏上班吗?"

当然,她的措辞比较委婉,其实她更想问,原来沈镌白还有工作呢?

之前沈镌白一天到晚往陆淮予家跑,也不干别的事,成天哄着眠眠玩,简卿还以为他是个游手好闲的人呢。

而且她来公司这么久了,也没碰见过沈镌白。

这次去小山温泉的只有《风华录》项目组和美术支持部的人。

按理说所有人都在二十层办公,互相之间总该能碰到。

陆淮予没有多说,拿出手机给沈镌白打电话,让他下来接眠眠。

电话很快接通。

"我和眠眠在楼下。"他说道。

电话那头的人顿了顿,随后传来男人嘶哑低沉的嗓音,像含着沙砾似的:"等一下。"

沈镌白轻手轻脚地走出休息室，带上门，然后才压低声音开口道："岑虞有点儿不舒服，估计去不了温泉了。你能不能带眠眠去？我不想让小家伙失望。"

陆淮予皱了皱眉，视线落在面前一大一小两个小朋友的身上。

简卿正蹲在地上和眠眠拍着手玩。

陆淮予默不作声地走远了一些，低声问道："她怎么了？"

手机听筒处传来一道开门声，岑虞的声音远远传来。

岑虞仿佛刚刚睡醒，声音里透着一股迷蒙和倦意。

"不行。"她说，"我要去。"

沈镌白无奈地轻叹，也没再计较岑虞一直嘴硬地不肯承认眠眠是他的孩子的事，伸手扶住她，说道："你现在站都站不稳，就别逞强了。"

"这都是谁害的？"女人微微提高了声音，即使如此，也难掩虚弱的样子，"我让你停，你停了吗？"

听到这里，陆淮予面无表情地直接挂断了电话。

简卿抬起头，看到陆淮予黑着一张脸回来了，于是不解地问道："怎么了？"

陆淮予对上小姑娘明亮的眸子，看到她小扇子似的眼睫扑闪着，表情透着单纯和稚嫩，于是抿了抿嘴角，淡淡地说道："没事。"

陆淮予把眠眠叫到身边，又把小女孩抱起来，让她坐在自己的手臂上。

他和小家伙平视，问道："眠眠，沈叔叔今天有事情，不能陪你去温泉玩了。我带你去好吗？"

眠眠玩着简卿刚刚给她折的小纸船，转了转圆溜溜的大眼睛，然后重重地点了点头，毫不犹豫地在男人的颈窝处蹭了蹭小脸儿，软软地说道："好。"

她扭过头看向简卿，问陆淮予："那姐姐也一起吗？"

一大一小两个人的目光齐齐落在简卿的脸上，大的眼含询问，小的眼里透着十足的期待之色。

简卿笑了笑，说道："那就一起吧。"

"太好啦！"眠眠小朋友开心得手舞足蹈，在陆淮予的怀里胡乱闹腾，"咯咯"地笑个不停。

陆淮予的车就停在不远处的树下。

简卿先去大巴车旁边，和正在记录人数的项目行政人员报备，告知自己不坐大巴了。

然后她又折返去找陆淮予，下意识地去车后座坐，想着路上可以陪眠眠玩。

打开车后门，简卿愣了愣。

眠眠的安全座椅占了车后座一半的位置，剩下的一半空间乱七八糟地堆满了小朋友用的东西，根本坐不下人。

小家伙噘着嘴说道："爸爸，这里东西太多了，姐姐都坐不下了。你能不能收拾一下啊？"

驾驶座上的男人漫不经心地回头扫了一眼，说道："这不都是你的东西吗？要收拾你自己收拾。"

简卿看着座位上堆得比眠眠的人还高的玩具，觉得这有点儿过于为难小朋友了。

她低下头正准备帮忙收拾的时候，陆淮予看向她，说道："你坐前面来，要走了。"

陆淮予干净修长的食指在漆黑的方向盘上轻敲，仿佛在催促一般。

简卿看他好像有些不想等，于是揉了揉眠眠的小脑袋安抚了一下，坐上了副驾驶座。

停车场里不断有车缓慢地开出。

周琳琳坐在她的男朋友赵泽辛的车里。车窗落下，她将手肘搭在窗边，手腕支着脑袋，百无聊赖地看着四周。

"哎，你看那辆车，太帅了。"赵泽辛语气兴奋地说道。

年轻的男人对车似乎都有着近乎偏执的喜爱。

"等我有钱了，我就买一辆。"

周琳琳顺着他的视线，看见前方停着一辆黑色的保时捷卡宴。

车子一边的车后门开着，有一个女人将半个身子探进了车里。

她撇了撇嘴，给赵泽辛泼了一盆冷水："得了吧。那你得不吃不喝挣十年。"

周琳琳无心的一句话，却让赵泽辛听了进去。

赵泽辛的家境一般，他家远不如女朋友家里有钱，所以他的内心一直很敏感。

他现在开的车是一辆二手的宝马3系，买车花的二十几万几乎掏光了他的家底。他就是为了不在女朋友的面前露怯。

249

赵泽辛紧了紧握住方向盘的手，没再说话。

周琳琳专注地盯着远处的女人，皱了皱眉。

她觉得这个背影有些熟悉，就一直琢磨着，根本没有发现赵泽辛的情绪变化。

随着他们的车越开越近，站在车后门旁的女人也直起身子，移步上了副驾驶座。

车后门被关上的瞬间，周琳琳眼尖地看见了坐在安全座椅上的小女孩，还有女人那张极好看的脸。

周琳琳立刻皱起眉头，伸手拍了拍赵泽辛的胳膊，说道："你往左开，开慢点儿。"

赵泽辛不明所以，闷闷地应声，把车开到了左车道上。

黑色保时捷的驾驶座的车窗落下一半，遮住了男人的半张脸。

他的黑发垂落至额前，使整个上半张脸只露出高挺的鼻梁和精致的眉骨。

尤其那双漆黑的眼眸，让人不由自主地就会愣上一瞬。

那是一张看过一眼就让人忘不掉的脸。

周琳琳从脑海中调取出记忆里的两幅画面，然后很快将事情联系了起来。

酒吧里，还有之前在学校门口，简卿都是被同一辆车送回来的。

什么做家教？她这是上赶着插足别人的感情呢！

老男人看起来长得人模人样的，没想到连孩子都敢明着带出来一起玩。

两辆车擦肩而过。周琳琳他们开的车也驶出了停车场。

周琳琳想起之前自己还苦口婆心地劝人家，结果没想到原来人家其实揣着明白装糊涂呢。

周琳琳盯着后视镜里的保时捷，心里冒出一股无名火，对简卿颇有种"哀其不幸，怒其不争"的愤怒。

她轻哼了一声，不屑地说道："难怪刚才我叫她坐车她不坐，原来人家是有豪车坐。"

"啊？什么意思？"赵泽辛问道。

周琳琳升起车窗，眼不见为净，说道："没什么。"

赵泽辛不明所以，敏感的心中又打了一个激灵。

小山温泉位于南临市的远郊，地处偏僻。

陆淮予按着导航，很快开出了市区。

一路上地广人稀，没什么来往的车辆。

车子进了一道铁网织成的大门，仿佛直接进入了丛林深处——茂密的树木遮天蔽日。

周围安安静静的。

眠眠一个人坐在后面无聊，不知不觉睡着了，发出小小的鼾声。

简卿昨天睡得晚，加上最近黑白颠倒，生物钟有些混乱，所以白天就困得不行。

她一连悄悄地打了好几个哈欠。

陆淮予用余光瞥向她，发现小姑娘靠在座椅上，低垂着眼眸，表情恹恹的。

她将眼皮合上，过了好半天又勉强睁开，一副强撑着想睡又不敢睡的模样。

陆淮予轻轻勾起嘴角，说道："你困了就睡会儿吧，还要好久。"

简卿抬起脑袋，望向前方铺满落叶的道路，眨了眨眼睛，摇了摇头，说道："我不睡。"

以前简宏哲开车上高速路时，陈媛坐在副驾驶座上，即使再困也不会睡。

她怕她睡了简宏哲犯困。

简卿不知不觉也受到了陈媛的影响，觉得开车的人很辛苦，所以不好意思自己在旁边睡觉。

陆淮予瞥了她一眼，觉得她明明就困得不行了，也不知道在坚持什么，索性也随她去了。

车里安安静静的，谁也不讲话，但氛围和谐。

即使在空旷无人的车道上，陆淮予开车的速度依然不快，一直保持在限速范围之内。

简卿看向窗外，放眼望去是大片的荒地。

荒地里杂草丛生，更是给冬日添了几分萧瑟和苍凉的气息，景色倒也别具一格。

不知不觉间，他们就到了小山温泉度假酒店。

眠眠还在睡觉，睡得小脸蛋儿红扑扑的。陆淮予没叫醒她，直接把小家伙抱在怀里。

251

男人抱着孩子的画面很温馨。

不知为何,就连他原本清冷的眉眼也变得柔和起来,少了几分不食人间烟火的气息。

简卿乖乖巧巧地跟在他的身后,往酒店的接待大厅走去。

大厅富丽堂皇。大理石铺就的地板纤尘不染。

酒店的接待人员身着笔挺整洁的制服,站得笔直。

一切都井井有条,不见丝毫混乱。

沈镱白已经提前告知了他的助理,把原本给他准备的庭院套间留给了陆淮予。

小山温泉有好几处住宿的地方,风格各有不同。

住宿的庭院有日式榻榻米风格的小户型,里面是公共温泉池;也有小别墅的户型,里面是独立温泉池。

但很少有人知道,这家酒店还有一处不对外开放的野生露天温泉,其特点是僻静,以野生温泉为中心,环绕内外双层庭院,只对极少数的贵客开放。

总裁助理一眼就看到了鹤立鸡群的男人以及男人怀里的奶娃娃。

那个孩子和老板给他发的照片里粉雕玉琢的小女孩长得一样。

他赶紧迎上去,脸上堆满笑容,说道:"请问是陆先生吗?"

"入住手续我已经办好了。这是您的房卡。您出了大厅一直往北走,就是住的地方了。"助理双手奉上一张黑金色的房卡,房卡的金属质感一看就很高级。

陆淮予抱着眠眠,腾不出手。简卿自觉地帮他接过了房卡。

周琳琳和男朋友刚到,正沿着坡道往上走,一眼就看见了简卿和她旁边抱孩子的男人。

三个人俨然一副一家三口的和谐景象。

赵泽辛把胳膊搭在她的肩膀上,问道:"看什么呢?"

周琳琳努了努嘴,示意他看:"我室友。"

赵泽辛顺着她的目光,先是看见了简卿,说道:"我知道。她是美术支持部新来的妹子,因为长得挺好看,我们项目的好几个同事想追她。"

然后他又将视线左移,看见了大老板的助理。

平时趾高气扬的助理正对着一个男人点头哈腰。

赵泽辛等级不够,没见过沈镱白,只知道今天团建,老板也会来。

他挑了挑眉:"没想到她这么厉害,直接搭上我们的大老板了啊。"

"难怪她能进美术支持部，还能拿那么高的工资，原来是走后门了。"赵泽辛又刻薄又鄙夷地继续说道，阴阳怪气的。

周琳琳翻了个白眼，骂道："你说什么呢？一码归一码。她能进美术支持部就是人家厉害。你以为别人都跟你似的呢？"

赵泽辛原本是因为看周琳琳不喜欢简卿，才想顺着她的意思说几句让她开心的话，结果也不知道哪里触了她的霉头，反被挤对。

他沉了沉脸，把账算在了简卿的头上，对简卿的印象更差了。

趁周琳琳不注意，赵泽辛拿出手机，偷偷拍了一张照片。

这张照片清楚地拍到了老板助理的脸和简卿的脸，却只拍到了男人抱着孩子的背影。

然后他就把照片直接发到了《风华录》项目美术部的群里。

简卿从包里翻出自己的身份证，说道："那我也去办入住手续了。"

助理愣了愣，以为她是看房卡只有一张，不知道庭院的户型，于是赶紧解释说："庭院里面有两间房，您不需要再多办的。"

"这样的吗？"简卿有些疑惑，总觉得流程上哪里不对。

"先去看看房间吧。现在办入住手续的人多，你一时半会儿也排不到。"陆淮予开口道。

简卿看向里面的接待中心，发现每一个窗口都排满了人，于是果断放弃了去咨询的想法，跟着陆淮予往度假酒店北面走去。

起初他们的身边还有三三两两的人，结果越往北走，环境越僻静。

走到最后，他们的脚下只剩下一条半米宽的由错落的青石板铺成的小路。

小路两旁是一片竹林，风吹影摇曳，斑驳的阳光洒在他们的身上。

以这片竹林为界限，一切好像突然从喧嚣归于平静，好像连时间也变得慢了下来。

两个人不知走了多久，就在简卿开始怀疑是不是走错路的时候，她看到竹林的深处出现了一幢中式庭院。

"是这儿吗？"简卿自觉地压低了声音，生怕误入了别人的领地，又打扰了别人。

这处庭院怎么看都不像是酒店给客人住宿的地方。

除了大门是漆黑色的电子门以外，其余每一处都是灰瓦白墙的徽派建筑风格。

入目是大片的白，点缀着高级的灰，光从庭院的外面来看，整座庭院处处透着低调的奢华感。

青灰色的砖雕嵌在屋檐和门楣上，上面刻着祥云、仙鹤，寓意此处为仙家居住之所。

"你刷卡试试。"陆淮予示意道。

简卿摸出外套口袋里的房卡，往电子锁上靠去。

电子锁很快发出"嘀"的一声，验证通过，门也"咔嗒"一声轻轻打开了。

酒店安排的住宿地点还真是这里。

简卿拉开颇有质感的大门，走了进去。

整座庭院三进式的结构很讲究。

两个人走过垂花门，进入了四合院式的内院。

简卿不由得眼前一亮。

庭院中央是一处不大不小的露天温泉，此时的温泉正冒着袅袅的白气。温泉边沿围满了湿润的石头，还有一棵年岁很高的红梅。

这株红梅的树干十分粗壮，一人恐怕环抱不住。此时树上的梅花开得正盛，又因为枝干延伸到了温泉池的上方，使片片花瓣飘落在温泉的水面上。

空气中飘散着一股淡淡的寒梅香，沁人心脾。

眠眠闻到香味，动了动埋在男人的颈窝里的小脑袋，揉着眼睛醒了过来。

她茫然地向四处看了看，迷迷糊糊地看见了漂亮的温泉池。

于是小家伙一下子就清醒过来，迫不及待地对陆淮予说道："爸爸，我想玩水水。"

陆淮予抱了她一路，也抱累了，现在索性把小家伙放下来，牵着她走。

他一边牵着小家伙，一边说道："等一下，我们先去看看住的地方。"

三个人进到正屋，发现虽然这座庭院外在是仿古风格，里面却是简约现代的装修风格。正屋两室一厅两卫，连厨房都有。

客厅正对着内院，透过一整面玻璃，可以直接看到外面的温泉，自然和人文完美结合，交相辉映。

简卿一下子就喜欢上了这里。

她也在心里忍不住感慨，这团建的住宿条件未免也太好了吧。

眠眠显然也兴奋不已，迈着小短腿到处跑着。

陆淮予将视线落在客厅的茶几上。

茶几上整整齐齐地摆着三套日式浴衣——两件大人的，一件小朋友的。

他仿佛不经意似的在客厅的沙发上坐下，同时叫了一声："眠眠。"

小家伙此时正扒在玻璃墙上看外面的温泉，听到声音，回过头，"噔噔噔"地往男人的身边跑去。

她跑过来，一眼就看见了茶几上的衣服，问道："咦，这是什么呀？"

"浴衣，泡温泉的时候穿的。"陆淮予解释道。

眠眠觉得新鲜，抱着她的那一件印有粉色樱花的白色浴衣看——粉色是她最喜欢的颜色。

她把浴衣高高地举到简卿的面前，说道："姐姐，换衣服！换衣服！"

简卿看完两间卧室出来以后，才注意到茶几上的浴衣。

她想起来了，温泉酒店一般都会提供浴衣和木屐，而且刚刚一路走来，也看见几个客人穿着。

她拿起自己的那一件，看向懒懒散散地陷在沙发里的男人，问道："那我带眠眠去换衣服了？"

陆淮予没什么反应，只淡淡地"嗯"了一声。

换衣服的时候，小朋友爱闹腾，一直"咯咯"地笑，还扭着小身子躲闪。

简卿费了半天工夫才帮她穿好浴衣。

粉雕玉琢的小家伙换上浴衣以后，可爱程度立马翻倍，看得人心都要化了。

简卿忍不住又给她编了左右两个低低的麻花辫。

眠眠站在落地镜子前，左转右转，似乎格外喜欢今天的造型，时不时还用手去摸绑成两股的麻花辫。

她指了指自己的头发，说道："姐姐也编辫子。"

简卿笑了笑。

她因为头发短，编不了长辫子，索性从侧边挑出一缕，编了一股小小的麻花辫。

两个小姑娘凑在一起就会爱"臭美"，于是换衣服都磨蹭了许久。

等简卿带着眠眠回到客厅时，陆淮予不知什么时候也换上了浴衣。

此时他正慵懒地靠在沙发上，低头看着酒店的导游册子。

男人的身形修长，他身着挺括立体的黑蓝色浴衣，腰间系着绑带，更衬得他肩宽腰细，微微敞着的衣襟露出了他精致的锁骨。

黑色的碎发垂落至额前。他将手撑在脸侧，导致浴衣宽大的袖子落至手肘处，露出肌肉线条清晰紧致的小臂，甚至手臂上青色的筋脉都清晰可见。

比起平时西装革履、一丝不苟的打扮，此时的浴衣装扮使陆淮予多了三分不可言说的气息。

听见响动，陆淮予抬起眼皮，正对上她的目光。

简卿不知躲闪，只知道怔怔地盯着他。

陆淮予望着走廊里的小姑娘。

她身上的白色浴衣松松散散的，上面印着淡蓝色的百合花。

陆淮予莫名其妙地想起，自己之前在哪本书里看到过一种说法，说百合是美人之花。

裹在浴衣之下的女人的美甚至盖过了百合的美。

过膝的裙摆下，棉白色的袜子缀有波浪边，衬得她的脚也玲珑别致，裙摆和袜子之间露出一截连藕一样白净的小腿。

乌发乖乖巧巧地垂落，发侧编着一股细细的麻花辫，为她平添了几分俏皮和可爱。

男人的喉结上下滚了滚。

他蓦地收回目光，低垂眼眸，敛去眸中的情绪，也藏住了蓬勃欲出的欲望。

眠眠一点儿也没察觉两个大人的异样，只觉得陆淮予穿浴衣的样子很好看。

她笑嘻嘻地扑到男人的腿上，瓮声瓮气地问道："爸爸，你看我和姐姐好看吗？"

陆淮予伸手揉着眠眠的小脑袋，重新看向简卿，轻轻勾起嘴角，答道："很好看。"

他的声音低沉，语速不疾不徐，将每一个字都说得格外认真，漆黑的眼眸在看向简卿时熠熠发亮。

简卿的脸上泛起淡淡的红晕。

"那我们可不可以去泡温泉了呀？"眠眠扯了扯男人的袖口，满脑子就想着玩水。

简卿来之前在网上搜索过这家温泉酒店。小山温泉讲究的是传统日式温泉的裸浴泡法，这样才能保证温泉水不被弄脏。

她原以为温泉池会是像旅游攻略里说的那样男女分汤,没想到这座庭院里自带温泉池。

院子里的露天岩石温泉看起来泡着一定很舒服,比和一堆人在其他池子里"下饺子"要好很多,虽然她知道她和眠眠泡温泉的时候陆淮予肯定会回避,但现在还是大白天,总觉得有些不好意思,她还没做好泡温泉的准备。

陆淮予将小姑娘脸上的犹豫和不情愿看在眼里,说道:"晚上回来再泡吧。"

他把酒店的导游册子递给眠眠,说道:"现在时间还早,你和姐姐一起看看,有没有想去玩的地方?"

小家伙闻言噘起小嘴,有些不情愿,不过还是听话地扭头去找简卿商议了。

两个人把脑袋凑在一起,一页一页地翻看着小册子。

导游册子制作得十分精致,是折页展开式的,上面印着温泉酒店的平面图。

开车进来的时候不觉得,现在一看简卿才知道,原来小山温泉酒店占地面积特别大,几乎是一个自循环的小城镇。

离他们住的地方不远,有一家日料餐厅和一个小型动物园。

简卿提议道:"要不我们去动物园吧?正好看完小动物以后去吃饭。"

她看了一眼时间,觉得下午四点半不早不晚,于是又随口问道:"你们中午吃的什么?现在饿吗?"

眠眠想了想,掰着不太灵活的手指头说道:"我吃了秦阿姨做的饭,有红烧排骨、南瓜饼、青菜豆腐汤。"

靠在沙发上的男人没作声。

简卿见他半天没回话,觉得奇怪,抬起头看向他,用眼神追问。

陆淮予淡淡地开口道:"忘记了。"

他工作太忙了,上午看完病人就直接回家接眠眠,又马上给沈镁白送过去,确实忘记了中途有没有吃饭。

简卿皱了皱眉,说道:"刚吃过的饭还能忘记,你是不是又没好好吃饭呀?"

她想起之前有一次,陆淮予就因为晚上不吃饭,半夜胃痛痛醒了,于是忍不住絮叨了两句:"你老这样不吃饭,所以胃才会不好。"

小姑娘的声音又软又甜,还带着几分娇嗔。

她好像有一点点不高兴，生气陆淮予不爱惜自己的身体。
　　头一次被人这样训斥，陆淮予挑了挑眉，却并不排斥，反而有一点点享受。
　　他老老实实地回答道："可能是。"
　　"我错了。"被简卿不满地看着，男人立刻乖乖认错。
　　简卿看他的认错态度良好，也就不再多说。
　　她又揉了揉眠眠的小脑袋，轻声细语地问道："爸爸中午没有吃饭，我们不去动物园了，直接去餐厅陪他一起吃饭，好不好呀？"
　　眠眠的手里卷着小册子，虽然眼里透着不情愿，但她还是点了点头，软软地应了一声"好"。
　　小家伙做了决定以后，又很快开心起来，"咯咯"地嘲笑起陆淮予："爸爸不乖，眠眠乖。"
　　陆淮予笑了笑，没和她计较，然后又淡淡地补充了一句："姐姐也乖。"
　　小姑娘开始知道管他了。

　　日料餐厅是榻榻米式的就餐环境，矮矮的深色木桌旁，三个人都盘腿坐着。
　　眠眠的座位下多垫了一个坐垫，以便她的手能够到桌子。
　　餐厅的菜品是固定的，菜单上用漂亮的毛笔字写着汉语和日语。
　　日料的口味偏淡，基本上只保留了食材本身的味道，所以就连简卿这种口味偏淡的南方人也觉得不好吃。
　　眠眠一般不怎么挑食，此时也撇了撇嘴，吃两口，停两口。
　　倒是陆淮予对食物一点儿也不挑剔似的，慢条斯理地把每一道菜都吃干净了。
　　他吃完了还要给简卿看一眼，好像在表明他很乖地在吃饭。
　　好在餐厅里的鲜榨果汁很好喝，眠眠这小家伙"咕嘟咕嘟"地喝了好几杯。
　　所以吃到最后一道菜的时候，小家伙坐不住了，拽了拽简卿的衣服，小声说道："姐姐，我想上洗手间。"
　　简卿放下筷子，牵着小朋友去洗手间。
　　餐厅里的环境特别安静，基本没人讲话。到了洗手间，眠眠终于把憋了许久的实话说了出来："这家饭店的菜一点儿都不好吃，都不如姐姐你做的饭好吃呢。"

简卿笑道："那下次姐姐再做饭给你吃。"

眠眠上完洗手间，踮起脚在儿童洗手池认认真真地洗手，忽然她的眼睛一亮，好像想到了什么办法似的，但最后还是摇了摇头，说道："不行。爸爸说，姐姐的手是用来画画的，不能做饭。"

眠眠用小手搓着洗手液，叹了一口气，不满地抱怨道："虽然爸爸已经在和秦阿姨学做饭了，但是除了煮面条以外，他做的其他的东西都可难吃了！"

简卿眨了眨眼睛，怔怔地听着，不知该做何反应。

小朋友奶声奶气的话语，不经意间透露的却是男人未曾言说的秘密。

简卿靠在洗手间的墙上，低垂着眼眸，忍不住去想，这到底是从什么时候开始的呢？

也许事情比她察觉得还要早。

在她不知道的时候，男人一直在用他自己的方式默默地付出着。

简卿带着眠眠从洗手间出来，路过走廊时，远远看见陆淮予在前台和餐厅经理说着什么。

过了一会儿，经理笑着点了点头就离开了。

陆淮予双手抱臂，斜斜地靠在半人高的木质吧台上，低着头，侧脸隐在阴影里。

黑蓝色的浴衣穿在他的身上，使他原本的优雅贵气被衬托得更加淋漓尽致。

昏暗的吧台灯光也为他平添了一股冷意。

简卿怔怔地盯着他，右手虚抓了一把空气，想把眼前男人的动作的每一帧都画下来。

好像感受到了来自她的目光，陆淮予抬起眼皮，越过人群，将视线直直地投向她们，清冷的眉眼瞬间柔和下来，染上了浅浅的笑意。

正巧这时餐厅经理回来，不知说了什么，又递给陆淮予一个白色的袋子。

陆淮予礼貌地朝他笑了笑，很有教养地道了谢。

简卿朝他走近，轻咳一声，甩掉满脑子纷乱的念头。

"你在做什么呢？"她问道。

陆淮予拎着手里沉甸甸的袋子，解释道："我找餐厅经理要了一些食材。你和眠眠都没怎么吃饭，我怕你们晚上会饿。"

他的话惹得简卿脑子里刚刚被甩掉的念头重新占据了上风。

她仿佛窥见了陆淮予未曾见光的秘密,不知道该做何反应,只能心虚地移开视线。

日料餐厅的菜量少,一共十几道菜,上菜的速度又很慢,等他们吃完离开,外面的天色已经全黑了,天空中还飘起了细细密密的小雪花。

南临的冬天隔三岔五地会降雪,而且远郊的雪又比城市里的大,地面会更快有积雪。

眠眠看见下雪特别兴奋,回去的路上,嘴里一直念叨着要边看雪边泡温泉。

小家伙一左一右地牵着两个大人的手,催促着快走。

简卿被眠眠拉着走,目光落在稍稍走在前面的一大一小两个人身上。

眠眠和陆淮予还在有一下没一下地讲着话,大多数时候是眠眠在说。

因为沿路有许多植被,而小家伙生在城市里,极少见这些,所以嘴里一直问个不停。

男人顺着她指的方向看去,耐心地解释着。

明明是平平常常的一幕场景,不知为何,简卿的内心深处却觉得很温暖,很踏实。

因为餐厅离得不远,他们三个出来的时候穿的都是浴衣和防寒用的羽织。

简卿和陆淮予的浴衣都是蓝色系的,看起来倒像不那么刻意的情侣搭配,中间夹着的小团子则粉粉嫩嫩的。

很少有人能把浴衣穿得这么好看,更何况"一家三口"都是高颜值。

于是这三个人走哪儿都成为焦点。

这会儿正是饭点儿,出来就餐的客人多了起来,时不时有人会在与他们擦肩而过的时候悄悄侧目。

回到住宿的地方,眠眠迫不及待地要泡温泉,还从她带来的小小行李箱里翻出了可以在水里玩的小鸭子玩具。

她抱着三个大小不一的黄鸭子,把它们排成一排放在了地上,然后一边指着鸭子,一边说道:"这个是爸爸,这个是姐姐,这个是眠眠。"

代表陆淮予的那只鸭子体形最大,脖子上系着黑色的领结。

代表简卿的鸭子体形稍小一些,头上扎着一个粉色的蝴蝶结。

代表眠眠的鸭子最小,只有另外两只的一半大,胖嘟嘟的,十分可爱。

"姐姐,一会儿我们和爸爸比赛,看谁在水里憋气憋得久,好吗?"眠眠坐在地上,笑嘻嘻地说道。

小家伙年纪还小,不懂得成年男女之间需要避嫌,还满心欢喜地期待着三个人一起泡温泉。她一点儿也没看出来,今天晚上两个大人都出奇地沉默。

陆淮予懒懒散散地靠在沙发上一动不动,就这么看着两个小的收拾,没什么反应。

简卿磨磨蹭蹭地帮眠眠准备着浴巾。

她觉得如芒在背,又不好意思先开口,于是整个人越来越紧张。

虽然她的心里也不是没有令人羞耻的期待,但她还是忍不住胆怯。

陆淮予自顾自地把玩着手里的导游册子,始终没有表态。

随着时间的推移,简卿藏在头发里的耳根子越来越热。

就在她以为她只能这么半推半就地一起去泡温泉的时候,陆淮予抬腕看了一眼手表,自觉地找理由回避:"我出去溜达一圈,你们先泡。"

"啊——"小家伙闻言,失望地噘起了小嘴,拖着长长的尾音说,"你不和我们一起泡吗?"

简卿闻言,叠浴巾的手顿了顿,悄悄地呼出一口气,好像终于放松了,又好像有些失落。

但她想想也觉得,以陆淮予这种矜持的性子,他怎么可能和她们一起泡温泉?

陆淮予在玄关处披上外套,目光落在背对着他的小姑娘身上。

从餐厅回来以后,她就有些闷闷的,不怎么讲话,好像有心事的样子。

就连他要出门了,小姑娘也不记得和他说声再见。

直到门被轻轻地关上,发出微弱的声响,简卿才回过神儿来,望向客厅里大面的玻璃墙。

男人逆着风雪往外走去,身形挺拔。庭院里的光线昏暗,使他的背影几乎和黑夜融为一体。

她好像想起了什么似的,放下手里的浴巾,赶忙追了出去。

陆淮予的背后传来小姑娘软软的声音——她在喊他的名字。

脚步一顿,他回过头去。

简卿的手里拿着一把黑色的长柄伞。

浴衣的裙摆烦琐,而且鹅卵石铺就的地面被水打湿,木屐踩在上面打滑，她又走得着急，所以三步一踉跄。

陆淮予生怕小姑娘摔了，赶紧往回走，去接她。

他扶住简卿纤细的手腕，说道："地上滑，你走慢一点儿。"

此时简卿正巧踩在一块圆润的鹅卵石上，脚下一崴，于是也反手扣住了他的手腕。

她微微愣了一瞬，松开手，把伞递给他，说道："外面下着雪，你撑把伞，别淋湿了。"

陆淮予垂下眼眸凝视着她。

小姑娘仰着头也看向他。

她因为出来得急，没穿外套，所以娇小的身子不自觉地在发抖，瓷白的小脸儿也被冻得有些泛红。

她的眼眸干净纯真，仿佛盈盈春水。纷扬的雪花落在她的眉间，点缀她的美丽。

陆淮予没来由地呼吸一窒，鬼使神差地抬起手，抚去了落在她眉间的雪花。

简卿怔怔地站在原地，一动也不敢动。

男人垂落的衣袖挡住了她的视线，使她只能看见男人的浴衣袖子上银色的暗纹。

空气中飘散着一股淡淡的薄荷香，很好闻。

男人温热的指腹沿着她的眉骨摩挲，简卿可以清晰地感受到他指腹上的薄茧。

没等她反应过来，男人接过她手里的伞，声音低沉地轻轻道了声谢，而后就转身离开了。

简卿眨了眨明亮迷茫的眸子，伸手捂住了被碰触过的眉骨。那感觉像触电一样，酥酥麻麻的。

这人该死地撩完就跑。

因为眠眠的个子矮，温泉池水的深度几乎可以没过她的头顶。

简卿怕不安全，全程抱着她在玩。

小家伙爱闹腾，折腾来折腾去地拍着水，还"咯咯"地笑。

没过一会儿，简卿就觉得胳膊酸得不行。

好在小朋友本身就不能泡温泉太久。

泡了十五分钟，她就带着眠眠上岸，裹着浴衣回了房间。

眠眠因为泡了温泉，小脸蛋儿红扑扑的，没过一会儿就恹恹地趴在沙发上，发出了细细的鼾声。

简卿轻手轻脚地把小家伙抱回房间，放在床上，然后为她掖好被子，又出来带上了门。

她刚刚忙着照顾眠眠，都没怎么好好泡温泉。

简卿看了一眼手机，觉得时间还早，陆淮予大概再过半个小时才会回来。

于是她重新拿上干净的浴巾，去了室外。

露天的温泉边，岩石周围积起了层层白雪。

温泉水因为含有丰富的矿物质而呈现乳白色。

水面升起袅袅的白气。温泉池周围的气温明显比其他地方高了几度，驱走了寒意。

简卿下了水，浑身被融融的暖意包裹着。

她深深地吸了一口气，又缓缓地吐出，原本因为长期伏案画画而僵硬的颈背部肌肉也跟着放松了下来。

她抬头看去，上方是漆黑的星河幕布。

冰凉的雪花落在她的脸上，她却一点儿寒意也感觉不到。

四周一片安静，此处仿佛与世隔绝。

一个人待着的时候，尤其是在这样的环境里，人就会忍不住思绪纷飞，仿佛这漫天大雪一般。

简卿不由自主地想到了陆淮予——想他的脸，想他的声音，想他的指尖抚过自己的眉心。

池面上漂着眠眠玩过之后忘记带回去的三只小鸭子。

系着黑色领结的黄鸭子顺着浅浅的水流漂到了她的面前。

那只鸭子似乎也正板着一张脸，表情淡淡地和她对视。

简卿突然觉得好烦哪。

她从水里伸出莲藕一样雪白的胳膊，把那只一本正经的小黄鸭按进了水里。

没过一会儿，受浮力作用，它又出现在水面上，漆黑的眼中没有情绪。

也不知道是温泉水太热，还是其他什么缘故，简卿整张脸一直到后颈都不受控制地红得仿佛要滴血。

她蹲下身，将自己整个浸入水中，只露出鼻子以上的半个脑袋。

简卿刚才忘记把手机带出来了，也算不准具体的时间，只能凭感觉估计。

她不记得自己泡了多久,后来觉得困了,也懒得起来,直到热得有些喘不上气来,才伸手扯过岸边的浴巾,简单地裹住身体,站起身,从温泉池里走出来。

只是还没走两步,她就觉得眼前发黑,耳鸣阵阵。

地上又是一片湿滑,她腿下一软,摔回了温泉池里。

浴巾倏地散开,摇摇欲坠地挂在她的身上。

原来人在休克晕倒的时候,即使眼睛看不见,身体也动弹不了,脑子却还能思考。

温热的泉水从四面八方涌了过来,简卿想呼救,却发现自己的喉咙发不出声音,整个人仿佛都不受大脑控制。

这时,她听见不远处的门廊传来电子门刷卡的声音。

温泉酒店每周五都会办一次庙会。

陆淮予路过庙会地点,就进去逛了逛,正好看见有卖烟花的,于是买了一些,准备回去给两个小朋友玩。

他算着时间,觉得家里的两个小朋友应该早泡完温泉了,于是抱着在庙会上买的整整一箱烟花回去了。

刚打开电子门,陆淮予一眼就看到了漂浮在水面上的女人。

她湿漉漉的黑发散开,遮住了半张脸,身上只有一条沾了水的浴巾,勉强盖住重要的部位。大片雪白的肌肤暴露在外,被温泉水浸泡之后,如丝绸般顺滑细腻。

她紧闭着双眸,皱着眉头,一动不动地躺在那里,像一具尸体一样。

陆淮予漆黑的眼眸倏地一缩,向来引以为傲的冷静自持在一瞬间荡然无存。

原本应该刻在骨子里的急救知识突然想不起来了,他的脑子里只循环着无数可能的情况——溺水、心脏骤停、室颤、脑出血。

每一种可能都是他无法接受的。

简卿躺在地上,感觉眩晕感经久不散,睁不开眼。

耳鸣嗡嗡,仿佛夹杂着什么东西散落一地的声音。

越走越近的脚步声急促又慌乱。

她听见有人在喊她的名字，男人的嗓音低沉而急促。

她想张嘴却开不了口，仿佛灵魂和身体被分离，意识被丢进了黑洞，隔绝了周遭的一切事物。

陆淮予跪在温泉池旁，将她从水里捞了出来。

他拿手术刀从来都极稳的手此时正在止不住地颤抖。

他深吸了一口气，让冰冷的空气灌进五脏六腑，然后快速地张合了两下手掌，想要放松手部肌肉，强迫自己冷静下来。

最后，他伸出两指，触摸简卿的颈动脉，检查她的心脏有没有停跳。

简卿感觉男人冰凉的指腹触碰到了自己的后颈。

她想要动一动，身体却不受她的控制，仿佛一直在沉沉地往下坠似的。

陆淮予的手依然抖得厉害。

他摸不出心跳的律动，只能用另一只手靠近小姑娘的鼻子去感受，却发现好像她已经没有了呼吸。

他的大脑仿佛停止了思考，只剩下身体条件反射的动作。

他迅速把人放平，开始做心肺复苏。

简卿感觉自己平躺在地上，男人十指紧扣，在她的胸骨处按压，胸外心脏按压的速度很快，垂直向下，力道精准。

简卿没有别的感觉，就只觉得疼。

疼是真的疼——肋骨仿佛断了一样疼，疼得她恨不得立马跳起来打陆淮予。

耳鸣声和眩晕感正在慢慢减弱，但她的眼前还是一片漆黑，她睁不开眼，也动弹不得。

于是她只能继续忍着胸口一下一下的剧痛。

医生的手法自然十分专业。

陆淮予的心肺复苏术做起来，每按一下都不手软，又刚好是让肋骨断不了的程度。

简卿感觉自己本来有呼吸也要被他给按没了。

她也不知道自己被按了多少次，最后陆淮予总算是停了下来。

没等简卿松一口气，她又感觉男人的一只手将她的额头向下压，另一只手抵着她的下颌向上抬。

她被迫仰起头，以一种仿佛献祭的姿势，将后颈弯曲成漂亮的弧线。

她的脑子里有一根弦倏地绷紧，好像已经预料到会发生什么。

她还来不及反应，就清晰地感觉到温热干燥而又柔软的唇瓣覆上了她的唇，将她的唇完全封住。

眼前的黑暗世界使她所有的感官都变得敏锐。

她的唇齿被男人的舌头撬开，往里送气，一股淡淡的薄荷香传来。

男人略带急促的呼吸喷洒在她的脸上，她感觉痒痒麻麻的，身体也不住地轻颤。

然而他很快就不带任何情欲地撤离，又将十指相扣，重新按上了她的胸骨。

剧烈的疼痛感再次袭来。

简卿猛地睁开眼，发现耳鸣声不知什么时候已经消失，意识终于重新回到了身体里。

她大口地喘息着，连忙伸手抓住男人的手腕，虚弱地出声道："别按了。"

再让他按下去，简卿觉得自己真的要没命了。

简卿抬起头看向他时，突然愣住了。

陆淮予正死死地盯着她的脸，眼底一片猩红。

他的黑发汗湿着垂落至额前，整个人正努力地深呼吸，导致胸口明显地上下起伏着。

仿佛突然卸掉了浑身的力气，他跪坐在地上，抬起手背挡住眼睛，长长地呼出了一口气，似在为她的劫后余生庆幸。

简卿还是第一次见他这样失态的样子。

医者的冷静从容和镇定自若，此时在他的身上全然不见了。

简卿知道是自己吓坏他了，赶紧解释道："我刚才不小心泡温泉泡太久了，没什么大事……"

不过后半句话她没敢说出来——就是差点儿被淹死。

陆淮予抿着唇凝视着她，眸色渐沉。

小姑娘越说声音越小，越说越心虚。

陆淮予也不知道自己现在应该是什么心情，只觉得又心疼又庆幸。

明明他走之前还叮嘱过这小姑娘，泡温泉不能泡太久。

他坐在地上，一条腿伸直，另一条腿弯起，手臂搭在膝盖休息。

极度恐惧过后，只剩下深深的疲惫，他现在累得一句话也不想说。

简卿慢吞吞地从地上坐起来，悄悄将身上的浴巾裹好。

不过湿透的浴巾基本上遮挡不了什么，反倒显得她欲盖弥彰。

她用余光瞥了一眼陆淮予。

内院的光线昏暗,他低着头,始终一言不发,宛若一只受伤的巨兽。

雪花落满了他的发梢,让他看起来仿佛一夜白了头。

简卿以为他生气了,咬了咬唇,一手扯住胸前的浴巾边沿,一手去拉他的袖子,低低地叫着男人的名字:"陆淮予。"

她的声音软软的,带着几分怯弱的讨好意味。

从温泉出来以后,简卿觉得身体的暖意渐渐散去。

大雪落在她圆润单薄的肩头,使小姑娘不自觉地轻轻颤抖着。

陆淮予回过神儿来,压下心里的情绪,缓慢地脱下身上的黑色羽织,披在她的身上。

羽织的布料质感厚重,上面还带着男人的体温,为她挡去了阵阵寒意。

"能站起来吗?"陆淮予伸出手去扶她。

简卿觉得身上的力气慢慢恢复了,于是借着他的力站了起来。

此时她的膝盖却传来一阵钻心的疼痛。

她倒吸了一口凉气,低下头看去。

室外的光线昏暗,她看不太清,于是伸手去摸,摸到了一片湿热。

这应该是她刚才晕倒的时候摔破了皮。

陆淮予也发现了她膝盖的伤,微不可察地皱起了眉头。

好在回去的距离并不远,简卿咬着牙,靠在他的身上,一瘸一拐地蹦回了屋里。

陆淮予拿起放在玄关柜子上的车钥匙,嘱咐道:"我去车里拿急救箱,你别乱动。"

简卿靠在沙发里,伸着受伤的那条腿,将腿架在茶几上,整个人一副可怜兮兮的模样。

玄关处响起轻轻的关门声。

她抱着软乎乎的靠枕,将自己的脸埋进去,耳根处红得仿佛要滴血。

这叫什么事啊?

酒店的停车场距离他们住的地方并不算近,然而没等多久,陆淮予就回来了。

外面的雪纷纷扬扬,比傍晚时分更大,向外看去,满目皆是如絮的雪,让人什么也看不清。

陆淮予浑身都已经湿透,他拎着银色的金属急救箱,骨节分明的手冻得通红,气息微喘,黑发被风吹得散乱,衣服也不再整洁。

简卿好像还是头一次见他这样狼狈,心里生出了浓浓的愧疚感。

尤其当陆淮予蹲在她的腿边，低着头，用清水和棉签帮她处理伤口的时候，她心中的愧疚感更甚。

男人抿着唇，一言不发，好像在生气。

简卿张了张嘴，轻声说道："对不起啊，麻烦你了。"

她似乎总是会出各种各样的状况，总是在折腾他。

明明他的一切都应该是干干净净又有条不紊的，他却每次都被简卿弄得狼狈不堪。

陆淮予拧碘酒瓶盖的动作顿了顿，然后缓缓地抬起头直视她。

"简卿。"他喊着小姑娘的名字说道，"你一点儿也不麻烦。"

"我只是很担心你，所以没有控制好我的情绪。这是我的问题，和你没有关系。"

男人的声音低沉又很有磁性。

此时他正直白地袒露着自己的想法，毫不避讳他的担心和弱点。

说完，他用棉签蘸了碘酒，继续说道："会有点儿痛，你忍一忍。"

简卿眼睫微颤地盯着男人的手，看他捏着棉签，轻柔地在自己的伤口处轻点。

陆淮予小心翼翼的，生怕弄痛了她。

其实简卿一点儿也不觉得痛。

她抿了抿唇，脑子突然一热，伸手去扯他的袖子。

过了半晌，她终于鼓起全部的勇气问道："你刚刚——是不是亲我了？"

陆淮予抬起眼皮凝视着她。

小姑娘眨了眨湿漉漉的眸子，粉嫩的唇瓣上还沾着润泽的水渍。

她浑身上下只有一条浴巾，大片的雪白肌肤裸露着，让他感觉刺眼。

精致的锁骨处有着浅浅的窝，仿佛能用来盛酒一般。

乌黑的发丝别在耳后，形成月牙似的弯，在细白的后颈上轻轻掠过。

谁也没她这么妩媚撩人。

陆淮予轻轻地扯了扯嘴角，表情淡淡地说道："刚才的不算亲。"

简卿对上他漆黑的眼眸，觉得其中的神色比今晚的夜色还要深沉，让她看不明白里面的情绪。

她闷闷地"哦"了一声，想着人工呼吸的确算不上亲。

她心底有一股说不出的失落感，于是缓缓地松开了揪住他袖子的手。

只是还没等她的手松开，陆淮予就用滚烫的大手力道强劲地一把扣住了她的手腕。

简卿还来不及反应,陆淮予的另一只手就攀上了她的后脑勺儿。

男人倾身压了下来,将她整个人都罩住了。

简卿睁大了眼睛。

陆淮予那张好看的脸已经离得极近,近到她感到对方浓密的睫毛在她的脸上轻扫。

扑面而来的薄荷香占据了简卿的感官。

她感觉有什么东西在她的嘴角轻点,柔软而温热地停留了许久。

时间仿佛停滞不前,直到她的耳畔传来仿佛含着沙砾似的低哑声音。

"这样才算。"他说道。

竹林深处的院落里万籁俱寂,唯有大雪扑簌簌地落下。

男人低低地说完话以后,不给她反应的时间,又将唇压了下来。

简卿眨了眨明亮迷茫的眸子,瞳孔倏地放大,脸颊也染上了红晕,红晕一直蔓延到后颈和锁骨上。

她整个人仿佛熟透了一般。

这是与她昏倒时完全不一样的感受。

做急救时的人工呼吸的确不算亲。

男人的吻轻柔而缓慢。

他很有耐心地等待着,一点点地招惹着对方。

简卿的右手紧紧攥着沙发的布料,她紧绷着肩膀,甚至忘记了呼吸。

她感觉心脏越跳越快,几乎要冲出胸口,浑身僵硬得一动也不敢动。

陆淮予眼神深沉地凝视着她,而后轻笑出声:"放轻松一些。"

他的手掌顺着女孩的后脑勺儿缓缓移至颈后,打着转儿地揉捏着,仿佛某种亲昵的安抚动作。

女孩被温泉水泡过的肌肤如丝绸般细腻润滑。

他用另一只手扣住她纤细的手腕,以指腹细细地摩挲着。

简卿觉得他的大手触感温热,指腹上还有薄茧。

仿佛过电一般的麻酥痒感沿着她的手腕蔓延至全身。

男人触感温热而柔软的唇瓣又覆上了她的唇。

男人不急不躁地一点点勾引着她,等待着她自己缴械投降。

简卿缓缓地松开攥着沙发的手,怯怯地勾上他的脖子,然后轻轻地触碰他的嘴角作为回应。

突然,一个软软的声音响起:"你们在做什么呀?"

眠眠站在走廊上，揉着迷蒙困倦的眼睛，看着抱在一起的两个大人。

简卿顿时被吓了一跳，条件反射地推开了身旁的男人。

陆淮予皱了皱眉，垂下眼眸，敛去了其中旖旎的情绪。

他回过头，面无表情地看向表情天真的小家伙。

眠眠眨了眨圆溜溜的大眼睛，一点儿也不知道自己破坏了陆淮予的什么好事。

她歪着脑袋，不解地问道："爸爸，你为什么要亲姐姐啊？"

小朋友不懂什么该问什么不该问，于是无所顾忌地直接戳破了那一层薄薄的窗户纸，问得十分直白。

简卿整个人缩在沙发里，让陆淮予挡住自己。

她可耻地逃避了，把事情丢给挑起火的人去解决。她浑身烫得惊人，胸口上下起伏着，止不住的微颤夹杂着喘息声，让她觉得羞耻又难堪。

陆淮予倒是立刻恢复了一贯清冷的模样，好像和刚才暧昧地调笑、勾引她的不是一个人似的。

他云淡风轻地重新拿起搁在桌子上的棉签，继续没做完的清创工作，然后又对着眠眠漫不经心地解释道："因为姐姐摔了一跤，我在安慰她。亲一下就不痛了。"

他可真是会糊弄小朋友。

小家伙闻言皱起眉，迈着小步子"噔噔噔"地跑了过来。

她也蹲在简卿的腿边，盯着简卿膝盖上乌青的痕迹，心疼地问道："姐姐，你痛不痛呀？"

"我给你吹吹。"她伸着个小脑袋，鼓着腮帮子，噘起嘴"呼呼"地吹着。

简卿看着一大一小两个人一左一右地蹲在她的旁边，小心翼翼地对待着她的伤口，眼前的画面没来由地直击她心中最柔软的一处。

眠眠吹完以后，撑着身子翻上沙发，亲昵地抱住她的脖子，学着陆淮予的样子，也在简卿的嘴角亲了一下。

她笑嘻嘻地说道："亲亲就不痛啦。"

小家伙软软嫩嫩的嘴唇还带着淡淡的奶香。

简卿把小小的团子揽进怀里轻晃，语调温柔地含着笑意说道："谢谢眠眠。"

陆淮予皱了皱眉，看着把小脸埋在简卿的胸口来回蹭的小家伙，脸色有些黑。

眠眠坐在姐姐怀里，只觉得香香的，所以一直"咯咯"地笑。

她一点儿也没有坏了陆淮予的好事，还占了他的媳妇儿便宜的愧疚感。

她揉了揉自己胖嘟嘟的小肚子，才想起醒来要做什么，于是扭过头对陆淮予说道："爸爸，我有点儿饿了。"

简卿想起晚上吃饭时，小家伙就没怎么吃。

加上泡温泉体力消耗得快，折腾到现在已经快九点了，小家伙确实也该饿了，连简卿自己也感觉有些饿了。

陆淮予帮她处理好伤口，慢条斯理地整理着急救箱，说道："那眠眠你要照顾好姐姐，我去给你们做饭。"

眠眠像是被委托了极其重要的任务似的，认真地点了点头，说道："嗯。"

简卿的面色一报，她觉得陆淮予这话说得好像她才是三个人里面最需要照顾的小朋友似的。

陆淮予身上的浴衣早已湿透，所以做饭前，他去卧室换了一身家居服。出来的时候，他把白色的毛巾按在头上，慵懒随意地擦着黑发上的水珠。

他生得很好，脸上一点儿也不显年纪。

简单休闲的穿着倒让他多了几分平时少见的少年感，也惹得简卿忍不住多偷瞄了几眼。

陆淮予没有直接进厨房，而是把客厅的电视打开，又倒了两杯水，最后把遥控器和水都放在简卿伸手就能摸到的地方。

眠眠特别乖巧地主动捧起水杯，递到简卿的嘴边，真的像在照顾病人似的说道："姐姐喝水。"

她小小的两只手勉强抱住杯子，水在杯子里摇摇晃晃的。

简卿受宠若惊，赶紧接过杯子，生怕小家伙不小心把杯子摔了。

陆淮予倒是很满意眠眠的表现，表扬似的拍了拍她的脑袋，然后进了厨房。

电视里放着少儿频道的动画片。

眠眠安安静静地坐在沙发上，晃荡着两条小短腿，很快聚精会神地看了起来。

简卿犹犹豫豫地想蹦回房间去换一身衣服。

她刚才来不及想这些，现在才意识到，自己目前只裹着一条浴巾，身上还穿着陆淮予的黑色羽织。

虽然宽大的男款羽织盖住了她的大腿,但里面空荡荡的,让她怎么都觉得不习惯。

她悄悄动了动受伤的膝盖,觉得疼痛尚在可以忍受的范围内。

简卿撑着身子刚要起来,旁边的小家伙就扭过头来问道:"姐姐,你要做什么?"

还没等她回话,厨房里的男人仿佛背后长了耳朵似的立马探出头,用眼神询问。

算了,有些事她越提越尴尬。

简卿假装无事发生,重新坐回沙发上。

好在羽织左右有两根系带。

她把系带缠了两圈,在腰侧系了一个蝴蝶结。

这么一看,这身羽织倒像一条黑色的连衣裙,让简卿感觉没那么尴尬了。

她重新懒懒散散地陷进沙发里。

偌大的玻璃墙外景色极美。大雪纷飞,温泉池上白雾缭绕,寒梅遗世独立——庭院里宛若仙境。

外头是一眼能望到头的寒冷景致,里头的暖气却热乎乎的。

简卿的身上靠着温软的小团子,空气中飘着从厨房飘来的淡淡香气。

一切都美好而安宁。

简卿突然很希望时间可以停留在这一刻。

然而,手机振动的声音打破了此刻的宁静。

简卿只看了一眼手机屏幕,心便倏地冷了下来。

来电是陌生的号码,地域显示的是渝市。

自从她上次与简宏哲闹得不欢而散以后,简宏哲和陈妍一直换着电话号码联系她。

简卿眼睛都不眨地挂断了电话,接都不接。

没过一会儿,她又收到了一条短信。

短信的内容不是骂她的,就是示弱来求她的,左右就那几个词、几句话,不外乎都是为了从她这里弄到钱。

简卿看也看腻了,于是点进短信准备删除。

但她扫到了短信的内容,随即愣了愣。

"接电话。你妈妈和阿歼的祭日快到了。你不接电话,我就带陈妍和你弟弟一起去看看她们。"

光是想到这一家三口站在妈妈和阿阡的墓前假惺惺地哀悼，简卿就觉得一阵恶心。

打蛇打七寸，简宏哲显然抓住了简卿的软肋，知道用什么方法来硌硬她。

他在提醒简卿，想要摆脱他和陈妍是不可能的。

厨房里的抽油烟机被打开，原本半开着的厨房门彻底关严了，怕油烟飘到客厅来。

简卿往厨房瞥了一眼，确认里面的人应该不太能听到外面的声音，于是深吸了一口气，给简宏哲拨了电话。

对方仿佛预料到了她的反应一般，很快接起了电话。

手机听筒处传来男人略带讨好的声音："阿卿。"

没等他说话，电话就被人抢了过去。

陈妍张口就用尖酸刻薄的嗓音数落起来："真没见过哪家的孩子像你这样，成天不接爸妈的电话的。"

简卿觉得厌烦至极，原本想要怼回去，但碍于旁边坐着眠眠，就没有说什么。

虽然小朋友不太能听得懂，但有些话她还是不好当着孩子的面讲的。

她直截了当地问道："你有什么事？"

陈妍好像就是为了给简卿不痛快似的，有些得意地说道："你爸把老房子卖了。你还不知道吧？"

"二十万卖的。"她笑嘻嘻地继续说道，"你不买，有的是人想买。"

简卿闻言立刻皱起了眉，因为她的确不知道这件事。

"然后呢？"简卿冷冷地问道，"你费了这么半天劲，不会就是为了来炫耀一下吧？"

陈妍被戳到痛处，用力地"哼"了一声，说道："还能有什么事？就你爸那点儿破事呗。"

"高利贷的利息滚了五万。之前二十万你不肯出，现在这五万你总不至于这么小气吧？"

陈妍玩着手上猩红的指甲，有恃无恐地说道："别忘了，你可是有赡养义务的，从法律上讲也不能不管你爸。"

简卿觉得又好气又好笑，也不知道陈妍从哪里看出自己身上有油水可榨的，要钱要得永远那么理直气壮。

别说她是真的没钱，就算是有钱，她也没打算给他们一分。

有些人就是爱蹬鼻子上脸。

一旦给他们开了口子,他们就会永无止境地找各种理由来吸血。

"我没钱。"她说道。

陈妍不信:"你之前还想买老房子,怎么现在就没钱了?"

这样没完没了下去不是办法。

简卿压了压火,摆正态度,好好地和她说道:"我是真的没有钱。我大学还没读完,明年的学费还没有着落。"

陈妍听她这么说,反而笑了:"怎么?这么快就被抛弃了?你说你一直吃青春饭,也不是长久之计呀。"

简卿沉默地扯了扯嘴角。

陈妍自己脏,也觉得别人都是脏的。

简宏哲明明就在旁边,听着陈妍一句一句地侮辱他的女儿,却一声不吭。

也许他的心里也是这么认为的吧,他也并不介意。

只要简卿能给他钱,他才不管女儿是做什么的。

简卿轻呵一声,发现再怎么解释也没有用。

更何况她也没必要向他们解释,因为又不在乎。

她懒得再多说一句话,直接挂了电话,顺手把来电号码拉入了黑名单。

然后她打开微信,联系了之前帮过她的房产中介周承。

简卿:"不好意思,打扰了。我想请问一下,之前我想买的那栋房子是不是已经卖出去了呀?"

微信很快就有了回复。

周承发的是两条很长的语音,于是简卿长按语音转成了文字。

周承:"我刚才查了一下公司后台,没有查到这套房源的交易信息。他们有可能是没有通过中介直接交易的。"

周承:"正好明天我要去一趟房管局,可以顺便帮你再查查现在这房子的业主是谁。"

简卿:"那麻烦了,谢谢您。"

周承:"客气。"

简卿抿了抿唇,陷入了沉思。

说实话,她其实不太相信这个世界上除了她,还有人去买那栋又破又烂的老房子。

听陈妍的意思,那房子还卖出了二十万的价格,简卿怎么想都觉得不可能。

　　就在她发微信的时候，眠眠一声不吭地跳下沙发，小跑着去翻自己的行李箱，不知道在捣鼓什么。

　　过了许久，她抱着一个粉色的小猪罐子"噔噔噔"地又跑了回来。

　　然后她一把将怀里的罐子塞给了简卿。

　　罐子里发出金属碰撞的声音，清脆又响亮。

　　简卿捧着小猪罐子不明所以。

　　眠眠凑到她的跟前，脸上带着愁容，悄悄问道："姐姐，这是我的小金库，你看看这些够不够你缴学费呀？"

　　"要是不够也没关系，爸爸他很有钱，肯定能帮你付清学费的。"眠眠补充道。

　　她的声音又软又甜，话语中透着浓浓的关心。

　　简卿手里陶瓷质的小猪存钱罐触感冰凉，里面是零零散散的硬币。

　　小朋友对金钱没有概念，像个守财奴似的一个硬币一个硬币地攒了许久，还以为自己有许多钱了。

　　然后现在她又将这"一大笔钱"毫不吝惜地给了简卿。

　　简卿觉得五脏六腑都泛着酸意，眼眶一下子变得通红。

　　简卿把天使一样的小家伙抱进怀里，下巴轻轻抵在她乌黑的发顶上，笑了笑，说道："够了。"

　　恰巧此时男人从厨房里走出来，漫不经心地问道："什么够了？"

　　简卿将目光落在他的身上。

　　陆淮予端着两个青瓷碗，手臂上还沾着水，腰间系着一条灰蓝格子的围裙。

　　这一身打扮有些违和，却莫名其妙地有些撩人。

　　小家伙细软的发丝宛若羽毛般在简卿的脸颊上扫过。

　　她一个人生活了许久，原本以为自己不会被感动了，此时却不知道为什么，觉得眼眸有些湿润。